土屋時子
八木良広 編

土屋清　池田正彦
池辺晋一郎　広渡常敏　林田時夫
水島裕雅　笹岡敏紀　三輪泰史　永田浩三
四國光　大牟田聡　趙博　中山涼子

ヒロシマの河

劇作家・土屋清の青春群像劇

藤原書店

土屋清の肖像画（画・四國五郎）
「お別れの集い」（1987年11月14日）に描かれた。

生い立ちと家族

父・渉（後列左から２人目）、**母・トシヱ**（前列左から２人目）（1915 年）

母・トシヱ（17 歳）

住んでいた別府扇山牧場（1983 年頃撮影）

姉三人と（別府にて。後列右が信子）

清、10 歳の頃

清、14 歳（1945 年 1 月）

別府中学第 12 期生（後から 2 列目、左から 2 人目が清。1945 年）

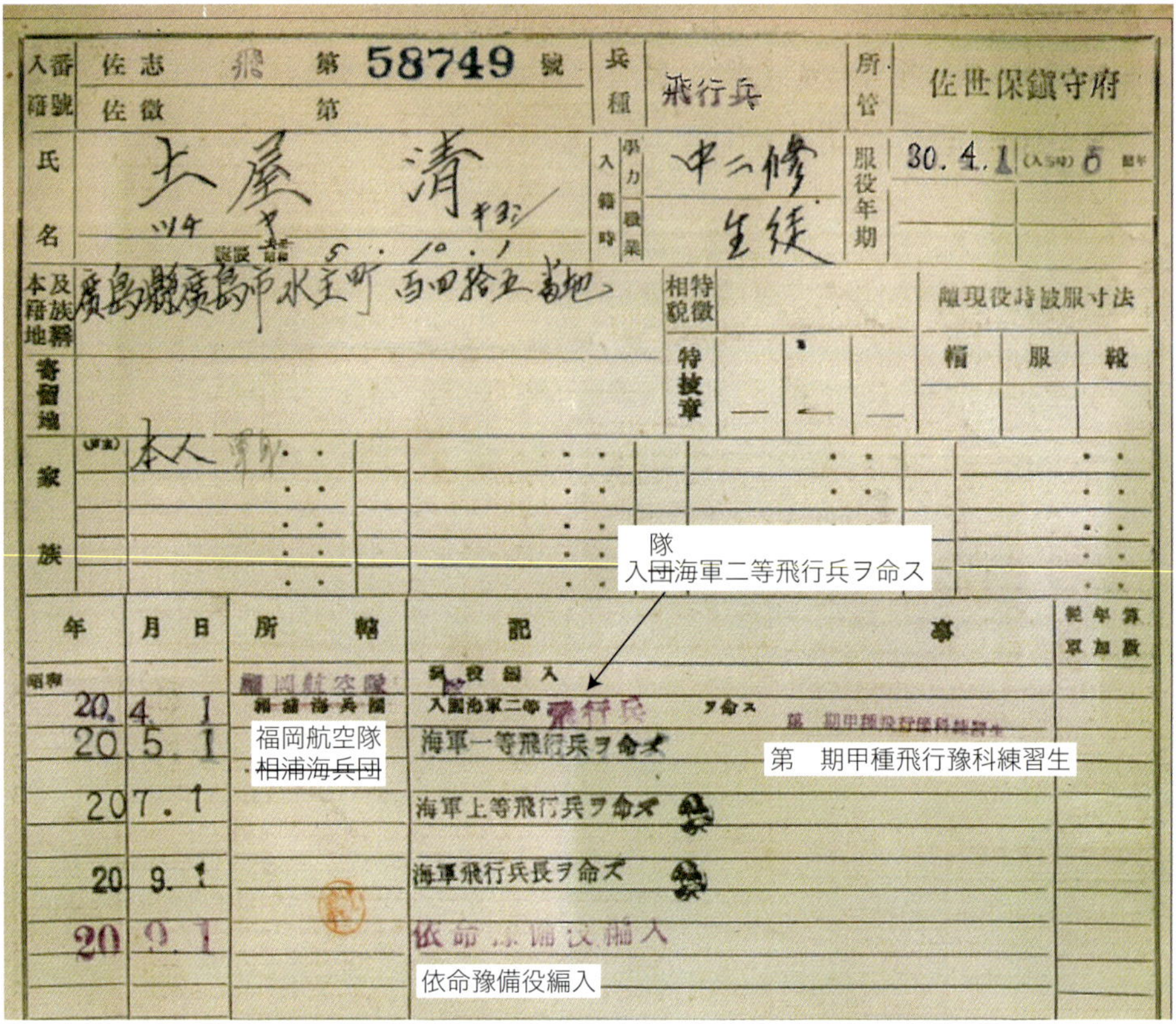

入籍番號 佐志 飛 第 58749 號
佐徵 第
兵種 飛行兵
所管 佐世保鎮守府
氏名 土屋 清 ツチヤ キヨシ
大正5.10.1
入籍時 學力 中二修 職業 生徒
服役年期 20.4.1（入營） 5 年
本籍及族籍地 廣島縣廣島市水主町 百四拾五番地
相貌特徵
特技章
離現役時被服寸法 帽 服 靴
寄留地
家族 本人

年	月日	所轄	記事
昭和20	4.1	福岡航空隊 相浦海兵團	入隊 海軍二等飛行兵ヲ命ス 第 期甲種飛行豫科練習生
20	5.1		海軍一等飛行兵ヲ命ス
20	7.1		海軍上等飛行兵ヲ命ス
20	9.1		海軍飛行兵長ヲ命ス
20	9.1		依命豫備役編入

土屋清の旧海軍履歴表
相浦（あいのうら）海兵団は6月に福岡海軍航空隊に編成替えとなったので、「福岡航空隊」「入隊」「飛行兵」と修正されている。
期数は空白になっているが、昭和20年4月1日入隊は第16期で、最後の予科練習生。終戦時、その資料や記録は焼却されたため、人数・名簿は不明である。

相浦海兵団本部隊舎（上）と同練兵場（下）。
（出典：海上自衛隊 佐世保地方隊ホームページ
https://www.mod.go.jp/msdf/sasebo/5_museum/02_60thanniversary/index33_ainourakaiheidan.html）

『河』上演の日々

川崎市の京浜協同劇団にて（一九六五年、三五歳）

劇団民藝『河』上演前、峠三吉碑の前で
（右から民藝の演出家・山吉克昌氏、土屋、俳優・小野田巧氏。1975 年 7 月）

東京演劇アンサンブル『炎のように風のように——ひろしまの河』機関紙（1972 年 4 月）

劇団月曜会『河』
（1973 年 12 月、広島市公会堂）

鈴木凱太役の土屋清

東日本演劇フェスティバルにて。右は立川雄三氏（演劇集団未踏）。
（1973 年 8 月、札幌・真駒内。写真提供＝塚田恒夫氏〔劇団埼芸〕）

『河』峠三吉没後 35 年、土屋清追悼公演。右は春子役の土屋時子。
（1988 年 6 月、広島県民文化センター）

思い出の公演など

『ジョー・ヒル』(1977 年 6 月、広島市青少年センター)
(左写真) 左端はルチア役の土屋時子。

『獅子』
(1986 年 6 月、広島市の見真講堂)

中学校からの親友・
安達昭一氏と (1985 年)

最後の夏

息子・元とのスナップ（1987年8月）
上から、広島の湯来温泉、松山の道後温泉、
別府の信子姉の自宅前にて

詩碑の建立

土屋清詩碑
（広島市西区・三滝寺。
デザイン・四國五郎）

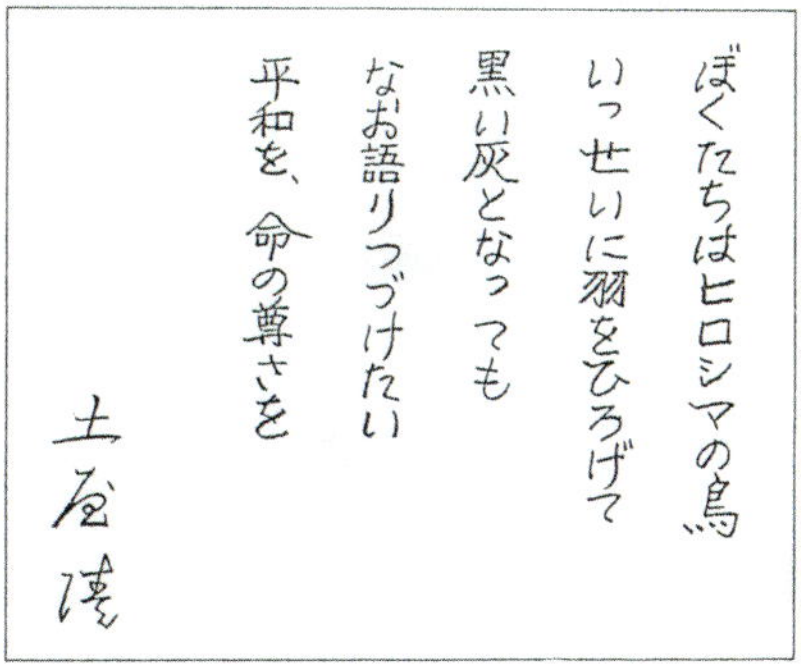

いっせいに羽をひろげて
黒い灰となっても
なお語りつづけたい
平和を、命の尊さを
土屋清

『鳥の歌・ひろしま』（未発表）の詩の一節

ぼくたちはヒロシマの鳥

作詩　土 屋　清
作曲　たかだりゅうじ

記念碑除幕式の際に作られた曲
（1988 年 11 月 5 日）

『河』2017 年、2018 年の復活公演

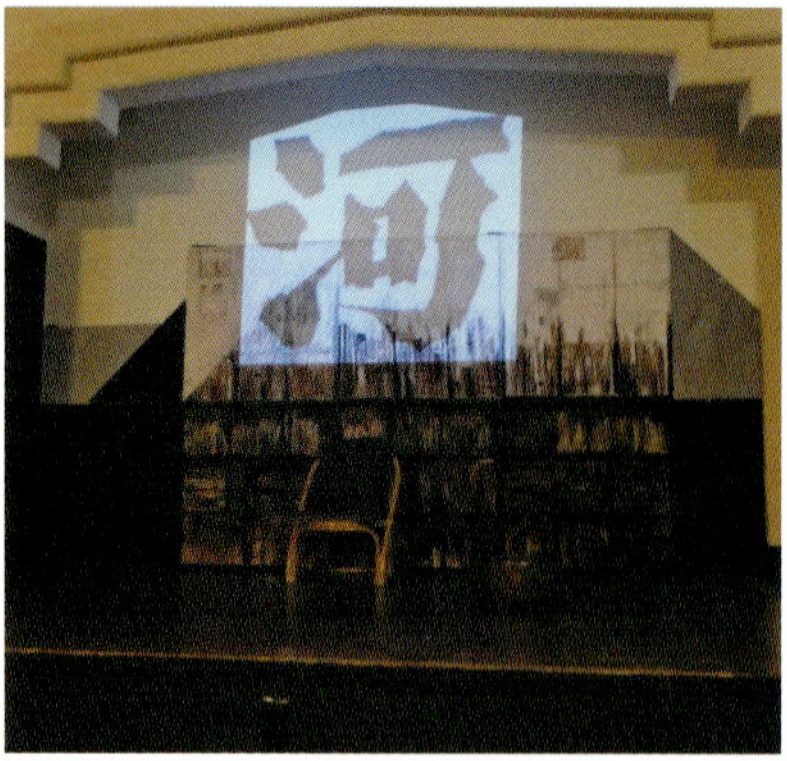

開幕前

第一幕　絵の具

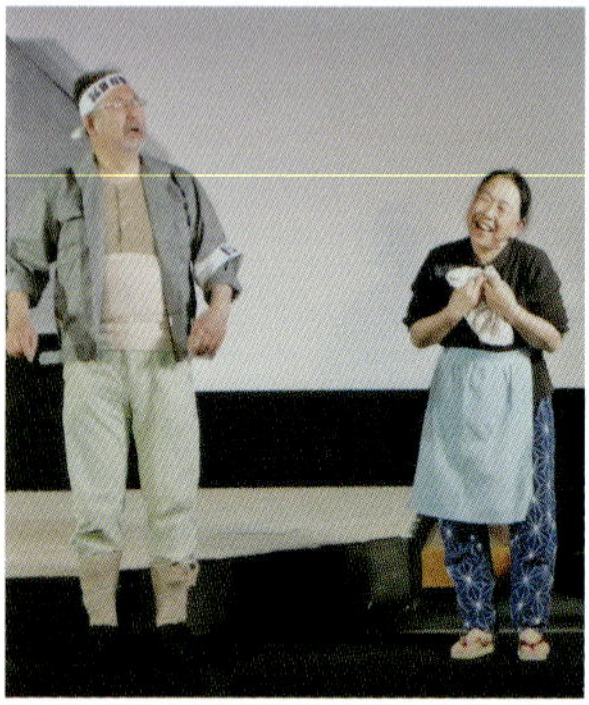

第二幕　怒りのうた

第三幕　一九五〇年の八月六日

第四幕
その日はいつか

横川シネマの展示ケース
（四國五郎のポスター、辻詩他）

『河』（2017 年 12 月 23 日・24 日、広島市西区・横川シネマ）

『河』（2018 年 9 月 8 日・9 日、京都市北区・紫明会館）

『河』の公演ポスター

1963 年初演
6 月 1 日に依頼され 2 日後には完成

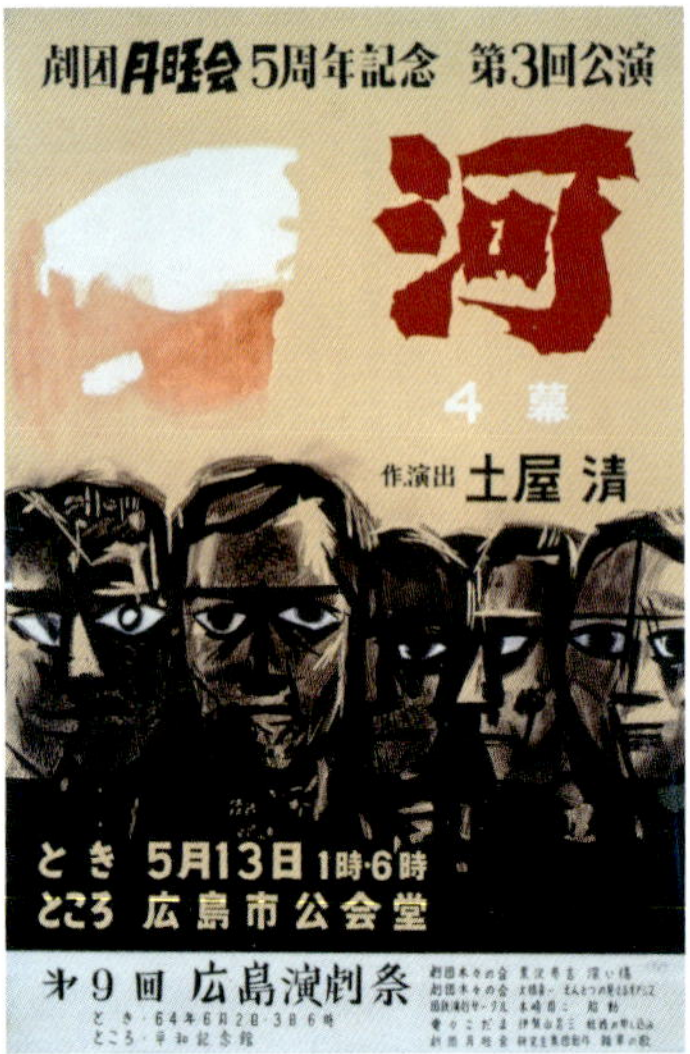

1964 年　これは鋭く見つめる 6 名の顔がモチーフ、他は河と原爆ドームを背景とした「原爆スラム」

1973 年
翌年 3 月に「小野宮吉戯曲平和賞」受賞

1983 年
峠三吉没後 30 年記念公演

父が狙った「力強い生命力」は、黒々と流れる河に真白く浮かび上がる「河」のごつごつした肉太の字体に表現されているように思う。野太く、ヒイラギナンテンの葉のように荒々しいトゲに囲まれ、しかし均整の取れた鮮やかな肉太のロゴ。命をかけて時代に抗った峠や「われらの詩の会」のメンバー達の生き様と、土屋清の力強さと情熱。そして稽古では絶対に妥協を許さなかった土屋の頑固さをもこのトゲが象徴しているように見える。この字体こそが実はポスターの主役だったのではないかという気もする。（四國光）

まえがき

明治百年にあたる昭和四十年代に、「明治は遠くなりにけり」という言葉が流行ったことがある。あと数年すれば、「昭和は遠くなりにけり」と言われるのであろうか。

いつの時代の青年にも情熱とロマンがある。情熱《パッション》には受難《パッション》という意味もあり、ロマンには失望や挫折がついてまわる。真実を求める道の途中には受難がふりかかり、それに立ち向かう者だけが、その時代に何らかの意味をもたらすのであろう。

この本は、昭和五（一九三〇）年に生まれ、戦争と政治に翻弄され十代の青春期を九州で暮らし、昭和三十（一九五五）年から亡くなる昭和六十二（一九八七）年まで、広島の地で「演劇」に人生をかけた「土屋清」の生きかたと、半世紀以上経っても色あせずに残っている名作『河』の軌跡を追うものである。

『河』は、原爆投下後の廃墟から奇跡的な復興を遂げた広島の、「炎の時代」を描いた物語であり、「原爆詩人」峠三吉（一九一七―五三）がその仲間と共に、理想とする社会の実現に向けて葛藤しながら、時代を駆け抜けていった「青春群像劇」である。一九六三年、原水爆禁止運動の再出発となった世界大会で衝撃的に登場し、広島以外の京都、大阪、東京でも上演された『河』。

一九七〇年代から八〇年代においては全国の地域劇団や専門劇団でも多く上演され話題となった。しかし一九八八年の「峠三吉没後三五年・土屋清追悼公演」以後、広島での上演は途絶えていた。「峠三吉生誕百年、土屋清没後三〇年」にあたる二〇一七年に、もしも『河』が再演されていなければ、永遠に話題となることはなかっただろう。つまり記憶＝歴史に残ることはなかったと思う。

土屋清の演劇の出発点は一九六〇年代である。六〇年代のしかも硬派の演劇など、二十一世紀の演劇界においては過去の昔話であるかもしれない。しかし社会状況としては、当時は文化運動も活発で、現代に希薄となった労働運動と文化運動の結合があり、運動理念の原型があった。人間の共同体意識と連帯があり、目指す目標があった時代だった。世界秩序の崩壊がおこりその目標は不確かなものとなったが、土屋は自分たちの新たな演劇を創造するために、峠三吉たちの「われらの詩《うた》の会」の活動から多くを学び、その生き方を軸として『河』という戯曲を書き上げた。だから自分たちの行く先が見えなくなったときには、いつも自己の原点である『河』の世界に立ち返った。

「政治と芸術」「組織と個人」「叙事と抒情」のテーマは、いつの時代においても変わらない。現代の演劇は新たな世代により活況を呈している、という見方もあるし、演劇の名に値する演劇がない、という批評家もいる。どちらにしても演劇の行く手は困難に満ちているだろう。ただそれに関わった者は、演劇で可能なこと、なしうることを模索する以外ないのである。「演劇は世界を変える、という夢を、志を抱いた二十世紀の演劇人」から学ぶべきことは、劇的な変化や意匠の目新しさを求めるのではなく、初心の貫徹に固執すること、つまり理念の原点を見失ってはならない、ということだと思う。世界を変える夢は、政治や社会においても、また芸術においても、到底叶え難いことではあるのだが。

二〇一七―一八年は私の人生にとって忘れられない年となった。二〇一五年十二月に大阪の「劇団きづがわ」が上演した『河』を観て発奮した。「創作劇『河』は過去の作品ではない。今こそ広島で上演されるべきだ。峠三吉生誕百年という記念すべき年に再演しなくていつできるのか！」と自分自身に檄を飛ばし、その日から二年間、なりふり構わず突き進んだ。

『河』上演においては数えきれない感動的な出会いがあり、それが素人の市民劇に力を与えてくれた。伝説的な芝居には芝居以上のドラマが残ると言われる。「ヒロシマの空」を書いた林幸子さんの孫娘・中山涼子さんとの運命的な出会い。彼女は腰が重い私の背中を押してくれ、ヒロインである祖母の役柄を見事に演じてくれた。一番の悩みは、多くの人が仕事と稽古の両立が厳しい労働条件を抱え、稽古時間が足りないことだった。また予期せぬ豪雨災害がおこり稽古が中断した時もあった。だが誰一人あきらめなかった。ある意味では、その困難さの中で一人ひとりが、『河』の厳しい時代を追体験し、それが力になったのだ。

「ことばの力」は大きい。私は今回『河』上演の過程で、あらためて「ことばの力」を再認識した。幕を上げる自信がなくなり眠られぬ夜が続いたとき、多くの先人の残した文章、あるいは語ってくれた「ことば」に勇気づけられた。折々心に響く「ことば」と出会えたことで、何とかゴールにたどり着けたような気がする。峠三吉の詩や日記の言葉、台本の中に織り込まれたセリフ、そして何よりも道標となったのは、土屋清の『河』公演にあたり残してくれていた文章や「ことば」であった。多くの「言霊」に救われた。

「観客の力」は大きい。演劇の主な三要素は「脚本、役者、観客」と言われる。「どんなに素晴らしい役者が揃っても、優れた脚本でなければ悲惨な結果となる。また観客が何を求めて会場に来るか、どのような観客が集まるかが舞台の質を決める」と私は思っている。そういう意味では、『河』は観客に助けられ、エネルギーを吹き込まれたといっても過言ではない。二〇一七年十二月末真冬の広島公演では、会場が異様な熱気に包まれた。二〇一八年九月の京都公演は当初心配したが、一九六五年、六九年に『河』を上演した大阪の夜学生・演劇部の皆さんも駆けつけ、半世紀以上前の若い熱い思いを、私たちに届けてくださった。また京都公演の前に、「NHKラジオ深夜便」の番組『明日へのことば』で「ヒロシマの炎の時代を伝えたい」の放送を全国のリスナーに届けてもらい、放送を聞いた方々からの反響が予想以上に大きく、「ラジオの力」にも助けられた。また、『わが青春の記録』(四國五郎著)を出版した三人社の方々の協力があったからこそ、京都公演が成功したことも記録しておきたい。

出版については、初めて『河』に出演した研究者・八木良広の発案で実現した。「舞台は時がたてば消えてしまう、公演だけでは足りない。演劇史の中で、全国的には決して有名でない作家による作品が、繰り返し上演されてきたことは珍しいことだ。広島の戦後史、社会文化史、平和運動史を再考するため、演劇史の中に埋もれた名作に焦点を当て、土屋清の仕事を通して、ヒロシマの過去、現在、未来を問うてみたい」と提案してくれたのだ。私は京都公演終了時には、出版のことなど考えてもいなかった。舞台における俳優の芸術は瞬間的なもので形を残さないのが必定と思ってきたからだ。時代を超えて、戯曲という作品は、また劇作家は生き延びていけるのだろうか。出版はその問いを見極めるためでもある。本書は土屋時子と八木良広が編集にあたり、四部構成とした。第Ⅰ部は土屋清の小伝と、現在では目に触れる機会の少ない土屋自身の貴重な論考を収めた。第Ⅱ部では『河』という作品そのものについての総論を八木良広と池田正彦が分担執筆し、生前の土屋と共に活動した方やこれまで『河』上演に携わった方の論考を再録した。第Ⅲ部は、『河』初参加で魅力ある若者を演じた新聞記者、半世紀前、夜学生として『河』に参加した研究者、比較文学研究者、雑誌編集者、プロデューサー、芸人、その他幅広く活躍しておられる方々に論じていただいた。第Ⅳ部には、二〇一七年の復活公演の際の『河』台本全編を収録した。

本書の出版に際して、名前は記さないが広島、九州、大阪、東京などで、多くの方々にお世話になった。

最後に「広島文学資料保全の会」のことについて、ひとこと述べさせていただきたい。

今回の『河』上演の主催団体でもある「広島文学資料保全の会」は、一九八七年、原爆文学に限らず広島の文学資料を収集し、後世に伝え保存体制を築くためにと有志で立ち上げた会である。文学館の設立を目指し、文学資料展や朗読会を開催し、峠三吉や栗原貞子、大田洋子などの出版物も自費出版してきた。二〇一五年には国連教育科学文化機関（ユネスコ）の「世界記憶遺産」（二〇一六年より「世界の記憶」と改称）への登録を目指し、被爆作家である峠三吉、原民喜、栗原貞子の資料をもって、国内公募に申請した。広島市との共同申請は初めてのことで、大きな話題となったが、残念ながら「世界の記憶」にはなっていない。「世界の記憶」をめぐっては、文化が政治に利用され翻弄される状況にあり、政治的緊張の回避のため現在改革が進められている。私たちはあきらめることなく、被爆直後の原爆文学資料の保存活用に向けて、今後も多様な活動を進めていきたいと思う。

土屋清が渾身の力をふりしぼり、私たちに投げた『河』という球。何十年も経ってしまったが、私たちは今、渾身の思いで投げ返した。果たして直球として届いたであろうか。

二〇一九年四月三十日

広島文学資料保全の会・代表　土屋時子

凡　例

一　引用文への引用者の補足は〔　〕で示した。

一　引用文や再録原稿においては、旧仮名遣い・旧漢字は現代の表記に改め、明らかな誤字は修正した。その他、本書全体の方針に合わせて表記を統一した。

一　今日では問題のある表現もあるが、発表時の時代状況を踏まえて、そのままとした。

ヒロシマの『河』　目次

II 『河』とはなにか 145

ヒロシマの『河』

――劇作家・土屋清の青春群像劇

今は亡き土屋清、峠三吉、四國五郎にこの本を捧げる

I　土屋清とはどのような人物か

土屋 清
（1986年6月）

土屋清——昭和の闇と光を生きた劇作家

土屋時子

無名の人生

土屋清（一九三〇—八七）は無名の劇作家である。名は知られていないが、九州での青春無頼の末、広島に根を下ろし、劇烈な芝居人生を貫いた。その逸話は知る人の記憶に今も残り、愚直でナイーヴな生きかたが、語りぐさとなっている劇作家である。

演劇の先達として同志として、土屋が最も心寄せていた演出家・広渡常敏（一九二七—二〇〇六。東京演劇アンサンブル代表として、「ブレヒトの芝居小屋」で活動）は、土屋が亡くなったとき、「土屋清の闇の深さについて」という追悼文を書いた（本書第Ⅱ部所収）。「〔土屋清の残した戯曲〕『河』は、みんながいいと思っているよりも七倍くらい立派な作品だ。奇跡的にいい作品だ。そしてこれを創りだしたのは土屋清の人間に対する誠実さだ。土屋清はみんなが感じているよりも一〇倍くらい、誠実さをつらぬいた人だと思う。」

「土屋清の闇」「土屋清の人間に対する誠実さ」とは何を意味するのか。

土屋清は、自身の幼・少年時代のみならず、自分について記した文章は残していない。「魂の記録」と書いた「創作ノート」は十数冊あるが日記類は残っていないし、若き九州時代のことは、切れ切れの記憶でしか語らなかった。だが、いくつかの戯曲の中に、また『河』の登場人物に、土屋の分身を見出すことはできる。

この小伝は、広島に生まれ九州で育ち、戦後広島が最も激しく燃えた「炎の時代」を描き、燃えて爆《は》ぜて、爆ぜたまま「ほいじゃあ！（それでは）」と言って立ち去った、一人の劇作家の相克の記録である。それを、友人から聞いた話や土屋自身の論考や、新聞のインタビュー記事をもとに、筆者の想像力で補いながら探ってみる。

生い立ち

土屋は「長崎清」として生まれた。自分の生い立ちや系譜には全く無関心であったが、五十歳のとき、とある事情で『広島市史』『広島県医師会史』『原爆医療史』『長崎家小史』他をひもとく機会があり、自らのルーツを知ることとなった。長崎家は先祖代々医業を営み、芸州藩の藩医・御側医師も務め、明治初期から西洋医学を修めた家系で、原爆被災時の熱傷先進治療で「火傷の長崎」の名を残した。土屋の父・渉は長崎家の長男だったが、自由奔放な性格で医業を嫌い、四男の五郎に家業を任せ、自身は東京高等農林学校（現・東京農工大学）の畜産科を卒業し、農商務省（後の農林省）の畜産技師となった。

清は、父・長崎渉、母・トシヱの三男として、昭和五年十月一日に、広島市水主町《かこまち》（現・中区加古町）に生まれたが、四歳の時に河原町（現・中区）で紡績工場を操業する土屋範吾と静子の孫娘、土屋芳枝の養子となり土屋姓となった。土屋芳枝は、東京の女子美術専門学校（現・女子美術大学）を卒業した後広島に帰り、未婚であったが二十九歳で清の養母となった。清と芳枝は再従姉弟《はとこ》にあたるが、二人は一度も会ったことがない。家名を絶やさぬためだけの養子縁組であった。土屋芳枝はその後どんな人生を送ったのかも全く不明である。そのまま爆心地に近い河原町に住んでいたならば、原爆に遭遇したかもしれない。土屋家の墓はない。

父・渉は明治以降、羊の飼育の第一人者として北海道から千葉、熊本などを転任し、最後は鐘紡の別府城島高原の牧場長として当地で病死した。富国強兵の下、近代農業整備を任され再三にわたり欧米の牧羊、畜産事業の視察をし、全国各地で講演すること千回以上に及んだ。一生を通じ日本の牧畜業の発展に尽くした逸材で、軍の需要も高まり期待されたが、牧羊業は日本の風土に適さずことごとく失敗した。壮年期三十代の渉は扇山牧場長として、城島高原から颯爽と馬に乗り別府の街に度々出かけていた。母トシヱは代々別府で髪結いをしていた家の長女で、温泉町の髪結店に出入りする芸妓たちに寵愛され、幼少時から芸事に長じ三味線の腕は評判だった。十七歳のとき渉に見初められたが、長崎家から家風に合わぬと猛反対され、正式に入籍したのは数年後のこと。渉はその後、広島県庄原の牧場長となり、戦前広島市水主町にあった広島県庁舎宅に住み、清が生まれた。

清が十歳のとき再び別府へ転勤となった。兄二人は広島に残し、清、父母、姉三人の家族六人が城島の瀟洒な洋館に住み、高原で二年間のびのびと暮らした。兄二人は成績優秀で、広高（旧制広島高等学校）から長男は東大、次男は京大へと進んだため一緒に暮らした記憶はほとんどない。二人は卒業後も東京でかなりの社会的地位を得たが、土屋は兄たちと違い異端の自然児であった。考えれば父親も異端児だったわけで、父の自由なフロンティア魂と冒険心を受け継いだのが、末子の清だったかもしれない。

一九四二（昭和十七）年、土屋が十二歳のとき屈強な父が病死した。病重く苦しさに怒鳴りまくる父が亡くなったとき母は、「あーあ、これで清々した」と、しきりに父の布団を叩いていたが、目には涙があふれていた。清は、これが悲しみの表現であることを学んだ。小学時代は体が弱く学校を休みがちで、姉たちの蔵書を読みふける文学少年であった。感受性の強い少年期、それゆえに戦時体制が深まる中、愛国少年となるのに時間はかからなかった。

予科練・十四歳の挫折

土屋は、生まれた翌年に満州事変、小学校一年生のとき日中戦争、五年生のとき太平洋戦争が始まり、十四歳の夏に戦争が終結。戦争に翻弄された時代の落とし子である。

一九四五（昭和二十）年四月、大分県立別府中学校三年生のとき、迷わずに予科練（海軍飛行予科練習生）に志願を決めた。その年から中学二年修了で採用できることになったからである。親たちの反対を察して、同級生十数人が独断で願書を提出した。旧海軍の履歴によると、「第十六期甲種飛行予科練習生」「入籍番号・佐志飛第五八七四九号」「兵種・飛行兵」「所管・佐世保鎮守府」（鎮守府は横須賀、呉、佐世保、舞鶴の四箇所にあった）、「所轄・相浦《あいのうら》海兵団／福岡航空隊」、家族欄は「本人単身」とある。相浦海兵団は東シナ海を前にし、本土決戦に備えての警備部隊であった。

四月―九月のわずか五行五か月の軍歴、だがその間に同期の飛行兵が数多く戦没した。

海軍予科練習生制度は一九三〇（昭和五）年まず満十五歳（後に十四歳）から始まり、総数約二五万九千人が採用された。昭和二十年には甲種・乙種合わせて五万九千名の少年が採用されている。土屋はその中の一人で、五八七四九番目の飛行兵。八月十五日にも宝塚では三八六名採用との記録がある。まだ戦う意志があったとでもいうのか。

既に日本海軍の飛行機はいくらもないから、人間魚雷やベニヤ板製の水雷艇に回されるのだと聞かされていた。ところが実際は、本土決戦を見越し陸戦隊として戦う作戦だといって、爆弾を抱いて敵の戦車に飛び込む訓練や、穴掘り穴埋め、道路整地に終始する、いわば土方要員であった。入隊した予科練生は良く言えば純真、悪く言えば単純で、戦死の危険を除けば、少年にとってエリートコースのひとつだったが、その時期になると素行不良者も受け入れたため予科練とは名ばかり、「土方仕事の土科連」「与太者のよたれん」とも呼ばれていた。せっかく集めた少年兵は、得体が知れぬ労働力のプールだった。

海軍の罰直（規律を高めるための罰）は伝統のバッター（「海軍精神棒」による尻の殴打）が有名で、入団直後から皆その洗礼を受けていた。土屋はきまじめ過ぎて不器用、なのに人一倍生意気だったためか、教育長と呼ばれる二等兵曹に目を付けられていた。罰直回数も多く、下痢が続き、栄養失調で髪が抜け、指先の爪も朽ちていた。敗戦が濃厚となると多くの部隊は目標を失い、戦争の大義はすでに形骸化し心も荒んでいた。ある日、隊内の物品が紛失したと言って土屋が犯人にされた。その兵曹と配下の三人が執拗に土屋を殴り続けた。制裁の範囲を超えた凄惨なリンチと化し、彼らの憤懣の餌食となった。誰も止められなかった。意識が遠ざかるとき、「殺さぬ程度にしとけ」という声が聞こえた。半死半生で息も絶え絶え、尻が内出血で真っ黒になり歩けなくなった。他の分隊では傷口から破傷風菌が入り死んだ者もいた。それは戦病死として処理されていた。

八月六日、広島に新型爆弾が落とされたことを知らされたのは九日の早朝、マル秘で原子爆弾だと教えられた。長崎への爆撃予告ビラが二日には撒かれていた。予告通りの九日、原爆は長崎にも投下された。長崎出身者が多いためか、原爆投下の事実が報告されたのは十二日。長崎はその後十四日まで、真夏の夜空が茜色に燃え続けていた。

八月十五日の天皇の放送。とほうもない徒労感に包まれ、周囲の誰も泣かなかったという。切腹するとか手榴弾で自決するという勇ましい輩もいたが、誰も実行はしなかった。反対に、欧州の復興作業に連行されるという噂におびえ、行方不明となる者もいた。ともかく十五年に及ぶ少年兵制度と軍隊生活は終わった。終わりはしたが、多くの若い特攻隊員が戦死した。

九月一日、土屋は同じ班の仲間に抱えられ家にたどり着いた途端、ばったりと倒れて動けなくなった。母と姉たちは、清を抱きかかえて近くの温泉場に連れて行き、数か月間、温泉治療を施した。頭髪の抜けた土屋少年は、「あんたも広島から来たんか」と言われた。言ったのは、別府で湯治中の広島から来た被爆者たちだった。

十年後、土屋はこの体験をもとに『爪の跡』という芝居台本を書いた。兵曹の顔と名前が浮かび憤怒の一念で書いた台本だったが、上演する気は失せ、予科練のことは封印した。

もうひとつ封印したことがある。一時期、特攻に向かう特別年少兵（特攻隊員）の最後の言葉を記録する通信の仕事も与えられた。自分と同じ年代の彼らが、死に向かう直前に残した言葉、その切迫した呻き声を平静に書きとめることなどできなかった。

いつの時代も、若者は命をかける心のよりどころを求めるものだ。土屋も「人は何のために生き、何のために死ぬるか」を問い続けていた。その答えが分らぬまま終戦を迎え、茫然自失、数か月は亡者の如く何もする気がしなかった。

思春期・占領下の別府

日本は敗戦により九月二日、ＧＨＱ（連合国軍総司令部）の占領下に入った。

別府は戦災を受けなかったが、戦時中は温泉医療基地として多くの傷病兵を受け入れ、戦後は占領軍基地の労働者、引揚者や復員兵、戦災孤児、パンパンと呼ばれる女性たち（街娼）、闇商人がなだれこみ、一時期人口は膨れ上がり、市街中心部の人口密度は日本最高となった。現在の別府公園周辺は米軍基地として接収され、野口原に「チッカマウガ」（南北戦争の激戦地名）とよばれた進駐軍基地が作られ、一九五七（昭和三十二）年までは特区として君臨した。湯けむり上がる基地の街となったのである。別府は九州のどの都市よりも、犯罪の多い混沌とした街であったが、米軍基地によって経済発展を遂げた都市でもあり、戦後の日本の姿に通底する。

土屋の家は野口町で基地に通じる道筋にあり、しょっちゅう進駐軍強盗の被害に遭ったという。家族は、母、姉三人と自分。男は清だけなので、姉たちを守るために必死だった。米兵に殴り倒されることが度々あったが、訴える場所もない。次第に反米的になっていった。

復学後の予科練生たちは、特別の学級に編入させられ、「不良組」と呼ばれていた。復学した土屋は人格が変わっていた。一度死の恐怖を味わった者は、怖いもの知らずである。ジャズが流れ、街頭賭博が行われ、進駐軍のジープがパンパン狩りをしていた別府の闇市で、「予科練帰りじゃあ！」と吼えながら、血気盛んな同級生たちと裁ちばさみを片手に、女たちの髪を切り落として回った。風雲児気取りの愚連隊に、住民たちは冷ややかだった。

新制高校は大分県立別府第一高等学校の一年間だけだった。土屋は在学中のある日、巡演していた前進座青年劇場の芝居を観る機会があり、目前で汗を垂らしながら演じる役者を見て釘付けになった。『レ・ミゼラブル』『ベニスの商人』『ロメオとジュリエット』などを手当たり次第に観た。かなづちを腰に下げ、舞台づくりも手伝った。『レ・ミゼラブル』は本で読んでいたが、舞台の方が感動的だった。その中で、日本経済新聞社別府支局の村上尚達《なおさと》記者と出会った。彼は若い頃、新築地劇団員だったらしく、土屋に「芝居をしてみないか」と声をかけた。短い期間であったが、彼の影響は大きかった。高校の卒業前には、村上記者の演出で『炭坑夫』（ル・メルテン作）という芝居を上演した。高校始まって以来の舞台。土屋は補演出と役者で、女生徒も登場し注目されたが、難解な上に役者が下手くそで不評に終わった。卒業式の君が代斉唱の時、数人が立ち上がり、その芝居で覚えた「インターナショナル」を歌って顰蹙を買った。赤名高き「土屋清」であった。

高校卒業後しばらく、素人劇団を作って公演をしたり、文化工作隊と称し田舎で組織作りもした。芝居の世界に進もうかと悩んだが、生活は厳しく、芝居など呑気なことをしてはおられぬ気分だった。臨時の輪タク（自転車タクシー）屋もし、筑豊に出かけて日雇い炭鉱夫もした。

十八歳で青年共産同盟の専従となり共産党へ入党した。「人は何のために生き、闘うのか」をようやくつかんだ気がした。誰よりも勇んで活動し、深夜に及ぶ細胞（班のことをそう呼ぶ）会議を取り仕切りし、早朝『赤旗』を配って回る毎日だった。家に居ると甘えてしまうからと、親友の安達昭一の家に泊り込み、ズボンをはいたまま寝るという生活だった。専従となるとアルバイトもできなくなり、コッペパン一つで我慢する日もあり、いつも空腹でふらふらしていた。

一九四九（昭和二十四）年一月、共産党の国会議員が三五議席となった。「革命近し」と信じ込んだが、七月、八月には戦後最大の謀略事件といわれる下山、三鷹、松川事件が起こる。十月中華人民共和国成立。翌年六月には、朝鮮で戦争が始まった。
土屋は、再び、歴史の変転に翻弄される日々を体験することとなる。

地下活動家という放浪者

朝鮮戦争の下、政令三二五号（占領下治安立法の一つで、占領目的阻害行為処罰令）が制定された。GHQの指令に反する政治団体等の解散、それに寄与した関係職員を公職から除去する目的だが、特に共産党およびその関係団体への適用を意図した政令であった。朝鮮戦争が始まると、各地で共産党幹部に逮捕状が出された。別府も例外ではなく、土屋にも逮捕状が出されるとの情報が入り、そのまま地下の反戦活動に潜ることとなった。後で聞かされた話だが、母はそのことで三か月間、米軍基地で屈辱的な取り調べを受けた。

逃避行は一見ドラマティックに展開していくのだが、二十歳の青年にとっては、命がけでつらい日々の始まりだった。

大分から福岡へ

党の仲間の輪タク屋が土屋を毛布で包み、荷物に偽装し別府から大分へと運んでくれた。由布岳に別れを告げ、日田を通って福岡まで辿り着いたが、逃亡資金は直ぐに無くなった。生活費は「何月何日何時何分、何処どこでレポ（レポーター、連絡員）から受け取る」という指令に従っていた。ある冬の日、博多の那珂川河畔の歩道上、中洲懸橋と春吉橋の中間で、ある男と会う手筈になっていたが、その時間に遅れてしまった。指定の時間に出会わないと連絡は途絶える。土屋は数日間何も食べていなかった。福岡市は那珂川を境に東を博多、西を福岡といい、黒田五二万石の城下町で、博多は商人の町である。博多と福岡は明治の初めに合併し、人口五四万人、六大都市につぐ大都会だった。夕暮れがきて、博多の歓楽街東中洲へ通じる春吉橋の河畔に、焼き芋屋の屋台が出ていた。焼き芋は何とも美味しそうな匂いをさせ、その匂いに誘われるまま、爺さんの目を盗み、思わず焼き芋を一個盗んでしまった。さっとその場を離れたが、何を思ったか引き返し、唯一の財産ともいえるジャンパーを屋台の後ろに置いて、走り去った。盗みをしたことに気が咎め自分に腹が立ったが、芋は格別に美味しかった。売春防止法はまだ出来ていない時期で、春吉の辺りは色めきざわめき人並みは賑わっていた。その華やかな喧騒の中、土屋は惨めで孤独だった。

当時、福岡の共産党員は他所からレッドパージで逃れてきた者が多く、ある細胞では地元出身者が少なかった。地下活動をしている者が不意にいなくなったり、人に知られずに病死した者もいた。朝鮮出身者も多かった。経営（企業内）細胞、居住（地域内）細胞があり、こうした細胞は「おもて」の組織、地下活動は「ウラ」と呼ばれていた。中央組織はいわゆる五〇年問題（日本共産党の分裂問題）で、方針も大きくぶれていたが、福岡ではそんなに大きな波風はたっていなかった。熊本の党組織も警察に狙われているという情報が入り、そこは急遽離れることになった。

土屋は以前、筑豊にも行ったことがあり、生活費を稼ぐために炭鉱で働くことにした。朝鮮戦争で特需景気の時代、石炭産業は活況を呈していたからだ。福岡の西、姪浜にあった早良炭鉱は臨海炭鉱として交通の立地条件も炭質も良く、大いににぎわっていた。

炭鉱労働者は九州各地から集まり、別府や広島からの失業者もいた。労働組合や共産党の組織もあり、土屋の「ウラ」の活動は、非公然体制を維持するための特別要員で、「おもて」の仕事は下請負の掘進夫だった。現・早良区の地区内には被差別部落の党員が多い細胞もあり、誰彼の区別なく面倒を見てくれる。彼らとは心置きなくつき合えた。土屋はその暮らしが気に入り、近くにある飯盛山という、その名のとおり飯を盛ったような美味しそうな山を、朝晩眺めるのが好きだった。坑口は朝四時に開く。低い坑道で膝まで水につかりながらのモグラ暮らし。予科練時代に殴打された腰が疼き、長時間の炭鉱労働には耐えられなかった。炭住長屋の風呂で湯船につかる時だけが至福の時間だった。数か月で身体が悲鳴をあげだしたので、その地を去った。

福岡から熊本へ

炭鉱の仲間から、熊本の豆腐屋を紹介された。豆腐作りなら炭鉱のように重労働ではないだろうと思ったが、考えが甘かった。豆腐は大好物だったが、豆腐作りが過酷な労働だということを知らなかった。豆腐屋の小僧として住み込んだ家は、年老いた夫婦とその息子夫婦の四人家族で、嫁に子供が出来るというので、若い働き手を探していたのだった。

物静かな家族だったが、老夫婦から、「辛うても休むわけにゃあいかんけん、風邪ばひいたらいかんばい」と釘を刺された。その意味が後になって分かった。

初めは豆腐の配達だけだったが、数日後から豆腐作りを仕込まれた。豆腐屋の仕事は、前夜に大豆を洗い水に浸しておき、深夜二時に起きてくど（竈）に火を入れることから始まる。朝起きられなくて怒鳴られ、豆腐が固まらないと、出来損ないの豆腐を床に投げ捨てられたり情けない日々が続いた。

夜、眠気が襲って来てうとうとしていると大声で起こされる。あるとき、立ち上る湯気の中に別府の母の顔が浮かんできた。無性に恋しく切なくて、外へ飛び出し泣いてしまった。自分の人生はどうしてこんなにも辛く、淋しいのだろうかと、声を押し殺して泣いた。夜空の星は、それでもほんとうに美しかったという。

豆腐屋をしながら党活動をしている人たちは、ひたむきな苦労人ばかりだった。半年ばかりしてようやく仕事にも慣れてきたが、かなりの重労働で腰の神経痛がぶり返してきた。この様子だとやがて訪れる冬は体が持たないだろうし、豆腐屋になるつもりは毛頭ない。転職するなら早い方が良いと思い、引き留められたが、豆腐屋一家に別れを告げた。思えば、出来損ないの豆腐屋小僧だったが、豆乳の温かさ美味しさ、水に浮かぶ白い豆腐の美しさ、いとおしさを知った。ものづくりの労働の難しさを初めて体験した。

次の土地は天草の島と見定めていた。キリシタンだろうと、筑豊のケツ割り炭鉱夫、非合法活動家だろうと、追われる者は迎え入れてくれると聞いていたからだ。

熊本から牛深へ

山崎朋子のノンフィクション『サンダカン八番娼館』(一九七二年)の冒頭に、牛深の地名がでてくる。牛深は天草下島の南端にあり、江戸時代から天然の良港として知られ、熊本県で最大の漁港だった。一九四九(昭和二十四)年のイワシ景気では、水揚げ量が全国第二位にもなったことがある。最も多い時期には七船団あり、巾着網五八統、乗子二千人で活況を呈した。牛深の由来は「潮深(うしおぶか)」からだと土屋は漁師に教えられた。

牛深ではイワシ巾着漁船に乗り組み、メザシ加工工場でも働いた。体中が魚臭くなったがその臭いは嫌いではなかった。港に停泊する巾着網漁船の長い列は壮観で、胸がわくわくする風景だった。しかし何せ漁師の仕事は初めてだから、天秤棒を担いで船の渡し板を歩いて渡るのは苦手だった。運動神経は悪くはなかったが、バランスを失い何度も海に落っこちる。すると漁師たちから「そがんへっぴり腰じゃあ生きてゆかれんばい！」と怒鳴られる。言葉はきついが心根は優しく、笑いながら引っ張り上げてくれた。

町の北部には魚貫《おにき》という炭鉱があり良質の無煙炭を産出していた。四月中旬に開催される「ハイヤ祭り」は、一年中で一番港が活気づく時期。炭鉱労働者も漁師たちも一斉に港に集まってきた。祭りの最中、町中では炭鉱夫と漁師の交流が進んでいた。牛深の漁師たちは一九五一年には、網元と乗子が労働協定を結び保証給与も勝ち取っていて、なかなかの労働運動を繰り広げていた。炭鉱夫たちも、漁師から知恵や情報を得ていた。社会党員も共産党員も、必要な時は力を合わせ闘った。土屋はその闘い方こそが勝利につながると思った。負けん気が強い漁師の娘に惚れかけたが、定住できない放浪の身だと自分に言い聞かせて、胸に畳んだ。

天草諸島には、大正から昭和三十年頃にかけ「カクレキリシタン」が約二万〜三万人いたと推計されている。貧しく弱い者同士が庇い合う生き方は、江戸幕府がキリスト教を弾圧して以来の天草の伝統である。その地で暮らせたことを誇りに思った。

土屋は予科練時代の心の傷を引きずりながら、戦後は文字通り明日を考えない生活に明け暮れた。ヤミ仕事の数々、底の抜けた生活だったが、ある種の解放感と明るさがあった。

九州から広島へ

一九五二（昭和二十七）年四月二十八日、対日講和条約が発効し、米軍の占領が解かれ、日本の主権は回復された。五月七日に処罰令は廃止となったが、日本共産党主流派の非合法主義は、その後数年間は依然として続いていた。土屋も当分の間非公然下で動き、別府へ帰ったのは一年後のことである。逃避行は三年で終わった。

一九五四（昭和二十九）年、二十四歳となった土屋は別府では仕事が無く、広島に帰っていた次兄を頼り広島へ帰ることにした。一四年ぶりの広島であった。

四年前、朝鮮戦争下の八月六日に開かれた、広島平和大会の感動的なもようは、九州にいるときに聞いていた。原水爆禁止署名のことは、天草からの帰路、渡し船のじいさんや、行商のばあさんまでが署名していたので、その運動の広がりを実感していた。もう逃げ回る必要もない、新たな生活が始まるのだと希望を抱いた。

広島は、別府や佐世保、天草とは町の様相が全く違っていたが、山も川もどこか懐かしい景色だった。そういえば幼少期、家の前には古い雁木があり、元安川が流れていた。その川で泳いだ記憶もある。やっと故郷に帰った感じがした。

「原子爆弾でやられた広島には、七五年間草木も育つまい」と言われていたが、一九四九（昭和二十四）年の広島平和記念都市建設法により、復興は一気に進められていた。政治、経済、社会、文化面において広島の復興は驚異的であった。市内の河岸のあちこちには、バラック長屋が蛇のように続いていたが、街中は新しい建造物が立ち並び、鉄筋のモダンなアパートの工事も進んでいた。原子砂漠の風景はもはや見当たらなかった。

土屋はしばらくは時代から取り残された浦島太郎の気分になった。友人や仲間もいない、孤独で空しい。九州での活動は何だったのか。その思いばかりが募り、「自分は一体何をしに広島へ来たのか、何ができるのか」と、夜の街をほっつき歩いて酒色におぼれた。

原爆反対、平和への熱い意識とはまだほど遠かった。

「広島民衆劇場」の研究生として

一九五五（昭和三十）年から、広島市の職員労働組合や国鉄労働組合の臨時書記局員などをしながら、細々と食いつないでいた頃、大月洋主宰の「広島民衆劇場」が研究生を募集しているのを知った。「真に民衆のために、生活の喜びとなる、芸術的に高い水準の演劇を創造する」という文句が気に入り、役者志望の研究生となった。土屋は広島で被爆死した俳優の丸山定夫に憧れており、彼のような役者になりたかった。一七名の定員に応募者が七〇名。たかがサークル劇団だが、広島の演劇熱は相当なものだった。学生演劇も盛んで、当時県内の自立演劇集団は二七団体あり、市内では七劇団がしのぎを削りあっていた。

「広島民衆劇場」は、一九五三（昭和二十八）―五六（昭和三十一）年の四年間、大月洋の指導の下、「民衆と共に生きる劇団」を目指し地方演劇文化の牽引役を果たした。

大月洋（本名・大藤軍一）は一九〇六（明治三十九）年生まれ、土屋の二十四歳上である。一九七三（昭和四十八）年、広島演劇史を編纂中に六十七歳で亡くなった。戦前から一貫して広島の演劇界に尽力した舞台演出家だった。戦前の治安維持法下、二度も検挙され計七年間も獄中の生活を強いられたが、非転向を貫いたという筋金入りの活動家でもある。大月洋は戦後いち早く「新劇友の会」を結成し、東京で活躍していた新劇人や俳優たちを広島に呼んで、地方劇団と中央の橋渡し役も果たした。

「広島民衆劇場」は年に五、六回公演もしていたが、プロを目指し上京する劇団員がでたり、大月洋が鑑賞組織づくりへと進んだため、一九五六年の公演で自然消滅へ向かった。

その記録は、輝本親孝編『ロンドの青春』（民劇の会、一九九六年）に詳しい。

一九五七年、別府にいる母トシヱが五十九歳で急死した。心配ばかりかけ通しで、詫びの言葉をひとことも言えなかった。「最後に、きよし、きよし、言うとったよ」と姉の信子から聞かされた。母への思いがつのり、ひとり声をあげて泣いた。

「おふくろ、ここで、この広島で生きていく。もうどこへも逃げない」と誓った。

「劇団」を立ち上げる

土屋は、高校時代の演劇への思いが一気に噴き出た感じで燃えていた。無意味だと思った九州時代の体験も自ら反芻し始めた。自分たちの新しい劇団を旗揚げする準備をした。

一九五九（昭和三十四）年、メーデー前夜祭に参加した仲間と共に「演劇サークル月曜会」（二年後に「劇団月曜会」）を立ち上げ、その代表となった。創作活動の始まりは一九六一年の構成劇『赤とんぼ』で、保母の闘いを描いた作品だった。その年に仲間の尽力で、知恩保育園の保母をしていた出雲孝子と結婚することとなった。ようやく人並みの家庭生活が始まり、これで放浪癖が直ると思ったが、なかなか抜けきらなかった。創作に行き詰まるとフラッと居なくなるので、孝子は仲間たちと一緒に、度々土屋を探し回った。孝子には土屋の奇行が理解し難かった。

土屋はこの時期、宮本研（一九三〇―八八。熊本出身の劇作家）の作品に注目し、処女作『僕らが歌をうたう時』（一九五七年）を劇団で五回上演した。この作品は職場演劇サークル内の葛藤と希望を描いたものである。宮本研は自立演劇運動を、作品的にも理論的にもリードした劇作家だった。宮本研が生涯抱えていた「前衛党と民衆」「芸術と民衆」「政治と芸術」「個と組織」の問題は、土屋にとっても生涯を貫く課題だった。

劇団の機関紙も自らがガリ切りをして発行した。毎号の機関誌の中には土屋の思いが書き綴られている。「サークル演劇の停滞を破れ！」「遅刻、不精、わがまま、醜い性格、同じ過ちを二回繰り返すことのさけられぬ人間、これらは仕事のためにも等しく有害だ」「私たちの生活、私たちの心と身体から生まれた創作劇を作り上げよう！」「組織体制を劇団に」「劇団建設〇カ年計画」「観客に責任のもてる芝居を目指そう！」などと檄を飛ばした。劇団員の反応はあまりなかったというが、メッセージを発信しつづけた。

土屋は小学校卒業時には書棚にあった『世界文学全集』を大方読んでいたが、中学、高校時代はろくに勉強もしていない。ましてや演劇に関しての知識は、皆無に等しかった。スタニスラフスキーの『俳優修業』から始め、「演劇の起源」「演劇史」「演劇論」「芸術論」「日本と海外の劇作家」「リアリズム演劇」「ブレヒトの演劇」「能狂言」「芸能史」といった本を手当たり次第に読みあさり、その文面を大学ノートに書きつけていった。当時はコピー機など無かったので全て鉛筆で写した。人生において、これほど集中して猛烈に勉強をしたことはなかった。ノートが出来ると「働くものの演劇学校」や「演劇の研究生講座」を開催し、自らが講師となって何時間も喋りまくった。喋ることで自らの力にした。大学に行くことが叶わなかった土屋の、「私の演劇大学」だった。

仕事は病院や写真館など複数の経理事務を抱えていた。税理士の兄から経理の基本をみっちり仕込まれ、なんとか生活できる程度の収入だった。演劇を優先し、勤務は自由出勤と決めていたため、月末ともなれば毎晩徹夜続き、稽古場でも給与計算をしていた。

創作劇『河』の誕生

一九五五年第一回原水爆禁止世界大会は大きなうねりと統一の中で開催されたが、一九六三年の第九回世界大会は、「いかなる国の核実験にも反対」「部分的核実験禁止条約の評価」をめぐって分裂し、大会の開催自体が危ぶまれていた。だが八月三日の前夜祭には、平和公園内の広島市公会堂で職場演劇サークル合同公演の『河』が上演され、三時間を超す大作に満員の観客が熱っぽいまでに釘付けとなった。『河』は土屋が初めて本格的に手がけた創作劇で、広島の生んだ詩人、峠三吉をモデルに広島の平和運動の闘いと苦悩を描いた作品だった。観劇した多くの劇団関係者は「広島の演劇史上画期的な出来事だ」と評し、全国から広島に集まった多くの参加者たちに、大きな感動と共感をよんだ。

実はこの上演の裏事情はあまりにも無謀であった。前年に発足した「平和のための広島県文化会議」が、峠三吉没後十年記念作品として『河』上演を決定したのが十二月末、創作期間と稽古日数合わせて八か月もなかった。土屋は峠三吉の生き方とその時代を描くことが、自分の青春を、人生のありようを問う仕事になると思った。何よりも広島の地で、広島でしか描けぬ舞台を創りたかった。上演態勢の見通しもなく無謀なことは百も承知で駆け出した。土屋が広島に帰ったのは、峠三吉が亡くなった翌年のことで面識はない。峠の実像をつかもうと、妻和子、画家で盟友の四國五郎はじめ共に活動した人々を何度も訪ねて話を聞き、被爆者団体を走り回り資料を集め、驚きの早さで四月末には脱稿した。その途端、上演委員会の事務局長まで引き受け（させられ）、工場へ町へ広報や広告取りに動き回っていたのだから、不眠不休の毎日であった。黒かった髪が数日で真っ白になったという。

初演のパンフレットには、新藤兼人（映画監督）、八田元夫（演出家）、浜井信三（広島市長）、浜本萬三（県労会議議長）、高橋昭博（被団協理事）、森瀧市郎（県原水協代表委員）などが熱い思いをよせてくれた。初稿は演劇雑誌『テアトロ』（九月号）にも掲載され、演劇評論家が作品を巡って論じあった。

最初の意気込みは良かったが、土屋は『河』初演をみて矢張り何とも食い足りなかった。

登場人物をもっと多面的に、また原爆投下をめぐる「敵」をもっと立体的に描かなければだめだと思った。

初日の幕開きからすでに『河』の改稿を構想し、以後三年の間に三回書き直している。第二稿は翌年五月に「生まれ変わった『河』ようやく完成」として劇団月曜会で再演した。それを観た人が「ぜひ京都で上演してほしい」とのことで、八月に京都での再演が実現した。一九六五年は第三稿をもって川崎市、大阪市、福島市の地元劇団が再演。一九六九年は大阪府夜学生演劇集団の合同公演。一九七〇年米子市の劇団、一九七一年東京芸術座演劇研究所の卒業公演、一九七二年は東京演劇アンサンブルが潤色して上演などと相次いだ。上演後は観客や関係者たちから意見や批判をしつこく聞き、人物像も場面もセリフも練り直して大胆に改訂する土屋だった。改稿を重ねる毎に内容は深まった。劇中人物の論争はそのまま土屋の実践的芸術論であった。

『河』という本は、私にとって、非常に辛い、読み返してみるのが〈怖い〉本なんです」と土屋は上演パンフに書いている（本書第Ⅰ部所収「『河』と私」参照）。自分自身の青春の闇と苦悩を直視する仕事だったからだ。

一九七三年、さらに大幅な改訂をし第四稿を書きあげた。詩人の魂の変革、平和運動の原点、戦後占領政治の歴史的認識、という三つのテーマが明確となり、瑞々しい青春の物語として再生した。七三、七四年劇団月曜会で再再演し、戯曲も舞台も高い到達点を得た。

小野宮吉戯曲平和賞のこと

一九七四年二月、土屋が四十三歳のとき、『河』は文化の闘いと平和運動のかかわりを描き、戦後史の一典型に迫った感銘深い作品だということで、一九七三年度（第九回）の「小野宮吉戯曲平和賞」に選ばれた。

小野宮吉は大正・昭和期の俳優、演出家、劇作家で、新築地劇場に参加し、プロレタリア演劇で活躍したが、昭和十一年三十六歳という若さで病死した。妻の関鑑子はソプラノ歌手であり、うたごえ運動創始者であるが、夫の死後その賞を設けて、若い新進劇作家の活動を支援し発展させようとした。審査委員は久板栄次郎、佐々木孝丸、千田是也、木下順二、村山知義、八田元夫、大橋喜一。それまでの受賞作品は、久保栄『火山灰地』、大橋喜一『ゼロの記録』、飯沢匡『もう一人の人』など。地方作家にこの賞が与えられたのは『河』が初めてのことで、当時全国的に話題となった。地方の演劇関係者たちの励みにもなった。三十三歳の時の実質的な処女作が名誉ある賞を得たことは、何度も改稿しつづけたことの成果であり、本当にうれしいことだった。しかし残念ながらこの賞は現在存在していない、途絶えた後を知る者もいない。

「日本プロレタリア演劇運動」は、もはや昔話となってしまったのだろうか。

『河』とその後の劇団活動

一九六三―七八年の『河』の上演記録は、広島と全国あわせて二〇劇団、二三都市で上演、延べ観客数は六万人以上となり、『河』は広島から全国に広がった。一九七五年には、劇団さっぽろが北海道でも上演、劇団民藝は西日本の一一都市を巡演した。特に別府での公演は土屋の同級生たちが大奮闘し、二千人以上の大入り満員となった。

土屋はいつも、「専門劇団は正規軍、地方の自立劇団はゲリラ部隊だ」と、ベトナム戦争を引き合いにして持論を語っていた。中央、地方の文化演劇の協同を夢み、広島での演劇活動に情熱を燃やし続けていた。その夢が少しずつ実現していくようだった。

土屋は演劇以外の活動要請にもこたえ続けた。原水爆禁止世界大会においては、構成、演出を担当し、文化運動や様々な集会でひろしまの思いを伝えるために奮闘した。その合間に多くの論文、演劇評論を書き、雑誌、新聞にも発表し続けた。広島県文化団体連絡会議（文団連）の前身「平和のための広島県文化会議」では、一九六二年の結成時から尽力し、代表委員として広島の文化、平和運動に貢献した。また全国の演劇集団・全日本リアリズム演劇会議（全リ演）においては、結成時の西日本会議時代から中心となって活躍しつづけた。

無我夢中で走り続けた土屋であったが、それらの運動の中で、いつも同じ問題を抱えていた。それは一つ一つの組織原則や運動理論が、時代の変化そして人びとの生活感覚・文化意識に、ちゃんと対応しているかどうかの問題であった。時を経て多くの活動家が原点を見失い意識が後退していくなか、自分もまた対応しきれていない事態を敏感に感じて、何度も自己嫌悪に陥っていた。文化の拡散化現象で八〇年代への展望が見えなかった。創作においては、『河』の二部、三部として考えていた『川底の街』（広島の被差別部落の戦後の物語）、『閃光の遺産』（広島と原爆をめぐる推理劇）などの作品が書けなくなっていた。

劇団とは何か

日本において、近代的な劇団組織が生まれたのは大正末期の築地小劇場が最初である。広島市出身の小山内薫らによって設立され、土屋のあこがれの丸山定夫も初期メンバーであった。現代は演劇理念も技術も多様化し、商業劇団も非商業劇団も、従来の劇団組織の枠を超えるものが増している。一九五〇年代に始まったサークル演劇、職場演劇と呼ばれる地域劇団は、時が経ち中堅の劇団員が仕事と演劇活動の狭間で悩み、劇団員の交代も激しく、創立メンバーの多くがいなくなってしまった。あちこちで存続問題が話題となった。しかしそんな中でも、創立六〇年を越えてなお、地域に根を張り頑張っている劇団もある。もっとも看板は同じでも、実態は、創立精神とかけ離れたとしか言えない劇団も存在しているが。

土屋は、自分が設立した劇団で『河』という戯曲を生み出し、上演を続け、劇団と共に努力を重ね、感動を生む作品に仕上げた。劇団があったからこそできた仕事だった。だがいつの頃からか『河』の創作と上演の中で、土屋と劇団員の思いの差が表出し、土屋の苛立つ姿が多くなった。『河』の稽古場での語り草は、「土屋清の怒鳴り声」だった。

「ワシが全力投球で投げた球はどこへ行った。拾いもせんのか！　投げ返しもせんのか！　返事をせー、返事を！」という場面が何度かあったが、返事をする者は一人もいなかった。

翌日になると子供みたいに反省し、「昨日はすんませんでした」と謝るのも定番だった。

土屋は何に悩んでいたのか。それは『河』が社会的に高い評価を受け始めた頃からのことだ。評価に値する質を劇団員に求めようとすればするほど、当然稽古は厳しくなる。厳しい稽古が続くと、仕事や生活が両立できないと劇団を去っていく者も出てきたのだ。

『河』という作品は、劇団にとって本当はお荷物なのかもしれない」と感じ始めるとやりきれなかった。当時のノートから、焦燥感にかられ沈思する土屋が浮かんでくる。

「躁うつ症気味強し。劇団に出入りするようになるとこの傾向が強い。劇団と自己のギャップを益々感じる。対話がほしい、同志がほしい。稽古場建設の事、上演の事など話し合わねばならぬことが山ほどあるが、じっくり相談する時間も相手もいない。我慢のしつづけ。自分は一人よがり過ぎるのか？　とにかく対話がほしい！」

妻の孝子は、私学の幼稚園に勤め幼児保育の第一人者となっていた。いつの頃からか、「あなたを支えて育てたのは私だ」と言う孝子と離れたくなり、ある日、土屋は家を出た。

「このままではダメになる。もう一度演劇で連帯を取りもどそう！」と、一九七七年、土屋は広渡常敏作の『ジョー・ヒル』を選んで演出をした。一九〇〇年代初頭のアメリカで、愛と闘いのために生き、自由を求めてさすらった若者の物語である。ジョーは「パンだけでなく、ばらも！」と、歌を武器に労働者の団結を呼びかけ、やさしい革命家と呼ばれたが、無実の殺人罪を着せられ銃殺刑に処された。三十五歳の短い人生だった。

土屋は、『河』の初演時のような取り組みをしよう、広島中のあらゆる才能を結集して壮大な祭りを実現しようと、劇団以外の団体にも呼びかけ八〇名が舞台に上がった。音楽は若き日の池辺晋一郎。ジャズマンの力も借りたいと、生まれて初めてジャズクラブにも通い、稽古も深夜過ぎまで及んだ。民衆の中のジョー・ヒルが浮かび上がり、労働者演劇の祭りの場が再来した。最後の場面でジョーは語りかける。

「私の遺書は短い　何も分けるものがない　誰も悔んでくれるな
苔は転がる石につかぬ　私の死体は……　できるなら　風に吹かせてほしい
焼いて、灰にして　花の育つところへ　しぼみかけた花が　また咲くかもしれぬ
これが私の最後の遺書だ　諸君に幸運を」――ジョー・ヒル

原爆をテーマにした芝居ではないが、『ジョー・ヒル』は土屋にとって大きな転機となった。そのことに力を得て、一九七八年、長年の課題だった「広島演劇研究所」を西区己斐上町の住宅地に建てた。資金作りのためにと、会社の役員となり、早朝から深夜まで勤め人として働きまくった。自分たちの稽古場、広島の演劇センターをもつことは土屋の夢であったからだ。稽古場の一室に泊まり込み、次の創作の準備も始めた。

一九八〇年、『ジョー・ヒル』の恋人役を演じた山口時子と再婚、父母と同じく十八歳の年齢差だったが迷わなかった。その年の十月には息子・元《げん》が誕生。自分にとって信じられないことのようだったが、五十歳で初めて父親になった。一年間は保育所に入れなかったので、土屋がぶきっちょな新米保育士の役目も務めた。毎日が新たな発見の連続で、子育ては楽しかった。

一九八二年、『河』の次作品がやっとできた。殺人事件の顚末のうちに原爆投下後の闇を描く、三好徹の推理小説『閃光の遺産』を劇化する試みだった。翌八三年一月に創作試演会と称して上演した。『河』以降の新たなテーマで公演は成功した。

一九八三年、峠三吉没後三〇年記念行事として『河』を上演、演出の補佐役をしながら、以前から頼まれてい

たオラトリオ『鳥の歌』と、西日本リアリズム演劇会議の二〇年史をまとめる仕事をし始めた。後者は土屋にとって重く苦しいテーマの論考だが、充実している時間だった。

翌年の八月、「尊大なリアリズムから土深きリアリズムへ」（本書第I部所収）の論考を書き上げ、全日本リアリズム演劇会議機関誌『演劇会議』に発表、劇団では理解されなかったが、自分にとっては過去を掘り起こし、五〇—六〇年代を総括し考察する仕事となった。「共産党の五〇年問題」や「政治と芸術」は過去の問題だ、何故そんなにこだわるのか、と問う者もいたが、土屋には大切というより最も痛切な問題であり、次の創作へ進むには、何度でも自己の原点に立ち返るしかなかった。

一九八五年、創作劇『ゲン』（漫画『はだしのゲン』の劇化）の構想を練り始めた。

一九八六年四月二六日、ソ連のチェルノブイリ原発事故が起こった。事故にも驚愕したが、その事故をもとにした戯曲『石棺』がソ連で早々と発表されたことに驚いた。取り寄せて読んでみると、事件の本質が明らかになる筋立てであった。「まさに現代は人類も動物も自然も、生ある全てが恐怖の声を上げている時代だ。本質に迫らねば」と、まとめかけていた『ゲン』の構想を一からやり直すことにした。アインシュタインをはじめアメリカ・ドイツの科学者たち、政治家、軍人、資本家たちも登場する。そのために彼らの経歴や行動、役割、私生活を調べ上げた。相対性理論の勉強も始めた。いわば原爆を世界史、科学史からとらえ直すことで「核」を舞台にひきずり出したかった。峠三吉がライフワークにしようとして果たせなかった「叙事詩広島」を、戯曲で実現させようとしたのだった。

『河』以降新たな作品が書けなくて悩んでいたが、「やれそうだ、何かやれそうだ！」と自分自身をかりたてた。その間も劇団の演出をしながらの毎日で、無理が重なっていた。

数年前から感じていた背中の痛みは持病だと思って過ごしていたが、その頃にはもう我慢ができないまでになっていた。

限りある命の日々

にんげんのいのち　いのちが　もしも　自分のものであったとしたら
勝手に　病気にもできようし　反対に　絶対に病気にもならず　死にもしないだろう
だが、いつかはほろびるいのち　これは自分のものでない証しだろうか

——未発表『ゲン』のノートより

土屋は一九八七年初頭のノートに、このセリフを記している。それは土屋本人が、その年に訪れる「死」を予感しているかのようだ。長年行きつけの町医者から胃の治療薬をもらっていたが、四月末、尋常でない痛みに襲われ市民病院に入院した。検査の結果、食道に異形細胞があり胃に潰瘍ができているとの話だった。六月三日に胃の全摘手術を行うこととなった。手術の前日夜、時子が一人、担当医に呼ばれた。

「実は食道癌が胃に転移していて、胃の扁平上皮癌発症、進行性でステージⅣです」

突然の癌の宣告、しかもすでに末期だった。時子は自分でも驚くほど冷静に、「あと生きられるのは、何か月ですか」と尋ねると、「残念ですが長くて半年です。本人には胃潰瘍ということで通した方がよいでしょう」と若い医師は淡々と答えた。その内容をそのまま土屋に知らせることなどできるわけがないと、やっとの思いでとどまった。手術は五時間かかり胃を全摘した。しかし、リンパ節に浸潤していた癌は切除できないままだった。

死の宣告はいつも期せずしてやってくる。なんと冷酷無比なことであろうか。時子は神など信じていなかったが、「神様、どうか私の命を少しでも分け与えてください」と生まれてはじめて神に祈った。当時、末期癌といえばそれは死を意味していたが、「死を受け入れることなどできない。できることは生と死を最後まで見届けることだけだ」と思っていた。

一九八〇年頃から癌の告知は少しずつ一般化してはいたが、心中密かに癌ではないかと疑いながらも、わずかの奇跡に生きる希望を抱いている者に向かって、余命数か月を宣告するのは、医者か宗教家か、よほど強靭な魂をもった者しかできないだろう。著名な作家や哲学者、ジャーナリスト、癌患者となり亡くなった医師たちの多くは、自身の死さえ客観化し、愛する者への大切な最後のメッセージを残している。時子は、「そんな立派なメッセージなど要らない。ただ一日でも永らえる命がほしい」と思っていた。

土屋は手術直後、時子に突然「わしは末期癌か」と切り出した。咄嗟のことで、「大丈夫、潰瘍は切除できたから」と思わずごまかした。もう一度聞かれたら事実を打ち明けようと思っていた。「人生は一人ひとりのもの、自らの死についても知る権利がある」と常々時子は思っていたからである。人の心をつかむのが早い土屋は、その話には二度と触れようとしなかった。

次第に悪くなって行く容態を本人が一番分かっていた。食道癌が進行して食べ物が呑み込めない、胃に送れない、でも何とか栄養のあるものを食べなければ、今は死ぬるわけにはいかぬ、とばかり執念で喰いまくった。その都度嘔吐と下痢の繰り返し、凄まじく痛々しかった。時子はその形相を目の当たりにすると、事実を伝えることなど到底できなかった。できなかったことへの悔いが、何十年経っても澱のように沈んで消えない。

夏になると時子の休暇がとれ、家族三人で温泉に出かけた。痛みが和らぐひとときを求めて、故郷の別府へ、松山の道後温泉へ、広島の湯来温泉へと車に乗って出かけて回った。土屋は「予科練から帰った時もこんとなかった、温泉はええ……」と呟いていた。

八月中旬に、東京演劇アンサンブルの『銀河鉄道の夜』が湯来町（現・広島市）の山奥で上演されると聞いて三人で観に行った。山間の田園の中で繰り広げられる星まつりの夜、「何か大きないのちの力」に包まれているような錯覚に打たれた。広渡は土屋に静かな口調で話し続けた。

「僕らは演劇で世界を変えようとした。変えることができないとしても、旧い社会主義リアリズムから脱却し、リアリズムを高く掲げ、現代演劇を創り出そう。そのために人の心の一番深いところにしみいるような芝居を創っていこう」と。

湯来町での『銀河鉄道の夜』は忘れられない夜となり、土屋が観た最後の芝居となった。

見果てぬ夢なれど

九月、土屋は最後にもう一度『河』を上演しようと決めた。頭の中では『河』の第五稿へ向けての構想がぐるぐる回り始め、台本の表紙の余白へ改稿のことばを書き連ねた。

「自分が峠三吉の役もする」と宣言し、役者の名前も書き出し、一人一人に片っ端から依頼の電話をし始めた。たとえば、峠の親友であり、峠と芸術論を戦わせる大木役は劇団京芸の名優、藤沢薫（二〇一七年、八十六歳で没）と決めていた。

そして亡くなる一か月前の十月四日、稽古場に劇団員を集めて二時間、『河』への演出者としての思いを喋り続けた。鬼気迫る渾身のことばを聞いた者はみな、「何としても土屋の願いを叶えさせたい、土屋の峠三吉を見てみたい！」と思った。土屋はいつ店に行ったのだろうか。「峠の下駄は履き古しておかんと、新品じゃあ使えやせんじゃろう」と言って数か月前に下駄を買っていた。峠をやろうとしていたのは本気だったのだ。

土屋は個性的な役者でもあった。役者をやる機会は少なかったが、一九七三年の『河』で演じた被爆者・鈴木凱太役は圧巻で、土屋か凱太か見分けがつかないほどだった。また亡くなる一年前、『獅子』（三好十郎作。丸山定夫の最後の演目）という名作を上演したとき、別府中学の旧友たちが同窓会を広島でするため観劇に来ていた。土屋は馬子唄を歌うだけの役だったが、自分で肌着を紅茶染めにし、馬引きの衣装も着けていた。舞台裏で歌うのだから衣装など不要なのだが、これが土屋の役のつくり方だった。そのひと節で舞台に田舎の情景が浮かびあがり、味のある馬子唄だった。

十月末、腹痛と全身の痛みが激しく、その都度痛み止めの注射が必要となり、次第に意識も朦朧としてきた。一週間は眠ったり起きたりで、時折うわごとを言うようになった。

「ノンちゃん（別府にいる姉の信子）に言うて、お袋にも来てもろうてくれ……」

「ポンポン船の音は（天草の）漁師らに頼んだけえ、心配せんでも大丈夫じゃ」

「うん、わかったよ」と、時子が耳元で答えると満足気に頷いて眠った。『河』の舞台は、広島の川船のポンポン船の音で始まる。土屋の夢の中では、舞台の幕は無事に上がったのだろうか。

亡くなる三日前、別府から中学・高校が同級で、卒業後の数か月間居候させてもらっていた親友の安達昭一が見舞いに来た。

「昭ちゃん、せっかく来てもろうたのに最悪のときで悪いのお、みっともないじゃろう」と土屋ははにかんだ。

私たちは「みっともないは無いじゃろう」と笑って、瞬間心が和んだ。土屋は、その翌日から話しをすることができなくなった。

一九八七年十一月八日午後九時一分、土屋の苦しい闘病の日々が終わり、全ての痛みからも解放された。五十七歳と一か月の生涯、峠の時のように多くの仲間たちが駆けつけていた。

十一月十四日、『河』を何度か上演した広島市の見真《けんしん》講堂で、「お別れの集い」が催された。

安達昭一は涙をこらえて語った。

「私は『河』を観て驚き圧倒されました。別府で苦しい活動をしている君の姿と生活が、そして登場人物のそれぞれが写し絵のように重なりました。君は私の知らないところで大きくなっていました。別府公演のパンフに同級生が書きました。男純情の愛の星の色、という『煌めく星座』(灰田勝彦)の歌が当時流行っていて、君が好きかどうか知らないが、思い込んだら命がけ男の心、という歌は土屋清そのものだ、と。これからが君の本当の舞台と思っていたのに残念でたまりません」

大木役を頼まれた劇団京芸の役者、藤沢薫は思いを述べた。

「本当に一途で誠実でときに破天荒で、いつも爆弾を抱えて生きてきたような激しいあなたの生涯はどんな言葉でも語り尽くせない。我々の世代は丁度そうですが、戦争を体験し、民衆運動を乗り越えて、見極めなければならないことや、やらなきゃあならないことがいっぱいあったし、あなたはいつも課題と問題とを抱えて、いつも怒っていて、我々に問題を投げかけてきました。あなたが原点とした『河』は、我々演劇仲間にとってもやはり原点でしたし、これからもそうです。私が大木をやり、あなたが峠をやる夢は果たせなかったが、峠と大木の対話は、ずーっと私の芝居のモチーフです」

峠三吉は一九五三年三月九日、午後一時三五分から翌十日未明までの約十五時間も、肺葉摘出手術のため手術台の上で死闘を続け、力尽きて三十六歳で早逝した詩人である。

峠三吉は、フランスの抵抗詩人ルイ・アラゴンの詩の一節が好きだった。

「髪にそよぐ風のように生き、燃えつくした炎のように死ぬ」

峠三吉は、そのように生き、そのように闘い、そのように死んだ。

土屋清は「風のように生きる」ことはできなかった。どこを切り取ってもヒリヒリとする激しい生の様相に満ちていた。戦後の広島を「炎の時代・怒りの時代」と呼んで、その時代を生きた人々を描いた。「ひろしまの心」が激しく燃えさかった時代であった。言葉を変えれば「もの言わぬひろしま」を強いられた「怒りの時代」でもあった。

すぐれた作品は必ず、その中に本質的に時代を反映した形象を登場させている。それは全ての芸術に通じることだ。土屋は演劇という一事を通して、人生という万事を知ろうとした。それは命がけの業であった。

三十五歳のとき、『河』の上演に向けて「勝利を！」と題した土屋の決意文がある。

私は、原爆から二十年間を、そしてこれからの長い坂道を、一番重い荷物を背負って歩きつづける人々といっしょに呼吸したい。

ドラマ。人間を描く仕事。

人間の歴史に対する勝利と敗北の分かれ目をこそ描きたい。

敗北の結果を語ることではない。勝利の結果を語ることでもない。

何故敗北し、どうすれば勝利できるか？
これが私の前に横たわるドラマの課題である。
ほかのことはなんにも知らない。
ほかのことはなんにも書きたくない。

（一九六五年八月のパンフレットより）

五十七歳のときの『ゲン』創作ノートには、最後のメッセージが残っている。

〔広島の〕このできごとを　運命とかたづけるのは　もうごめんです
歴史というものは　いつも誰かが　準備をするものなのです
終わりのないものがたりは　これでおわります
終わりのないものがたりは　わたしが
そしてあなたが　つづけていくでしょう

（未完となった『ゲン』の終わりのせりふより）

終わりのないものがたりはおわらない。語りつづけていく私たちがいる以上、そして〈広島の〉できごとの〈無念の死〉が償われるその日まで、つづいていくのである。

『河』と私

土屋　清

『河』という本は、私にとって、非常に辛い、読み返してみるのが〈怖い〉本なんです。

広島で私たちがはじめて上演したのが一九六三年の夏、当時原水禁運動は創生以来最大の困難なる態——分裂の危機にさらされていました。

『河』が幕をあけた八月三日の晩は、もう、二日のちにひかえた第九回原水禁世界大会の開催が、大会の基調をめぐる執行部の意見の対立から、流産スレスレのところまで追いこまれていた時でした。すでに広島入りをはじめた大会参加者たちは、意見を異にする人たちによって宿舎もキャンセルされてしまい、公演会場のすぐそばにある平和公園のあちこちで、夜露にぬれてゴロ寝したまま、統一の刻を待たねばならなかったのです。一方ではこうした事態をあざ笑うかのように、右翼のがなりたてるスピーカー。「破産した原水協をのりこえよう」と練り歩くヘルメット学生、投入された六千人の機動隊。

〈峠三吉没後十年、八・六前夜祭。広島演サ協合同公演『河』〉

会場をとりまく騒然たる空気の中で、私たちの芝居はともかく順調に進み、熱気に満ちた客席の拍手に迎えられてカーテンコールにたどりつきました。しかし、上演後も、私たちの胸の内はじりじりと焦らだちきっていました。

「今日、原水禁運動が頂上において停滞していることを私たちは深く憂慮します。一日も早く運動が統一され、再び全国的規模で世界大会が開催されるよう願って、私たちはこの公演にとりくみました」（公演アピール）

〈憂慮〉、〈統一を願って〉……そんな他人事みたいな、とりすましたことでよかったのか。私たちの芝居の内容と、ある野営していた代表団の姿と、被爆者の気持と、〈頂上〉での分裂と……。一体どう結びつけて考えればいいのか。運動の内部に、深く身をおくことなしに、これらの問題を摑みきれるのか。

――気がついたとき、私たちの劇団は原水禁運動の渦のまっただ中にいました。

翌六四年、六五年と、夏がくるたびに、原水禁大会を追っかけるように、息せき切って、私たちは『河』を改訂し再演、再々演とくりかえしました。上演形態は運動と直結し、六五年、第十一回世界大会前夜祭のときは、自らを「広島県原水協文工隊」と名乗り、世界大会の関連行事に組みこまれていました。

八・六がくるごとに投げかけられる「市民不在の大会」という新聞論調。原点にかえれ、原体験だけが原爆を語れる、式の主張。うわべの平和ムード、観光ムードの高まりとあいまって、平和公園を聖域化し、被爆者を博物館に入れてさらしものにしかねない行政の動き。そして、祈りと、あきらめと、原爆エレジー、原爆ノイローゼの側面だけを誇張する画像や文芸作品……。これらに接するたびに、こんなことでいいものか、こんなものが原点であっていいはずがない。それこそ〈風のように炎のように〉生きた峠さんの時代、あの平和運動の原型こそが、私たちのたちかえるべき原点であるはずだ。

こうした思いが、私たちを、地域劇団としては相当に無茶苦茶な、恐らくは肩も怒らせきっていたであろう、再演、再々演へとかりたてていったのでした。

その中で得た様々のものは、未だに整理し得ぬままです。あの、頭と心がバラバラに吹っとびそうな、息ぐるしいまでに直面させられた運動と芝居、政治と演劇という課題、それは今も重く自分をしめつけたままなのです。最後の公演、六五年十一回大会のときにみた風景――芝居のはねたあと、客席を埋めた人たちが、そのままのぼりをたて、たすきをかけて、続々と公演会場から平和行進に向っていったときの風景は、たしかに焼きつくように感動的なものであり、ああ俺たちのやってきた仕事はこれだったんだナという思いがしたものです。

しかし、そいつを、もう一度芝居の中にしっかりとたぐりよせていく仕事を継続していったかどうか。あのときの切実な思いが今も自分の胸の中に果たしてあるのか。九年たった今、いつの間にか自分の中にも、運動の形骸化、原爆の風化がしのびこんではいないのか――

『河』の頁をめくりかえすことの辛さ、怖さ、といったのは、そこを直視せざるを得ない、つきつめざるを得ない、だけど避けられるものなら避けたい、まことに矛盾しきったかっこうのつかぬ自己撞着のことでもあります。

熊井さんの脚本になるこんどの上演は、こうした生なままの、広島での私たちの仕事を詩人・峠三吉の変革に焦点をすえることで、もう一度しっとりと芝居にかえしてくださる仕事であろうと思います。当然そうであっていい。しかし一方では、そうスッと芝居にもどされただけではやりきれない。なにかこうした私たちの、相当に混乱した軌跡をも内包した舞台にしてほしい。

そういった気もします。

怠惰な自己撞着を、ひっぱがしてもらえるような、そんな仕事をも秘かに期待するのは、これも甘えであり、他力本願にすぎぬことを、多少は自覚しつつも。

（一九七二年東京演劇アンサンブル・パンフレットより）

峠三吉のこと、『河』への思い——講演原稿メモから

土屋　清

第一の動機——峠三吉のことなど

この芝居は、必ずしも峠三吉そのものを描いている訳ではありませんし、伝記といったものでもありません。ただ、戯曲に取り組むにあたっての、最初の重たい動機としては、やはり、峠三吉という存在が一番あったということは言えると思いますので、まず峠さんのことから話していくことにします。

峠三吉の詩については、古くから、『原爆詩集』や、彼の編纂した『原爆雲の下より』などがあって、原民喜や、絵画の分野では丸木夫妻の「原爆の図」などとともに、原爆を語るときに、必ずといってもよいぐらいに引用される、衝撃的な詩を残した詩人として知られていました。しかし、私が調べはじめた十年前頃は、まだその全生涯や、平和運動・政治運動に果たした役割、詩人としての全体的な評価などについてのまとまった資料はありませんので、ヒロシマ—原爆ということと重なって「峠三吉」というイメージは世間に割合強くあったにもかかわ

らず、詩人としての評価となるとさまざまに入り乱れているという状態でした。

最近になって、「風土社」から、且原純夫氏の峠三吉全詩集『にんげんをかえせ』。東邦出版社から、増岡敏和氏の『八月の詩人――原爆詩人・峠三吉の詩と生涯』といった本が相次いで出版されまして、非常に調べやすくなっていますので、詳しく知りたいかたはそれらを読んでごらんになるとよいでしょう。

で、ここではごくかいつまんで峠三吉のことを紹介します。

峠三吉は、一九一七（大正六）年に生まれまして、六歳のときから、三六歳で亡くなるまでずっと広島に住んでいます。

二八歳のときに被爆しまして、そのときつぶさに見聞しました原爆の投下の惨状が、のちに発表された『原爆詩集』の大きなモメントになっている訳です。幼い時から、肺えそという、これは結核そっくりの症状の病気に苦しみまして、入院・退院をくりかえし、すこし無理をすると大喀血をするという状態で、これは、本人は自覚しない原爆症状とも重なって生涯つきまといます。思想傾向としては、峠さんの四人の兄姉のうち、お兄さん二人と姉さん三人までが学生時代から革命運動に入っていったといいますから、そうした影響もなんらかの形で少年時代に投影はしていたでしょうが、本人はむしろ宗教の方に関心がいって、戦時中の二五歳のとき、キリスト教の洗礼を受けています。

詩の傾向としても、この人はもともと短歌から入っていった人ですが、少年時代から青年期前半、いわば青春時代の詩というのは、壺井繁治さんの表現をかりると「象徴主義的な世界に閉じこもった」詩を書いています。

たとえば、こういう詩があります。

「山あひの／光蔭に居た／記憶のように　おほらかに／なつかしく　日のひかりが／照り注ぐときも　そなた

が／映らふ

月夜に／ひたさす　汐のように　あたたかく／にほやかに　人の心がよせるときもそなたが／息付く、

湖の彼方によこたふ　林のように　しづかに／うるわしく　楽の音が／ながれるときも　そなたが　ただよふ。

かうして／私のこころに　貴ばれるものが訪れる総てのとき　その奥の／高みに／そことなく　現れる　そなた――。」

これは、「あらはれ」という詩で、二五歳のときのものです。佐藤春夫の影響など相当入っていたらしく、こうした感傷な相当にロマンティックな叙情的な詩を書いていた訳です。後に原爆詩を書くようになっても、少年期から身にしみついていたこうした叙情の流れは色濃く残っていて、峠三吉自身はそのことを非常に苦にする訳です。この点は、芝居の中身にもかかわる重要なところなので、後でもう一度詳しくふれます。ただ、長い間病床生活が続いていたということもあったでしょうが、峠さんの、一種独特の人恋しさといいますか、ことさら、老人、少女、といったところに向けられていて、この点は詩作の特徴の上に見逃せないと思います。悪く言えば、鼻の下が長い。一体なん人の女性に思いを寄せたのか勘定もできないくらい、それが恋なのやら、詩をつうじての心の揺れやら見境がつかぬところがあります。のちに革命的な詩や原爆の詩をうたうようになっても、これはちゃんと同居していて、今革命の話をしていたかと思うと次はもう喫茶店で女の子と恋愛談義をしている、それがあまり矛盾なくやれた人なんです。そのくせ妙に古めかしいところがあって、日記の中にこういうことを書いています。これは奥さんと同居しはじめた頃のことです。

「今日は休みの日らしく、久し振りの着物姿。和子にはやはり着物の方がよく似合う、古典的な女である。何故余が古典を好むか、そこには故郷があり、懐旧があり、従って幼にして母を失いし没落階級の人間は、必然的にその根底に於て古典を愛し古典的な女性に惹かれる傾向を秘む」

しかも非常にやきもち焼きですね。その次にはこういうことが書いてある。

「和子が美しい着物を着て来たことの奥には××氏（恋がたき）への意識があったからであろう。勿論余もみじめな風をした和子の姿は氏に見せたくない。それは男の意地でもある。もし先でそうならねばならぬのであったら、自分は着たきり雀になり尻の破れたズボンをはいていても、みんなの前に和子を出すときは思いきって上品な豪華なよそおいをみせたい。浅はかだがこれは純な願いだ。」

こういうふうに、多分に見栄っぱりで、ナニワ節的で、サムライ的古めかしさがあって、しかも鼻の下が長い。そういう面を話しだしたらきりがない。悪いことばかり言うようであんまり裏話ばかりしていきますと、こんど峠さんを演じる舟木さん（劇中の峠三吉役）の演技のイメージをこわしてしまって、全然違うじゃない！ということになってもいかんのでやめときます。これは芝居とはあまり関係ない。

とにかく、病身で、たえず喀血による窒息死の不安と直面しながら、そして、古さとロマンティシズムと郷愁が産み出す叙情詩のじゅばくから自分を解き放そうともがきつづける峠さんが、戦後間もなく青年運動に入り、文化運動と社会解放の課題の結合に乗りだしていく訳です。そして、一九四九（昭二十四）年には日本共産党に入党し、「今や歌がと絶えざるためには、人民の魂が鳴り出でねばならぬ時が来た。……」と人民大衆の魂に自分の詩精神を結びつけようとする姿勢に到達していきます。この間の変革の過程には、色々な要素がありますが、一番大きなものは、職場の文学サークルの青年たちとの結びつきですね。この青年たちと、詩のグループ「われらの詩《うた》の会」を結成し、大衆的な詩の雑誌『われらの詩《うた》』を発行します。この中でこれまでまったく接したことのないいろんなタイプの青年たちとまじわり、その多くが戦後の革命運動、人民解放のたたかいに情熱をもやしているのをみて非常な感動を覚える訳です。このとき峠さんは既に三二歳で、みんな年下の連中です。そして、一九五〇年、朝鮮戦争がはじまり、再び原爆投下の危険性が迫ると、「われらの詩の会」の仲間と共に、非合法の詩集を発行して、詩を武器に原爆投下者を告発する火を吐くような抵抗運動がはじまります。このときのエネルギーが、翌一九五一年、入院先で秘かにまとめた『原爆詩集』となってガリ刷りで発行されるのです。

それより以前から、広島で占領下の平和運動がはじまって以来、峠さんは平和運動の組織の中でも大車輪の活動をはじめていますが、一九五二年に入ると、すべての被爆者に八月六日のことを記録してもらうことによって、被爆体験を国民的な原爆禁止の運動意識にまで高めようと、「原爆の詩編纂委員会」をつくり、『原子雲の下より』を出版する仕事、また、今日の被爆者団体の原型である「原爆被害者の会」を結成する仕事、あるいはまた、広島周辺の軍事基地の調査を、山代巴さんらと共に行う仕事など社会的実践の活動がますます忙しくなっていって、あまり詩を発表していません。しかも、この間、何度かの大喀血に倒れながら、こうした活動の中で、『原爆詩集』につづく「叙事詩ひろしま」を構想していたのです。そして、そのため体力づくりをする必要を感じて、長い間自分を苦しめつづけてきた病巣をとり除くことを決心し、一九五三年の三月、肺葉摘出の手術を受けましたが、原爆で痛めつけられ、無理を押しての活動に疲れきった体力は手術に耐えることができず、手術途中、遂に三六年間の劇的な生涯を閉じました。

その年の六月には、朝鮮戦争の停戦協定が成立し、この協定をかちとってアメリカ帝国主義の侵略的意図、危険な原爆戦争の再開をうちくだいた国際的な平和勢力の力は大きく発展していきます。そして、一九五四年三月の、あのビキニの死の灰の事件をきっかけに全国にまき起った原水爆禁止運動は、第一回原水禁世界大会へと発展していくのです。

峠さんの死は、こうした平和のたたかいの新たな、そして戦後はじめての合法的なたかまりが、すぐそこまで来ているときでした。平和のたたかいにとって、最も困難な、厳しい冬の時代であったのです。

第二の動機――「炎の時代」の意味

さて、ざっとかけ足で峠さんのことを紹介したわけですが、以上のようなことを色々と調べていくうちに、私は、最初は漠然と峠さんの一生を描きたい、というくらいにかんがえていたものがこれは時代を、戦後の一時期に区切って書くべきだと考えはじめました。

よく、峠さんのことを書くのなら、もっと叙情詩人としての時代、原爆詩を書きはじめた頃の峠さんとは違った側面からも書くべきではなかったか、その方が人間の全貌、人間峠三吉がよくでる、といった意見や質問をうけることがよくあります。成る程そういう描きかたもあるでしょう。小林多喜二の『早春の賦』などもそうした描きかたに近いかもしれません。しかし、私はそうしたくありませんでした。たとえば峠三吉の、もっと若い時代の、青春の人間像を描くには、お互いに病床から思いを寄せあった恋のエピソードなど、かっこうの素材を見出すのにそう苦労はなかったでしょう。ちょっとふれたように、彼くらいそうしたエピソードの豊富な持ち主はなかったのですから。だけどそうしたものはすべて切り捨てて、私が戯曲の対象として峠さんの人生から切りとった部分は、三一歳のとき、一九四八年末から、五三年初頭にかけての時代です。私は自分なりにこの時代のことを「炎の時代」と呼ぶことにしていますが、何故そうしたかについて二つの大きな理由があります。いわばここからが戯曲に向かいあった第二の動機と言えます。（峠三吉そのものが第一の動機とするなら）

その、ひとつの理由は、この時期が、峠三吉がそこに責任をもとうとした時代の特質、歴史の特質が、「ひろしま」という地域性を強烈に具現しつつ最も圧縮されてあらわれていると考えたからです。

原爆が投下された一九四五年八月六日を中心とする時期。これは人類の歴史にとって最も重大なひとこまでしょう。しかし、今のところ八月六日を戯曲で書くことはできないと私は思っています。それは私自身が被爆者でないからということも関係しているかもしれません。だけどもっと大きな理由は、八月六日のあの瞬間というものは、人間が人間としての判断を下し得るすべての機能が停止してしまった、奪いとられてしまった時間です。それは、基本的には映画で描けても演劇では描けないと思います。もし戯曲で書くとしたら、八月六日に起こった出来事の中に、客観的な意味を見ようとする意志が働き得た存在をおくことによってしか——例えば大橋喜一さんが『ゼロの記録』で、医師の眼からとらえようとした方法か、あるいは丸山定夫のように、あの日の意味を見とおし得たような独特の存在を通してしか描けないでしょう。あるいは全く逆の立場、つまり被害の側から『オッペンハイマー事件』〔ハイナー・キップハルト作の戯曲〕のように叙事劇として描く方法。だけどこれは、「ひろしま」というものが喪失してしまいます。私が言うのは、あくまで「ひろしま」という、そこに川があって、××橋があって、牛がつながれていて、誰それさんが住んでいて、という、その地域的なもの、独特のものが強烈に浮かびあがる——。そして、しかも原爆投下の歴史的な意味を見いだし得る方法のことをいっているのです。もしこれを、被害の感覚からだけ描くとすれば、それは惨状の量しか追えないことになります。それは映画の一コマとしては成立し得ても戯曲の中では成立しません。中国新聞の論説委員で、原爆の問題を追及しつづけ先頃亡くなられた金井利博さんという人がいます。この方が、今や原爆の問題について語るとき、その惨状、いかに被害が凄まじかったかということよりも、核兵器のもつ脅威の大きさをこそ力をこめて語るべきだと言われたそうです。私はこの考え方に賛成です。こうしたわけで、この戯曲で設定した時代から、八月六日を中心とした時代とする時期ははずしました。

さて、次に、原爆後の一九四五年秋から、四六年、四七年、これも直接的に描く対象として何故はずしたかという問題です。私は、この時期も、まだ、原爆投下と、それにつづく占領の本質が、全面的には姿をあらわしていない時期だと考えました。

この時期は、人体に与えた原爆後遺症という面でみるならば、そして非常に非人間的な言い方を許されるなら、死んでいくものは大体死んでしまって、急性症状としての脱毛、下痢などもおさまる、ケロイドも一応表皮がかたまってきて、本当はこの後が恐ろしいわけですが、人体の内実に向かって放射能がじわじわと侵しはじめていく、が、それはまだ表面にあらわれていない、医学界でさえ大部分の人が気づいていない。実際、一九四六年の二月に、日本医療団広島病院が「被爆者三〇万六千人の中、治療中の患者は現在二百、それも放射能による直接の被害というより、むしろ火傷その他から余病を併発し、各自応急手当をおろそかにしたために悪化したものが大部分を占め、いわゆる原子症患者はほとんどないといってよい」と発表しているんです。

これに反論して原爆症が本当に回復したかどうか疑わしいと警告を発した学者も一部分にはいたんですが、一般的にはこの発表のような考え方が支配的であって、はやくあの日のことは忘れたいという被爆者の心情も手伝って、もう原爆にはケリがついたようなムードに流れてしまった。いわばイップク状態ですね。こうしたムードを反映して、はやくも一九四七年の八月六日は、〝平和祭〟と銘うって、平和の歌を合唱し、鳩を放つという現在のパターンがはじまりました。そして商店街は福引きつきの大売りだしをやる、踊りの行列はくり出す、文字通りのお祭り騒ぎで、加害国であるアメリカの『ライフ』誌が〝ヒロシマカーニバル〟と皮肉ったほどです。

こうした状況下では、ひろしまの人びとの原爆に対する意識構造は非常に探りにくい、潜在化している、そういう状況であったと思います。峠三吉も、この時期ほど原爆の問題に関する発言らしい発言をしていません。それからもうひとつ、この時期〜一九四六年から四七年にかけて、原爆の問題と重なって、占領という問題がどのように民衆の側でとらえられていたかということがあります。御承知のように、第二次世界大戦の終結、ポツダム宣言にもとづく日本軍国主義の全面降伏という事態は、国際的な反ファッショ統一戦線の力と反植民地闘争の結果得られたものでした。したがって、敗戦後とられた日本の非軍国主義化、新憲法にもとづく民主主義化へのコースもこのような反帝平和勢力の管理下で本来生まれたものであり、そこには前からの日本人民のたたかい、願いがこめられているものでありました。しかし、不幸なことには、この国際的な反帝平和勢力に対する挑戦を、すでにヒロシマ・ナガサキに原爆を投下したときから決意していたアメリカは、占領の初期こそ民主主義のしもべをよそっていましたが、早くも一九四七年二月の二・一ストに対する弾圧を皮切りにその帝国主義的本性をあらわにしてきました。ようやく力をもちはじめてきた日本の民主勢力に対して正面切っての攻撃と弾圧政策をうちだし、一方では敗戦による打撃で壊滅状態であった日本独占資本を、目下の同盟者として建て直しをはかってきたのでした。その総仕上げというべきものが、一九四八年十二月うちだされた経済九原則というものでした。労働者に対しては首切り、賃金ストップを強い、中小企業に対する重税による収奪、倒産政策で臨み、これによる利益集中によって独占資本の救済、再建をはかったのが、ひとくちに言うと経済九原則の方針であったのです。

しかも、二重に不当であったことには、日本の民主勢力は、長い間、このアメリカの対日占領政策の重大な転換を見抜けず、民主主義と人民解放の味方と信じこんでいたことです。これには、大戦中、アメリカが反ファッショ民主連合の一員であったこと。敗戦後、日本占領に送りこまれた占領政治スタッフの中にも、一定期間、大戦中反ファッショ戦線の一員であることを支えた有能なスタッフが来日しておって、日本の民主勢力との接触が深かったこと、等、アメリカ内部の微妙な力関係のきんこうとバランスの変化が、なかなか見抜けなかったことが起因しています。

この、アメリカ占領軍による、日本人民に対する全面的な攻撃がはじまった時期。その民主勢力の指導層の中では、ようやくこれはおかしいぞ、という論議がはじまっていたが、全体としてはこの占領の本質が見抜けずに、さまざまに味方の中で混乱が胎動しはじめた時期——これを、一応一九四八年の末と設定し、これ以後、朝鮮戦争をはさんで、日本単独講和条約が成立し、峠さんが亡くなる一九五三年はじめまでの時期を、私は「炎の時代」と呼んで、戯曲構造上の骨組みにすることにしたのです。

この時代こそは、原爆投下と米軍単独占領のもっとあらわにされた時期であり朝鮮戦争によって、日本独占資本が復活強化し、その後の高度経済成長政策の土台となった経済構造、思想、教育、文化形成の上に重大な影響を与えた歴史的要因が、びっしりとつまっていた時代なのです。

私は、この時代の特質を描きだすことによって、今日の時代の特質をもまた歴史的にとらえなおすことができると考えて、戯曲の上に設定したのです。

さて、この「炎の時代」は、また、「ひろしまの心」がもっとも激しく燃えさかった時代でもありました。帝国主義的本質—侵略者の思想がもっとも惨忍な形であらわされたのが、原爆投下であったでしょう。そして、広島・長崎の市民は、身をもってその被害を体験した訳ですから両市民がアメリカ帝国主義的本質に対する最も有効な、第一の証言者となるであろうことは当の征服者がもっとももよく承知しました。だからこそ、戦後いちはやく旋かれた言論統制の中でも、原爆に関するコメントは、それがどれほどささやかな被爆者のつぶやきであろうと特別神経を使って、一切のかん口令がしかれました。原爆にかんする医学的資料、写真、映画フィルム等がすべて没収されてアメリカ本国に持ち去られたのはよく知られていますが、すでに一九四七年の六月にはだされた、原民喜の「夏の花」、十二月の、正田篠枝の『さんげ』、あるいは一九四八年十一月の、大田洋子の『屍の街』、などの文芸作品に対しても陰に陽に圧迫が加えられ、常にCICや憲兵、日本治安当局の黒い影がつきまといました。そして、一方では広島・長崎が、熱心な安芸門徒と、敬けんなキリスト教信者の町であったことを最大限に利用し、八月六日を祈りと平和復興のシンボルの日としてえがきだし、原爆投下を、日米両軍の兵士と、日本民衆の犠牲を最小限にくいとめるために、早期戦争終結の手段であったという偽まん的な宣伝を大々的におこない、被爆者を平和のための犠牲者として描きだすことに懸命であったのです。そして、この陰険な両面作戦は前述したアメリカ解放軍錯覚ムードの全国的状況ともあいまって、かなり功を奏したのです。とかく、「もの言わぬヒロシマ」、「もの言わぬ被爆者」という印象がひろがった奥底には、このような、占領為政者の側からの意図的工作があったことと、被爆者の心理の内側からでてくるものと、両面から理解されなければならないと思います。

こうした、「もの言わぬひろしま」を強いられた人びとが、やがて口を開きはじめるのが一九四七年から五〇年にかけてです。一九四九年の十月二日には、平和擁護広島大会が開かれ、ここで原子兵器禁止の声がはじめて公然とあがりました。この年、アメリカの極東軍事戦略はソヴエトの原爆保有と、中国革命の成立を見越しますますエスカレートし、国内では軍国主義復活と反動化への道が急ピッチで進められます。下山、三鷹、松川事件が相次いで発生するなかで、反戦・平和の動きに対する占領軍の弾圧はいっそう厳しいものとなってきました。その頂点が、朝鮮戦争が開始された一九五〇年であったと言えます。その弾圧ぶりは、たとえばデパートの入口で、書類らしいものを抱えていてもただちに検問される。詩人で御庄博実さんという人がいたが、この人は、「失われた腕に」という詩を書いただけで占領政策違反に問われて追及されました。これは、「おい／そんなに蒼ざめた目玉をして飛び廻るな／飛行機虫／今に　この鉄の腕で／叩き落としてくれるぞ！」とうたったものです。

この年の七月一日、七・一事件といって、朝鮮戦争の侵略的意図をバクロしたビラがまかれて、二〇数名の人がいっせいに逮捕されます。そして、八月六日には平和式典、ユネスコ集会、ピアノリサイタルまで、集会と名のつくものは一切禁止され、一週間前から平和活動家は、呉の米軍基地に監禁されます。そして市の周辺には三千三百人の武装警官隊がとりまいて、他県から入ってくる人を一々検問するという、まさに戒厳令下の状態におかれました。こうした戒厳令下の広島で、国際的に起こっていたストックホルムアピール、原子兵器禁止の署名運動と呼応して、非合法の平和集会が開かれるのです。この集会をうたったのが、峠三吉の「一九五〇年の八月六日」だったんですね。

この集会は、ただ単に、なん百人かの人が弾圧をけって集まったという意味にとどまるものではなくて、それ以前から、七・一事件もそうですし、峠さんらの「われらの詩の会」、詩のグループなどが、いっせいに火を吐くように原爆のことをうたいはじめる、そうした積み重ねのあらわれなんです。広島の民衆が、はじめて原爆投下の張本人と真正面から対決していく戦いののろしなんです。

ですから、この「一九五〇年の八月六日」のたたかいというものは、日本の平和運動の歴史的な出発点と言えると思います。

よく、原水禁運動の出発点は、東京の杉並区の主婦たちの、いわゆる「杉並アピール」からだといわれますけれども、これを聞いて広島の人たちは、「冗談じゃない。広島の、一九五〇年八月六日のたたかいに象徴される、占領下の平和運動があったからこそ、ビキニの死の灰の事件をきっかけにした全国的なひろがりも起こったのだ」と反論します。運動の元祖争いみたいで、どっちでもいいんですが、しかしこの言い方のなかに、私はひろしまの心がよくあらわされていると思うんです。原爆をおとしたのは他でもないアメリカだ、そのアメリカ帝国主義を、名ざしで告発した占領下の広島の平和運動こそ平和運動の原点だという思い――これがひろしま人のなかにある。

だから私は、ひろしまの心をもっともあらわすには、「一九四五年の八月六日」ではなくてむしろ「一九五〇年の八月六日」を頂点として「炎の時代」を描くべきだと、こう考えた訳なんです。

叙事と叙情について

戯曲構造の骨組みとして、「炎の時代」を設定した理由の二番目に入ります。一番目の理由としてあげたのが、時代の特質を描くということであったのですが、ここで再び峠三吉のことに戻ります。

それは、この時期が、先ほど言いました時代の特質も関連してのことですが、峠三吉の詩の変革の季節とピッタリ重なっているということです。峠三吉は、この「炎の時代」に遭遇してどのように詩を変革しようとしたのか。私たちはそれを「叙情の変革」あるいは「叙事と叙情の新しい統一」というふうに言っています。

どういうことかと言いますと、人間がどういうときに泣き、どういうときに笑い、どういうときに怒るのか、その感情の揺れかたといいますか、感情の質といいますか、それは人それぞれが抱えている叙情的記憶のタンクにつまっている中身、その質によって相当な開きがありますね。たとえば、あるできごとに対して、アメリカの一時的なヒューマニストが、広島の原爆の乙女を招いてケロイドをなおしてやろうとした――そのことについて、そのアメリカ人のヒューマニズムに対して非常に感動する人がいる。一方では、なんだ、そんなのはゴマカシじゃないかと、かえって腹を立てる人がいる。この相異というものは原爆体験や認識の度合いによってうまれてくるものでしょう。ところが、この認識の土台になっているものをいったんとり払ってしまって、そのアメリカ人のケロイド手術に立ち向かうときの真剣な表情そのもの、あるいは被爆した女性の泣き笑いの表情そのものを大写しにした場合、そこから自分なりのなにかを感じとって、無条件に感動してしまうということが一方にある。この質は、物事の本質を見きわめようとする認識の質と切り離されれば離れるほど、人間本来の姿を認識する動物としての本生から遠ざかって、簡単に感情操作される人間になってしまう。つまり叙情的機能が理性的機能の働きを邪魔してしまうという場合がしばしばあります。

フランスだかイギリスだか忘れてしまいましたが、ある有名な俳優が、パーティの席上で、並みいる紳士、淑女に向かって、私の朗読は天下一品だが、ここに料理のメニューがある、これを今から朗読するが、感動して泣き出さぬ人があったらお眼にかかりたい、といって朗々と読み始めた。そんな馬鹿な、料理のメニューで泣く奴がおるかと思っていた人も、朗読が進むにつれてその名調子にすっかりのせられてあちこちでしくしくと泣きはじめた――こういう逸話があります。この場合も、人びとはけっしてメニューの言葉に感動したわけでは勿論ない。日頃からその俳優に対してもっているイメージ、朗読の韻律などが、言葉の意味を離れて、自分の情緒的記憶のどこかの線と結びついて涙腺を刺激したにすぎない。

芸術家は人間の魂を扱う技師であるということがあるが、それがもしもこのようなインチキな叙情の質をよびおこす技術であるとするならそれはとんでもないことだ。しかし、はたして自分がみがいてきたつもりの感性や、叙情の質は、いつの場合も、そういうごまかしの叙情を呼び起こすものではないと言いきれるかどうか、いつの場合も、人間の正しい涙、正しい怒り、理性をよびさますようなものであったかどうか——自分の詩について、峠三吉という人は終生こういうことを考えつづけていった人ではなかろうかと私は想像するのです。そのために、自分の叙情的記憶のタンクを常に洗いかえ、新しい質の叙情的記憶をためかえようとした人だと。それがつまりは叙情の変革ということであったろうと思います。

そして、その変革への営みは、ひろしまの民衆の心が、朝鮮戦争を迎えて、かつて自分たちの頭上に炸裂した原子爆弾が、こんどは同じアジアの一角、朝鮮半島の民衆の上にふりかざされようとしているのを知ったとき、いっきょに怒りを爆発させたときから、その民衆の心から原爆をとらえた場合、原爆をどううたいあげるべきかという課題に直面して、ぎりぎりの切実なものになっていったと想像するのです。

原爆という、とてつもない科学的産物が、人類史にもたらした意味と、一人の被爆者の心のひだに分け入った内側からと、その両面からどのように原爆を描くことができるか、その方法をつきとめていったときに、叙事と叙情の統一ということがでてきたのです。

これは、峠三吉の詩の中でも、「その日はいつか」という詩の中にもっともためされていると思います。

紙屋町の交差点に、一人の少女が死んでいます。峠三吉の眼は、その少女の幼い思いの中に日本人の戦中の一人ひとりの思いを細かく追っていきます。そして、八月六日の午前八時一五分に、どうしてここまで到達してこねばならなかったのかを、つまり、少女が偶然ここに通りかかるまでの運命の線をぐいぐいとたぐっていくのです。

それは一方では、まったく別の記録的手法でヤルタ会談における米英ソ首脳の、ドイツ降伏後三か月後にソヴエトが対日戦に参戦するというとりきめ、やがて、ベルリン陥落、五月八日のドイツ降伏から計算して八月八日。七月一六日、ニューメキシコでの原爆実験、アメリカの決意、という線を恐ろしい冷静さで、原爆搭載機エノラ・ゲイ号が広島上空に到達するまでのつまりは歴史―必然の線を追っていきます。そして、両方の線、少女の偶然という運命の線となぜ原爆が投下されたのかという歴史―必然の線がまじわった瞬間、それをみつめる者の怒り悲しみは、いっきょに爆発し、理性と感情が極限でスパークするように構成、計算されているのです。

これは、新しい感動の質です。つまり、峠三吉がねらったものは、真の感動というのはこういうものだ。歴史の必然が姿をあらわすのは、必ず偶然の形をとる。巨大な歴史の必然性が、人間の運命＝偶然性とまじわって、人びとの胸をふきぬけたとき、そこに感動がうまれる。歴史を叙事とおきかえ、運命を叙情とおきかえた場合、だから叙事と叙情の統一ということが、新しい感動の質――それは必然を認識し、そのことによって歴史を変えようとする意志を呼び起こすような感動の質を、うみだすのだ。「その日はいつか」で到達した峠三吉の方法はこうした意識であったろうと思います。それが一〇〇％成功したとはいえないまでも、峠さんは、これを土台にして、次の「叙事詩ひろしま」でさらに壮大な叙事と叙情の統一をめざしたのでした。手術台の上の死が、その実現をさまたげはしましたが、その課題は今、私たちの手に残されているのです。

第三の動機――政治と芸術

さて、以上が、より『河』のテーマに近づいた第二の動機といえますが、実は、もうひとつ第三の動機があります。そして、ここから本当は、この戯曲にとっくむようになった、もっとも深い動機といえるかもしれません。

それは自分自身とかかわっているからです。

「炎の時代」と呼んだ時期は、私の青春時代の苦悩――それは未だに解決しえないでいるものですが――とも重なっています。

この時期、私は政令三二五号違反という占領目的阻害の罪に問われて、九州の山中や漁村に潜伏しておりました。そこでの活動はひとくちに言うと、当時分裂していた日本共産党の、極左冒険主義の誤ちをおかした側の指導部に属した活動でした。当時の、極左冒険主義の誤ちというものは、政治活動の形態の上で許しがたい官僚主義をはびこらせて、党内民主主義と人民のたたかいに被害を与えたばかりでなく、政治と芸術の関係においても、芸術のもつ独自の機能を全く無視した、機械的な芸術大衆化路線―文工隊主義とでもいうべきものによって、芸術団体の中にも分裂をもちこみ、たくさんの有能な芸術家にいい知れぬ被害を与えていました。したがって、いま考えますと、ちょうど峠さんのような存在を、青年であった私などが平気でひきまわし、芸術と肉体と両面から寿命をちぢめてしまう結果になるような活動をおしつけていた立場にあったわけでして、私はこの戯曲に立ちむかうとき、その時代の自分の生き方、政治と芸術のありかた、そしてまた、組織と個人のありかた、についての自己批判書のつもりが一方であったのでした。

（一九七四年十月、名古屋劇団協議会・合同公演を前にした講演原稿より）

尊大なリアリズムから土深いリアリズムへ
――私にとっての西リ演〔西日本リアリズム演劇会議〕史――

土屋　清

はじめに

西リ演史を語るということは、六〇年代~七〇年代を、演劇的課題としてどう捉えるのかという問題に直結する。それは、ただちに私どもの標榜するリアリズム演劇の思想が、時代にどうつきささってきたか、あるいはつきささってこなかったかの、自己検証につながってくる。自分の思想史を掘り下げろ、というに等しい。こわい話である。逃げ出せるものなら逃げ出してしまいたい。逃げ出そうとする自分を、かろうじてくいとめているものは、ほかでもない、自己の〈古典〉である。人間の多くは、自分の〈古典〉をもっている。それは必ずしも文学的、歴史的意味あいでの古典ではない。平たくいえば、自己の原点。出発点といってもいい。はじきかえされようとどうしようと、ともかく自分の全人生をかけて歴史に突きささろうとしたもの――それを自己の〈古典〉と呼ぶならば、私の場合のそれは、戯曲『河』である。なぜなら、『河』をめぐる二〇年の歴史こそが、私にとってはそのまま自己の演劇思想史につながるからだ。時代を測り、歴史の動と反動を把握しようとするには「物差し」がいる。かりに、その物差し自体が狂っているにせよだ。二つも三つもの物差し、それぞれに尺度の目盛りが異なっている物差しで歴史を押し測ろうとすることなど不可能だ。ひとつの物差しがいる。

私の場合その物差しに相当するものが、自己の〈古典〉たる『河』なのである。その理由は、追々判って頂けると思うが、約二十年間にわたって、右に左に揺れ動き続けてきた『河』をめぐる改訂作業の軌跡は、成否両面をひっくるめて、私の中の〈演劇思想史〉として今も生き続けているからだ。

私は、その物差しをもって、西リ演史を見ていきたいと思う。(私の物差しが狂っていないかどうかは、別の角度から御検討願うこととして……。)

一　戦後史認識について

この二十年間、(私の演劇の実質の出発点は二十年前の処女作『河』からであり、それは創立以来の西リ演史の歴史とまったく重なっている。)私の〈古典〉とは、何を主要なテーマとして歴史的に突きささろうと試みはたまたはじき返されてきたのだろうか?

その第一点は、戦後史の問題である。人類史上初の原爆投下と、太平洋戦争の終結・敗戦。あの体験によって私たちが得たものは一体何だったのか? それは、あまりにも悲惨な体験、あまりにもぼう大な犠牲と血と涙によって贖われたが故に、決して忘れることのできない性質のものだというに留まらない。われわれは、あの衝撃と悲惨な体験を経ることによって、ようやくそれまでの日常感覚の隅々にわたってしみついた、天皇制絶対主義権力に対する服従主義、皇国史観を中心とした歴史感覚などを、「異化」してみる道を学んだのではなかったか? その結果導き出された発想が、秀れて世界史における未来への想像力に向って呼びかけた平和憲法の精神であり、戦後民主主義への出発だったはずである。

だが、それから三十数年を経た今、あれだけの犠牲をはらって学びとった筈のものを、一切合切帳消しにし、平和憲法も戦後民主主義への努力の道のりも、すべて実体のなかったものと見なそうとする、戦後史の全面否定論が、政治・経済・教育・文化の全般にわたって大手をふって歩きはじめている。

そのような戦後史否定の反動的潮流に対して当然健全な民衆感覚に根ざした反発、素早い反応反撃もあるが、それらの正論と反動潮流への迎合、両者をひっくるめて、たとえば映画『東京裁判』や『小説吉田学校』にもみるように、今や様々な角度からの戦後史見直し論は、さながら一種のブームの観をなしているようにさえみえる。角度は異なるが、やはり戦後史評価の問題に収斂していくものとして、国家論、日本人論もまた盛んである。詳しく触れるいとまはないが、片や丸谷才一のように、裏声で〈君が代〉を歌う作家もいれば、それに対する江藤淳のごとく、地声でこそ〈君が代〉は歌うべしと唱える評論家がいる。……といった具合に。

そのような現象の輩出するまっただ中にあって、われわれリアリズム芸術論の立場にある者は、一体どのような確かな戦後史への洞察、「見直し」を行い、そしてまた、そこからどのようなあるべき未来共同体へのイメージを構築していける想像力を引き出していくべきなのだろうか？　この問題は、過去から未来へと、また未来から過去へと、どれだけこだわり続けてもこだわり過ぎるということはないはずのものなのである。

「憂国」から「亡国」への二十年

最近の、戦後史否定論の頂点に立つともいうべき、きわめて露骨で危険なあらわれかたの一つとして、大江健三郎は著書『核の大火と「人間」の声』の中で、石原慎太郎の最新の小説『亡国』をあげている。この小説は、「一九八七年極東戦争」という副題がついているそうである。まだ読んでいないので、大江健三郎の紹介に従って肝心の部分だけ抜き書きすると。

――ソヴィエトが日本を衛星国に取り込んで工業生産力を全面的に利用することをもくろみ、およそ、野蛮な謀略を繰りだしてついに成功する。つまりそれが日本人にとって「亡国」ということになる。というのが小説の筋書きである。ソヴィエトによって日本が海上封鎖され、かつソヴィエトから潜入した破壊工作員による騒動が多発し、自衛隊が民衆に向けて発砲することになり、しかもソヴィエトの生物化学兵器たる「肺ペスト」が蔓延して日本政府はソヴィエトに屈服する。そこでクレムリンの奥深く、この巨大な謀略が成功したことを喜ぶ対話があって、この小説はしめくくられる。念の入ったことに、ソヴィエトは米日の軍事戦略を封じ込めるため、中東地域で陽動作戦を起こすべく、ペルシャ湾に向けての海からとアフガン国境越えた陸からの機動部隊を侵攻させる。これに対して二個の三メガトン級原爆、さらに一メガトン級対戦車用中性子爆弾二個が投下され戦争はイスラエル・シリア間、朝鮮半島にも飛び火して、あわや全面核戦争かという危機に突入する。しかしこの事態で、ソヴィエトはアメリカとNATO諸国に停戦を呼びかけ、向う三年間は核兵器を互いに使わぬことを提案し、危機一髪の恐怖は回避される。何のことはないアメリカは中東に原爆まで投下しながら、易々とソヴィエトの手にのせられて日本をソヴィエトの衛星圏に渡してしまう結果になるという構図である。この「極東戦争」を総括して、小説の中のアメリカ大統領とその側近たちは、次のような対話をおこなう。

作者の危険なねらいが最も顕著にあらわれた、見逃すことのできない部分である。

「……『クレムリンが何をどこまで計算ずくでやったかは知りませんが、また連中が最後にはペスト菌までバラまいたことの悪辣さも、我々がイランの砂漠に落さざるを得なかった原爆一発で相殺され、どうも結果は世界に向かって、我が国の印象の方が、ペスト菌より原爆の方が仰々しいだけに、悪いような気がしますね』／『正《まさ》しくだな』／唇を噛む大統領に、／『しかし我々として日本を希んで喪ったわけではありませんからね』念を押すようにキャサリンはいった。／『残念ではありますが、日本を喪わしめたのは結局日本人自身というよりありません。考えてごらんなさい、我々はあの国に第二次大戦後、一体どれだけの恩恵をほどこしてやって来たことか。自国の産業をつぶしてまで連中のつくるものを買いつづけて来てやった。その代りに、彼らが何をしたと思います。こうなるまで相も変らず、あのちっぽけな島国までをその半ば以上は我々の力で守らせ、核は持たない持ちたくない。しかし、我々の核の傘ははっきりさしかけろ。それも彼らの領土内にはトランジットでさえ核を持ち込んではならぬというい分だった。私には、あの国民は、何か、一番肝心なものが欠けていた。何といおうか、国家対国家というより、人間の神に対する責任のような大きなものを忘れてはばからなかったという気がしてならないのですが』」

なんとも恐れ入った話の組み立てではある。いかに自民党タカ派議員でまかり通るとはいえ、かりそめにも「作家」と名のつく石原慎太郎が、日本の非核三原則堅持に対して、人間の神に対する責任にそむく行為だとまで作品に語らせるとは！　はてしない核軍拡競争を支えている「核抑止論」という強者の論理を、こうまで政治と一体化したところで、堂々と作品世界に押し出している作家の例を私は他に知らない。状況はここまで来てしまったのである。この歴史感覚。この戦後史に対する石原の総決算ともいうべき歴史観をどうみるべきか？　大江健三郎は同書の中で次のように言っている。

「自民党タカ派の国会議員である石原慎太郎の、ソヴィエト・ロシアへの異様な猜疑と、核兵器それ自体の、あるいは核兵器を使う軍部のエスカレーションへの自動化作用に対する楽観。そのひずみのある国際関係への想像力が、いかにも正直に表現されたものとして作家であるかれの『亡国』を読みとる時（レーガン米大統領がいみじくもヒロシマ・ナガサキの週にあきらかにした、中性子爆弾の生産再開について、自分の小説はそれを先どりしていたと、石原は得意に感じたであろう思いますが）僕はこの数年、前のめりのような勢いで激しくなる、自民党をエネルギー源として展開される政治宣伝の、おさらいをしたような気持になります。そしてそれがあからさまに、太平洋戦争直前の時期と、そのさなかの政治宣伝につながっているのを見出し、僕はこれが日本人だ、これこそ日本人の根底の、かわらぬ実質なのだという思いにとらえられるのであります。」（「核状況のカナリア理論」）

私は、この文章を読み、自民党政治とまさに一体化したところのでの作家・石原慎太郎の存在を考えるとき、同じく自己の文学的態度と政治態度の一体化を願って、ハラキリまで演じてみせた三島由紀夫が『憂国』を書いたのが一九六〇年。この時期、三島はすでに陸上自衛隊久留米候補生学校、富士学校、習志野空挺団に体験入学している。

「二・二六事件の客観的意義を矮小化して、セックスそのもの、死そのものを、二・二六事件に直接参加することのできなかった軍人夫妻の割腹自殺という題材にこめて描いた三島由紀夫の文学が、日常性をいよいよ捨象して、祭式へのあこがれを志向しはじめ」「天皇制と反動のイデオローグとしての立場を明確にしてきた」（菅井幸雄）、そのような『憂国』……。ついでに、それから間もなく、三島の戯曲『喜びの琴』（一九六三年）が露骨な反共思想劇として問題となり、文学座二度目の分裂のきっかけとなっていくのである。「憂国」から「亡国」へ……。この間にある二十年というものは何を意味しているのか？

西リ演二十年の歴史もまた、この間に横たわっていることにご注目願いたい。

西リ演が結成されたのが一九六二年。この時、西リ演創立の準備に当たった先輩諸氏の脳裏には、当然この三島の『憂国』にあらわれたような危険な兆候のことも刻みこまれていたにちがいないと思う。だが、三島文学に抬頭してきた皇道精神、国粋主義的な観念美のごときものは、現実感覚としてはとっくに過去の亡霊と化していた筈のものであった。その亡霊どもが、やがて、「悠久の大儀に生きる」などという。これまたとっくに死滅していた筈の、日本浪漫主義の古い衣まで装って、巷を大手を振って歩き始めるような世の中が到来しようとは、その時の指導者といえども何人の人が想像し得ただろうか？　ましてや、わずか二十年も後には、傲慢な核超大国の、核武装保持とそのはてしない拡大を、正義として是認するような倒錯の論理、そこにすりより同化する政治文学までが、この被爆国日本に堂々と登場してくるような事態にまでなろうとは……。「憂国」から「亡国」へと、この二十年の間に、遂に事態はここまで来てしまったのである。私は今更ながら、「これが日本人だ、これこそ日本人の根底の、かわらぬ実質なのだ」と叫ばずにはおられない、大江健三郎の深いペシミズムに対して、それを安易に否定する気にはなれない自分を発見する。

もちろん、大江健三郎も、そのように言う一方で、歴史の教訓に学び、それを活かし続けようとする日本人、そっちの変らぬ実体も、なお厳然と存在していることはきちんとみている。その上で、危険なファクターを早い時期にみとってしまうことのできなかった日本の知性、ぬきさしならぬ侵略戦争拡大の道をころげていったかつての日本帝国主義、そこへ手をかした一九三〇年代の文化状況を現代のそれと重ねあわせてみるとき、安易な楽観主義がいかに悲劇的な破局を招くかを、痛恨の想いで語りかけているのだ。

金大中氏は、敗戦を境とした日本のイメージ、特にアジアとの関係の上でのイメージが異民族の眼にどう映じているかを、『世界』誌上の対談で語っているが、その中でこういうことを述べている。

〈六〇年代で日本は「経済」を仕上げた。七〇年代には「政治」を仕上げた。そして八〇年代が、「軍事」を仕上げる時期になるのではないか。そのことを深く懸念している〉。〈仕上げ〉とは何に向っての仕上げか？　かつての軍国主義。大日本帝国が、太平洋戦争を頂点に、アジアに向ってふりまいたイメージ。その極端なまでにグロテスクな姿を、歴史の名に於いて自認し、恥じ、清算する方向に向ってではないことはたしかである。むしろアジアを中心に、世界中に新たな憎悪と孤立を呼びこみながら、富める国強い国の仕上げに向って、かつての醜悪なイメージをいっそう増幅させている姿、そのような日本が、今、金大中氏の眼に映じていることは論をまたない。

中心と周縁

アジアの眼に、このように映っている日本の戦後史……そこから、我々はどのような現代を認識し、どのような未来像を想像力の中にたぐりよせるべきだろうか？明治維新以降、日本の近代化がめざした中心としての西欧文明。その下におき、遂には排除すべき周縁的な存在としてのみ扱ったアジア文化。そのいきつく先としての、アジアからの脱出志向……。アジア近隣諸国への侵略戦争と、その破滅への道の帰結であった太平洋戦争の敗北も、いわばそうした近代化思想のゆがみ、ひずみがもたらした結果であった。とすれば、その結果から学ぶ道は、西欧文明中心の近代化思想を逆にひっくりかえして、むしろアジア諸国、アジアの人々との真の連帯を可能にする方向に、展望と活路を見出す道しかないことは明らかである。だが、我々自身の中に、ヨーロッパ・アメリカ文化とも強い緊張関係でぶつかって、そこから個の解放、個の確立を引き出そうとするもの、その根底のどこかに、自分の位置するアジアがどっかり坐っているものがあるかというと、必ずしもそうなってはいないことにすぐ気づく筈である。ごく感覚的な、アジア文化とはどことなく低いもの、ヨーロッパ・アメリカ文化とはなんとなく高いもの、という観念は、依然として払拭できぬまま根強く残っている。すぐ隣の国のすぐれた詩人・金芝河のことにしても、あの数々の譚詩にあふれる土俗的なダイナミズム、しぶとい笑いの質が、一見絶望的ともみえる独裁恐怖政治の下で、いかにアジア近代への明るい展望をさし示しているかについても、まだ多くのものを学んではいない。まして、フィリッピンやマレーシャや中近東にどんな作家がいてどれほどの作品を産みだしているのか、あるいはアフリカのケニアでどういう演劇が上演されているのか、それらが民衆のたたかいをどう反映していて、国際的な非同盟中立思想の動向とどう連動するのか、といったことについては、単なる知識としてもゼロに等しい。

考えてみれば、アジアの国に他ならぬ日本で、リアリズム演劇を志向する我々にしてすら、アジア諸国のそれらについては何も知らずにいて（あるいは知らされずにいて）、シェークスピアや、ラシーヌ、コルネーユ、モリエール、そしてテネシー・ウイリアムズなどのことになると、やたらに知っているという現象。あるいは、ベケットもカフカもブレヒトもみんなごたまぜに、選択の余地もないほどの情報量があふれているといった現象は、実に奇妙な話というべきではないか。

国内文化にあらわれた中央志向現象、中央文化と地方文化といった関係についてもしかりである。絶対天皇制という中心に、すべてを方向づけてきたこの国の近代化の根本姿勢。それは、今さら説明を要しないほどに、国内においても、地方的なもの、周縁的なものを排除し切り捨ててきた。その結果産まれた、なにごとによらず中央を地方の上におき、中心からはずれたものを疎外するといった価値観は、戦後史の反封建、民主化の時代を経てもなお生きつづけ、六〇年代高度経済成長の進展とともに、むしろ強まってきたとさえいえる。高度成長がもたらした地域破壊が頂点に達し、人間のよるべき原郷など何処にも見出せなくなった今日に至って、為政者の側がことさら「地方の時代」などと言いだしたこと自体、日本的近代化のゆがみの反映であるところの、中央集中・中心志向型思考の破たんを物語っているものである。

七〇年代に入って、西リ演運動の内部では、「地域に根ざす演劇」ということが言われ始めたが、この〈地域演劇思想〉というべきものも、このような日本近代化の歩みに特有の中央志向型思考方法、その産物である中央集中的な文化形態に、民衆の側の文化の方向を対峙し抵抗しようとする考えかたのあらわれにほかならなかった。その内容をさらに押し進めれば、より周縁的なもの、中央から疎外され排除されていった過程の中のものに（たとえば、沖縄の戦前・戦後史、そこにあらわれた土俗的文化と天皇制政治支配〜米軍政支配との関係など、もっと象徴的なものだが）むしろ日本文化の新しい活性化のよりどころを見出そうとする。未来的な文化思想に発展する可能性をもつものといえよう。

村づくりの思想

体制側は、特に六〇年代以降、長期にわたって近代化とひきかえに、地域的なものの価値を消去させ、個別的、個性的なもの、土着的ものの中に根づく文化的価値を破壊しつづけてきたのであるが、その結果、日本民族の伝統的な社会構造として続いてきた村落共同体の単位、その中でつちかわれてきた仲間意識や助け合いの風習、「正」の側に働く民衆の連帯意識といったものまで、遂にバラバラに解体していったのであった。しかしながら、彼らといえども、決して破壊し解体することに終わったわけではなかった。その破壊の延長線上に立って、彼らなりの新しい「村づくり」〜アジアの中の超大国路線の拡大に見合う「村づくり」を同時に推し進めていったのであった。たとえばＱＣサークルづくりから始まった、大企業におけるヒューマンリレーション労働管理方式。それは初期、しょせん日本人の家族主義的な体質にはなじまぬ、アメリカ直輸入の方式だといわれながらも、二十余年の歴史を経る中で、次第に〈管理〉から解き放たれた労働者の〈自主参加〉、という形をとりこむことに成功し、おらが職場、おらが会社の企業利益と、おらが幸福おらが家庭の安泰とを、ひとつの運命共同体的なものとして結びつけて考える、きわめて日本的な共同体意識を醸成させることに成功してきたのである。そして、そうした意識が、今日の日本人の多くの、平均的な社会的価値観にまで定着してきつつある事実に、我々は眼をつむることはできない。

彼らが進めてきた、このような「村づくり」に対して、我々の側の「村づくり」は、真に地域的なもの、そこに固有の体臭を息づかせながら、しかも同時に、地球の裏側の被略奪民族の心とも響きあい、そこの村落の暮らし、思想をも、ただちに想像力のなかにたぐりよせていけるような、いわば「世界史」に向って開かれた「村」を構築していくべき課題を有している。

地方に於いてであれ、大都市に於いてであれ、我々が営々として演劇を共有し続けるところの、この「劇団」というちっぽけな存在。そこには技術的に秀れた存在もあろうし、劇団と名づけるにはあまりにも貧弱なグループもあろうが、それらの一切合切ひっくるめて、地域の中での、そのような「村づくり」の小単位としてとらえるならば、我々のいう〈地域劇団思想〉は、どのような未来的な、宇宙論的な文化思想に合流していく広がりをみせるだろうか。

だが、結成初期の西リ演運動というも、なかなかそうした開かれた地域思想の方向には進んでいかなかった。〈民主的〉演劇を、〈上〉から組織し普及していこうとした一種の啓蒙主義。あるいは、西リ演の組織を、一種の地方に於ける演劇指導機関のようにみなして、そこへの加盟を、なにか地域での〈センター的〉存在としての資格証明でもあるかのように考えがたる事大主義などが現れていて、ほんとうに地域に立脚し、地域に内在する一つ一つのものから、謙虚に学び合おうとする姿勢に貫かれていたとは言い難いところがあったのである。そこには指導層の意識と加盟劇団の側、それをとりまく地域の劇団的貧困と、両面からの問題が作用していたことであろうが、いずれにせよ、出発点に於ける、我々自身、地域演劇自体が抱えていた、根本的体質が、まず問題とされねばならないであろう。西リ演結成の一つの動機は、当時ライシャワー路線が持ち込んだような大国的な近代主義、そして、そこへの有力な抵抗体とはなり得なかった、この国の、東京を中心とした〈中央演劇〉的な新劇状況に対する強い批判からの出発であったとも言えるが、しかし一方で、自らの体質の中にもまた、地方におけるセンター志向とでもいうべき根強い中央志向、中心志向型思考を内包させていたのである。このことはまた、誤った近代主義思想を批判しのりこえるためには、よほどの緊張感をもって我々自身の中にしみついた前近代的なもの払拭し、我々自身の真の「近代」を獲得するための努力が必要であるかを物語っている。我々自身の「近代」とは何か？　それこそは、戦後史認識の最大の問題なのであり、我々の体質にある潜在的な中央優先主義、中心志向型思考や、創造の現場にまでまとわりつく権威主義、事大主義的な思想など、数々の古い体質を洗い落して、最終的には、個としての強じんな自己解放・自立をかちとり、その自由な個として、主体的に、能動的に参加することのできる未来共同体のイメージ、そこで新しい連帯の可能性を構築していく問題と直結していく性質のものであろう。

よるべき民衆の思想

しかし、我々自身の真の「近代」を獲得し、あるべき未来へ向って、新しい共同、連帯の可能性を切り開く、といってみても、現代そのものの中にそのことを可能にする要素を発見できなければ、つまりは、戦後史の中での変らぬ真実の存在を、我々は「村づくり」思想のよりどころとなるような具体的な民衆像の存在を実感として把握できなければ、しょせん抽象的な観念論議や願望だけに終わってしまうこともたしかであろう。

それこそ、西リ演の最初の「綱領」にかかげた、「労働者農民に依拠して」式の、古典的な理念をふりまわしてみても、この二十年の歴史の中で、労働者像そのものが、複雑に変化し、「労働者の階級的連帯性」なるものも音をたてて崩壊していった過程を、まざまざと見せつけられてきた今日にあっては、何の説得力も持たないことははっきりしている。そして、そのことがまた、我々リアリズムを非常に困難なものにしていった、大きな理由の一つでもあるのだ。

「労働者像」の問題は、それ自体、独自の掘り下げを要する問題なので、別項にゆずるとして。それでは一体、戦後史の中で、変らぬ真実のようなものが、存在したのかどうか。日常的な事象を一般的に眺めているかぎり、絶望的な答しかはね返ってこぬが、しかし、創造主体の立場に立つとき、私はやはり、ある、と考える。

その一つの証言として、私はほかならぬ広島・長崎の被爆者の存在・被爆者の証言の変らぬ持続と、その継承発展の運動をあげたいと思う。

被爆者の運動を支える中心思想は、ことさらいうまでもなく、被爆者援護法の制定を求める主張に集約されている。その中心部分を要約すると、次の三点である。

（1）日本国民の、世界唯一の原爆被害国民としての、ノーモア・ヒロシマ・ナガサキの強力な世論を受け、日本政府は世界に向って核兵器禁止を積極的に訴える義務がある。

（2）これはとりも直さず、国内に於いては、国が、核兵器による被害の甚大さ、過去現在と続く被爆者の苦しみへの、国の責任を認めることであり、そのつぐないをすることである。

（3）以上の両者は表裏一体をなすものであり、その意味で、国は、被爆者に対する自らの責任への反省の上に立ち、「再びヒロシマ・ナガサキをくり返してはならない」とする国民の総意を受けて、核兵器禁止への強固な決意のもとに、国家補償の精神にもとづく被爆者援護法をただちに制定すべきである。

――かいつまんで並べてみたのは、援護法制定運動の宣伝をしたいためではない、被爆者の問題をとりあげるのがすべてだというつもりももちろんない。問題はここに貫かれる民衆思想である。

　もちろん、被爆者の中には、自分のカラの中にだけ閉じこもった、〈世界史に向って開かれていない〉側面も、濃厚にもっている部分も少なからずある。それは、地域的なもの、個別的なものの中に常に閉鎖的なものが伴う面があるのと同様である。そして、それもリアルな一側面ではあるが、一事象ではあるが、決して全体的、本質的なものではない。

　ここで重要なことは、被爆者たちの、「けっして〈あの日〉を忘れない」とする、民衆の心情ともいうべきものが原点となって、被爆者の苦しみを放置するような状態が続くかぎり、「戦後は終わっていない」という認識につながり、遂には、原爆投下者のアメリカとそれを招いた日本帝国主義の責任を追及しつづけ、そのことによって、世界史の未来に向って日本と、日本人の責任を果たそうとする思想に到達している点である。

　国家補償の精神にもとづいた被爆者完全援護法の制定を要求するこのような思想。そして、それを拒否し続けることによって、そのような戦後史認識と総括を拒絶しようとする思想をあらわにする側と。

　「すなわちここに、太平洋戦争の敗戦時の核状況に対する想像力を、いまなおもちつづけて、それを未来にむけての構想となしつづけている者らと、敗戦から三十五年たって確実な勢力としてあらわれた、太平洋戦争の敗戦の経験から出た構想には文字通り反動的に対処しようとする者らの、今日の日本と日本人の状況をあらわす、典型的な対立のひとつがあきらかにみられる。」

（大江健三郎「核時代の日本人とアイデンティティー」）

人間は、決して歴史から学ばない――とは、ロンドンのある〝死の商人〟（兵器商）が言った言葉だが、まさにその言葉どおりの〝信念〟を具現する日本の一勢力と、（ことばを変えていえば、アジアにおける、世界における、日本と日本人の、よりグロテスクなイメージを再生産し広げていこうとする者らと）「決して忘れまい」とする行為によって、歴史から学び活かし続けようとする、ヒロシマ・ナガサキの思想を軸とした民衆史と、この両者のせめぎあいこそが、現代史の転換点をさし示しているものであり、私は、ヒロシマ・ナガサキの思想の中にこそ、戦後史の中で変らぬ真実を見出すのである。

リアリズムとは、本来、民衆とともに未来を切り開こうとする、未来志向の創造思想の筈である。今日、いかに世界が破局的な核恐怖の時代にあろうとも、いかに終末思想文化が蔓延しようとも、人間が人間として生きのびようとする限り、未来への展望を志向し続けることは我々が「生きる」ことそのものであり、リアリズムもまたそこ寄り添ったものであろう。したがって、そのようなリアリズムが、今日衰退しているとすれば、それは文化全体の衰退を意味するものであり、そのような思想状況こそは核戦争への屈服を意味するものだと思うのである。

戦後史の問題に関する私の問題意識とは、目下のところ以上のようなものである。

私はこうした考察の中で、自己の〈演劇思想史〉を見つめ、そこへ西リ演の歴史をも重ねあわせてみるとき、次のような思いにとらわれてならない。即ち、あの被爆者たちが何十年と主張し続けてきたような戦後へのこだわりかた。「決して忘れまい」とする意識と、「未来史へ責任をもとう」とする意識とが、表裏一体となったあのこだわりようのようなものを、我々もまた自己の演劇の中に内在させてきたであろうか？　と。

六〇年代から七〇年代にかけての時代の変貌ぶりは、たしかにすさまじいものであった。我々は、そのすさまじさの中で、本来決して見失ってはならないものまで、案外〈古びたこだわり〉として過去のものにしてしまっていたり、逆に、洗い流すべき古い体質には頑固にしがみついたりして、結局は、急速に多様化し多極化してきたアメリカ的大衆社会状況（文明社会の現象的な一側面ではあっても本質ではない筈のもの）にひたすら埋没し、右往左往してきたのではなかったか？　そしてその過程の中で、リアリズムに対する自信も次第に失ってきたのではないかという、深い自省の念にかられてしかたがない。

一昨年だったか、西日本の劇作家が久々集まった席上、大阪の東川宗彦は何気なく言い放った。「日本の文化が、民衆の側から動かされていくとすれば、もっと土の中から、草の中から、日本の民族のなりたちからのドラマが出てきていいと思う。（この二十年間は）それを果たすべきであった筈の、東西リ演の力不足の歴史ではなかったか。」この言葉も、今、痛い共感の思いで突きささってくる。

二　政治と芸術について

私の〈古典〉がテーマとし、七転八倒してきたもの、そして同時に、そこに西リ演史検討の重点もみようとする、第二番目のものは、「政治と芸術」の関係の問題である。

「政治的であることは同時に文学的であること。逆にいえば、文学的であることは同時に政治的であること。これが僕のこれからの詩的実践過程における主題の一つである。」と書いたのは、一九六二年十二月。『詩人会議』創刊号における、故・壺井繁治であった。

「文学」ということばを「演劇」におきかえてみるとき、私もまた、主観的にはかくありたいと長らく念願してきたつもりではあった。だが、実際の〈演劇的実践過程〉における私のそれは、政治的であろうとすれば非芸術的もはなはだしいゴリゴリの政治主義になってしまうし逆に芸術的であろうとすればこんどは政治から離反してしまうといった、さんたんたる歴史のくりかえしばかりであった。にもかかわらず、このテーマにしがみつかざるをえなくなったのには、およそつぎのような理由がある。

一つは、私は一九五〇年代に体験した政治的できごと、即ち、「日本共産党の五〇年問題」との遭遇。もう一つは、六〇年代初頭、広島で演劇活動を始めた頃にぶつかった、原水禁運動の分裂。三つめが、西リ演創立後まもなく発生した、山口の「はぐるま座」問題。

これらの、異常、かつ強烈な体験が、いずれも多感な青春期、そしてようやく野心的な演劇生活に入り始めた初々しい感覚の時期と重なったせいもあって、それからの私の人生、思考方法に深刻な影響を及ぼさずにはおかなかったのであった。そしてよく考えてみれば、これらの問題は、単に私個人の、人生の体験、曲がり角といった問題にとどまらず、その一つ一つが、世界史の激動の中で起こったことからであり、否応なしに、政治と芸術の、ぎりぎりの緊張関係をもたらさずにはおかない性質の問題なのであった。

(1)「五〇年問題」について

さて、やっかいな問題に入らなければならない。まず、「日本共産党の五〇年問題」とは何なのか。なぜこんな問題を、わざわざ演劇上のテーマとして、ここでとりあげねばならぬのか?

「五〇年問題」とは、ひと口にいってしまえば、日本の革命に責任を負うべき指導部隊=前衛党の「間違い」の歴史ではあった。だが、三〇年以上も昔の、一革命政党の分裂の歴史、それも、もうとっくにけりのついた、清算ずみの問題として片付けてしまうには、あまりにも生々しく深刻な、現代史の教訓である。そして、日本における民主主義的変革、人民の最終的な人間的解放への道にとってばかりではなく、その国際的な、世界史的な展望にとっても、今日なお、その苦々しい教訓が全面的に生かされているとはけっして言えないのだ。

日本の共産党は、敗戦後の再出発にあたって、戦前のあの残虐な天皇制ファシズムによる苛酷な弾圧によって、第二次大戦中十年以上にわたってすべての幹部が獄につながれ、事実上解党状態の空白期間を強いられるという、歴史的制約から出発せざるをえなかった。しかも、米軍の日本占領という、歴史上かつてなかった新しい事態の下で、理論的にも実践的にもなお未成熟な体制のままに、戦後の一期間、さまざまな情勢判断の誤りや、指導上の間違いが産みだされた。そこへ、世界の革命運動で先進的な位置を占めていた中国やソヴィエトの共産党が、日本の実情を無視した大国主義的干渉、押しつけ、〈指導〉をおこなって、事態を救いがたい分裂と混乱にまで導びいてしまった。——というのが、「五〇年問題」の大きな特徴である。

混乱が頂点に達し、日本の民主運動が最も苦渋に満ちた体験を強いられたのが、当時志田重男らの準備、指導によって引き起こされたところの、極左冒険主義の闘争、あの巷で〈火炎瓶闘争〉と呼ばれた暴走闘争である。それは一九五一年から五二年にかけて集中的にあらわれた。「当時、中国共産党の指導部は、農村に国民解放軍とその拠点地を建設し、長期にわたる武装闘争によって勝利を獲得した中国革命の経験を不当に一般化して、中国人民が勝利をかちとった道――『毛沢東の道』こそ、いくたの植民地・半植民地の解放闘争の基本的な道となりうるものであり、解放闘争の主要な形態は武装闘争であると主張した（劉少奇「アジア・大洋州労働組合代表者会議の開会の辞」一九四九年十一月）。

そして、一九六〇年六月、アメリカ帝国主義が日本を基地として、朝鮮侵略戦争を開始したのち、中国共産党指導部などは、当時分裂状況にあったわが党の内部問題に介入して、日本がアメリカ帝国主義に占領されてその従属国になっているということから、農山村に根拠地を建設し、長期にわたる武装闘争によって革命の勝利を準備するという中国の武装闘争路線をわが国にも適用するように主張した。これに対しわが党の一部は、事大主義的態度でこうした主張をうけいれ、極左冒険主義的戦術を採用したのである。一九五一年十月に採用されたいわゆる『五一年綱領』は、日本の革命の展望について、『日本の解放と民主的変革を、平和の手段によって達成しうると考えるのは、まちがいである』と規定し、極左冒険主義の路線に綱領的な裏づけをあたえたが、この『新綱領』の採用も、ソ連共産党と中国共産党の大国主義的干渉とむすびついて、おこなわれたものであった。

この極左冒険主義の戦術は、敗戦によってアメリカ帝国主義に占領され、独立を失ったとはいえ、発達した資本主義国であるわが国を、アジアの植民地、半植民地諸国と同一視し、その解放闘争の条件を正しくみない、根本的に誤った方針であり、アメリカ帝国主義の朝鮮侵略という重大な時期にわが党と日本人民の解放闘争にきわめて大きな損害をあたえた。それは、大衆のなかでの党の権威を傷つけ、わが党を人民から孤立させると同時に、これを実践した多くの党活動家と幹部に、筆舌につくしがたい犠牲をはらわせた。選挙での得票数は、一九四九年四月の衆議院総選挙における三百万票弱から一九五三年四月の六十五万票へと大幅に減り、労働組合運動をはじめとする大衆運動、大衆諸組織への党の影響力も大きく後退した。党勢も、一九四九年に十数万をかぞえたが、数万に激減するにいたった。これらは、アメリカ占領軍の凶暴な弾圧による打撃とともに、党の分裂の影響、とくに、極左冒険主義の誤りの深刻な結果をしめしたものにほかならなかった。」

（「今日の毛沢東路線と国際共産主義運動」『赤旗』一九六七年十月十日より）

分裂の下でもたたかいは続いた

ただし、忘れてはならないのは、この時期、社会党も総評も、「国際協力」という名のもとに、米軍の朝鮮侵略を支持容認するという異様な状況にあって（一九五〇年六月の、米軍朝鮮出兵は、〝国連軍の警察行動〟という名目のもとおこなわれたのだった）、「民族の独立」と「外国帝国主義の朝鮮侵略戦争反対」というスローガンをかかげて、アメリカ帝国主義とその侵略基地化の政策にまともに対決してたたかったのは日本共産党のみだったという事実である。

実際、多くの共産党員たちが、まわりの労働者や市民たちとともに、米軍の銃剣やピストルによる直接のおどしをうけながら、また、公安当局の執拗なスパイ活動におびやかされながら、各地で英雄的にたたかったのであった。

軍需工場では、朝鮮戦線に送られる米軍戦車用のキャタピラが、労働者の〈オシャカ闘争〉で相次いで不良品にされてしまった。鉄道や港湾では、軍需物資の荷積みが次々とサボタージュに出会った。

マッカーサー命令による『アカハタ』の発行停止後も、朝鮮侵略戦争の真相を訴えるニュースやビラが、全国でくりかえしくりかえし撒かれた。迫りくる単独講和条約締結に対する反対運動が組織された。国際的な平和運動の高まり……ストックホルム・アピールやベルリン・アピールに呼応して反戦平和のたたかいが組織された。そして、これらのたたかいの中心には必ずといっていいほど、常に共産党の組織があった。

峠三吉が、その詩「一九五〇年の八月六日」で〈ビラはふる／ビラはふる〉と高らかにうたいあげた。広島の平和大会も、これら朝鮮戦争下における一連の抵抗闘争の頂点に立つものであり、後に、ビキニの死の灰事件をきっかけに、国民的な規模で広がった平和運動の創生期を切り開いたものであった。

一九五〇年八月六日の平和大会に象徴的にあらわされているこの時期のヒロシマのたたかいについて、私がとりわけ感動をもって受けとめたのは、朝鮮戦争における第三の原爆使用の危険性を、ヒロシマの責任においてくいとめようと、いち早く立ち上がったその高い精神もさることながら、まっ二つに割れた共産党組織の、双方に属する人たちが、共に腕を組んで共同の行動を起こしている点である。

「人間の世界が危機にさらされるとき、人間がこころにもつ最も美しいものの結晶である芸術は、ただちに人間の敵に対する最も鋭い武器とならねばならぬ」という宣言文をかかげて、峠三吉、深川宗俊らが結成した「反戦詩歌人集団」がそれであった。

このグループには、分裂した共産党組織の、それぞれ両側に属する人たちが、共に中心メンバーとして入っていたのである。文学組織でいえば、「新日本文学」に属する人もいれば、「人民文学」の会員もいた。

「人民文学」とは、共産党中央の分裂が全党の分裂に発展し、文化団体をふくむ大衆団体にまでその亀裂がおよんだ過程で、西沢隆二（ぬやま・ひろし）らの手によってつくられたもので「新日本文学」を〈分派主義者〉の巣窟としてはげしく攻撃していたものであった。その攻撃が、どれほど猛烈で常軌を逸したものであったかは、たとえば宮本百合子に対する中傷や悪罵ぶりでもわかる。

「彼女（宮本百合子）は階級敵であり、帝国主義の血まみれの手に恐れげもなくつながったのである。」……「百合子は、観念的には共産主義者となって労働者階級の立場に立つように見せかけながら、実際にはブルジョア文壇に寄食し、プチブル的生活を維持しつづけることに成功した才能あるペテン師であった。……」

（一九五一年三月号の『人民文学』から）

このような、今読めばあたかも中国文革時の大字報まがいのような攻撃が「人民文学」によっておこなわれ、しかも、徳田球一や西沢隆二を〈主流〉とする党中央が公然とこれを奨励していたのであった。

まさにそのようなとき、峠三吉たち広島の文化戦線は、新日本文学会員も人民文学会員も共に腕を組んで、ペンを武器に帝国主義者とのたたかいを開始したのであった。

峠らが書いた詩は、たちまちに伝単（ビラ）となって街を走り、秘かに発行される共産党の地方紙のトップをかざり、また絵入りの辻詩となって軒先に貼られた。

あるいはまた、五〇年六月に、世界で始めて広島の共産党組織がおこなった街頭の被爆写真展。それは市民に大反響を呼んだが、その写真の多くは、占領軍の眼を盗んで被爆者らが隠し持っていたものであり、中には暗夜ひそかに共産党事務所や党員の家に投げこまれていた写真もあったという。

そしてまた、同年の8・6平和大会。あの峠三吉が詩に書いた、福屋（デパート）の屋上から舞い下りてきたビラにしても、それをいったい誰が撒いたのか？　また誰がどうやって持ちこんだのか？　関係者にいくら聞いてもみんな知らぬというのである。「あのときはあっちでもこっちでもビラは撒かれとったし、ビラ撒いた人間はなんぼでもおったけぇ。誰が誰やらわかりゃせん」とこういう返事……。それくらい反戦ビラは人々の手から手へと渡されていったということであろう。

少々余談になるが、こういう逸話もある。

あの『ライフ』誌が名づけた悪名高い〈ヒロシマカーニバル〉鳩を放ち鐘を鳴らして花火をあげて……お役所感覚丸出しの、そして占領行政の御為ごかしで始まった「八・六平和祭」。あれには心ある広島市民誰しもウンザリしていたらしいが、ここにひとりのヘソマガリの共産党員がいた。オレはオレなりの供養をする。と、戦後何年目かの八月六日の夜。板きれに蠟燭の灯を立てて、あの日水を求めて次々と被爆者が飛び込んだ川を泳ぎまわった、という。なにを始めたのかと眺めていた市民たちも、彼の心魂に大いに共鳴して、……。それから広島市恒例の、八月六日夜の灯籠流しに発展したと。そもそも現在の灯籠流しの行事はこういうことから始まったんだと、この話をしてくれた人はこういうのだが。行事の由来にまで結びつく話なのかどうかになると確かなところは知らない。が、こんないささか手前味噌くさい話までひっくるめても、あの、党の分裂のさなか、ヒロシマの抵抗闘争のありようというものは、なんと人間くさく、ユニークな姿として浮かびあがってくることであろうか。

敵の弾圧と、味方の分裂と……。もっとも厳しい、暗い冬の谷間の時代にあって、彼ら一人一人の誠実な共産党員たちは、夜空にきらめく星々をみつづけ、人間たちのともす明かりを見つめつづけていた。そのきらめき、その明かりとは、人間がどんなに個々のはかない存在であっても、その連帯によっては尊厳にもなり得るのだという信念であったにちがいない。暗い川面に、一本の蠟燭の灯を立てた板きれを浮かべて泳ぎまわった共産党員の話は、なぜか私に、サンテグジュペリの『夜間飛行』のことを想い起こさせずにおかなかった。……。

私は思う。まぎれもなく、歴史を切り開いていったのは、ここにあげたような、一人一人の誠実な共産党員たちであったろうと。だが、同時に、彼らが求めてやまなかった「連帯」が、極左冒険主義という最大の誤った路線の下で、次第に人民の中で、窒息させられ、孤立を強いられていった過程を思うと、なんと歴史は残酷なものかと叫びたくもなるというものだ。

しかもなお、そういう心情をこえて、見誤ってはならないものがある。くりかえし言うが、それでもなおたたかいつづけたのは、共産党だったのだ。間違いの歴史をふくめて。このところをどうみるかは常に「政治と芸術」の問題の分かれ目である。

組織と個人

芸術はもとより、政治も人間のためにある以上、そしてきわめてなまぐさい人間の営みである以上、しばしば間違いをともなう。その際、「人間」や「個人」というものを、「政治」にとりかこまれた受け身の存在としてとらえるか。変革の主体としてとらえるか、そこに「組織」と「個人」の関係をとらえる分かれ目も出てくる。組織と個人とは根源的に対立するものなのか。個人とは常に組織による被害者なのか。組織はいかなる場合も個人を圧殺しつづける存在なのか。プロレタリア芸術論争から六〇年安保後の「脱政治」論、ひいてはソルジェニーツィン問題にいたるまで、「政治と芸術」論は常にこの問題をめぐって揺れ動いてきたといっても過言ではない。

特に、本来は、個人の能動的かつ主体的な選択のもとに身をおいた筈の「組織」が、全体として間違いの歴史を走っていたとき個人はどういう態度をとるべきなのかという問題ほど、リアリストとして厳しく選択を迫られる課題はないと思える。

前述したように、一九五〇年八月六日のたたかいを経て、『原爆詩集』をまとめ（五一年）、五二年の、最後の命を賭した活動に至る、峠三吉のおかれた時代というものも、まさにそのような状況の時代であった。「五〇年問題」が、この時期の峠三吉にどのように投影し、彼自身がどう対処しようとしたのか。残された日記類や書簡類の中などにほとんどそこにふれた記述は見られない。ただ、峠三吉は、五一年の初春に、療養先の病院の一室で、スパイの眼をおそれて窓ガラスに歯みがき粉をといてぬり、夜は新聞紙で窓を覆うなどの苦心をして、『原爆詩集』をまとめるのだが、その直前、五〇年の冬に「河のある風景」という詩を書いている。『原爆詩集』におさめられた作品の中ではただひとつ、自己の内面生活をみつめた、それも「沈滞した暗い、悲哀に満ちたものをうたった」（当時の詩友・中野光也の表現）、それ故に異質とされた作品である。

「眼をとじて腕をひらけば　河岸の風の中に／白骨を地ならした此の都市の上に／おれたちも／生きた　墓標」

「燃えあがる焔は波の面に／くだけ落ちるひびきは解放御料の山襞に／そして／落日はすでに動かず／河流はそうそうと風に波立つ」

…………冷え冷えとした心象風景をうたったこの頃、峠三吉の身体は、なんどかの大喀血をくりかえしてすでにボロボロになっていた。夫人との間に、子どもを産むことも不可能とわかったせいも手伝ってか、精神的にもかなり参っていた。経済的にもどん詰まりだった。生活の面では、峠にかぎらず、彼を中心とした詩のグループの仲間たちも、第二レッドパージで次々と職を追われ、みんな困窮していた。党の分裂、誤った方針の影響は日に日に深刻の度合いを増していた。逮捕者は日に夜をついだ。こんな状況の下では、ふんばってもふんばっても足もとが崩れていくような絶望感に打ちのめされたとしても不思議ではない。そして、私の記憶に間違いなければ、峠三吉はこの詩を書いた前後、「どう努力しても、傾いてゆく日本列島を支えようもない」自分の無力さを嘆き、敗北感を吐露した書簡を誰かに向って記している。

峠三吉に対する批判者、それも批判の主眼を、共産党員で峠の内面における政治と詩の相克、といったところに重きをおいてきた批判者たちは、このような一時期峠三吉をとらえたであろう敗北感や絶望感をさして、結局は運動と組織によって詩精神が圧殺された結果にほかならない。という。

はたしてそうであろうか？

峠三吉は五一年から五三年初春の、死に至る間、『原爆詩集』のほかには表向きまとまった作品を発表していない。この時期の彼の燃えあがるような最後の活動は、被爆者の組織や軍事基地反対闘争などをはじめ、その精力のほとんどが政治的、社会的活動に注がれているようにみえる。批判者は、これも、党がこのような無茶苦茶な活動に峠を追い込んだというのである。そして遂には詩作不能なところまで追い詰め、最後は死にいたらしめたと。党が峠三吉を殺したようなものであり、峠三吉は集団のために個人をかえりみない組織と運動の犠牲者であると。

もっとも、このようにいう人の中には、峠の個人的親友、詩精神の信奉者を自認する人がかなりいて、彼のもつ「やさしさ」、「愛」人間的なものへの共感の名のもとに、それに対置して、当時のさまざまなゆがみをもっていた革命運動や党組織を、〃非人間性〃の例証として、嫌悪感や反発をあらわにしている場合が多々あることも承知している。そしてその全部が全部を間違っているというふうにはいえないだろう。たしかに、「五〇年問題」のさなかには、本来もっとも民主的で個性的なものも尊重すべき筈の革命組織が、家父長的支配と権威主義の横行する中におかれて、あたかも自我を圧殺する存在のようにすり替わってしまった逆転現象があらわれていたのだから。その中では、たしかに、運動に没入すればするほど、作家主体が失われていくという矛盾した現象に、多くの進歩的芸術家が苦しんできたし、峠三吉もその例外でなかったろうから。

だが、「愛」とか、「やさしさ」ということばも、それが自己愛や自己保全にために使われはじめると、とたんに色あせたみじめったいものになってしまう。

そして、過去いくたび、「愛」の名のもとに、革命的なたたかいやそこに結びついた芸術が相対立するものとしての攻撃にさらされてきたことだろうか。

「おまえ自身のなかだけで追い求めるものは、かならず滅びる」と言ったのは、ニーチェだったか誰だったのか？　この言葉をふと思い浮かべた。『夜間飛行』の主人公もつぶやいている。「愛する、ただ愛するということは、なんという袋小路だろう」

愛やしあわせ、人間的ということばは、戦前の特高警察や、ヒトラーのゲシュタポさえもしばしば口にしてきた。彼らは、捕えた革命戦士たちに向って拷問部屋から垣間見える夕暮れの美しい公園、家々の窓からこぼれる小さな灯を指さして微笑むのだ。

「みたまえ。恋人たちが腕を組んで歩いていく。家族は笑いさざめいている。愛と平和そのものじゃないか。みんな小さなしあわせを大切に守って暮らしているじゃないか。騒ぎ立てているのは、おまえら共産主義者だけだ！」

「原則と例外」そして「自立」と「主体」

マルクス主義といい社会主義といい、それは人間の全的な自由と解放をめざすものだ。革命とは本来人間的なものだ。これが原則である。だが、時として、非情にも苛酷にみえる試練に耐えねば、小さなしあわせの灯さえ守れぬ場合がある。いつの場合ももののわかりのいいだけの温情主義一本槍でひとつの事業が達成されたためしがない。直面せざるをえない苦悩の中での〈非情〉とか〈苛酷さ〉とか、ある種の〈犠牲〉とかいうものは、これは、例外である。原則とたたかうための例外であり、例外を産みださぬために原則はある。

ところが、「五〇年問題」の中には、この「例外」と「原則」が逆転してしまったのだ。「革命的規律」とか「自己犠牲」とか、本来は原則とたたかうための手段にすぎぬものが、それ自体自己目的化してひとり歩きしてしまったのだ。

そんな場合、私自身もすぐそこへおちこんでしまいたい勝ちなのだが〈自己のなかでのみ〉「愛」や「人間」や「やさしさ」を追い求めようとして、逆転したものをそのままにみてしまう。即ち、例外を原則にみたててしまってこう考える。

「革命とは、運動とは、組織とは、いついかなる場合も冷酷非情なものだ。非人間的なものだ。〈個〉を犠牲にするものだ。」

このことばは、社会主義への道が、さまざまな脇道にそれてしまう場合もあり得ることが、ほかならぬ〈社会主義大国〉のソ連や中国で実証されてしまった現代では、しばしば人々の〈常識〉の中にとけこみ説得力をもつ。

そこで、別の意味でもうすこしこざかしく、政治的立場に立つ人は主張する。

「芸術は、いかなる場合も〈政治〉から距離をおくべきだ。〈自律〉をたもつべきだ。いかなる〈政治〉に対しても〈主体性〉をもつべきだ」。しかし、この場合の〈政治〉とは、人民のたたかいに参加することを指しているのである。

ことばのもつ本来的な意味での〈芸術の自律性〉とか、〈主体性〉とかいうことであれば、時と場合によってその通りだということもできよう。「芸術自律」の中に、化石のように閉じこもってしまうのも、たとえば第二次大戦のさなかの、すべてが国家権力の意向になびかしてしまったような状況下にあっては、ひとつの抵抗の意味あいをもったかもしれぬ。

いや、それさえも疑問は残る。

焼け跡派の私などが、埒外にいて戦時中の抵抗のありようなどあれこれいうのは、いささか気はひけるが、第二次大戦のさなかといえども、ほんとうに組織的な抵抗を続ける道は皆無だったのか？　いかに共産党をはじめすべての戦争反対勢力が壊滅的な打撃を受けていたとはいえ、残された良心派が手をとりあう道はどこかになかったか？　ヨーロッパの共産党は、あれだけナチズムの嵐が荒れ狂う中で、膨大な犠牲を強いられながらも地下組織を温存させ、ありとあらゆる智恵をしぼってレジスタンスを組織していったではないか。ヨーロッパ共産党の地下組織に指導されたあのレジスタンスのたたかいがなかったら、ほとんど奇跡的とも思われた第二戦線の形成に遂に成功し、大戦を終結に導くことは不可能だったろう。ファシズムはもっともっと長期間世界を跳梁しつづけただろう。

ヨーロッパでできたことが日本でできなかったのは何故なのか？　どこにその違いの原因はあるのか？　日本の共産党が戦時下解党状況に追い込まれた主体的原因は何か。

この問題の追及は、戦後間もなく「五〇年問題」のような間違いを犯したその弱点の解明にとっても、おそらく大いに関係のあることと思える。それはまた、戦後の民主主義的伝統の形成に、さまざまな制約と後進的条件をもたらした遠因ともなっているように思えてならぬのだが。

〈自律〉や〈主体〉ということも、いかなる条件のもとで、何に向かって発せられる言葉かということで、全く意味は異なってくる。日本的風土のなかで出てきた自律論や主体性論というものは、社会的大状況に対して何ら主体的責任をもちあわせぬ、いかにも自己保身的小っぽけなものにしか私にはみえぬ。「愛」や「やさしさ」、「人間性」を一般的に言うこともたやすい。だが、歴史の進展に距離をおいたところで、自ら傷つくこともなしに情感でそれを言ってみても、真の意味での人間の尊厳などにはおよそ程遠い。まことにやわなものにしかすぎぬと思うのだ。

峠三吉における「芸術的主体」

ところで、峠三吉はいったいいかなるものの名においてたたかいを開始したのか？ まぎれもなく「愛」の名において。「人間」の名において。

誰に向かってたたかったのか？

残忍なアメリカ帝国主義と、その目下の同盟者として復活しつつあった日本独占資本に向かって。

その強大な敵とたたかうには、戦時下の教訓をもちだすまでもなく、一人ではたたかえない。組織なしに、より大きな、強い組織なしには立ち向かえぬ。だから共産党を求めたのだ。これは実に単純明快なことである。だが、不幸にも、その組織はバラバラに分断され、あまつさえ間違った情勢判断と方針によってその主流をおおわれてしまった！

それはたしかに悲劇であった。しかし、だからといって峠三吉に詩人としての主体がなかったなどといえるか？ 組織のあわれな犠牲になったなどといえるか？

そのような被害者意識からみているかぎり、峠三吉の中で燃えつづけたもの、苦悩しつづけたものの、ほんとうの内実に迫ることはできないだろうし、ましてや、当時の運動が直面していたぬきさしならぬ問題を正確にとらえて、現代の教訓に生かすことなど到底不可能と思える。

「河のある風景」で荒涼たる胸の内をのぞきこんだときの、暗い、あまりにも暗い断面も、一連の原爆詩にみなぎる激しい憤りも、一人の少女に寄せる深い悲しみと愛も、おそらく峠三吉にとってはみな同根のものであって、（方法上の問題は別として）どれが前進の部分でどこか後退のあらわれなどといえるものではなかろうと思う。

ときはすでに、「まさか」と思われた悪夢が眼前に再現されつつあった。

朝鮮戦線で、原爆再使用のチャンスをねらうアメリカ帝国主義と、世界の平和勢力は、戦場のたたかいにおいても、世論のたたかいにおいても危機一髪のところでしのぎをけずりあっていた。『原爆詩集』をまとめつつあった病室にも、草原の向こうに広がる山裾の演習場から、米韓共同演習の砲声が日夜いんいんと響きわたっていた。しかも、味方陣営の主流を、占めた部隊の司令部はといえば、この状況を「革命の時到れり」と誤認して、武力闘争の準備にひた走り、ために下部組織は動けば動くほど大衆運動から遊離して内部は混乱をきわめていた。

このとき、峠三吉は、遠雷のよう響いてくる砲声をどのような思いで聞いたろうか？

漆黒の闇に閉じこめられ絶望の奈落に突き落とされていく者への嘲笑と聞こえたか。孤立無援とみえても、歴史の深部においては、すでにストックホルム・アピールを中心に立ち上がり始めた国際的な平和の力、その胎動を告げる春雷と聞こえたか。

地下印刷所で、くる日もくる日も非合法ビラの印刷に終われていた一兵卒のところにも、混乱しきった軍事方針の指令書や誤った情報に入り混って、朝鮮戦争停戦協定の成立へ向けて国際世論が息づまるような綱引きを開始したニュースなど、ひとすじの光明をほのめかす知らせも届いてはいた。

だが、それが確信にまで結びつくほどの正確な情勢の見通しなど、あの混乱しきった「五〇年問題」の渦中にあった者の、いったい何人がもちあわせていたといえるのだろう？

足もとだけを見ていれば、永久に抜けだすこともできぬ暗闇の中にいるような閉塞感に誰しもがとらわれていた時代なのであった。

そうした中にあって、峠三吉のたたかいがいささかの悲壮感や慨嘆につきまとわれていたとしても、あながち彼の資質や個人的事情の責めにだけ帰す問題ではあるまい。

そうして、悲壮感や、ときには古い〈犠牲的精神〉さえひきずりながらも、なお彼をしてたたかうことをやめさせなかったものは何だったか？

共産党の〈指令〉であろうか？

かりに峠三吉が分裂した共産党のあちこちの上部機関から流れてくる指令にひたすら盲目的に従ってウロチョロするだけの存在であったとしたら、『原爆詩集』を書く力ももちあわせなかったろうし、その後も「叙事詩ヒロシマ」へと壮大な構想を立て、それを成し遂げるだけの強い肉体を渇望して、危険な手術台に上がる決意をした、あの強靱な力などとても湧きあがるすべはなかったろうと思える。

死にいたるまでたたかうことをやめなかった道を選ばせたもの。それは共産党員としての峠三吉の「主体」であり、詩人としての強固な「主体」ではなかったろうか。

この場合の「主体」とは、芸術の名をもって自己の中にだけ閉じこもる「主体」ではない。戦争勢力に対して、どんな事態になろうとも最後までたたかうことをやめない「主体」。仲間の組織がバラバラに寸断され、たとえ自分一人だけになったとしてもたたかうことをやめない「抵抗の主体」のことである。

「愛」と「人間」の名において、芸術とはそのような真理に対する強靱さを求められている。だからこそまた、「個」としての本質的な「自律性」を備えているともいえるのである。

名もない民衆のもう一つの歴史

だが、このように書くとき、歴史を切り開いていったのは、峠三吉のような主体の保持の仕方をし得た存在のみだったのか？　という新たな問いかけが頭をもたげてくる。

名もない民衆の一人一人……。戦後数々の大争議をたたかったのもたしかに彼らであった。ピケットラインを崩されて、夕闇迫る工場の中で肩を抱きあい男泣きに泣いたのも彼らであった。湧きあがるインターナショナルの大合唱に明日への変わらぬ連帯を誓いあったのも彼らであった。やがて次々と襲うパージと組合分裂、大弾圧の嵐を迎えて、逆光を浴びて黒々と動かぬ塑像の塊のようにみえるのも、やはり彼らであった。

生きることに、ひたすら生きることに精一杯の民衆……。

そして、活動することに、ひたすら毎日を動きまわることに精一杯であった人たち。

ここに、もう一人の共産党員がいた。彼は詩人でもなければ、とりわけ理論家というわけでもなく、オルガナイザーとして有能な党員でもなかった。五〇年六月の中央委員追放と非公然体制への移行。そして「五一年綱領」での〈軍事方針〉の採択。これらのできごとのなかでも、彼は一々の方針について疑うこともなく、ひたすら彼の属していた党組織に対して忠実であった。党から彼に与えられた任務は、非公然体制を維持保全するために働く専門委員であった。レポーターとしての役割、非合法出版物の運搬、地下印刷所やアジトの確保、それらを警察スパイの眼から守るピケ、工作員の会議場所や任務地への案内など、どれも危険な仕事ばかりであった。ことは、極秘を要するために、通常の党組織から全く切り離され、内部では〈テク〉（テクニックからきたものか？）という隠語で呼ばれていた特別の組織の一員であったのだ。

ある日、不測の事態が彼を襲った。

ある工作員を、遠隔地の目的場所まで送り届けて帰ってきた晩、腹部の激痛が彼をおそったのだ。あとでわかったことだが盲腸であったらしい。

こんなときどうすればいいのか？

党の合法組織を探してかけこむか。下宿の家人にでも事情を打ち明けてたすけを求めるか。実家に電報でも打って急を知らせるか。

だが、それは〈革命的規律〉に反する道だ。屈服への道だ。第一、自分にも逮捕状が出ている。敵は血眼で追っている。その前にこのこと姿をあらわすことができるか？　自分が捕まれば、自ら非公然組織の一端を、敵にさらすことになってしまう。

動くに動けなかった。彼は耐えた。ひたすらがまんするしか手はなかった。

何日かたって、下宿の家人が異常に気づいた。警察に知らせた。彼の死体は、すでに腐爛現象がはじまっていた。

……………これが犠牲でなくって何であろうか？　しかもそれはいったい何によって贖われる犠牲なのか？

私は、彼もまた、名もない民衆の一人と呼びたい。名もない民衆とは、しょせん、その時々の指導者の方針に翻弄され、歴史の奔流に泡立ってはすぐ消えてゆく気泡のような存在なのだろうか？

いや、そうは思いたくない。彼もまた、最後まで党と革命の将来を固く信じて生き抜いた一人であったろうから。そのかたくななまでの誠実さを、我々はどうして嗤うことができよう。しかしまた、彼を呪縛したものの本質について客観的に考えることもなしに、その「英雄的」な死に感動したとて、彼のような存在を意味あるものにすることはできないだろう。

いったい、彼がそうまでして守ろうとした非公然組織、一般世間の常識からみればあまりに閉塞的その世界とは何だったのだろうか。

そもそも、このような苛酷な犠牲まで払って非公然体制を維持することが、当時の情勢と人民のたたかいにとって、はたして適合したものであったのかどうか。

合法と非合法

彼の死は、私の記憶に間違いなければ、たしか一九五三年の夏のことであった。(あるいは五二年だったか?)

その前の年、一九五二年四月。サンフランシスコ条約が発効した。日本はそれまでの全面軍事占領下の状態から、一応の主権をもった半占領状態に移行した。共産党に半非合法の活動を強いた占領法規も無効となった。それでも何もかも片付いた訳では決してない。が、少なくとも、憲法に保障された自由と民主主義の当然の権利をも、一片の超法規命令によって封じ込める口実は一応失われた訳である。日本人民のたたかいは、この機を逃さず暗い長い冬の谷間の時代からようやく脱しつつあった。

五二年三月には、占領法規にかわる弾圧法規として登場してきた「破壊活動防止法案」に対して、総評を中心にのべ数百万の労働者がゼネストをもって起ち上がった。そもそもは、アメリカ占領軍のお仕着せ労働運動として出発した総評も、ここにきて労働者の要求と怒りをもはや押さえつける訳にはいかなくなり、「たたかう総評」として内部から〈変質〉し始めたのである。そして、五月には「血のメーデー事件」にあらわされたような、失われた権利をとり返そうとする激しいたたかい、五三年に入っての内灘基地反対闘争。五四年には日鋼室蘭の大闘争、その間には日中・日ソの国交回復運動が国民的な盛り上りをみせるなど、戦後の人民のたたかいは再び大きなうねりへと向かっていったのである。

こうした状勢の変化は、日本共産党が五〇年以来の非合法主義を捨て、今こそ公然たるたたかいに転換すべき新たな条件をつくりだしていた。

にもかかわらず、この時期、徳田書記長を頭とする党〈主流派〉は、依然として「非公然体制」を強化する道をひた走り続けていたのである。何のために?「五一年綱領」で示されたような、日本人民のたたかいを「武力解放闘争」へと導くためにだ。そのためにこそ、徹底して秘匿された「非公然体制」も必要だったのである。

「五一年綱領」については、すでに党の文献から引用して骨子を述べた。正式には「日本共産党の当面の要求——新綱領」という題名で、五一年十月、分裂した一方の側が開いた「第五回全国協議会」(この会議も党規約にもとづく正規の会議ではなかったのだが)において決定されたものである。スターリンらの直接的介入と中国共産党指導部の支持のもとに、モスクワで準備されたという、いわくつきのこの「綱領」は、前述したように、「武力闘争唯一主義」に立つものであり戦後初期の「占領下平和革命論」の極端な裏返しによる現状規定から成り立っていた。そこから導きだされた戦術は如何なるものであったか?


「地域人民闘争」と「山村工作隊」……軍事方針

政治的には、「地域人民闘争」と称して、都市部での労働者のたたかい、農村部での貧農のたたかいを軸に、あらゆる大衆闘争を地域権力打倒に結びつける。そして樹立した新しい地域人民権力をもって売国的な国家権力を包囲していくというものであった。軍事的には、農山村での土地、山林解放闘争などを通じて作りあげた〈解放区〉に、労農の人民軍を配置し、そこを根拠地にやがて全国的な武装蜂起を準備するという方式であった。いわゆる、農村から都市を包囲し、最後に都市を奪取するという。中国の「人民戦争」方式の適用である。

こうして、労働者や学生の党員によって「山村工作隊」が組織され、次々と山間部の農村へ送られていった。芸術家さえも、西リ演の先輩たちも多く経験したように、中国の下放運動よろしく「文工隊」として山村へ送り込まれた。

だが、この方針は、現実には大きな抵抗にぶつからざるをえなかった。

そもそも、農村においても、戦後数年間の間に、根本的な構造上の変化が起きていた。戦後おこなわれた農地改革は、半封建的、地主的土地所有を、農地の面では基本的に解体し、対米従属下に復活した日本独占資本が、ここでも新たな収奪者として農民の前に君臨しつつあるという、複雑な事態が生じていた。

そこへもってきて、「農民の土地がなお寄生地主や皇室、大土地所有者によって占められている。とする単純な判断から、村内の有力者をはしから〈地域権力〉と見なし、土地解放闘争の主敵として攻撃を加えるような方針が農民から受け入れられる筈もなかった。農村党員たちは「党のいうことはわからない」「近頃の『アカハタ』はウソばかり書いとる」といって〈新綱領〉の方針を受け入れようとはしなかった。派遣された「山村工作隊」の人たちも、方針を誠実に実践しようとすればするほど、現地の生活から浮き上がり、農民から相手にされなくなることを悟らざるをえなかった。そうした中でも、まじめな工作隊員たちは、なんとかして現地の状況に密着しようと涙ぐましい努力をした。そして長い苦労の末やがてそこへ定住し、周囲の農民たちからも深い信頼を集めるに至った人々も少くない。だが、そういった人々も、指導部の眼からみれば、党の方針をねじ曲げ、大衆に追随した。〈日和見主義者〉としか映らなかった。

かくて〈新綱領〉の方針は、いわば下からのなしくずし的な〈修正〉を受け、指導部と末端組織の間の亀裂を深めていくことになるのである。

〈軍事方針〉にいたってはなおさらそうであった。

五二年に入ると、指導部の中枢をにぎった志田重男らによって、全国に「軍事委員会」なるものが組織された。正規の党機関とは全く別個に党内にさえも秘密裡に任命されたこの「軍事委員会」の指導の下に、武装闘争を率先して実行に移す〈中核自衛隊〉がつくられた。だが、まったく不幸中の幸ともいうべきことに、この〈軍事方針〉は遂に全面的な実行に移されることはなかった。いたるところで、〈日和見主義〉の頑強な抵抗に出会ったがためである。

彼ら「軍事委員会」の方針なるものは、あらゆる大衆闘争の中に〈中核自衛隊〉は入っていって彼らの闘争を防衛せよ、そして〈中核自衛隊〉の思想を植えつけ、大衆自身をして今や武装の必要性の時が来たことを自覚せしめよ、というものであった。

彼らの眼からみれば、重税の取立り立てに耐えかねて思わず税務署の差押えトラックに石を投げつけたりする商人の抵抗も、軍需工場労働者の自然発生的なサボタージュも、ストライキのピケも、ヒロシマの平和大会すらも、すべて〈中核自衛〉の思想の芽生えであった。なんでもかでもすべて〈中核自衛〉のたたかいであった。

たしかに、朝鮮戦争下の緊迫した状勢の中では、広島の8・6平和大会が戒厳令下にひとしい弾圧体制でとりかこまれたように、そしてあの〈血のメーデー〉事件でも示したように、権力機構は歯をむきだしにした暴力装置として、あらゆる人民の抵抗におそいかかってきた。そこでは、警官の棍棒やピストルからわずかに身を守る手段として、あるいは押さえきれぬ怒りの爆発として、石が飛んだり竹槍まがいのものが手にされたりしたことはあった。そして遂には火炎瓶が投げられ、ジープや警察車に火が放たれるといった暴走にまで発展したこともしばしばあった。

だが、それらの石や竹槍が、「武器」として自覚されるかどうかとなると、ことがらはまったく別問題であった。まして、その気になれば、国内いたるところにおかれた米軍基地には兵器はいくらでもある。炭鉱労働者のところにはダイナマイトもある。それらで本格的に武装した勢力が全面的な蜂起を起すにまで至るとなれば……？　そして、「軍事委員会」の方針が、最終的にはそこをめざしていることも明白であった。

そうなれば、ことは部分的行き過ぎどころの問題ではない。まさに革命事業の転覆にひとしい行為となってしまう。

朝鮮戦争を通じて、独占資本はすでに強大な復活を遂げ飛躍的な生産力を手に入れようとしていた。世はあげて技術革新の時代に入ろうとしている。そのための「保守合同」も準備されつつある。占領法規後の破防法を用意して、敵は共産党の全面非合法化のチャンスを虎視眈眈とねらっていた。「軍事委員会」の方針がもし具体的に実現するような事態になれば敵にとっては思う壺であった。

このような危険な方向が最終的に回避されたのは、私の〈俗流史観〉によれば、〈日和見主義〉のおかげだったと信じている。〈日和見主義〉というのはいつの場合も眼の敵にされるが、時と場所によってはいいものである。およそ日和もみずに何が何でも嵐の向うに舟を漕ぎ出していくほどバカげた行為はない。ちゃんと日和計算し見定めた上で、いったん沖に出れば、あらゆる危険をのりこえて進む知恵を発揮することこそ、真の勇気と呼ぶべきだろう。したがって〈日和見主義〉とはそんなに悪いものではない、と思っている。とにかく、「軍事方針」

に対しては、その〈日和見主義〉が遺憾なく発揮された。民衆は動かなかった。〈中核自衛隊〉員も、ドブロクの摘発や税務署の差押えや暴力団のピケ破りやらに抵抗する民衆の〈自衛行為〉に参加して、身体をはってたたかうことはしたが、それ以上のことはしなかった。「ダイナマイトだ！」などと決して叫びはしなかった。「五一年綱領」の〈平和的に革命は達成されない〉という規定を、一応頭では理解しようと努めはしたが、民衆に対するときは一般的な政治宣伝の域を出なかった。〈中核自衛〉の闘争は一般的な大衆闘争に解消された。

かくて、「五一年綱領」の極左冒険主義的方針は、「政治的」にも「軍事的」にも結局は空文化し破産せざるをえなかった。

民衆と指導者・「常識」と「理論」

冒険主義の方針が最終的に克服されたのは、むろんのこと党内の良識ある指導者の粘り強い努力と指導性があってのことにちがいない。一九五三年十月に徳田球一が北京で死亡して以降、すでに方針の部分的修正と党の統一回復への動きは始まっていた。そして五五年の「第六回全国協議会」、五八年の第七回党大会へと「五〇年問題」の総括と過ちの克服の努力は続き、一九六一年、第八回党大会において、日本の党は初めて、日本の情勢と日本人民の解放に責任をもち得る、正確な見通しに立った現在の綱領を決定するに至った。

それは戦前からの長い道のりを経て、マルクス主義の日本的現実の適用に対する、並々ならぬ理論的蓄積があって始めて可能だったことであろう。

だが、それをつき動かす民衆の力がそこに働いていたことも見逃すわけにはいかない。民衆というものは、あるときは押さえようとしても押さえきれぬエネルギーを発揮するかと思えばそんじょそこらの説法ではテコでも動かぬところがある。とらえどころがないようでいて、そんな形で歴史にコミットしていくのである。

民衆を、常に自分たちの意のままに動かせる駒のように考えている指導者がいるとしたら、思いあがりもはなはだしいというべきだろう。徳田球一直系の指導者たちは、口では「大衆のために惜しみなき献身」などといいながら、どこかで民衆を見下し、号令をかければすむ相手のように考えているところがあった。徳田の女婿であった西沢隆二などは、戦後初期の「平和革命論」が横行した時期には、「われわれの文化運動でも、まず第一に取り上げなければならないのは音楽と舞踊である。自分の考えを自分でまとめて発表しなければならない文学というような形式では、長く封建的な制度のもとに暮らして、自分の頭でものを考える能力と勇気を失っている一般大衆にとっては、決して最も適当な普遍的な形式とはいえない」(一九四七年一月『アカハタ』「新しい文化のために」)と主張し、まるでダンスを踊っていさえすれば大衆は革命化するようなことを言っていながら、「五一年綱領」で極左冒険主義の方針がでると、「今や大衆は武器をとって立ち上ることを望んでいる」などと言い出したのである。西沢隆二は、六〇年代の中国文革時にも「鉄砲が革命を産む」という、毛沢東の「武器唯一論」をかつぎまわったことはよく知られている通りだ。人間は道具ではない。そんなに簡単に、指導者の時々の方針によって都合よく右や左に動かされるならたまったものではない。強大な敵とたたかうには組織がいり運動が必要であることは前にも述べた。そして運動にはさまざまな道具が必要なこともたしかであろう。だが、ときとして人間までも運動の道具と見てしまいがちな危険がひそんでいることを、運動者はたえず自戒する必要があるだろう。

晩年の毛沢東は、一九六六年の日中両党会談の際、当時の宮本書記長を団長とする日本代表団に向って、〈「戦争で一億や二億犠牲になったとしてもたいしたことはない。日本の人口はいくらか」といい、宮本書記長が「九千八百万」と答えると、「日本の人口の二倍ぐらい犠牲がでてもたいしたことはない。戦争の犠牲をおそれてはならない。朝鮮戦争のときもたくさんの犠牲者がでたが、いまでは立派に復興し前よりもよくなっている」〉(『世界政治』五七四号「一九六六年の日中両党会談記」より)と述べたそうだが、この発言などは、例の「連合赤軍」のいっていた「銃こそが最高である。人間はいくらでも補充がきく」という言葉にも通じるものであり驚くべき人間観の倒錯、退廃といわねばならない。この毛沢東の発言にも、もちろん前提があってのことであって、たぶん我々はアメリカ帝国主義が攻めてこようが恐れはしない。革命闘争の過程における犠牲を恐れてはならない。とでもいいたかったのだろうか。だが、そこで人間を「一億や二億」とマスでとらえ「員数」化してとらえる発想には、「個」

としての人間の尊厳、ヒューマニズムの立場がすっぽり抜け落ちているのであり、それはおそらく中国革命を指導した毛沢東自身の初心にももとるものだろう。そのような革命観はまた、民衆は貧窮や戦争による犠牲の度合いが強ければ強いほど革命化が早い、といった観念を根底にしているものであり、完全に倒立した革命観である。だが、日本の革命運動においても、そのような倒立した革命観からくる人間観、民衆観、それを道具視するようなみかたは、戦後初期の段階からくりかえしくりかえしあらわれているのであり、「五〇年問題」の中では頂点に達していたのであった。そして今もって我々の中から払拭しなければならぬ課題として残っているように私は思う。およそ革命というものが、人間を集団として同時に個としても大切にし、民主主義を確立しヒューマニズムを開花させていくものでなくて、なんのための革命であろうか。その点で、最近、永井潔が、『赤旗』掲載の真下信一・古在由重往復書簡の内容を引用しつつ、ヒューマニズムの今日の意義について次のように述べているのは注目に価する。

「今までの社会主義運動の一部には、民主主義の軽視とならんでヒューマニズムの軽視もたしかにあったと私は考えるのである。社会主義は本来ヒューマンな要求であるから、社会主義者であるそのことのうちにヒューマニズムがあるといえばそれまでだけれども、自覚的にヒューマニズムを追求しようとはせず、社会主義とヒューマニズムを対立させようとする傾向が一部にあったことを私はいうのである。その傾向は、極端な場合にはヒューマニズムを偽善的と見なしたり、それほどでもない場合でも、何か生ぬるい未熟な思想として軽蔑的に扱ったりしたのである。ヒューマニズムを承認する場合でも、プロレタリアヒューマニズムとブルジョアヒューマニズムを峻別するような仕方で、ヒューマニズムを分断したのである。つまり階級意識を人間意識に優先させるような傾向があった。これは本来階級の消滅を求めるはずの運動としてはまことに奇妙な矛盾であった。

まるで階級制度の永久保存を望んでいるかのような階級意識の尊重、アラゴンのいった『プロレタリア万能主義』的傾向、それは革命運動の中に普通の人の世界では到底みられないような非常識な行動をさえ生んだ。（中略）常識への軽蔑は革命運動の内部だけでなく、いわゆる知識層一般にかなり拡がっている（中略）その軽蔑はエリート意識なのである。つまり階級意識なのだ。被差別的階級意識も固定化されると優越意識に転化するのである。

民主主義やヒューマニズムから切断された社会主義制度は、擬勢的なものであり、まだほんとうの社会主義社会ではないということは、歴史によって日毎に明らかにされつつある。『単なるヒューマニズムではだめだ。階級意識をもて。』などといういい方は逆転されなければならない。民主主義やヒューマニズムは社会主義社会に至るまでの道程や手段ではない。民主主義的人間関係やヒューマニズムこそが実現されるべき目的としての人類の内容なのである。」（『民主文学』一九八三年五月号「真理についてに」）

そこで私流に解釈すれば、中国やソヴィエトという社会主義大国のお墨付きを楯に、エリート的「階級意識」にこそ固まったえせ革命家どもがふりかざしたのが「五一年綱領」であり、それを粉砕したのは「常識」という名の、民衆サイドの英知だったということになる。

指導者の責任の問題と民衆の責任問題

とにかく、「五一年綱領」は、採択されてから一年もたたぬうちに、事実上破産は明白となってきた。当然、党内からは、現実とのズレがあまりにも大きすぎたその方針にたいして疑問が噴出しはじめた。指導部への不信と批判は高まった。ところが、〈主流派〉指導部は、こうした事態を招いた責任を反省するどころか、党組織の「総点検運動」と称して、下からの批判や意見の抑圧にのりだした。「点検」の基準に照らして、党内の不純分子、スパイ容疑者、「分派主義者」を摘発し、党を防衛するというのがその口実であった。だが、点検の基準とされた「原則と規律」とは、政策と決定にたいする無条件の服従と、非公然活動の規律だけであった。「過酷な査問ややあやまった処罰がおこなわれた。決定にたいして批判的、消極的態度をとるものにたいして非同志的な打撃的な処分がとられた。多くの誠実な同志を傷つけ、党から排除し幾多の犠牲を払わせ、あるいは党にうらみを残して党からから去らせた。これらのすべてのことがらは党内の矛盾を内攻させ……党員相互の不信を助長し……。半非公然という条件のもとで、党内の批判はおさえられ下部組織と党員に対して説得でなく命令と打撃の方法がとられた。理論上、政策の反対者や批判者を『新分派主義者』としてスパイ、批判者と同一視した。その結果、同志的な批判によって解決すべき問題を容赦ない対敵闘争と混同して、打撃的な党内闘争を組織するあやまりをおかした。……これらのすべての誤りの根源として、一九五〇年の党の分裂問題を正しく解決せず、党の分裂における家父長的個人指導の役割りと誤謬を正当化し、その後のひきつづくあやまりとそれを生んだ指導体制への反省を防げたことが、基本的なわざわいとなっていることを知る必要がある。」（第七回党大会の政治報告から抜粋）

当時、徳田書記長や、政治局員の伊藤律などはすでに北京に亡命していた。これがマスコミで一時報道された。〈北京機関〉とか〈徳田機関〉とかいわれたもののことである。そして国内では、非公然機関の責任者を志田重男、公然機関（臨時中央指導部）の責任者を椎野悦朗がやっていた。各地方組織もそれぞれに公然部門と非公然機関の〈ビューロー〉がおかれる二重組織となっていた。これらの間を、敵の追及から守りつつ網の目のように結ぶレートとして、〈テク組織〉のような特殊な体制も必要だったわけである。

むろん、その発端は敵の弾圧によるものだったにせよ、こうした複雑な事情におかれた当時の党は、一般世間からはもちろん、党員の間でさえその実態をうかがい知ることが困難な状況になっていた。そして、すでに明らかにしたように、一九五二年後半頃からは、このような体制を維持すること自体が、情勢の変化に適合しなくなっていたにもかかわらず、非公然組織はますます強化され、むしろその秘密性をかくれみのにして、志田重男を中心にした派閥的な個人中心指導体制がつくりあげられ、その帰結として官僚主義は極端にはびこり、党内民主主義は完全に崩壊されていった。このような異常な状態は一九五四年にいたるまでつづいたのであった。この間に、伊藤律は〈北京機関〉の手によってスパイ容疑で除名された。しかも、まったく許しがたいことに、この間志田重男と椎野悦朗は、秘かに党資金を流用し遊興生活を送っていたことまでが、後日になって発覚した。いわば機密性と官僚主義が、がんじがらめになって覆っていた指導体制の、最深部において腐敗が進行しつつあったのである。

「彼」（〈テク〉と呼ばれた工作員）の死は、このような状況下で起ったのであった。

彼の脳裏にえがかれていた党と革命の未来像をまったく裏切る事態が進行するさなかで……。かくて彼の死はますます悲劇性を濃くするのであった。彼ばかりではない。この時期、似たような事故や犠牲が、敵の弾圧と党内の混乱が錯綜するなかで続出している。ある日突然肉親にも誰にも告げることなく〈地下〉に潜行したまま行方不明になったもの、任地で人知れず事故死したもの、最後まで味方からスパイの嫌疑を受けたまま孤立無援の状態で獄死したもの……。そしてそれらの人の大部分は、党の統一が保たれ、正確な政策と方針がたえざる自己検証によって磨かれていく民主的な体制――つまりは革命党としての本来の機能が正常に働く状態の下にありさえしたら、どんな困難な事態に落ち入ったとしても、必ず国民的な支援と結びつきの中で救出され得た筈のものである。救出できぬまでも、少くとも無惨な犠牲として歴史の波間に消えていくようなことだけは避けられた筈のものであった。

「最後に、以上にあげられたあやまった方針のもとに、これを実践した多くの党活動家と幹部は、大きな犠牲をはらった。これらの同志諸君はきわめて困難な条件のなかで、身を危険にさらし、あらゆる物質的、精神的な苦痛にたえながら、党と革命の大業を一筋に信じて、英雄主義を発揮し、ある同志は身を犠牲にしてまで、その任務の遂行にあたった。これらの同志のなかには、僻地に定着して、党の影響をひろめるために積極的な役割をはたしたものもあった。……これらの同志の努力は、決して無駄ではなかった。その努力の上に……」（第七回党大会・政治報告から）

だが、ほんとうの意味で、それを無駄にしないとは、どういうことであろうか？

今、私の胸に先ず思い浮かぶのは、依然として、報われることなく歴史の波間に消えていった人々のことである。「名もない民衆」の一人一人の顔である。彼らの脳裏にえがかれていたであろう、新しい時代への期待、革命への期待の、さまざまな思いのことである。対照的に浮かぶのが、それらの「名もない民衆」の上に君臨し、ひきまわしていた、傲慢な指導者たちの顔である。そしてその間に横たわるところの、あまりにも大きな意識の断層のことを思わずにはおれない。

いつの場合も、指導者の側により大きな責任がかかっているのはきまっている。だが、結果論としての、そのやりかたが間違っていたか間違っていなかったかで、指導者を判断できるものでもない。たとえ間違いをおかそうと、許せる指導者もいる。

たとえば、ファジーエフが「壊滅」の中で描いたパルチザン司令官。彼は自分の戦闘指揮が及ぼす結果、隊員への影響のことを常に思案する。前面に日本侵略軍、背後に反革命軍と対峙しながらいつも一人一人の隊員の顔を思い浮べる。俺のこの作戦指揮は、今から下そうとする命令は、あいつを死へ追いやることにならぬか？　家族を悲しませる結果にならぬか？　これから起す行動への俺の判断はひょっとして間違ってはいないか？　思い悩みつつすぐにそういう己れを叱咤する。こういう逡巡がかえって犠牲を産むかもしれぬのだ。そして決断を下す。隊員の戦死を知っては己れを責め秘かに泣く。隊員の全運命を預っている指揮官としての孤独を嘆き、立場を恨みもする。だが翌日は再び形相すさまじく号令を下し隊員を叱咤して敵地へ突撃していくのだ。そこには文学的であり社会主義リアリズムというものはこういうロシア的現実と革命的ロマンティシズムによって成り立っていたんだな、と思わせるものがあると同時に、現実としても、ソヴィエトでも中国でも、革命初期いたるところにこういうボリシュヴィキと民衆との結びつきようがあったんだなということがとよくわかる。そして、こういうリーダーなら、許せるどころか、たとえ結果が間違いだと最初からわかっていても、今はこうするほかないというときには身命を共にしてついていけるような気がする。

そういう血の通いあいがあってこそ、局地的には敗北し後退することがあっても、また一時的に間違いがあっても、最後は必ず勝利できるという確信で団結していけるというものだろう。

反対の意味で、私はたとえば伊藤律のようなかつての幹部を許すことはできない。彼がゾルゲ事件とのかかわりでどういうスパイ行為を行ったのか、どういう過程で誰を敵に売ったのかといったことについて私はよく知らない。それはそれで大きな問題だろう。が、私がここで許せないというのはもっと別の意味でだ。

伊藤律は、去年中国から何十年ぶりかに帰国した際、出迎えた報道陣に向って「私は共産主義者としての信念を貫き通してきたつもりだし、今でもそうだと確信している」と発言した。どう思っていようとそれは彼の自由だろうが、彼が戦後の一時期、徳田球一の側近として党内に大きな影響力をふるい、「地域人民闘争」戦術の指導や、その後の極左冒険主義の政策決定に対し、直接の責任を負う立場の一人であったことはまぎれもない事実である。そしてこれまでくりかえし述べてきたような、その結果が及ぼした人民のたたかいに対する被害について、彼はどのような責任を感じているのであろうか？

だがそのことに関して彼は一言も触れようとはしていない。彼はまた、北京に亡命した前期は一九五一年の九月、出国した場所は長崎県の某所だったということもいっている。その時期はといえば、ちょうど前に紹介した〈テク要員〉のような任務につく党員たちが、あちこちで職場を捨て家族を捨てて、各地に大量に配置されていった時期である。また。港湾や船舶関係者向けの〈海上工作隊〉なるものもさかんに送りこまれた時期であった。こっちは公安当局ではないのだから、伊藤律がどうやって捜査網をかいくぐり、どんな方法でどういうルートをたどって中国へ渡ったかなどということは知ったことではない。また問題はそんなことへの興味本位の詮索にあるのではない。彼一人を秘かに中国へ渡らせるためにだけでも、どれだけの誠実な党員たちが、危険をおかし辛酸をなめて働いただろうかということだ。間接的な意味までふくめれば、彼を含む潜行幹部の保全という一事をとってみても、そのためにどれだけ膨大な非公然体制が動員され労力が注ぎ込まれたことか。その過程には、当事者だけでなく、家族の、友人の、恋人の、さまざまな協力者の、どれだけの愛や、別離や、悲嘆や、暮らしの葛藤が込められていたことだろうか。命さえもそこにはこめられていたのだ。

それらに対する責任というものは、別ちがたく結びついてはいるが、政策上の責任とはまた別の意味での、人間としての、まったくあたりまえのまっとうな人間としての態度を問われる性質の問題だ。だが、伊藤律はそれらのことにも一言も触れてはいない。一顧だにしない。そんな顚末事に触れるのは〈革命家〉として恥ずべきことだといわんばかりに、ただ薄笑いを浮かべて、「私は共産主義者として」とくりかえすだけだ。こんな〈指導者〉は断じて許すわけにはいかぬ。

そして、こういう人物を、過去一時的にせよ、中心幹部の一人としていただいていたところに、「五〇年問題」にいたる戦後革命史の大きな不幸の一つがあったし、解明すべき問題点があったと思うのだが。

私の自己批判

しかし、そこには、指導者の責任の問題と並んでもう一つの設問がいる。では「名もない民衆」の側はすべて免罪か？　という問題である。そんなことはあるまい。その点われわれは、犠牲者の「死」に対しても徒らに賛美的であってはなるまい。それは古い犠牲的精神や無内容の精神主義をも無批判にいっしょくたにして許容する道に通じかねないからだ。民衆一人一人の内実の問題としては、政党の総括とはおのずから別の問題の立て方が必要だろう。だから、苛酷であっても、死者に対してもなお厳しく問いかけなければならない。「そのとき、君はどうたたかったのか？」と。その問いかけはただちに自分自身にはねかえってくるからだ。

たしかに、私自身も、その当時は右も左もわからぬチンピラ党員にすぎなかった。戦前中の、封建的な特攻隊精神ややくざ根性を身体中にひきずっているくせに、頭のテッペンにだけ「革命」のお題目をのせているまったくの丹頂鶴ではあった。だが、あの時は何もわからなかったから仕方がなかった、で済ましていたのでは、それこそいつまでたっても〈歴史はくりかえす〉ことになってしまう。教訓を現代に生かすことには全然ならない。

いったい、一九四八年から四九年にかけての日本の情勢において、アメリカ帝国主義の対日政策が基本的に変化していたこと。それが、講和条約までの一時的な占領ではなく、長期的な対日支配——今日の安保体制につながるものへの布石を意図していたことが、なぜ自分の中で見抜けなかったのか？　見抜けないまでも、なぜ「占領下平和革命論」の楽観主義に振りまわされて、明日にも革命がくるかのような浮ついた俗論を信じて疑わなかったのか？　なぜその時期にこそ「夜を迎えるにふさわしい準備」ができなかったのか？　そして、今度は「五一年綱領」の破綻が眼に見え始めた時期になると、一転して「日本に革命は長期且つ困難な闘いだ」などと言い出しだした指導部の豹変ぶりを真に受けて、まるで暗く長い夜が永遠に続くかのような思い込まれた気分にとらわれて、次につづく時代の変化を見通せなかったのか？　なぜ、そのように一々の「指導」に盲信的でありえたか？　時代の制約と、党全体がそれだけ幼かったからだ、といってしまえばおしまいである。

たしかに当時の党風には「理論の軽視もはなはだしいものがあった党の幹部のうちにはマルクス・レーニン主義の理論だけでなく、一般の科学や教養を軽視し、自分の経験と〈勘〉と、若干の教条だけに頼って活動しようとするものがあって、それが個人指導と結びついて、学問や理論を重視するものを『理論拘泥主義者』『インテリ』などと軽蔑する風潮が党内の一部にあり、なかには党の最高幹部のひとりでありながら、本を読まないことを自慢にするものさえあった。こうして過去の経験や主観的な〈勘〉だけに頼ることが一定の条件のなかで、重大な失敗をまねくことがあるのは明らかである。」（「戦後の文化政策をめぐる党指導上の問題について――文化分野での『五〇年問題』の総括」）といわれる状態があって、とりわけ私の属していた党組織にあっては〈一部〉どころか全体を風靡していた感があった。そんな党風が、幹部の言うことに黙ってついていけばいい、といった妄信主義を産み、しかもそれが〈労働者的〉であり〈党派性〉のあることのように錯覚していった一つの理由であったかもしれない。感覚的には、なんとなく軍隊的ないやなにおい、ついていけないものを感じながら、それは自分の〈プチブル性〉のせいだと一途に信じこんでしまっていたのであった。だから、実際には、党内にはもう一つのたたかいがあって、それがむしろ正統なものであったと気づいたのは、ずっとずっと後のことであった。たとえば、蔵原惟人などは、すでに一九四六年末頃から、「日本における文化革命の基本的任務」と題する論文の中で、「我々はソヴィエト的現実からも中国的現実からも出発すべきでなくて、実に日本的現実から出発すべきである」「日本では文化革命が、一九一七年以後のソヴィエト同盟や延安を中心とする革命中国おいてとは違った道ゆきをたどらなくてはならないこと。文化革命の二つの基本的な任務である、過去の文化遺産の継承および発展と大衆文化的欲求の充足および向上とが、同時に提起され解決されなければならないこと」といった重要な問題提起をおこなっていたのであった。あるいはまた、前にも紹介した、文化的活動の重点を「歌と踊り」においた西沢隆二らの文化方針は、一九四九年初頭に顕著にみられた「革命は近い」という主観的な判断のもとに〈「地域人民闘争」の戦術と結びついて、党の文化活動をいわゆる文化工作隊（文工隊）的な活動に事実上解消し、民主主義的文化運動をそれに従属させようとする極端な方針に発展していった〉（前掲「文化分野での『五〇年問題』の総括」）のであったが、これらの傾向にたいし宮本顕治は同年の『前衛』七月号に「統一戦線とインテリゲンチャ」という論文を書いて厳しくそれを批判していたのであった。その中で宮本顕治はこう言っている。「これらの傾向を根拠づけるのに、中国文化革命の経験（筆者注・具体的には一九四二年の、毛沢東が延安でおこなったいわゆる文芸講話〈現段階における中国文芸の方向〉、あるいは一九四九年の〈中華全国文学芸術工作者代表大会〉の報告内容、等のことを指していると思われる）を引用する人もある。もちろん、全体として中国文化革命における中共の政策は貴重な教訓を与えるものである。しかし中共の政策の正しさは、それが中国の特殊的条件に応じて、マルクス・レーニン主義の原則を正しく具現化しているところにあるのだ。そこに最大の教訓がある。このことは毛沢東も再三強調しているところである。異なった他国の革命の条件において、中国文化革命の経験をそのまま一律に適用するならば、それは却って中国革命の教訓に反するものである。（中略）わが国でも大衆への啓蒙工作は重要である。それは文化革命の任務の重要な一つである。しかし、全体として、わが文化革命の主な任務は、反動文化との闘争を通じての文化の人民的継承発展と、大衆の文化的啓蒙と向上との二つの面を統一したものであるから、進歩的文化インテリゲンチャの任務をも、その一面だけに限定することはできない」

私の場合、これらの論文の所在は、実は六〇年代後半にいたって、山口の劇団「はぐるま座」の指導者たちが、宮本顕治や蔵原惟人の理論を、アメリカ帝国主義・ソヴィエト現代修正主義・中国走資派と並んで「四つの敵」の一つにかぞえあげ、〈宮本修正主義者〉などと激しく攻撃しだすに及んで、いったい何のことだろうかと思ってあらためてさかのぼって文献をひもといてみて、はじめて知ったようなことであった。しかし、実際にはこのように、戦後の早い時期から、日本の現実に立脚した正しい文化政策をたてようとするはげしい思想闘争が党内に展開されていたのであって、そのことはまた、今日、日本共産党が主張している「自主独立」の立場が、一部ジャーナリズムでいわれているような、ある日突然の〈路線変更〉などではないことをもはっきり示しているものである。

そして、宮本顕治や蔵原惟人のこれらの主張は、基本的には一九四六年の第五回党大会及び四七年の六回党大会における文化政策決定に反映され、全党的な承認をえたものであった。民族独立の課題の提起や、「民主民族戦線」の方針と並んで、こうした正しい文化方針があったればこそ、当時から多くの専門文化人も党のまわりに結集し、また一九四九年には、戦後最大の統一戦線組織であった「民主主義擁護同盟」に、九十余団体、千百万人もの人々が結集する空前の盛りあがりをみせることが可能だったのであろう。考えてみれば、峠三吉などもこうした統一戦線の広がりのなかで、共産党に入党し、前述したような「抵抗への主体」の道をはっきりと歩み始めたともいえるのであった。そのような正統なたたかいはたしかに存在していた。そして、これまで書いてきたようなさまざまな歪みの中で、それは一時期片隅に押しやられ、ほとんど窒息状態に追いこまれていたかにみえたけれど、底流としてずっと続いていた、それが六〇年代初頭の新たな昂揚も準備してきたのだ。

なぜそれが自分にははっきりと見えなかったか？　なぜ逆流を主流のように思いこんでしまったのか？　その盲目的たりえたのはなぜか？

あの一九五〇年八月六日のヒロシマのたたかいも、そして広島の共産党組織は初めて開いたという被爆写真展のことも、当時私は、自分も工作隊員として赴いていた、ある奥深い山中で聞いた。それは、逼塞的な状況だけに、まさに暗夜に灯をともすような感動的な報告であった。だが、自分が身をおいていた党組織はといえば、たとえて言うなら、峠三吉のような存在も、〈理論拘泥主義者〉とののしり、〈分派や中道主義者に対する闘争に消極的な日和見主義者〉として扱うようなことがまかり通る〈主流派〉組織であった。それはまったく矛盾しきったことがらであった。だが、単にそういえ組織に身をおいていたというだけではなお正確ではない。私は当時、峠三吉を直接知らなかったものの、もし身近なところにいれば、やはり、戦前戦後の民主主義文化のすべてを小ブルジョアのためのものとして全面否定するような、通俗的・清算主義的な「階級芸術理論」のような立場で、峠三吉に対していたにちがいないのである。いや、それも今となって、やや総括的にみるからそういう論理めいたきれいごとで言えるのであって、その当座としては、ほんとうはもっと単純・粗暴なものであったにちがいない。自分をその頃支えていたものといえば、ソヴィエト・中国両共産党と、その現存する社会主義社会への絶対視、イクオール日本共産党への絶対無謬視、というほとんどそれだけの図式で成り立っていたのではなかったか。だから、いったんその絶対観が崩れると、そのあとにくるのはご多聞にもれず深い挫折感だけであった。残るのは恨み・つらみだけである。そして組織不信、私の場合、幸か不幸か例の〈芸術主体性〉論とやらに閉じこもるほどの才覚も持ちあわせていなかったから、あとはバカげた荒廃した生活だけであった。だが、わかりきったことだが、そういう恨みつらみから何も見えてこない。「五〇年問題」の何たるかも見えてくるはずがない。ただ間違いだらけの愚かな時代であったと過去形で流してしまうくらいがおちだろう。まして、そこに底流としてもう一つのまっとうなたたかいが存在していたことなど見えるはずもないのであった。

（2） 原水禁運動の分裂と中ソの干渉

『河』という作品は、こういう愚かな自分の〈自己批判書〉といった意味もこめて書いたつもりであった。自己批判書というと大げさになるが、とにかく、激動した政治史の中で青春を生きた自己を断ち割ってみたとき何が出てくるのか？　戦時中の〈軍国少年〉から、自己の中のさしたる民主主義革命を経ることもなく、いきなり共産党へ飛び込んで〈革命青年〉へ変身していったその単純な過程、それはたわいもなく「五〇年問題」の中では間違った政治路線に靡伏してしまうのだが、そこにはいったい社会に対する、世界に対するどんな主体をもちあわせていたといえるのか？　そこに、峠三吉という、もう一つのちがった生きかた、時代への主体の確立を対置して自己を照射してみたとき、人間と歴史とのすれちがい、あるいはこの日本の、戦後史の成り立ちようをめぐるさまざまな誤算や正算が、自分とのかかわりで浮かびあがってくるかもしれない。と、そんなふうに考えたのであった。

だが、その作業は、とりかかりよりもむしろ再演改稿の過程で、一つの主題であった「政治と芸術」の課題がどうしようもなく重くのしかかってきた。右に左に長く揺れ続けた。それは、一つには、ちょうど改稿を進める時期に、日本共産党自身が、「五〇年問題」の総括をより深く、特にそれまであまり触れられていなかった文化問題にまで立ち入って行いはじめ、自分の射程距離ではとらえることのできなかった新たな問題が次々と明らかにされていったからでもあった。そこで私がおかした一つの誤算は、政治的認証が深まればそれがそのまま芸術度の結晶に結びつくと短絡的に考えた初歩的な間違いであったが、そのためにどれだけ迷路にはまりこんだかしれない。それはそれでかなり大切な問題かもしれないが、方法の問題に入ってしまうのでここでは一応おいておく。

苦悶を深めた理由のさらに大きな問題は、まるで改稿の過程時期にねらいを定めたかのように、いわば「五〇年問題」の国際的ともいえるような重大事件が次々と起ったからであった。

初稿・初演が一九六三年。この年、第九回原水爆禁止世界大会を機に、日本の原水禁運動はまっ二つに分裂した。大会が開かれる直前の、同年七月二十五日、米英ソ三国は、大気圏内、宇宙空間、および水中における核兵器実験を禁止する条約＝いわゆる部分的核実験停止条約に調印した。この評価をめぐって世界の平和運動のなかではげしい議論がまき起こった。とりわけ、部分核停条約を完全禁止への第一歩として評価するソ連と、米ソ両大国の核独占、核優位政策を推進するもので完全禁止とは無縁のペテンだとする中国との間にははげしい対立がむきだしにされた。国内でも、「いかなる国の核実験にも反対」という方針を運動の原則にすえるかどうかという問題とともに、この条約にたいするさまざまな評価がうまれた。そして、部分核停支持と、「いかなる……」をあくまでも運動の基調にすえようとした社会党・総評その他の団体は、結局日本原水協を離脱して別組織（原水禁国民会議）をつくるにいたり、この分裂の影響は平和、民主運動の全分野に拡大されていったのであった。

「いかなる国の核実験にも反対」という方針は、端的にいえばもともと自民党や民社党の主導の下につくられた「核禁会議」（一九六一年結成）がいいだしたものであり、吉田茂を筆頭顧問に、岸信介、鍋山貞親等札付つきの核武装推進論者や反共主義者が代表役員に名をつらねていたその組織からも推察が容易なように、反共を前提にし、アメリカ帝国主義原爆投下責任を免罪にしてもっぱら抗議の眼を社会主義国へ向けようとするねらいをもっていたものであり、これを後になって、帝国主義的侵略にたいする抵抗闘争も侵略戦争もごっちゃにしてすべて「戦争一般」を否定する「絶対平和」の立場に立った人々や一部中立主義者も、言葉の表面につられて同調していったという本質をもつものであった。

一方の「部分核停条約」とは、条約自体が地下核実験を野放しにしたごまかしの性格をもっていたと同時に、それを推進したソ連の態度は、ベトナム侵略戦争の拡大を傍目に見ながら、ケネディ政権誕生以後のアメリカの「大国共存路線」を手放しで礼賛したものであり、その背景には、スターリン批判以後急速に抬頭してきたところの官僚体制への反動としての国際的な現代修正主義の潮流という問題があった。

したがって、このような問題を平和運動にもちこめば、運動は国際的な規模で四分五裂することは眼に見えており、運動の統一を守ろうとした日本原水協が、この二つの問題にたいしては反対するとか支持するとかの特定の態度を方針として決めることはせず、一致できる課題で前進しつつ論議を深めていこうとしたのは当然であった。

ところが、ソヴィエトは部分核停条約支持を世界大会に押しつけようとしたばかりか、これが失敗に終わると、こんどは自国の立場の支持者に分裂を積極的に奨励し、一方を大々的に非難攻撃するという干渉にのりだしたのである。これはまさに「五〇年問題」の過ちを平和運動の中に拡大増幅させた行為というべきであった。最近の『赤旗』論文、「統一の路線と分裂の路線」（八四年四月四・五日付）では次のように述べている。

「ソ連代表団長のユーリー・ジューコフはプラウダ（一九六三年八月二十五日付）に論文〈広島の声〉を発表、部分核停条約が第九回世界大会の大部分の出席者から歓迎されたように偽ってえがきだし、日本の原水禁運動がこれを支持すべきであると攻撃をくわえたのである。

さらに、原水禁世界大会の統一をまもるために積極的に貢献したわが党代表団にたいし、中国代表団のいいなりになったこと、根拠のまったくない非難をあびせたのである。その後、ソ連は、原水禁世界大会から分裂していった社会党・総評側の〈集会〉にメッセージをおくり、六五年に〈原水禁国民会議〉が結成されると、これを公然と支持し、その分裂策動に手をかし、激励したのである。これは、まさに海のむこうからわが国の原水禁運動を思いのままにしようとする大国主義的干渉であった。」

六三年夏から六五年夏にかけて続演を重ねた『河』の上演運動も、テーマがテーマだけに、そして観客の多くが、平和運動と密接なかかわりをもっていただけに、原水禁運動が直面したこのような問題と無縁ではあり得なかった。原水禁運動の真の統一はどうすればかちとれるのか。分裂は誰が準備したのか。ケネディ・ライシャワー路線と平和運動の関係は？　社会主義国の核実験をどうみるべきか。現代修正主義とは何なのか。こういった難問がどっと我々をとりまいたのだ。上演の都度観客もまじえてそれらの問題がはげしい討論をまき起こした。まさに、暑い、暑い夏の連続であった。そして一九六六年。追い討ちをかけるようにさらにやっかいな問題がもちあがった。こんどは中国の側からの、原水禁運動にたいする新たな干渉が始まったのである。簡潔に問題がまとめられているので再び前記『赤旗』論文を引用しよう。

「一方、こうしたソ連の動きに対抗して、中国代表団からは、部分核停条約反対を原水禁世界大会できめるべきであるとの主張がなされた。わが党は、党としては部分核停条約に反対の態度を表明していたが、原水禁運動としてはその統一をまもる立場から、部分核停条約への態度のいかんを問わず団結すべきであると主張した。結局、中国代表もこれを受け入れて、第九回世界大会がしめした統一と団結の立場を積極的に支持したのである。

ところが、数年後に中国で〈文化大革命〉がはじまると、かれらは態度をかえ、その立場を原水禁運動におしつけはじめたのである。一九六六年の第十二回原水禁世界大会では、中国の立場に同調する一部の海外代表が〈現代修正主義者とは同席できない。これとのたたかいは世界大会の伝統だ〉と主張、大会から脱退した。その後、かれらは北京に結集して、集会をひらき、日本原水協と原水禁世界大会に攻撃をくわえた。これもソ連とは別の立場からの分裂と干渉の攻撃であった。」

その後がどういう事態になっていったかはくどくど述べるのもうっとうしい。もう眼をおおいたくなるような現象の続出であった。原水禁運動にたいする攻撃のみならず、日本共産党を〈宮本修正主義集団〉と呼び、「中日両人民の共同の敵」として打倒の対象にすえたのが中国共産党を個人崇拝の徒党にしてしまった毛沢東一派であった。彼らは「五〇年問題」の中でしばしば登場してきた西沢隆二らを「真のプロレタリア革命戦士」としてもちあげ、「宮本修正主義集団」への〈謀反〉をよびかけた。彼らは利用できるものはなんでも利用した。日中交流や貿易の実利をエサに、日中友好運動、日中貿易、文化交流、等のすべてに、毛沢東思想を世界唯一の革命思想として認めること、及び「日共修正主義分子との真っ向からの対決」を押しつけた。これを認めないものは排除するばかりでなく暴力をもって打倒すべき目標とした。日本共産党に敵対するものは、極左暴力集団さえも「革命の英雄的戦士」と称賛し激励した。

かくて、貿易商社の〈紳士〉たちや、一部日中関係の〈文化人〉さえも、争って赤い表紙の毛沢東語録を求め、唱和を練習する珍風景さえ現出した。そうしないと中国へ入れてもらえないからだ。貿易商社員などは、暴力学生たちがゲバ棒を振っている場所にはどんなところであれかけつけてパチパチ写真をとってそれを中国の関係先に送りつけた。「日本人民は今やかく実力をもってたたかっている」という証拠写真に使ってお賞めにあずかろうという浅ましい魂胆からであった。これがあの「五一年綱領」のバカげた〈中核自衛闘争〉方針への盲従のくりかえしでなく何であるか？「五〇年問題」のあの例外と原則の逆転が産みだした人間荒廃の再現でなくて何であるか？こうなると、もう「五〇年問題」の過ちの増幅再現による悲劇というよりも喜劇にさえ近かった。だがわらってはおれない。一九六七年の八月はじめ、ついに信ずべからざることが起ったのだ。北京空港事件である。文革中も日本共産党の代表として北京に駐留していた砂間一良、紺野純一の両氏が帰国の途につく際、北京空港に集結した日本人の毛沢東信奉者と中国紅衛兵数千人にとりかこまれ集団リンチを受けたのだった。

一九六五年にはじまった「文化大革命」は、時を経るにしたがって次第に権力闘争の様相を色濃くし、六六年暮れには劉少奇、鄧小平批判の壁新聞が出現するようになった。翌六七年には、全国で党機関、行政機構、その他の奪権闘争に発展し、やがて紅衛兵だけでなく労働者や兵士もまきこんだ「造反団」同士の血で血を争い、大量の死傷者をだす全国的武闘に発展していた。日本共産党にたいする攻撃も常軌を逸したものになり、六七年二月には、「北京航空学院紅旗戦闘隊」なるものの小新聞『紅旗』に、「宮本顕治のばかの骨頂」という文章がのり、「東京にまで鉄棒をのばしてお前の犬の頭をなぐってやる」とか、「いつかは、日共のなかの真の革命者といっしょになって、お前たちに『反革命修正主義分子』の大きな名札をかけさせ、高い三角帽子をかぶらせ、お前たちを白日のもとに引きまわしてやる」などと書きたてる異様な状況に発展していた。だが、彼らのいうこの〈引きまわし〉が、実際に日本共産党員に向かって白日のもとにおこなわれるとは、当の砂間、紺野両氏でさえ予想だにしていなかったという。それが北京空港で起こったのだ。一九六七年八月三日から四日にかけてのことであった。以下は、『世界政治』五七四号が後日になって伝えた生々しい報告からの抜粋である。

――八月三日。空港二階の大広間は、いつもは待ちあい用の椅子が並んでいるが、この日はきれいに片づけられていた。天井からは大きな紙に「砂間、紺野は中国から出ていけ、在北京日本人反帝修正連合行動委員会」のたれ幕が飾られていた。二人にたいする「闘争大会場」の準備がととのっていた。大広間を群衆がうめ、中央に空間がつくられ、マイク二台がすえられていた。中国人カメラマンがニュース映画撮影機をかまえ、大会が開始された。暴徒たちの真ん中に、砂間、紺野は両肩に「〈反中国分子〉に良い末路はない」などと書いた重いプラカードを二つずつかけられ、前かがみの姿勢をさせられ、ライトが照らしだした。(中略)

約二時間にわたってつるし上げがつづいた。大会後、またひとしきり、「ジェット機式」引きまわしがつづいたあと、二人はばらばらに監視つきで簡易宿泊所に押しこめられた。とくに紺野氏は一晩中、反党盲従分子から脅迫、拷問がくわえられた。「革命は暴力だ。こっちがお前を殺さなければ、俺たちが殺されるのだ。これが毛主席の教えだ」――紺野のみぞおちをこぶしで打ち、正座させた両腿をくつでふみにじる。倒れた上から馬乗りになって首をしめる。こうした拷問が朝までつづいた。

翌四日朝、外には日本人盲従分子約百人がいっせいに待ちうけていた。見渡すと、そこから空港玄関、さらに奥まで、中国人紅衛兵の何重もの人垣。昨日よりも動員数ははるかに多かった。

やがて両側に紅衛兵が整列した人垣のトンネルの中を二人は「ジェット機式」につかまれ、「なぐれ、なぐれ」と扇動するなかを、紅衛兵の三重、四重の人垣が「打倒砂間」「打倒紺野」「打倒日修」と叫びながら、こぶしをふりおろし、足でけり上げ、わき腹を殴打した。二人は何度も倒れ、足げにされ、首をしめられた。「殺せ、殺せ」という声、やがては「殺すとぐあいが悪いから、殺さない程度にやれ」ともいい、空港裏手の飛行場前にきたときは、二人とも歩行も困難で、四つんばいにさせられ、首をしめあげられたが、暴徒どもは「まだ飛行機にのせるな、これからうずまきデモだ」と叫び、ぐるぐるとうずまき形に引きまわしながら、最後の残虐なテロをくわえた。

現場には、二日、中共関係機関の人間が終始立ち会っていた。

あとでわかったことだが、二人を見送りにきていた北京駐在ベトナム大使館員と『ニャンザン』特派員は、二人にたいするテロを、別の場所で涙を流して見ていたという。……

——長々と引用したが、報告はなお前後延々と続いている。そして、私ども演劇人にとって、さらに信ずべからざることがこの事件には附随していた。山口の劇団「はぐるま座」の一同がこの事件に立ち会っていたのだ。「はぐるま座」は、このとき『野火』などをもって訪中公演中であった。そして、あとで判明したところによれば、事件の前七月二十八日夜、北京で「日共宮本修正主義集団を打倒する大会」が日本人紅衛兵と中国人紅衛兵によってひらかれていたが、「はぐるま座」はこれにも中国側首都紅衛兵代表大会加盟の三団体（北京で暴れまわっていた紅衛兵の主力部隊）等と共に出席し、「中日紅衛兵は団結して立ち上がり、日修宮本集団に宣戦布告する」という「戦闘宣言」を決議していたのであった。いわば「はぐるま座」も参画したところで、北京空港の組織的計画的集団テロのお膳立てはととのえられていたのであった。この夜、「日修打倒」を叫ぶ「はぐるま座」女優、藤川夏子（訪中公演団長であった）の甲高い声が、北京放送を通じて日本にも流れていた。

このとき、一九六七年夏の時点では、劇団「はぐるま座」はまだ西リ演加盟劇団であり、事務局劇団の一つでさえあった。劇団代表の諸井条次は西リ演副議長。幹事長の日笠世志久は運営委員であり事務局メンバーであった。

(3)「はぐるま座」問題

経過の概略

「はぐるま座」の問題については、すでに、一九六八年一月の西リ演第六回総会の報告で詳しくその経過が述べられている。また、「はぐるま座」の除名を決議したその総会の論議内容についても、『演劇会議』八号(六八年六月)、同一〇号(六八年十二月)に土屋、故・黒沢参吉の報告がそれぞれ掲載されている。

詳細はこれらを参照いただくとして、ごく大筋だけをふりかえってみると。

先に触れた一九六六年夏の第一二回原水禁世界大会に中国が攻撃を開始した頃、われわれは松山で西リ演の第五回総会開いていた。この総会には「はぐるま座」から日笠世志久が出席していたが、表面上は何の問題も出ず、まさか、プロレタリア文化大革命の問題がわれわれの足もとにまで及んでいるとは誰も予想だにしなかった。が、「はぐるま座」内部では、このときすでに劇団内「反修闘争」の変動は頂点に達していたようである。

六六年九月。中国に追随する分派組織として「日本共産党山口県委員会左派」なるものが山口県内で結成され、「宮本修正主義批判」の声明書を出した。当時共産党山口県常任委員でもあった「はぐるま座」代表諸井条次もこれに加わったことから問題は表面化した。日笠をはじめそれまで共産党員であった劇団員が「日共中央への造反」を表明して次々と離党した。そして同年十二月。最後まで劇団の「反修闘争」に抵抗し反対していた、岡本太助・矢野弘ほか九名の共産党員が、「修正主義分子」として劇団を除名された。除名といっても、職業劇団のことであるから実質的な首切りであった。

六七年二月。「はぐるま座」は劇団員三六名の連盟をもって、「演劇戦線の危機にあたって全演劇人に訴える」という〈檄文〉をだし、東西リ演各劇団、新劇人会議加盟劇団、各地労演などに送りつけてきた。そこで問題は、

「はぐるま座」内部の変動にとどまらず演劇運動全体の問題となるにいたった。その内容とは次のようなものであった。

日本共産党〈代々木指導部〉がいかに「修正主義」であり「民族を裏切り革命に背く二心者に転落」したかを述べ、特に宮本顕治と蔵原惟人の文芸路線を名指しで攻撃したあと、演劇界に向けて次のように訴えた。「新劇の『新』は今ではブルジョア演劇思想を培養する温床となり、ブルジョア演劇を補強する新たな支柱となりはじめています。民主的な観客組織は、量を競っただけでこの逆流をうちくだく力を失っています。」「私たちは演劇戦線で闘っているすべての人々に訴えます。代々木指導部に敢然と挑戦し演劇戦線における新旧の修正主義路線を粉砕しましょう。日本新劇の誇りである、反動派、反動思想に対する謀反の火をかきたて、劇団、サークル、観客組織のすべての分野で反帝反修を貫く演劇戦線に結集しましょう。中国を先頭とする全世界人民の反帝反修闘争の戦列に参加しましょう。」「人民の敵の伏兵に対する謀反の火が、ブルジョア演劇をやきつくし、日本演劇新生の大転機となると確信して、共同の闘いを呼びかけます。」

西リ演の運営委員会では、劇団内の論争や一個人の見解ならいざ知らず、事務局劇団であり副議長も送り出している重要な立場にあるものから、こんな檄文をまきちらされたのでは、西リ演全体の社会的信頼を問われることになるし、第一この檄文の内容自体が結成以来の西リ演の方針に根本的に相反する、という態度をほとんどの運営委員がとった。

〈ほとんど〉というのは、議長であった関西芸術座の岩田直二が「はぐるま座」の態度を支持していたからである。したがって、正確には、議長・岩田、副議長・諸井、事務局・日笠の三者とそれ以外の運営委員の見解が真向から対立したというべきだろう。これでは西リ演の運営が実質上不可能におち入ったのは当然であった。

「はぐるま座」は、しかし不可解なことに、この檄文にいたる経過や真意については運営委員会にたいしてもほとんど説明らしい説明もせずに、このあと六月から訪中公演の旅に出かけてしまうのだが、それに先立って「日中文化交流」の立場からこの訪中公演を支持するよう西リ演運営委員会に求めてきた。運営委員会はこの要請を岩田を除く全員の意見で拒否した。その拒否理由は、現在でも非常に重要な意味をもっていると思うのだが、次のようなものだった。即ち、一九六七年二月に、日本中国文化交流協会と中国人民対外文化友好協会の間に「文化交流に関する覚え書」が結ばれていたが、この覚え書の内容は、中国におけるプロレタリア文化大革命と毛沢東思想を認めるかどうか、および日本共産党指導部の修正主義とたたかうかどうか、の二点が訪中の前提としてうたわれていた。したがってこの覚え書にもとづく「はぐるま座」の訪中公演は日中の真の文化交流になるどころかそれをかく乱することに通じるものであるから「支持できない」というものであった。

かくて西リ演は、一九六六年の第五回総会以降六七年いっぱいまで、これらの問題の対応に追われて総会も開けないでいたのだが、六八年一月、ようやく半年遅れの第六回総会を開いて「はぐるま座」の除名を決議したのであった。そして以後今日にいたるまで彼らとの絶縁状態はつづいている。

――大筋としては以上のとおりである。

しかし。と、今でも私は思う。

なぜこんなことが起こり得るのか？

プロレタリア文化大革命も、数々の悲劇を産んだ末、潮が引くように終焉した。悲劇は中国内部の〈洗脳〉対象とされた人々にとどまらない。その「人民戦争唯一主義」にもとづく革命公式は、アジア全域に〈輸出〉され、直接的にせよ間接的にせよ、被害と打撃はインドネシアに及び、日本に及び、カンボジアにおけるあの戦慄すべき悲劇さえ産みだした。罪はすべて「四人組」になすりつけられたが、今日においても、中国共産党がその過ちの根源となった大国主義や外国干渉主義をきっぱりと改めた形跡は見られない。逆にまるで資本主義の復活さえ思わせるような反動現象、逆流現象が、中国国内のあちこちの分野であらわれているようにみえる。対外的にも、鄧小平のいうなんの〈こらしめ〉だか知らないが、ベトナムへのあからさまな侵略戦闘行為がくりかえされてきたし、対ソ包囲網の実現のためには、中曽根やレーガンとも抱き合わんばかりの「大国外交」がわれわれの眼前で展開されている。

このような結果を、あのとき「造反」に熱狂的に参加した「はぐるま座」員たちは、いまどのような思い出かみしめているのであろうか？

「はぐるま座」問題は、彼らを西リ演から除名したことによって、たしかに一定の政治的けじめはつけられた。だが、それはあくまで「政治的」にけりがついただけのことであって、それですべてが終ったとは私には思えない。

「はぐるま座」と西リ演

劇団「はぐるま座」は、正式には一九五二年に結成されたが、それより前、一九五〇年には既に諸井条次、日笠世志久らの手によって実質的な活動は開始されている。いわば「五〇年問題」のまっただ中で創設され、それ以来さまざまな辛酸をなめてきたのであるから、「五〇年問題」の苦い教訓もつぶさに体験をしているはずである。それがあってかあらぬか、彼らは、創立の当初から、芸術アカデミズムに傾斜することを排し、一方で徒に政治主義に走ることも戒めながら、あらゆる新劇伝統の積極面を継承して、それを「革命的民主的演劇」を中軸にすえることの中に生かし、「創造と普及の統一」をめざしていくことを、ことあるごとに劇団の内外で強調してきたのであった。しかも、山口という一地方都市にあって、マスコミのアルバイト収入などに頼る「二元の道」は選ばず、ひたすら地域大衆やサークルに依拠して演劇職業化をはかる方向の中で、それらの方針を実践しようとしたのであるから、日本の新劇状況の中では稀有の存在として注目を集めもしたのだった。

したがって、彼らのそうした苦難に満ちた体験から出て来た方向性は、一九六二年の西リ演結成においても、大きな主導性を発揮するところとなった。西リ演の創立にあたって、諸井条次や日笠世志久が、関芸の岩田直二らとともに、なによりも強調したのは、六〇年の安保闘争後日本の新劇界の一部にも濃厚にあらわれてきたところの、「脱政治化」、「前衛不在論」等とのたたかいであり、それらを前提にした「芸術主体性論」や「自律論」の克服であった。そうした意味では、困難にとりかこまれた地方劇団は特有の、ある種の〈せまさ〉や、〈ごうまん〉だとか〈ひとりよがり〉だとか言われた特異な体質や、その他さまざまな欠陥を内包しつつも、「はぐるま座」の存在というのは「政治と芸術」の結節点としての役割を当時果たしていたと私は思うのである。

それが、なぜ数年を経ずして、「五〇年問題」の過ちの典型ともいえるようなところに落ちこんでしまったのか？　実はそこが一番やっかいな問題であって、今もって私にはわからないところが多すぎる。しかしそこをはっきりさせないかぎり、西リ演運動がその出発点から抱えていた諸問題――それはそのまま現在の我々のリアリズムが克服すべき課題につながるのだが――も解明できないだろうと思う。

問題発生の要因、三つの上演作品に即して

一つには、問題が顕在化する以前に、「はぐるま座」の上演作品――とりわけ、彼らが理論的にも創造的にも支柱としていたところの、諸井条次の作品の上に、どのような形でその創造方法と結びついてイデオロギー上の問題が投影されていたかという点である。そこを検討するには、諸井作品の中で、『冬の旅』、『灼けた眼』、『野火』という三つの作品を比較検討するのがもっとも手っ取り早いと思う。これら三作品は、いずれも西リ演結成の一九六二年当時から、「プロレタリア文化大革命」の発生する六五年頃にかけて、「はぐるま座」が創立以来の旺盛な野心を燃やして上演した作品である。

『冬の旅』というのは、諸井条次がすでに一九五三年頃に初稿をあげていたというが、彼の演劇にかける初心のようなものが、実に瑞々しく結晶した秀逸の作品だと私は思う。時代は一九五一年、単独講和の締結をはさんで、朝鮮戦争さなかの息つまるような状況を背景に物語りは展開する。あの、細菌戦部隊で悪名をはせた〈七三一部隊〉の生き残り細菌学者が、満洲での悪夢もまださめやらぬうちに、かつての同僚で今はＧＨＱに潜り込んでいる狡猾な男から、アメリカの細菌兵器研究所への就職の誘いをかけられ、科学者としての良心と野心の両極にさいなまれたあげく、遂にうだつのあがらぬ田舎の町医者として生きる道を捨て、再び悪魔に心を売り渡してしまうまでの物語りだ。そこには、「科学の原罪」におびえながらも、権力にとりすがってでも〈科学すること〉への誘惑を断ち切れぬ一人の退嬰的なインテリゲンチャと、そこへ巧みにつけこむ戦後反動の象徴のような戦犯逃れの男との葛藤を通じて、そのような生きかたがいかに欺瞞にみちた醜悪なものであるかを暴露すると同時に、その背後に、影のようにつきまとうアメリカ帝国主義の野望と、しのびよる日本独占の復活の、どす黒い姿をも、

観客の想像力の中に不気味に浮かびあがらせるのである。そして、そうしたどす黒さとは対照的に、主人公の妻である女医、その父親の老先生などの、人間の生命、患者の貧しい暮らしをいとおしみつつ、懸命に民衆の中で生きようとする姿が、どんなにすがすがしいものであるかを強く印象づけている。一方でまたこの作品は、女医先生や老先生のつましい努力を暖かく見守る女中や、日雇い暮らしの患者、平和運動に身を投じている教員組合の活動家などの、さりげない描写を通して、戦後史の未来が、こういう健康な民衆の生き方にこそ託されていることを暗示することにも成功している。素材となった〈七三一部隊〉の存在は、今でこそ『悪魔の飽食』などで広く知られるところとなったが、これが書かれた当時はまだ謎のヴェールに包まれたままの時期であって、こうした衝撃的テーマを先取りできた鋭い洞察力は、戯曲の緻密な構成力や文体とあいまって、この作者が並々ならぬ才能の持ち主であることを示している。劇団の制作や演出は、この作品は〈革命的インテリゲンチャ〉を対象にしたものだ、などと後に言っていたようだが、それならば『灼けた眼』や『野火』は、さしずめ〈革命的労働者・農民〉向けということになるのか？　そんな考えかたこそ、テーマ主義であり高見に立った啓蒙主義の悪しき感覚なのである。そんな観客対象によるテーマの使い分けなどせずとも、作者のうちふるえるような真情が高いテーマ性とイデオロギー性に裏打ちされて結晶していれば、たとえ小市民的インテリゲンチャの家庭を終始舞台の中軸にすえたドラマであっても、その訴えるところは、労働者をはじめとする広い観客の中に、充分受け入れられる可能性をもっていることを、この作品は示していると思う。このような作品が、のびやかなリアリズムの発展と、この国の現実に密着したしなやかな演劇姿勢によってふくらんでいけば、諸井条次と「はぐるま座」の存在は、どんなにか私たちの貴重な財産となっていったことかと、今にしてつくづくと思われてならない。

ところが、一九六二年から六三年にかけて創られた『灼けた眼』と『野火』となると、様相は一変する。文体までがらり変ってくるのだ。劇団側は〈中間的人物〉を主人公とした『冬の旅』とちがって、この二作は、現実変革の中軸となるべき〈積極的人物像〉を主人公にすえたのだというかもしれない。そして、それは作者自身の自己改造――〈叙情の変革〉と、劇団の創造思想上の進歩の結果だと考えたかもしれない。だが、その〈積極的人物像〉のえがきかたの中に、実はその後の「はぐるま座」の極左的偏向に結びつく要因も含まれていたのだ。

『灼けた眼』は、一九六一年に、ソ連が五〇メガトンの核実験をおこなったのを利用して、反動勢力が、反共宣伝とセットに平和運動の分裂策動に乗りだし、社会党や総評が「いかなる国の核実験にも反対」のスローガンの下、その画策にのせられてしまう、という状況を背景に、〈絶対平和〉の立場や〈中立的平和主義〉を批判しようとするテーマをもっていた。そのテーマを背負う（背負い過ぎていると思うのだが）作中人物の中心になるのが、リエという、広島で被爆し眼を灼かれた女性である。物語は、リエが盲学校在学時から慕っていた先生への、点字による書簡体の独白形式で進められていく。運動の分裂はリエの住む町の平和組織にも及び、リエは共産党員である国鉄労働者の兄や、母が働く失対現場の人たちとともに〈平和の敵〉とたたかっていくわけだが、問題はそのたたかいかたである。当面の〈主敵〉は、町会議長であり農協のボスでもある人物一人にしぼられている。劇中では、この人物が、もっぱら分裂策動の親玉であり、かつ、リエの父母たちの生活をおびやかす者の元締めでもあるということになっている。そして、もう一つの〈主敵〉は、平和組織の仲間を裏切って、〈いかなる……〉をかつぎまわるようになった、社会党員らしい郵便局の労働者である。しかもこれら〈主敵〉にたいするたたかいの戦術はといえば、親玉ボスの土蔵の壁にポスターを貼ったり、〈裏切り者〉との平和署名集め合戦であったり、相手の壁新聞をはいで得意になったりする単純な行為に終始している。このようなたたかいかたというのは、一口に言ってしまえば、五〇年代にあらわれてその過ちを批判された「地域人民闘争」戦術の図式であり、同じくそこから派生した、主要なたたかいの眼を社会党やその影響下にある運動一本に向けた「社会民主主義主要打撃論」のセクト主義のくりかえしである。作者がなぜそのような観点に立ったかについては、六〇年初頭の平和運動が当面した厳しい国際状況、分裂の路線にたいする原則的な態度の問題などがそこに反映していることも事実であろう。だが一般的な運動論としても、状況が厳しければ厳しいほど、そこに要求されるのは、原則的な態度と同時に、それがどんな階層の人々をも納得させひきつけ得る統一戦線の思想である。分裂に加担していった組織下の労働者にしても、そこにはさまざまな立場の人たちがいるのであってけっして十把ひとからげにとらえられるものではない。事実、「灼かれた眼」と同じ時間、同じ状況の下で公演されたわれわれの『河』にしても、表向きは分裂組織のバッチを胸につけながら、かげでこっそりと『河』の券を売って歩いてくれたような労働者が、分裂組織の組合員の中にもあちこち居たのである。そういう人々をも切り捨ててしまうようなものがもし〈原則的態度〉というなら、平和運動の統一を広汎な人々の団結で実現することなど望むべくもないだろう。だが、作中に登場する社会党系労組の青年労働者というのは、最初から仲間を裏切っていくのがわかりきっているようなチャランポランな人物として描かれており、したがって分裂の克服という問題も、複雑な屈折をたどる現実とは遠くかけ離れて図式化されたものとなってしまっている。そして、作者のこういう非常に主観主義的なセクト主義の観点から出てきた分裂の問題にたいする〈厳しさ〉のようなものが、主人公リエの「被爆者であり、しかも周囲から盲いた〈女あんま〉としてさげすまれてきた」といった人物設定に仮託されるとき、リエの行為はほとんど作者の主張の代弁者となってしまって、彼女が分裂を憎み、〈平和の敵〉と妥協なしにたたかおうとすればするほど、そのあらわれかたは、何ともかたくななせまいものとなってしまうのである。そこには、『冬の旅』でさりげなく示された人間変革のすがすがしさも、文体の瑞々しさも完全に失われてしまっている。この芝居は、六三年に初演されたが、長崎市での上演をめぐっては、地元原水協や作家の中里喜昭らと「はぐるま座」の間で、内容が運動に与える影響について激しい論争があったとのことである。広島市では遂に上演ができなかった。

(ただ、私としてもあまり大ものを言えたものでもないのだ。これが隣の呉市で上演されたのを観たが、当時としては、芝居としてはついていけないものを感じながら、これは「平和の敵」とたたかう「原則性」の問題だと信じこんだものだ。そして『河』の改稿にもその影響があらわれて大失敗したことがある。おそらく、当時の私も、ここに書いたのと同じような間違いをくり返していたのだと思う。)

『野火』に関してはあまり多言を要しないだろう。一九六七年の訪中公演で、この芝居が毛沢東思想賛美・武装闘争賛美劇として、プロレタリア文化大革命を大いに〈鼓舞激励〉して以来、変な意味ですっかり有名になってしまったからである。明治十七年の秩父困民党事件に材をとったこの芝居が、なぜ中国での〈文革劇〉の役割を果たすことになってしまったのか?「たたかいのなかで、茂助たちは組織をつくり、武装闘争をすすめることの意義をさらに深く認識しました。そこで、かれらは蜂起の旗をかかげ、幾千万という貧しい農民を組織して、猟銃をもって、天皇専制政府を倒すために戦いました。革命の野火は燃えあがりました。(中略)わたしたち中国の農民は、毛主席の指導をうけながら、長期にわたる革命闘争のなかで、徹底的に解放をかちとるにはかならず武装闘争の道を歩まなければならない、ということを深く理解しました。〈野火〉は、造反有理(反逆には道理がある)ということを、武装して権力を奪い取るという偉大な思想を表現しているだけでなく、議会主義者である清次の裏切り行為を容赦なく暴露することによって、現代修正主義を力強くうちのめしています。」というのが、当時の『人民中国』(一九六八年一月発行)が紹介した。〈一農民〉の解説兼観劇感想文の一部なのだが、六二年に初稿を上げたとき、作者はまさかそこまでの〈効用〉を期待したのかどうか? 訪中公演の『野火』は、伝聞によれば、「はぐるま座」内の〈紅衛兵〉指導部の手によって、作者不在の勝手な〈改ざん〉がほどこされたというから、それが真相ならば、一九六二年から六五年にかけて日本国内で上演された諸井作品としての『野火』と訪中公演用の『野火』とは一応区別しておく必要があるかもしれない。しかし、作者諸井条次がそこまでの〈効用〉を予期したにせよしなかったにせよ、そしてこの中国農民の感想が現地改稿によるものを観た結果の、若干の拡大解釈を伴ったものであるにせよ、そのような拡大を許す要素が原本の中に存在していたことはたしかであろう。「茂助」というのは、未解放部落出身の貧農として、作者が史実によらず意図的に虚構の中で設定したこの劇の主人公である。その設定の意図には、『灼けた眼』のリエの場合と基本的に共通したものがみられる。一方が、被爆して〈帰農〉した労働者一家に育ち、盲いた〈女あんま〉としての侮蔑に耐えながら生きてきた女性の中に、平和の敵と妥協なしにたたかうエネルギーを見出そうとしているのにたいし、こちらは「えた非人」としてさげすまれ、一片の土地も持つことなく炭焼きと猟師によってその日暮しをたててきた極貧農民の中に、農民蜂起の革命的エネルギーを見出そうとしたものである。作者や劇団側はこの点を「革命的貧農」に視点を移しかえることによって秩父蜂起をとらえなおし、現代の「人民的な革命的民主主義」の原型を、「未解放部落の革命的エネルギー」の「荒々しさと解放的な」たたかいの中に求めようとした――という風に説明してきたのであるが。そこで、主人公・茂助に与えられた性格は、当然、『灼けた眼』のリエよりも、いっそう徹底した閉鎖的性格であり、それを裏腹に、反抗心や非屈従の精神や荒々しさといったものである。

ところで、人間というものは、貧しければ貧しいほど、差別されればされるほど、しいたげられ圧迫されればされるほど革命的になるというようなものでないことは明らかである。追いつめられた者のやり場のない怒りが、ときに偶発的に暴発することはあっても、それが歴史を変革していく主体としての自覚に高まるまでには、過去の革命運動の理論的体系から学ぶことはもちろん、人類の積み重ねてきたあらゆる英知と知性、教養、磨かれた情感などの上にたって、さまざまな階層の、インテリゲンチャやブルジョアジーのたくわえてきたものをも摂取できる、開かれた人間性への成長が必要となってくるのである。そうした過程をすべて捨象して、「革命的戦闘性」なるものの原点を、もっぱら労働者や農民という出身階層の中にのみ求めようとするのは、階級的観点でも何でもなく、単なる「労働者農民信仰」にすぎず、そのよってきたるところの思想的根源が、観念的な小ブルジョア急進主義にあることは、「五〇年問題」の教訓がはっきり示しているところである。そして、これまた「五〇年問題」の教訓が示しているところであるが、そうした観念的な「労働者農民信仰」の裏返しとして出てくるのは、それ以外の階層への不信であり、とりわけ知的インテリゲンチャへの不信や軽視である。

『野火』の中に副次的な役割として登場する「清次」という存在も、自由民権党員であり、秩父困民党の理論的指導者であったものが、蜂起の最終段階にいたって裏切っていくのであるが、その描きかたも、単なる中間的人物の動揺を描いたというよりも、以上のような作者を劇団の観念的革命観にもとづくインテリゲンチャ不信を、被差別者としての茂助の視点を通じてあらわしたという見方が、一定の根拠をもって成り立つかもしれない。「人間差別の底の底でしいたげられた茂助は、敵の弾圧から臆病者が尻尾をまくようになってから、はじめておのれの革命的使命をしっかりとうけとめられるようになっていた。」と劇団自身が、六二年山口公演のパンフでも解説しているくらいだからである。私は、自由民権運動や秩父困民党事件については不勉強で、これからよく勉強しなければならないのだが、少なくとも「減税・徴兵反対・高利貸征伐・財産平均・自由政府の樹立」といった、きわめて高度の政治スローガンをかかげて蜂起したものであるからには、時代的制約からくるさまざま限界はもちろんあったとしても、指導層に中には、茂助のような存在に指導的影響を与えたインテリゲンチャもかなりいたはずであるが、そういう存在は清次以外にはまったく登場しない。ひとり清次のみが、代議士になることをひたすら運動の優先条件と考えているような、動揺分子の議会主義者として描かれているのである。

このようにみるとき、後に中国盲従集団と化した「はぐるま座」が、自由民権党の裏切りの姿に現代の日本共産党指導部を重ねあわせることによって、この芝居を〈代々木修正主義打倒〉の武器に使ったり、茂助たちの一揆的行動を革命的に武装闘争の原型として毛沢東思想に直結させたりする〈教条劇〉にしてしまったのも、作者が当初からそうしたことを直接的に意図したか否かにかかわらず、作品内容そのものの中に、そのような拡大転用を許す要因が存在していたと考えざるをえないのである。

これらの問題については、まだまだこれから検討を重ねるべき余地が残されている。特に、『冬の旅』で概略みてきたものと、『灼けた眼』については中里喜昭が、『野火』については文芸評論家の田村栄が、いずれも「はぐるま座」問題発生の直後に、「赤旗」で批判をおこなっている。だが、われわれ演劇畑の間では、問題発生の根源にさかのぼったところでの、作品内容にまでわたった公然たる議論は、まだあまり交わされているとはいえないのである。その点で田村栄は、『野火』批判のしめくくりを、「われわれは一つひとつの文学・戯曲作品のイデオロギー的分析をつねに緻密に逸さずおこなうことの必要性を改めて痛感せざるを得ない」と結んでいるがまったく同感である。観客との関係も含めた、創造方法の問題についてもまた同様であろう。

作風の問題

以上は、三作品の内容に的をしぼって、問題発生の入り口を探ってみたものだが、これとは別に、「はぐるま座」の上演態度や作風にあらわれているところの、「政治と芸術」における彼らの切り結びようの問題を考えてみる必要があるだろう。これはあらわれようがはっきりしているだけに、比較的問題は簡単である。

『冬の旅』にせよ、『灼けた眼』、『野火』にせよ、それらの上演方式というのは、多くの場合、各地の共産党組織や民青、東西リ演の各劇団やサークルなどが協力して組織した〈上演実行委員会〉方式であった。その際、これまでみてきたような作品内容の問題とは別のところで、「はぐるま座」のそれら実行委員会にたいする態度というのは常に問題になってきた。自分たちは他の劇団にできない「革命的民主的演劇」をやっているのだから、要するに、いいことをやっとるのだから協力してあたりまえ、といった態度が彼らの中にはつとにあったからである。協力しない相手にたいしては、何のかんのと彼ら特有の、独善的な理屈をもちだしてはお説教を始める。私どももその当時としては、彼らのそういう尊大な態度には辟易しながらも、これも「はぐるま座」のおかれている苦境から出てくる一種の〈つっぱり〉だろう、〈後家のがんばり〉だろうくらいに考えて、なるべく善意に解釈しては協力してきたものであった。だが、今となっては、彼らの尊大な態度の背景にあったものについて考えないわけにはいかない。

日笠世志久は、『野火』をもって訪中公演中に、『人民中国』の誌上座談会で、藤川夏子らとともに、「はぐるま座」が長年日本共産党から〈ニラまれてきた〉、圧迫を受けつづけた、というようなことをしゃべっている。特に『野火』に関しては、共産党の指令で岐阜・埼玉などでは上演を拒否されたこともある、と。その他彼らは、さまざまな例をあげて、安保闘争以後、「はぐるま座」がずっと共産党から弾圧され妨害されつづけてきたようなことを言っているのであるが、これは本末転倒もはなはだしい話である。『野火』については、私は直接知らないが、たしかに岐阜県や埼玉県は上演を断ったのかもしれない。そういえば『野火』にかぎらず『灼けた眼』の場合も、先に触れたように長崎では大問題になったし、広島では上演しなかった。それには受け入れ側の色んな事情があるのであって、それをして「拒否」というなら勝手であるが、ただし我々はその件に関して共産党から〈指令〉を受けたことなど一度もない。だいたいが、『野火』や『灼けた眼』のように、地元の民主的運動に直接かかわるような内容をもった芝居にたいして、受け入れ側の現地が神経質になるのはあたりまえの話である。それを共産党が組織ぐるみで妨害したように言うのは、党にたいする中傷であるばかりでなく「はぐるま座」の公演を長年にわたって受け入れてきた各地の実行委員会のメンバーにたいしての非常な侮辱でもある。

第一、これらの芝居を持って廻っていた当時の彼らは、諸井条次は言うに及ばず、多くがまだれっきとした日本共産党員であった。日笠世志久のごときは、山口地区の文化責任者でさえあったのだ。相手が間違っているのなら、中央委員であろうが幹部会員であろうが、しかるべき方法と手順をふんで最後まで堂々とたたかえばいい。離党するならするで、自分たちの弱点や間違いを後に合理化するためのような卑怯なやりかたでなくて、自己の「政治と芸術」にたいする責任のあるやめかたをすべきだ。今世紀を代表するフランス具象絵画の巨匠といわれるパルチュスは、青年時代フランス共産党員だったそうだが、ヒットラーとスターリンが独ソ不可侵条約を結んだというニュースを聞いて、その足で党本部にかけつけ、役員の見ている眼の前で党員証を破り捨てたという。立場と条件がまるで違うことくらいわかりきっているが、同じけんかをするなら、それくらいきっぱりすっぱりとやるがよろしかろう。「はぐるま座」の場合はどうだ？　彼らが教祖様のようにあがめ奉っていた諸井条次が、まだしも党と人民大衆と共に歩んでいる間はよかったが、いったん彼が党に背を向けると、そいつにぶら下がってぞろぞろと離党する。離党したはいいが、教祖様もぶら下がりきれぬとわかると、こんどは毛沢東にぶら下がろうとする。そういうのを「主人持ちの芸術」という。

「はぐるま座」は、もともと諸井条次の劇作家としての才能と、その理論的指導性を大きな柱としていた劇団であった。一つの芸術集団が、秀れた指導者を持つということは幸せなことにはちがいない。だがそいつに寄りかかり、そいつの虎の威を借りて威張りかえると、それは自滅につながる。諸井条次という人物が、秀れた才能の持ち主であり、また『冬の旅』でみたように、卓越した先見性と洞察力とかいうものは、みな芸術のための芸術として〈私〉するものではなくて、人民大衆に捧げられるものである。人間の危機が目前に迫っているとき、芸術家はそれを黙視し得ぬから、かといって他に手段をもたぬから、自己の持つ才能も資質もすべてをかけて危機を未然に防止しようとしてたたかおうとするのである。

『灼けた眼』は、原水禁運動の統一が危機にさらされているとき、日本原水協が統一を守るために必死になっているさなかで上演された。その内容が、原水協の努力に水をさすものではないかと広島や長崎が心配したのは当然であった。長崎の上演が〈強行〉されたあと、間もなく第九回世界大会で分裂は現実のものとなった。中里喜昭の話によると、この事態をさして「はぐるま座」のオルグは平然とは言い放ったそうだ。「ぼくらは情勢の一年さきを見とおしてやっていますからね」と。芸術の本質的に持つ先見性が、たまたま言い当てた不幸な結果を指して、自己の誇りとする。そのような態度が、芸術のための芸術でなくて何であろうか。それは彼らが常々批判の的としていた「芸術至上主義」そのものである。しかもその芸術性たるや、一人の劇作家の資質を全能のようにもちあげる盲目的なものであったために、劇団の将来を左右する状況の見通しにたいしては、〈先見性〉どころか、まったく見通しを誤って破滅の道を選んでしまったのである。そして、そのような盲目性は、彼らの「政治」においても遺憾なく発揮されたことはもうくりかえすまでもない。「はぐるま座」が、〈芸術至上主義〉的な体質をもっていた反面、その日常的言動からして、非常に先鋭的に、政治的にみえたのも、けっして「政治」本来の姿からきたものではなくて、彼らが併せもっていると信じ切っていた〈諸井教祖〉の政治性や、劇団の考えに都合よく合わせて勝手にイメージしていた日本共産党の存在なるものにぶら下がっていただけの、借り物の姿にすぎなかったと、私は断定してはばからない。「主人持ちの芸術」といったのはそのためである。「主人持ちの芸術」とは、もともと平野謙あたりが、党員芸術家のことを揶揄し悪罵を投げつけるために使ったものらしいから、その底意はけしからぬものであったろうが、ことば自体には一面の真理を含んでいる。〈諸井教祖〉や党を自分たちのご主人のように考えて、己れの芸術的主体としての責任に属する問題まで、〈主人〉の言うとおりに従ったのだから悪いのはみなご主人だったと〈造反〉の泣きごとをこいてみたり、子分の面倒見が悪いからと、こんどは毛沢東にくらがえするようでは、何のことはない、ご主人を変えただけのことになるのではないか。「政治」とは本来、芸術を破壊したり、その自由な表現の発展に干渉を加えるものにたいして、たたかうものではあっても、芸術の応援団やスポンサーではない。一つの政党が、その目的に役立つからといって、何が何でも特定の芸術集団を応援したりひいきにしたりするようでは、それこそ芸術の官僚統制や支配への道につながってしまう。

私は、西リ演結成時、「はぐるま座」の存在はある意味で、「政治と芸術」の結節点の役割を果たしていた、と先にいったが、その後の経過は、それがまったくバラバラに切り離され、あるときは芸術至上主義へ、あるときは悪しき政治主義へと、両極に揺れ動いていったことを示している。そしてその結末は、「政治と芸術」の関係についてのあるべき本来の姿を、われわれの前に明快に指し示していると思うのである。芸術は政治の道具ではあり得ないし、政治はまた芸術の応援団でもない。ともに、それぞれが持つ独自の機能を生かして、互いを補いあいつつ、人類の終極的な解放をめざしている道に変わりないのである。

「政治と芸術」の問題に関する私の問題意識とは、目下のところ以上のようなものである。「五〇年問題」から「はぐるま座問題」にいたるまでの数々の教訓が、現在のわれわれが克服すべき課題を、リアリズムの問題にまでわたってきわめて現代的なテーマとしてさし示している以上、私も今後とも迷いつつ揺れ動きつつ、やはり「政治的であることは同時に芸術的であること。芸術的であることは同時に政治的であること」を、演劇上の大きな主題の一つとして進むことになると思う。ただ、その場合の「政治」とは、単に政治的行動に参加するといったせまい意味のものでなしに、そこも含みつつ、もっと大きな、つまりはこの「世界」と私たちとの関係を指しているものであることだけをつけ加えておきたい。

三　叙事と叙情について

私の〈古典〉がテーマとし、同時にそこに西リ演史検討の重点もみようとする第三番目のもの。――――といいうところで、残念ながら紙数も時間も尽きてしまった。

この第三項で書きたかったことは、「叙事と叙情の統一」の問題であった。このテーマは、峠三吉が終生追い続けていたものであったから、当然『河』の大きな劇的主題の一つであったと同時に、私自身の創造方法にとっても切実な課題であり続けた。峠三吉は、とりわけ自己の古い体質にしみついていた叙情の質を、新しい民衆の時代の中で変革していこうともがき続けたのであるが、その問題と、西リ演運動が提起した創造方法上の問題としての「叙事と叙情」はまったく重なったために、よけいに私にとって切実なテーマとなっていったのであった。

西リ演の中で最初にこの問題を提起したのは諸井条次であった。「叙事を必然とおき、叙情を偶然とおきかえるとき、歴史の必然というものは必ず偶然の形をとって現われる。歴史の必然が、偶然という形をとって人間の胸の中を吹き抜けるとき、そこにさまざまな巨大な感情も産まれる」という彼の提起は、『河』の初演直後だっただけに私を大きくとらえた。彼はその中で、人間の感情というものを、歴史の大きな流れと切り離してとらえてはならない。それは日本に伝統的な、私小説的な瑣末主義につながるし、被害の感覚から叙情をとらえることにもつながる、と説き、同時に我々自身のもっている叙情の質を、階級的な視点で高めなければならない、そのためには、人間のもつ情緒的な記憶のタンクそのものも日々洗い替えなければならないと説いたのであった。その例として、日本の民衆が、たとえば百姓一揆などの中で、そのたたかいを語り伝えていく方法として、伝統的に受け継がれてきた〈チョボクレ〉の形式などにも触れ、その語り口の定型が、事件をストレートに報告する役割と同時に、観客の感情を導く役割も果たす。その際、敵が分裂し動揺したときは必ず笑いが爆発し、味方が分裂し挫折したときは必ず涙をさそうように語っている。そのあたりに我々はもっと学ぶ必要がある。……と、私の記憶では、ざっとそういう問題提起を展開したのが強烈な印象として残っている。そしてしばらくの間は、私などもそうした「諸井理論」に大きく影響されていたのであった。また、彼のそうした「叙事と叙情の統一」に関する理論的な提起が、初期の西リ演運動にたいして一定の貢献をしたことは認めるべきであろう。

　ところで、その後の経過の中で前項の「はぐるま座問題」の中でみたような、『灼けた眼』や『野火』における方法が、その実作上の適用例だということになると、新たな疑問がわいてこずにはいないのであった。『野火』や『灼けた眼』に関して、劇団側は、その演出方法や演技の質をも含めて、従来のものと異なることを強調し、従来の劇では主人公の感動そのものが演じられてきたのに対し、ここでは「感動」はその叙事詩的展開の中で「語られる」のだ、と。また、観客に、感動を通じて考えてもらうのではなくて、逆に「考える」ことを通しての感動を期待している、我々が期待するのは、一般的感動でなく、思想的感動を選びだそうとしているのだ、と説明していたものだ。感情や感動そのものを演技するくらいつまらないものはないのはその通りだが、彼らの言っていたことが、ブレヒトの言う「同化」「異化」、演じるのではなく「示す」「報告する」、観客に「考える楽しみ」を提供する、といったことも意識していたのかどうか、少なくとも実際の舞台から受けるものは、〈思想的感動〉はおろか〈一般的感動〉にもほど遠いものであった。ここできわめて問題なのは、役者の演技の質までが、作者や演出者の主観的意図や作品のイデオロギー的硬直にしばられて、むしろ人間像の存在感の大切さをすっぽり欠落させていったのではないかということ、リアリズムの魅力から遠ざかってしまったある種のパターン化が生じたのではないかという点である。

　私は、先に、『冬の旅』と『灼けた眼』・『野火』の間には、戯曲の質の上であまりにも大きな変化があるといったが、その真意は、「叙事と叙情の統一」によるその問の発展を意味するものではなくて、むしろ「叙情」の一方的切り捨てによる後退ではなかったか？

　という疑いを意味していた。そのあらわれが文体のざらつきや演技のパターン化につながっていったのではないかということ。そこでは、『冬の旅』の戯曲上の成功と瑞々しさまでが、諸井理論や演出意図の形式化によってこわされてしまったせいか、舞台の印象というものは、

『野火』や『灼けた眼』の舞台的質とほとんど同じぎすぎすしたものとなっていたのである。（ただし、ここで言っている『冬の旅』の舞台は一九六五年の再演のことを指しているのであって、五三年初演に関しては観てないので知らない。）

しかし、注意すべきは、それならば諸井条次の「叙事と叙情の統一」に関する理論的提起そのものが、まるで間違っていたのかというと、そうではないのであって、論理として主張していたことと裏腹に何故「叙情」の欠落、切り捨てが生じたかというその原因が問題なのである。そうなると、諸井の中で起った「叙情」の質そのものの変化が問題となるだろう。彼の言っていた「階級的視点による情緒的記憶のタンクの洗い直し」というやつである。彼自身がいったい、どういう洗い直しをしたのか？　それまでにたくわえてきた個性的なるもの、感覚も知性も情緒もひっくるめて、その上に新しい視点を加え磨き直していったのではなくて、つまり真の叙情の変革ではなくて、それらのものを、せまい清算主義的な、階級芸術理論的なものによって洗い流してしまったのではないか？　という疑いを私はもつのである。そうでないと、あの『野火』や『灼けた眼』にあらわれた文体の変化、ざらつきの一方にある悲壮感や、ガンバリズム、玉砕的精神の充溢といったものは説明がつかないのである。そうすると、諸井条次にかぎらず、そのような〈自己改造〉の仕方、「自己否定」のしかたの問題が浮かび上がってくるだろう。

こうした新たな疑問は、なお私の中で解決されていない。今後機会あるごとに、文体と形式の問題までつっこんで、前項で提起されたイデオロギー上の分析とともに議論を深めていく必要があるだろう。私も、この問題だけを独立したテーマとして、いずれまた論じてみたいと思う。紙数の関係で、「叙事と叙情」の問題については、私自身の突き当たっている具体的な内容が抜けたが、以上に留めておきたい。

あとがき

ごらんのように、この小論は、西リ演史を考えていく上での、あくまでも私自身のテーマに引きつけた、いわば「自己総括」のようなものである。それも、六〇年代前半の、西リ演運動の出発が背負わざるをえなかった入口の問題、前提となる問題に終始して、実際に西リ演を支えた諸劇団のエネルギーの実質等については触れずじまいになってしまった。非力と責任を痛感している。

ただ、六〇年代の西リ演というのは、その大半のエネルギーを、「はぐるま座」問題との対決と、その後遺症の克服のために費やさざるをえなかったのも事実である。私にとっても、その問題が自身に投げかける諸々の歴史的欠陥を克服していくことは、今もって一大テーマである。そのために、いきおい「はぐるま座」問題の前提となっていたものに、この稿もほとんどを割かざるをえなかった。「政治と芸術」の問題が大半を占めているのもそのためである。

この私見の範囲内でも、積み残したテーマは多かった。特に、リアリズムの内容と形式、七〇年代に入ってその〈拡散〉、労働者を描いていく上での問題点、運動体として抱えていた西リ演の限界点と矛盾点、などは是非触れたい問題であったが、いずれ稿を改めたい。そして、この小論も含めて、大いに誌上討論が展開されれば幸いである。これがその口火にだけでもなってくれればいいのだが……。

「西リ演正史」的なものは、なにしろ私は「はぐるま座」問題発生まではほとんど傍観者的立場だったし、その後も終始運動の中心にいたとは言えないので、とても任ではない。何人かの複数で、それぞれの特徴的な時代に分けて、その全貌をまとめていく作業に着手すべきだろうと思う。

なお、この稿は、昨年春から準備していたものであるが、総選挙がはさまったこともあって長く中断していた。第一項目の「時代論」は、昨年夏に書いたもので、その間中断している間に私の考えが変化していった面もある。第一テーマと第二テーマの間に、若干論旨の違いや飛躍がみられるのはそのためである。書き直そうかとも思ったが、総選挙をはさんだ私自身の思考の変化のあともみえるので、それはそれで正直に露呈したままにしておくことにした。

（一九八四・六）

（全日本リアリズム演劇会議機関誌『演劇会議』五七号、一九八四年八月、掲載）

〈資料1〉土屋清略年譜（1880-1988）

西暦（元号）	歳	年譜	峠三吉関連事項	内外の主な動き
一八八〇（明13）		父・長崎渉、誕生		
一八九四（明27）				日清戦争〜一八九五
一八九八（明31）		母・トシヱ、誕生		
一九〇四（明37）				日露戦争〜一九〇五
一九一五（大4）		父母、結婚		
一九一四（大3）				第一次世界大戦〜一九一八
一九一七（大6）			2月19日、大阪府豊中市に誕生	ロシア革命
一九三〇（昭5）	0	10月1日、清、誕生。広島市水主町百四拾五番地		
一九三一（昭6）			（14歳）詩作を開始	満州事変
一九三四（昭9）	4	清、土屋芳枝の養子となる		
一九三五（昭10）			（18歳）広島県立商業学校を卒業後、広島ガスに入社、発熱喀血し肺結核と診断	
一九三六（昭11）	6	広島市立中島小学校入学	（19歳）病床で詩・俳句を書き、新聞・雑誌に投稿	
一九三七（昭12）	7			日中戦争
一九三九（昭14）	9			第二次世界大戦〜一九四五
一九四〇（昭15）	10	父母と別府へ転居		
一九四一（昭16）	11			日米戦争（真珠湾攻撃）

一九四二（昭17）	12	父、歿（5月、61歳）	（25歳）姉の影響でキリスト教の受洗	
一九四五（昭20）	15	大分県立別府中学校三年・四月予科練に志願、九月復員	（28歳）爆心より三キロの距離で被爆	広島・長崎に原爆投下　敗戦
一九四六（昭21）	16	校内文化サークルを組織し、文芸の集い等を開催	（29歳）青年文化連盟他に入会、広島の文化運動に参加	
一九四七（昭22）	17	演劇を始める	（30歳）広島県庁に就職。原田和子と結婚	
一九四八（昭23）	18	大分県立別府第一高等学校（新制。後の鶴見丘高校）を卒業		
一九四九（昭24）	19	自立劇団をつくり公演、文化工作隊として組織つくり	（32歳）日本製鋼所広島工場の首切り反対闘争に参加、詩「怒りのうた」「共闘の誓い」発表、「われらの詩の会」を結成	中華人民共和国建国
一九五〇（昭25）	20	青年共産同盟の常任として反戦活動に入る	（33歳）非合法下の8・6平和大会に参加、詩「一九五〇年の八月六日」発表	朝鮮戦争（～一九五三）
一九五一（昭26）	21	占領軍政令違反・政令三二五号違反で逮捕状、地下活動へ 別府～福岡	（34歳）ガリ版印刷『原爆詩集』を発行	ストックホルムアピール 対日講和条約、日米安保条約に調印
一九五二（昭27）	22	福岡～熊本 熊本～天草～牛深	（35歳）『原爆詩集』（青木文庫）出版。山代巴と詩華集『原子雲の下より』編纂、「原爆被害者の会」結成に尽力	対日講和、日米安保両条約が発効
一九五三（昭28）	23	地下活動を解かれ、別府へ帰る	（36歳）三月一〇日、国立広島療養所で肺葉切除手術中に死亡	
一九五四（昭29）	24	次兄に呼ばれ広島へ		米国ビキニ水爆実験　第五福竜丸被災

西暦（元号）	歳	年譜	峠三吉年譜	内外の主な動き
一九五五（昭30）	25	広島民衆劇場・第三期研究生として入団		第一回原水爆禁止世界大会（広島）
一九五六（昭31）	26			第二回原水爆禁止世界大会（長崎）
一九五七（昭32）	27	母、歿（59歳）		
一九五九（昭34）	29	メーデー前夜祭に「劇団月曜会」をつくり代表へ		
一九六〇（昭35）	30	宮本研作『僕らが歌をうたうとき』		六〇年安保
一九六一（昭36）	31	土屋清・構成劇『赤とんぼ』		
一九六三（昭38）	33	土屋清作『河』（初稿）	峠三吉詩碑建立	原水協・第九回世界大会が分裂
一九六四（昭39）	34	〃（第二稿）～京都公演		
一九六五（昭40）	35	〃（第三稿）		米国、ベトナム北爆開始
一九六七（昭42）	37	〃『拳よ火をふけ！』		
一九六八（昭43）	38	〃『芸州世直し一揆』		
一九六九（昭44）	39	〃『星をみつめて』		
一九七一（昭46）	41	〃『万灯のうた』		
一九七二（昭47）	42	〃『ひろしま・一九七二』		沖縄返還
一九七三（昭48）	43	〃『河』（第四稿）		
一九七四（昭49）	44	『河』一九七三年度（第九回）小野宮吉戯曲平和賞受賞		

一九七五（昭50）	45	『河』九州～札幌まで全国各地で上演される		ベトナム戦争終結
一九七七（昭52）	47	広渡常敏作『ジョー・ヒル』土屋清・演出		原水禁統一世界大会開催（一四年ぶり）
一九七八（昭53）	48	「広島演劇研究所」開設		
一九八〇（昭55）	50	清・時子と再婚、長男・元、誕生 オペラ『ゲン』執筆		
一九八三（昭58）	53	1月、三好徹原作・土屋清脚本『閃光の遺産』	8月、『河』峠没後三十年記念公演	
一九八四（昭59）	54	「尊大なリアリズムから土深きリアリズムへ」発表（『演劇会議』）		
一九八五（昭60）	55	創作劇『ゲン』の執筆開始		
一九八六（昭61）	56	『河』（第五稿・構想）		チェルノブイリ原発事故 原水禁大会再分裂
一九八七（昭62）	57	6月、食道癌が判明、入院手術 11月8日、歿 11月14日、「お別れの集い」		
一九八八（昭63）			6月・8月、『河』峠三吉没後三十五年・土屋清追悼公演	

河
峠三吉没後35年
土屋清追悼公演
8月4日・5日・6日 PM6:00 開演
見真講堂
河
平和運動の原点を照らす
河
平和運動の原点を照らす

II 『河』とはなにか

『河』各公演パンフレットの表紙
（左から、1963年広島、1983年広島、1988年広島、2017年広島、2018年京都）

『河』とはなにか、その軌跡

八木良広

一　『河』公演の変遷

『河』はこれまで、土屋清が主宰する劇団月曜会の単独または合同で計一〇回公演され、また月曜会を除いた一九の地域劇団・専門劇団により全国二三の都市で上演されてきた。(1) 演劇史の中で、全国的には決して有名とは言えない作家による作品が何度も上演されてきたことは珍しいことである。『河』が、このように多くの劇団によって上演されてきたのはなぜだろうか。

この「なぜ」に答える前に、『河』公演の歴史についてみていきたい。『河』の公演の歴史は、大まかにわけると、四つの時期に区分される。『河』初演の一九六三（昭和三十八）年から始まる勃興期と、「小野宮吉戯曲平和賞」を受賞した一九七三（昭和四十八）年からの伝播期を経て、作者土屋清が亡くなり彼を追悼する記念公演が行われた年の翌年、つまり一九八九（平成元）年から二九年続く停滞期を挟んで、二〇一七、一八（平成二十九、三十）年の公演の復活（期）へと至る（本書第Ⅱ部所収、資料2『河』上演記録」参照）。それぞれの時期について詳しくみていこう。

1　勃興期

第一の勃興期は、『河』が初めて上演された一九六三年から、京浜協同劇団や関西大学演劇研究会学窓座、大阪府夜学生演劇集団など、主に関東や関西の中心部の地域劇団によって公演された一九七二年までの時期である。

この時期の注目すべき特徴は、一つ目に、『河』は原水爆禁止運動のなかで誕生したということである。一九六二（昭和三十七）年末、「平和のための広島県文化会議」[2]が翌年の活動方針として、原水爆禁止世界大会期間中の八・六前夜祭のなかで『河』を公演することを決定した。[3]その決定後、急ピッチで準備が進められ、劇団月曜会他、広島を舞台に活動する複数の演劇サークルが集まり合同で公演（広島職場演劇サークル協議会合同公演）することとなった。

一九六二、六三（昭和三十七、三十八）年は原水爆禁止運動が混乱・分裂した時である。『河』初演の時に第九回原水爆禁止世界大会が開かれ、結果的に「いかなる国の核実験にも反対する」原則等をめぐって原水爆禁止運動の左派系の団体間で見解が分かれ分裂に至った。ただ、このような逆境的状況のなかで、土屋は『河』を上演することはむしろ重要であると考えた。「平和運動が重要な段階にきている現在、私たちが峠の足どりから改めて広島の原水爆禁止運動の出発点を、舞台をとおしてふりかえることは意義のあること」[4]と語気を強めた。

勃興期の特徴の二つ目は、土屋清主宰の月曜会以外の劇団が公演をし始めたのは、『河』の第三稿目が書かれて以後ということである。この勃興期に、土屋は『河』を数回改稿している。初演の翌年、一九六四（昭和三十九）

年に劇団月曜会が単独公演を行うことになり、初演を観た人の感想や劇団の中で検討したことを踏まえて『河』を改稿した。また一九六五(昭和四十)年五月、川崎の地域劇団京浜協同劇団によって上演されるにあたっても、『河』の第三稿目を完成させている。のちに、戯曲執筆についての考えや悩みなどを書き記した文章のなかで、土屋はこの時の数度の改稿を振り返りながら、『河』の改稿により劇団は原水爆禁止運動との結びつきが深くなったこと、第三稿目は「充分に『ひろしま』の立体像を戯曲化し得た」とは言えないけれども、平和運動に対する理論的認識は初稿の時点よりも確かに進んだはずであり、また『ひろしま』の客観的真実」により近づいたと信じているということを述懐している。[5] 土屋のこの省察からは、『河』の改稿は、平和運動に関する認識を深め、「ひろしま」の客観的真実により近くための作業であったことがわかる。

(先述した広島職場演劇サークル協議会の合同公演を含め)劇団月曜会以外の地域劇団が初めて『河』公演に取り組んだのは、一九六五(昭和四十)年五月の京浜協同劇団である。この時台本となった第三稿目は、「京浜協同劇団との協働作業」を通して作成された。[6] このあと、関西大学演劇研究会学窓座、大阪府夜学生演劇集団、東京劇団アンサンブル等の劇団による公演が続いたが、他の地域劇団によって公演されるようになった理由の一つとして、『河』の台本としての完成度が関係していると考えられる。一九六五(昭和四十)年九月関西大学演劇研究会学窓座の公演パンフのなかで、演出を担当した浅田佳伸は『河』第一稿と第三稿を比較しながら、以下のように述べている。第一稿は稚拙な構成であったけれども「何かしら心惹かれるもの」はあった。第三稿を取り寄せ検討したところ、それは「骨組みのしっかりした、よく練られた脚本だった。わたしは勇躍して稽古に出向いた」。[7] 浅田の言葉から考えると、『河』は第三稿目になってから、原爆詩人・峠三吉という有名な登場人物だけに頼らない、上演するに耐えうる脚本となった、ということである。勃興期に公演した他の劇団関係者は、自分たちが『河』を上演するに至った理由を明確にはしていない。ただ、一九六五年以降、他の地域劇団により断続的に上演されたという事実を踏まえると、『河』が作者の手を離れ、他の劇団に受け入れられるようになったのは、第三稿目からであるとみなすのが妥当であろう。

2　伝播期

勃興期に続く第二の期間、伝播期は、『河』が第九回小野宮吉戯曲平和賞[8]を受賞した一九七三（昭和四十八）年から始まる。『河』初稿の完成と初演から一〇年経った年に受賞したことから、土屋は「今さらという気もするんですが」と言いながらも、『河』は彼にとって「処女作でもあるし、劇団活動の原点を見つめ直してみる意味でうれしい」と述べている[9]。『河』のこの受賞が関係しているのか、その後より広範な地域の劇団によって『河』が上演されている。劇団さっぽろや名古屋劇団協議会、劇団静芸といった北海道や中部地区など、勃興期には見受けられなかった地域である。また一九七五（昭和五十）年には、専門劇団民藝によって『河』の連続公演が行われた。『河』が社会的に評価されたことを示す一つの証拠であると言えよう。そして土屋が主宰する劇団月曜会は峠三吉の没後三〇年目に上演している。そのまた五年後の一九八八（昭和六十三）年に、土屋は、第五稿目を完成させ今度は自ら出演・演出で上演することを予定していたが、一九八七（昭和六十二）年に志半ばで亡くなった。翌年彼の仲間や周囲の人たちは上演委員会を組織して、峠三吉没後三五年・土屋清追悼として『河』を上演した。

伝播期の特徴として特筆すべきは、一つ目に、一九七三年の劇団月曜会の単独公演の評判が高かったことである。同年十二月の公演のために土屋は『河』を改稿して第四稿目を完成させ、演出も彼が担当した。公演後に発行された劇団月曜会の機関紙には、原水爆禁止運動や劇団関係者の感想が寄せられた。[10]

弁護士で広島県原水協事務局長の相良勝美は、『河』の内容が「現在」と無関係ではないことを強調している。「舞台で展開している昭和二十年代は、まさに現代につながっており、朝鮮動乱前後の広島は、まさに広島の現在につながっているという実感が、深く私をとらえました」。また劇団未来の森本景文は、近頃には見られないほど見事な舞台で、「失礼ながら月曜会にはこういう創りができるとは夢にも思ってなかった」と語った。[11] 加えて、日本共産党員の沖本和則は、自らも感動したことを表明し、その時の公演の特徴を次のように明らかにしている。一九七三年の公演では、土屋が『河』のなかで描きたかったこと、つまり「詩人の魂の変革、平和運動の原点への問いかけ、戦後占領政治の歴史的認識の三本柱」を表現することができていた。

そして、劇団民藝の大橋喜一も、同年の公演を見て、「十年に一度出会う感動」を覚えたという。[12] 大橋は「感動」を受けた理由について述べるなかで、土屋清の人生と『河』の登場人物・見田要の運命を重ねあわせている。土屋と見田にはともに、朝鮮戦争勃発後に反戦活動に身を投じたことから政令三二五号違反[13]で追われ、地下活動に潜行した経験がある。見田の方は病気になり誰に看取られることもなく亡くなる。「ぼくが広島月曜会の『河』をみて、あんなに深く心をうたれたのも、そこに描かれている作者の、体験の深さの表現にあったのかも知れません」[14]。劇団民藝が『河』を公演するに至った経緯は明らかではない。しかし、大橋に限らず、演出を担当した山吉克昌や他の出演者も『河』を実際に見て深く感動したことを明らかにしており、[15] 劇団員が受けたこの感動と民藝による公演の決定は無関係ではないだろう。

これまでに見てきた「感動」の内容を踏まえると、土屋清が一九七三年の公演で観客に向けて投げかけたことは、ある程度達成されたとみなすことができるかもしれない。土屋は公演パンフのなかで、原爆が投下された「一九四五年八月六日」、米軍占領下の「屈辱の期間」、人びとが初めて口を開いた「一九五〇年八月六日」を追体験してみようと観客に訴えている。その追体験を通して「今の広島の虚像の中身」を捉え直し、そうすることで「人間というもののほんとうの美しさ」と「威厳にみちた姿」がみえてくるはずだという。ただ、そのためには「あなたの参加がどうしても必要なんです[16]」。土屋が『河』を通して求めていることは、観客とともに創造する舞台であり、それは彼が理想とする演劇のかたちである。先述した観客たちは『河』を既に過ぎ去った過去の出来事として受け止めるのではなく、(上演された時点での)現在につながる物語として捉えていた。土屋が観客に求めたのはさらにその先の状態(ともに舞台を創造すること)であるが、観客の反応から捉えられる現実と彼の理想はさほど離れていないように思われる。

しかし一方で、土屋はこの時期苦悩を抱えていた。これが伝播期の二つ目の特徴である。先述したように、この伝播期には、勃興期には見られなかった地域劇団が『河』を上演するようになったが、広島以外の地域劇団による「ヒロシマ」や「被爆者」の描き方や、観客が他人事、難問として片付ける態度等に彼は苦しんだ。土屋は以前より、平和運動の原点を描いた『河』が「誇るべき平和運動のかけらさえも失った今のしらけ時代」に通用するかと懸念していたが、特に一九七五年の民藝の上演以後、各地の地域劇団が上演するたびに同じような焦燥感を覚えたという。「相も変わらず〝よそ者の目〟で演じられる被爆者像」には失望させられた。

ヒロシマ、被爆者というと、どうしてみんな、おっかなびっくり堅苦しく構えてしまうんじゃろう。被爆者だって当たり前の人間。特殊な状況のもとで重荷を背負わされているが、当たり前に生きとるんですよ。そういう日常性のリアリティーがどうしてもわかってもらえん[17]

「ヒロシマ」「被爆者」をどのように描くか、原爆劇としていかように構成・演出するかなどをめぐって、土屋は自己と格闘する日々が続いた。そのなかで、「広島以外にも通用するヒロシマ劇を——という発想から苦節七年がかりで」ある作品を書き下ろした。それは三好徹原作の推理劇『閃光の遺産〜浅野泉邸殺人事件』の脚本であった。[18]『閃光の遺産』は娯楽性をもたせた大衆劇であった。土屋は、自分の青春が投影された『河』とこの『閃光の遺産』、ほか構想段階の「二つの題材」[19]をもって、「ヒロシマ」「被爆者」に向き合い続けた。「ありのままのヒロシマ」の演劇芸術として表現することを目指した。しかし残念ながら、土屋は亡くなるまでに、『閃光の遺産』の本公演と、「二つの題材」の戯曲化を実現することができなかった。[20]

3　停滞期、そして復活（期）へ

一九八八（昭和六十三）年の峠三吉没後三五年・土屋清追悼公演以後から、『河』の上演はほとんど見受けられなくなった。二〇一七年に、峠三吉生誕百年、土屋清没後三〇年を記念して公演されるまで、二九年間の停滞期がある。管見する限り、この期間は、一九九五（平成七）年と二〇一五（平成二十七）年に、大阪の地域劇団きづがわが上演したのみであった。

劇団きづがわの演出家林田時夫は、一九九五年に公演した理由について、次のように語っている。土屋は『河』のなかで「反核・平和を最大のテーマ」として掲げながら、政治と芸術、組織と個人、愛と死などさまざまなドラマを展開させた。

未熟な私たちにこの奥深いドラマの創造など到底叶う筈がない。ただ、二十何年か前に初めてこの戯曲と出会った強い衝撃、そして今、戦後・被爆五十周年を前に核問題の新たな深刻な展開と、その一方で時代と状況との切り結びという点で、今やらなければ益々遠のいてしまいそうな思いが今回の上演に踏みきらせたのである。(21)

上演にあたり林田たちが主要なテーマに掲げたのは、「人間にあって一番大切なもの」であった。『河』公演の強い決意を述べる彼の言葉からは、「核問題の新たな深刻な展開」が繰り広げられている社会状況に対して異を唱えるために、「今」何としてでも『河』を上演しなければならないという切迫感を覚える。

二〇一五年公演の時も同様に、林田は「時代と状況との切り結びという点」から公演への思いを明らかにしている。戦後の七〇年間は「憲法9条とアメリカの核の傘の下での『日米安保』との《閲ぎ合い》」の状況下にあり、また「戦前の七〇年」は「戦争に次ぐ戦争の軍国主義の時代」であった。その軍国主義の時代を讃える総理大臣の心情は理解しがたいが、何より重要なのは、憲法前文で明記された「平和的生存権」である。それは「日本国民のみならず世界中の人々が享受すべき『生きる権利』」だ、と。

老いも若きも「今をどう生きるか?」が問われているこの時、「風のように炎のように」生きた峠三吉と仲間たちの姿をとおして、私たちなりの思いを精一杯届けたいと願い取り組んで参りました。(22)

劇団きづがわは、『河』が断続的に公演されていた伝播期やその流行から外れた時期に、また土屋清が亡くなった後に上演している。林田やきづがわの劇団員は、『河』をなぜこのタイミングで上演するのかその理由について考えたのではないかと想像する。林田のメッセージからは、戦後五〇年と七〇年という節目の年だから、という単純な理由から公演したわけではないことは明らかである。戦後の五〇年間、七〇年間とそれぞれの今の社会的状況を振り返り、自分たちと時代や状況とのつながりのなかでテーマを定め『河』に挑んだのである。

二〇一七年は、峠三吉生誕百周年と土屋清没後三〇年であった。この年広島で『河』が上演された。広島では、一九八八年の土屋追悼公演以来、約三〇年ぶりの再演であった[23]。

二〇一七年の広島と翌年の二〇一八年の京都の両公演は、土屋清の妻、土屋時子とその仲間たちによって実現された。これまでの『河』の公演のように、特定の劇団の主催、または複数の劇団による合同公演というかたちではなかった。役者や制作は、時子の大学時代の演劇仲間や、俳優業、音楽活動のなかで知り合った人たち、彼女が代表を務める広島文学資料保全の会の活動を通して出会った人たちなどによって構成された。

土屋時子は、二〇一七年の公演実現に並々ならぬ思いを抱いていた。演出は地域劇団で活躍する他の人に依頼する予定ではあったが、最終的に自分が担当することを決めた。夫が『河』の第五稿目の完成を目指して病床で台本に書き込んだ構想メモと彼の遺志を引き継ぎ、今回の上演台本として完成させた（本書第Ⅳ部に所収）。そして、峠三吉の妻春子役で出演もした。

劇団きづがわの林田のように、土屋時子の『河』再演の思いは、「今」の時代、社会に向けられていた。土屋時子は公演前に、メディアの取材のなかで、今の世の中は「一見平和に見えるが、劇で描かれた時代から今の日本社会は進んでいないのではないか[24]」と指摘していた。二〇一七年は、核兵器とミサイルの問題をめぐり米国と北朝鮮の対立が激化し、核戦争が勃発するのではないだろうかと憂慮する声が世界的にあがり、予断を許さない状況にあった。国内的には、特定秘密保護法や共謀罪法などが成立し、国民の知る権利が侵されたり、思想・信条の自由を奪われたりする危険性が指摘された。土屋は、『河』を観てもらうことで、きな臭さを感じる「今の時代を一人一人がどう生きるか、一つの指針として感じてもらえたら」[25]と、観客に投げかけた。

広島での再演には、二日間の計四回公演で約五二〇人が観劇した。[26]結果的に演者や制作スタッフの友人、知人の応援もあり、大きな反響を呼んだ。

翌年の京都公演は、この時の舞台を観た若者の働きかけをきっかけに、関西の演劇関係者や知人・友人の支援も得て実現された。地元広島を離れての公演は不安視されたが、役者や制作スタッフはほぼ全員が京都行きに賛成した。制作の池田正彦は「恐らく、広島公演を未消化と自覚し、挽回の意味を込めたのであろう」と分析した。[27]結果的にこの時の公演も多くの観客を得て反響も大きかった。

『河』は管見する限り、今後の上演予定は無く、どこかの劇団が公演の検討をしているかどうかについてもわからない。土屋清が生涯をかけて練り上げた『河』は、ただ二〇一八年の公演をもって、上演されなくなる作品ではないだろう、いや、ないはずだ。文字通り、『河』の「復活期」と表現できる程度に、上演されることを期待する。

二　『河』が断続的に上演されてきた理由

前節で見てきたように、『河』は劇団月曜会に限らず、多くの地域劇団、専門劇団によっても上演されてきた。同一の劇団が期間をおいて複数回上演したこともあった。『河』が断続的に上演されてきたのは、なぜだろうか。『河』にはどのような魅力があるのだろうか。

『演劇会議』の編集者萩坂桃彦は、一九七五（昭和四十）年に、その前年から『河』の上演が各地域で相次いだことを受けて、同様の問いを投げかけ、自分なりの考えを提示している。

一つには、十余年にわたって改稿をつづけた土屋清という作者への共感であろう。事実一昨年（一九七三年）の作者の属する月曜会の公演の評判も良く、今年の民芸上演の直接の動機もその舞台に刺激されたためとパンフにある。(28)

『河』が断続的に上演された背景には、土屋清への共感があったと考えるのは妥当だろう。土屋は、先述したように、月曜会や他の地域劇団の公演のために『河』を改稿し続けた。「ヒロシマ」「被爆者」を「ありのまま」に表現し、自分の理想とする舞台芸術を創ろうとした真摯かつ情熱的な姿勢や、土屋演出の実際の舞台に刺激を受け、魅了された人は多かったのではないかと思われる。『河』の断続的な上演が途絶えたのは、土屋清という共感を差し向ける対象者がいなくなったからと言えるかもしれない。強調して言えば、土屋清の存在なくして、

『河』の断続的な上演はなかったということである。

『河』が各劇団の人たちによってどのように受け入れられてきたか、つまり『河』のもつ魅力という点から考えると、断続的に上演されてきた理由は、他にも考えられる。『河』の上演を通して、劇団員が「現在」の社会の問題や自分たちの立ち位置などを捉え直したいと思ったから、である。

一九六五年に劇団月曜会ほか広島職場演劇サークルが合同公演を行った時、公演の実行委員長を務めていた広島県原水協（共産党系）の三宅登は、次のように語っている。

いまアメリカはベトナムで侵略戦争を強行しています。それは朝鮮戦争を思わせるものがあります。／このようなときに一人でも多くの人びとに劇「河」を観て頂き、真の平和をかちとるために、アメリカのベトナム侵略に反対するたたかいに参加して欲しいと思います。(29)

この時は、初演（一九六三年）と同様に、原水爆禁止世界大会の文化行事の一環として上演された。三宅は、当時米国の軍事介入によって進められたベトナム戦争を、『河』のなかで描かれている朝鮮戦争に重ね合わせ、峠三吉やその仲間たちが反戦を掲げてたたかったように、現在の世界のなかでも、原水禁運動の参加者に「真の平和」を勝ち取るために運動に参加しようと呼びかけている。

『河』の登場人物が投げかける言葉を「身近なもの」として捉えた劇団もあった。一九六九年大阪府夜学生演劇集団の第四回合同公演で、実行委員長だった岡田満は公演パンフの「あいさつ」のなかで次のように述べている。

「河」の中での峠のセリフで〝人間が危機に面しては芸術は最上の武器とならねばならぬ〟というのがあります。そのことが今の私達にとって今までになく身近なものとして存在します。私たちは作者土屋さんが語っている様に〝河〟は斗《たたか》いの中で生まれてきた事を自覚し斗いの中でこそ本当に公演できるのではないか、そして峠の語っている様に〝私達の人生は死にのぞんで人類解放の為にささげられた、と言い切れるものでなければならない〟という言葉は私達を非常に考えさせ具体的に私達がどう生きていけばいいのか追求される中で取り組みが進められました。(30)

大阪府夜演の公演当時、全国的には学生運動が盛んで、大学では日常的に学生と大学が対立した状態が続いていた。日本政府は大学運営にかんする臨時措置法を上程し、国家権力をもって大学を統制しようとした。岡田や劇団の人たちはこの法律に反対する闘争に参加していた。(31) 日々の生活の中で直面している問題や自分たちの闘いが、『河』の峠やその同志によるたたかいと共鳴したことから、岡田にとっては、峠や作者の土屋の言葉が自分の心に深く響いたのであろう。

土屋清が『河』をどのような意図で構想し描いたかについては後述するが、彼がこの岡田の文章に触れたとき、いかように感じたか想像するのは難しくはない。土屋が『河』初演時（一九六三年）に総合演劇雑誌に寄せたメッセージから、それは容易に推測することができる。

全国の仲間たちよ。広島に「原爆」を探しにくるな。僕たちが沖縄まで行かなければ基地を探しだせないという理屈はないように……。僕たちは広島の子だから「原爆もの」をやるのではない。あらゆる土地で、それぞれの問題にとっくみあい、創造の火花を散らしている人たちともっともっと結びあいたい。こんどの合同公演がそんなきっかけにでもなれば一番嬉しい。[32]

大阪府夜演の岡田は、土屋清の目には、「それぞれの問題にとっくみあい、創造の火花を散らしている人」として映ったのではないだろうか。

土屋は、『河』のなかで、米軍占領下の広島という特定の時代と地域を対象としながら、常に現在に重きを置いて舞台を作ってきた。[33]前節から見てきた劇団員の『河』公演の理由のなかには、『河』の内容と「現在」の状況との結びつきを強調するものが多かった。この点を踏まえると、『河』は、土屋が構想した通りに、多くの劇団によって受け入れられた、と捉えることができるだろう。

三　土屋清が描こうとした『河』の世界

『河』はどのような作品であるか。土屋清が、戯曲『河』の作成の動機について詳細に述べた文章「峠三吉のこと、『河』への思い」（本書第Ⅰ部所収）を紐解きながら、ここでは彼がこの作品のなかで描こうとしたことについて明らかにしたい。[34]

『河』は三つの動機から作成された。峠三吉への関心、今という時代の特質の探求、そして、土屋の自己批判・内省である。本節では、前二者についてとりあげる。三つ目の土屋の自己批判・内省に関しては、本稿と同じ第

Ⅱ部の池田正彦の文章を参照されたい。『河』で直接に描かれている時代は作者土屋の青春時代でもあった。政治と芸術、組織と個人のあり方など彼自身が反戦・反帝活動のなかで直面した問題について苦悩を抱えながら省察したことが、『河』の内容には色濃く反映されている。池田の文章では、特に政治と芸術の問題に着目して、土屋と峠三吉がそれぞれ抱えた苦悩について論じている。

『河』のなかで主要な登場人物として描かれているのは、峠三吉である。ただ、土屋はその作品のなかで、峠の一生涯を伝記として書いたのではなく、峠の人生の一時期、「炎の時代」に焦点を当てた。土屋が名付けた「炎の時代」とは、峠三吉が「三十一歳のとき、一九四八年末から、五三年初頭にかけての時代」にあたる。具体的には、病身で喀血による窒息死の不安に直面しながら叙情的な詩の制作から脱しようともがき続ける峠が、青年運動に入り、主に職場の文学サークルの青年たちに出会い、ともに活動するなかで、「人民大衆の魂に自分の詩精神を結びつけようとする姿勢」を得て〝原爆詩人〟へと至る期間である。この期間は、一九五三年初頭の峠が亡くなる直前で終わる。

土屋がこの「炎の時代」に目を向けた理由は、二つある。一つ目は、この期間が、峠三吉が「責任を持とうとした時代の特質、歴史の特質」が最も圧縮されたかたちで表れているとともに、「ひろしま」の地域性も強く表出された時期だと考えたからである。

峠は米軍占領下の広島で平和運動が始まって以来、運動の組織のなかでも中心的な役割を果たしていた。山代巴らとともに、市民から集めた詩のアンソロジー『原子雲の下より』の出版や、現在の被爆者団体の原型となった「原爆被害者の会」の結成、そして広島周辺の軍事基地の調査など、社会的な活動を行なっていた。土屋は、そのような活動を通して原爆投下や戦争の歴史的な意味を探求しようとしていた、峠の社会への対峙の仕方をみて、「責任」と表現した。

「炎の時代」を戯曲にのせるために、土屋が対象から明確に外した時期がある。原爆が投下された瞬間、一九四五年八月六日八時一五分と、投下後の四五年から四七年までの期間である。峠が持とうとした「責任」と関係がある。前者に関しては、戯曲としてあの瞬間を描くために必要となる客観的な視点を人はまだ持つことができないから、また原爆被害の側面にのみ目を向けて書いたのでは「ひろしま」が喪われてしまうから、である。後者に関しては、原爆投下と占領の本質がまだ明確にされていない時期であったからである。

土屋の考えでは、一九四五年から四七年までの時期は、原爆の直接的な被害により亡くなった人や急性症状に苦しむ人は存在したが、放射線の人体への影響のなかで本当に恐ろしい後発障害がまだ表面化されていなかった。また原爆に対する人びとの意識が、あの日のことは忘れたいという被爆者の心情も手伝って明確ではなく、そのような発言もあまり見受けられなかった。占領については、この期間は日本の民主勢力が、米国の対日占領政策が非軍事化・民主化の流れから転換し「反共の防壁」として米国の冷戦体制の中に組み込まれていることをまだ見抜けず、さまざまに味方の中で混乱が生じていた。

土屋はこの「炎の時代」を、まとめるかたちで、次のように設定した。

原爆投下と米軍単独占領の本質がもっともあらわにされた時期であり朝鮮戦争によって、日本独占資本が復活強化し、その後の高度成長政策の土台となった経済構造が確立した時期であり、安保体制を軸とする日米関係が固まった時期でして、今日の日本の社会的構造、思想・教育・文化形成の上に重大な影響を与えた歴史的要因が、びっしりとつまっていた時代上記の説明からは、土屋清が『河』に込めた意図を垣間見ることができる。「炎の時代」は、過去と現在の二つの視点から捉えられている。過去、つまり歴史的事実としてどのような時代であったかということと、（土屋が上記の文章を書いた時点での）現在から振り返った時、いかなる特徴をもった時代として捉えられるかということである。特に重要なのは、後者の現在の視点から説明された時代についてである。「今日の日本」社会を形作った「歴史的要因」の大部分は、（過去の視点からみた）「炎の時代」にあったという認識。この認識にもとづき、土屋は、今日の時代の特質を歴史的に捉えようとしたのである。

加えて、「炎の時代」は「ひろしまの心」がもっとも激しく燃えさかった時代でもあったと土屋は指摘している。その頂点となった出来事として、戒厳令下の広島で開催された一九五〇年八月六日の非合法な平和集会を取り上げている。土屋曰く、「日本の平和運動の歴史的な出発点」である。

一九四八年までは、被爆者の心理だけでなく、占領為政者の言論統制や意図的な工作（例えば、戦争の早期終結のための手段として原爆投下を捉え大々的に宣伝するなど）も働いて、「もの言わぬヒロシマ」「もの言わぬ被爆者」の状況が作りだされていた。一九四九年に平和擁護広島大会が開かれ、原爆禁止の声が初めて公然とあがったものの、米国は、ソ連の原爆保有と中国革命の成立を受けて軍事戦略をさらに推し進め、日本国内での反戦・平和に関する活動に対する弾圧を一層厳しくしていった。とりわけ、朝鮮戦争が開始された一九五〇年が、最も激しかった。式典や集会と名のつく集まりは一切禁止され、反戦・反帝活動をしていた人は一斉に逮捕された。このような状況下のなかで、上記の平和集会は開かれたのである。

「炎の時代」を対象としたもう一つの理由は、この時期が峠三吉の詩が変革した時期でもあったためである。峠が「責任」をもとうとした時代の特質が明確に表れているためという、一つ目の理由と密接に関連しているが、峠はこの期間、「われら詩の会」での仕事や先述した山代らとの社会的な活動を経験することで、詩を変革させようとしていたとみなされている。

土屋は、峠のこの詩の変革を、「叙事と叙情の統一」とも表現した。峠のなかで「叙事と叙情の統一」の試みが最も示されたのはいつか、それは朝鮮戦争の時だという。

原爆の被害を受けた「ひろしま」の民衆が、自分たちと同じように、朝鮮半島の民衆の上にも原爆が投下されるかもしれないことを知り、怒りを爆発させた。峠の変革の営みは、「その民衆の心から原爆をとらえた場合、原爆をどううたいあげるべきかという課題に直面して、ぎりぎりの切実なもの」となっていったと、土屋は想像する。そして、原爆投下の意味を、人類史という観点と、「一人の被爆者の心のひだにわけ入った内側から」の両面から描くにはどうすべきか、その方法を突き詰めることで、峠の詩は「叙事と叙情の統一」へと至ることができると捉えた。

峠の詩の中で、その統一がもっとも試されたのは、具体的には「その日はいつか」である。この詩を通して、彼は「新しい感動の質」を目指した。土屋は、峠のこの時の意識について以下のように想像している。

歴史の必然が姿をあらわすのは、必ず偶然の形をとる。巨大な歴史の必然性が、人間の運命＝偶然性とまじわって、人びとの胸をふきぬけたとき、そこに感動がうまれる。歴史を叙事とおきかえ、運命を叙情とおきかえた場合、だから叙事と叙情の統一ということが、新しい感動の質——それは必然を認識し、そのことによって歴史を変えようとする意志を呼び起こすような感動な質を、うみだすのだ。

峠はこの詩をきっかけに、「叙事詩ひろしま」を作成する構想であったが、それは彼の死によって実現されなかった。峠が目指したこの「感動の質」について、土屋は、峠に代わって、今度は私たちが果たすべき課題であるとも述べた。そして『河』を通して、彼が投げかけるこの大きな課題にいかに応えるか、それは私たちにも求められている。

注

（1）関西芸術座の中武司は、一九八八年時点で「記録によれば、『河』は広島で五回。全国十五劇団、二十九都市で上演されている」と述べている（「特集　土屋清・追悼　土屋清君のこと」『演劇会議』六八号、一九八八年、三頁）。ただ、中は「十五劇団」と「二十九都市」の詳細を明らかにしていない。本書では土屋清の妻時子保管の『河』の関連資料に依拠し、確認することのできた公演分をカウントしている。

（2）「平和のための広島県文化会議」は、広島県文化団体連絡会議（文団連）の前身にあたる。土屋は文化会議の結成当初から積極的に関わり、広島の文化や平和運動の発展に貢献した。

（3）以下参照。『劇団月曜会』（no.11、一九六三年四月二十日）、「詩人峠三吉をモデルに」『アカハタ』一九六三年六月七日、土屋清『『河』合同公演への道すじ」『テアトロ』一九六三年九月。

（4）『河』広島平和文化祭で上演」『中國新聞』一九六三年六月二日、参照。

（5）土屋清「私の創作メモ」『演劇会議』二二号、一九七二年、一三頁。

（6）劇団月曜会『土屋清作　河　四幕』一九六五年四月、第三稿の「あとがき」より。

（7）浅田佳伸「叙事的ということ」関西大学演劇研究会学窓座『土屋清作　河　四幕七場』（創立二〇周年記念第二三回単独公演）一九六五年、七頁。

（8）この賞は、日本の演劇活動や演劇音楽に多大な功績を残した「故小野宮吉の思想、彼の行った芸術活動を現在の時点でさらに発展させるために役立つような、最も優れた戯曲」に与えられた（「小野宮吉賞（戯曲賞）の規定」『テアトロ』二七三号、一九六六年）。それまで久板栄二郎や久保栄など全国的に有名な劇作家の作品が受賞していたが、地方作家の作品に与えられたのは土屋が初めてであった。『河』は、勝山俊介作の戯曲『風成の海碧く』とともに、一九七三年度の受賞作品となった。「テアトロニュース」『テアトロ』三七四号、一九七四年、参照。

（9）『小野宮吉戯曲平和賞』を受けた土屋清さんに聞く」『中國新聞』一九七四年三月九日付。

（10）次に提示している三名の『河』評は、以下の資料を参照した。劇団月曜会『劇団月曜会上演ニュース』一九七四年一月。

（11）劇団未来の森本は、『河』の出来栄えに「見事」と言いながらも、この時の公演は会場に空席が見受けられ、舞台は「観客とともに創る」ものだと苦言も呈している。

（12）大橋喜一「十年に一度出会う感動」『演劇会議』二六号、一九七三年、一五―一八頁。

（13）政令三二五号違反は、占領目的阻害行為処罰令の一つである。一九五一（昭和二十六）年九月には、共産党臨時中央指導部一八人に逮捕状が出された。

（14）大橋喜一「土屋清君とぼく」劇団民藝『民藝の仲間一六六号　河』一九七五年、一二頁。

（15）「解説」劇団民藝『民藝の仲間一六六号　河』一九七五年、五頁。

（16）土屋清「美しい日本の群像の姿を」劇団月曜会『河　第十三回公演』一九七三年。

（17）「執念　原爆と向き合う作家たち四　土屋清さん（四五）」『中國新聞』一九七六年八月六日付。

（18）「'83私の鎮魂歌～原爆作品に取り組む～　劇作家　土屋清さん」『中國新聞』一九八三年七月二十九日。

（19）先の注に記した『中國新聞』（一九八三年七月二九日）の記事のなかでは、「二つの題材」について明記されていない。ただ、他の資料から、マンガ『はだしのゲン』を題材とした創作劇『ゲン』と、被差別部落の差別問題をテーマとした『川底の街』だろうと思われる。「ある戦後三〇年　火を噴く劇場　土屋清氏」『中國新聞』一九七五年二月十九日付、飯田信之「雨と雪のなかで」『演劇会議』一九八八年四月、参照。

（20）『閃光の遺産』は、一九八三年一月に試演されているが、一般公開としての公演は実施されていない。

（21）林田時夫「ごあいさつ」『劇団きづがわ第三四回公演　河』（公演パンフ）一九九五年二月十一・十二日、参照。

(22)演出／林田時夫『風のように、炎のように』生きた原爆詩人・峠三吉の姿を通して……」『劇団きづがわ第七回公演　河』（公演パンフ）二〇一五年十二月十九・二十日、参照（本書第Ⅱ部所収）。

(23)二〇一七年、二〇一八年の公演を「復活（期）」として位置付けている。「復活（期）」と表現したことには、土屋清の遺志を時子が引き継いだことと、一九八八年の公演の時と同じように多くの市民の参画によって実現されたこと、とともに、この二公演をきっかけに今後も公演されてほしいという筆者の期待や願望も込められている。

(24)『朝日新聞』二〇一七年十二月九日付。

(25)『中國新聞』二〇一七年十二月七日付、参照。

(26)『中國新聞』二〇一八年四月十八日付、参照。

(27)『中國新聞』（セレクト）二〇一八年十月二十一日付、参照。

(28)萩坂桃彦「リアリズム演劇のゆくえ」『テアトロ』三九一号、一九七五年九月。萩坂は、この文章の中で、土屋への共感という理由では満足せず、さらに疑問を投げかけ、リアリズム演劇の世界における問題と絡めながら断続的な公演の理由を探っている。「こんな危惧がよぎるのだ。ひょっとしたらこれは今日のリアリズム演劇の空白につながりはしないか。混迷と模索からの脱出が、『河』との出会いになっていなければいいのだが」。タイトル通り「リアリズム演劇のゆくえ」を考えるためには萩坂の主張を検討する必要はあるだろうが、本節では、一九六五年から続く上演の理由を、各劇団の人たちが『河』に何を求めたのかという観点から探るため、土屋への共感という案を採用して検討することとする。

(29)三宅登（河公演実行委員長）あいさつ「第十一回原水爆禁止世界大会を成功させよう」劇団月曜会『河』一九六五年、参照。

(30)岡田満「あいさつ」『第四回大阪府夜学生演劇集団合同公演パンフ』一九六九年、参照。

(31)公演パンフの中には、「大学立法に反対する府夜演幹事会決議表明」も掲載されている。

(32)土屋清「『河』合同公演への道すじ」『テアトロ』一九六三年九月、参照。

(33)土屋が信頼を置いていた劇団さっぽろの飯田信之にとっても、『河』は現在に比重が置かれた作品として映っていた。飯田は、一九七四年に札幌で『河』を初演出したことから始まり、一九八三年の広島公演に実質的に演出家として関わった経験を振り返りながら、『河』の魅力を指摘する。『河』の中心にあるテーマは「民主主義、平和、文化の問題」であり、「戯曲『河』の投げかける問題の数々は、その意味で初演時より現代の方に照準が合わされているように鋭く迫る」（飯田信之「想い出すこと、学び直すこと」『峠三吉没後三〇年記念公演　河』公演パンフレット、一九八三年、参照）。

(34)「峠三吉のこと、『河』への思い」は、一九七四（昭和三十九）年十月の名古屋劇団協議会の合同公演の前に行われた講演の原稿をもとに構成されている。改稿の変遷から考えると、この論考は第四稿目が作成された翌年に書かれている。土屋清の『河』執筆の意図は、管見する限り初稿から一貫しており大まかな変更点はないように見受けられるが、ここでは『河』第四稿目を出した後の土屋の意図として提示していく。

歴史の進路へ凛と響け——土屋清の青春

池田正彦

はじめに——指弾を受けた『河』

約三〇年前の一九八八（昭六十三）年、峠三吉没後三五年・土屋清追悼『河』の公演後、村中好穂氏（元「われらの詩《うた》の会」会員、うたごえ運動リーダー）等から、次のような指弾を受けた。
『河』の実質的な演出・広渡常敏氏（東京演劇アンサンブル）への教条的曲解で容認できないが、今回の公演時にも一部の組織において連動していたと考え、『河』上演史の一コマとして要約収録する。

現在、広島における民主的文化運動に対して、平和を好まない勢力からの巧みな働きかけなどにより攻撃がかけられている。私たちの峠三吉の継承の運動の反省点は、第一に〈敵〉の手から全く無防備の状態にあることがあげられる。例え善意であったとしても階級的にも組織的にも許されることではない。今回の〈河〉を観て、私たちが危惧していたことが舞台上で展開された。シュールの画家で反共の立場の大木英作の扱い、心の入れ方、また、それとは対照的に、増田正一の立場がひよわに感じられたことは、補演出の広渡常敏氏の思想の現れとしてみすごせない。〈この国のリアリズム演劇は――スターリニズムの社会主義リアリズムが息づいている〉という広渡氏の論旨は新しいようで古色蒼然とした理論の展開であり、月曜会〔土屋が主宰した広島の劇団〕の〈河〉を象徴している。

私たちはあくまでも冷静に、新しい文化運動の展開のために論じあわねばならないが、少なくとも峠三吉像を歪めるものであってはならないと思う。

『河』公演に汗した人たちを「階級的にも組織的にも許され」ないと恫喝し、おためごかしに「論じあわねばならない」と述べられているが、論じあう場は一度も持たれることはなかった。画家の大木は芸術論で峠と対立するが、峠の仕事を評価する理解者として解するべきである。増田は「ひよわ」どころか、峠を支える誠実な共産党員として表現されている。広渡演出の意図したものは、画一的人間像ではなく、多面的人物像として描くことであった。(ここでは「指弾」に対する詳細な反論は控えるが、その理不尽さは以降すすめる論考を理解いただければ明瞭である。)

一　『河』がめざしたもの――叙事と叙情

峠三吉は、一九五一年新日本文学会『原爆詩集』合評会において「叙情的すぎ、原爆の政治的性格が捉えられ表されていない」と指摘され、叙情の質の変革を求められた。

峠の手術に立会いメモを残した詩友・坪田正夫は、次のように記している。

彼は矢継ぎ早に詩を書いては、私の意見を求めた。叙情を抑える、具体的な事物を捉えて、この中に叙情を打ち込めて発射する。ぼくはこのように努力する。いや、努力というのかなぁ、事実を描くことによって、その訴えたい精神を詩いあげるという。彼は川を背にした逆光の中に座って、黙ってうなづいていた。

さらに、叙事詩構成メモ（峠メモ）では、

広い原子力の研究／ナチとの斗争／原子力スパイ事件

（一行アキ）

日本に於ける軍閥の横暴／残される広島と焼かれる各都市／広島で流言に左右する民衆

（一行アキ）

原爆実験の成功／反対する科学者／逆行する政治家資本家

（一行アキ）

進行してゆくB29／マリアナ基地／運命的な天候／投下、原爆の下消えてゆく広島

……と云う政治的な背景の中に原爆の本質をあばきだそうとする姿勢がみられる。このメモは更につづき原爆の状態をよりリアルに形象化されながら展開されるようになっている。

土屋清は『河』五稿目に挑み、概ね次のように述べ、新しい芝居づくりに意欲を燃やしていた。

「ヒットラーの第三帝国の暗闇の中でドイツの科学者たちがどんなふうに原子力の研究をすすめていったか、第二次大戦の終結へ向けてアメリカの原爆戦略が、ドイツから日本に対してふりかえられたときなにが始まった

のか。オッペイハイマー事件と原爆工場の資本の形態は?……みな殺しの武器を必要とする者はいつも侵略者だということを……はっきりさせたいのだよ。勿論広島の現実の生活をリアルに反映させながらね」

こうしてみると、二人がめざした叙事と叙情の統一は、ぴったりと重なる。『河』の舞台上で峠三吉が苦悩する姿はそのまま土屋清の姿でもあった。

その日はいつか

『河』は、一九六三年の初演以来全国各地で上演された。原水禁世界大会(原水協)の文化行事に組み込まれたこと、また、プロレタリア演劇に貢献したとして、小野宮吉戯曲平和賞を受賞したこともあり、一地方で生まれた芝居でありながら、専門劇団、地域劇団を問わず全国で取り上げられた。

これは、平和運動の高揚、革新自治体の誕生、「七〇年代に民主連合政府」の掛け声に支えられたことも理由の一つであろう。

しかし、一九八八年広島公演以降、約三〇年の空白が招来する。土屋が主宰した地域劇団・劇団月曜会の低迷もさることながら、平和運動を下支えした労働運動の右傾化(弱体化)は大きな要因となった。

さらに、原水禁運動の分裂を機とした八月六日を中心に繰り広げられた動員合戦は、多くの市民感覚から遊離し、平和運動の形骸化が急速にすすんだことも一因であろう。

ともあれ、三〇年の長い空白を埋めるように二〇一七年(広島)、二〇一八年(京都)、市民劇『河』として復活し大成功をおさめた。

「この舞台は、観客に考えた以上の衝撃を与えた、大衆芝居的でもあり、良質の新劇であった」「戦後日本が抱える大きな矛盾を考えざるをえなかった」等々、たくさんの好意的批評が寄せられ、何よりも『河』のもつ今日的意義を届けることができた。

同時に、叙事詩構想の中で練られた、「いまでもおそくはない、ほんとうの力をふるいおこすのは……」（挿入詩「その日はいつか」）の響きは、峠三吉が生きた時代と交差し、「その日」を迎えるため、私たちの根ざすべき原点を改めて照射することとなった。

二 「われらの詩《うた》の会」と「日鋼争議」

戦後、日本を占領したアメリカを中心にした連合軍は、日本を非軍事化し、占領目的に沿った民主化政策の一環として労働組合結成を奨励、労働運動は一時高揚期を迎える。労働組合を基盤とした職場サークルが組織され、同時に全国の職場・地域において文化サークルがつくられていった。

そんななか広島においては、峠三吉を中心に一九四九（昭和二十四）年『われらの詩《うた》』が創刊された。発起人には、広島郵政局、広島造船、国立広島療養所、中国配電、三原車輌、新歌人協会、新日本文学会、広島大学学生の活動家の名前が散見する。広島において、いち早く青年文化連盟（機関誌『探求』）、詩人協会（機関誌『地核』）などの活動を牽引していた峠三吉がリーダー役となったのは当然であった。

光芒を放つ支柱・中川秋一

この時代を語る上で欠かせない中川秋一《あきかず》（一九一〇―八〇）は、峠三吉の新日本文学会入会、日本共産党入党の推薦者として知られ、「われらの詩の会」結成などに大きな影響を与えた。

一九四六（昭二十一）年、美学者・中井正一（のちの国立国会図書館副館長）、哲学者・中川秋一を代表格として、行政の後押しもあり、実に一三万人を擁した広島県労働者文化協会が結成された。協会は、夏季労働大学などを主催し、講演会、学習会、文化活動を展開。多くの若者たちがその後の労働運動・文化運動の担い手となり育っていった。敗戦直後、民主主義に対する正しい理解をもち、次代の文化運動を見据えた力を持った人は非常に少なく、特に、学生時代に劇作家を志望した中川秋一は「八月座」「トランク座」「広島芸術劇場」など地域劇団を指導しながら、組織者であり、演出家であり、ときには俳優であり、文化運動の理論的支柱であった。

土屋清は、『河』にかかわり「峠三吉を劇化するということは、原爆投下と広島の文化史、思想史を掘りかえす膨大な仕事になるだろう」と、激励のアドバイスを受けている。

「日鋼争議」で「怒りのうた」を群衆の前で朗読した杉田俊也（俳優）は、『青春まっただ中』（中川秋一遺稿集）で次のように記している。

「〈破戒〉（島崎藤村作・四幕十場）は、昭和二十三年、電産中国配電演劇部と〈広島芸術劇場〉とが合同してつくりあげたものである。昼夜計四回四千名の観客を集め、芸術的にも密度の高いものだった。中川さんの斬新で緻密な演出は、大向うから〈殺したれえ！〉と声がかかったりした。猪子蓮太郎の死に、狂気した丑松が号泣しながらちかいをたてる場面では、ベートーベンのシンホニー〈運命〉がこれからの丑松を暗示した。この芝居で中川さんは猪子蓮太郎を好演した。昭和二十三年七・八月号の〈テアトロ〉には大きく紹介された」

さらに、皆実町（現・広島市南区）界隈には、中川秋一を中心に演出家・大月洋（『河』初演演出）や杉田俊也、長谷川清（のちに楽団カチューシャ）、谷美子（のちに新制作座）、土屋文吉（のちに人形劇団プーク）などの人たちが居住し、原爆後も焼け残った陸軍電信隊の将校集会所（皆実町「青年会館」）を拠点に活動を繰り広げた。

また、比治山下には広島のロートレックと称され広島画壇に強い影響を与えた画家・詩人の山路商の佇まいが残り、信奉する画家たちが暮らし、宇品には峠の盟友・四國五郎、御幸橋の河畔には歌人・正田篠枝など、この一帯は広島の戦後文芸・美術・演劇活動の中心となり、広島のモンパルナスが形成された。峠三吉（翠町—平野町）の多彩な文化的素養は、こうした風土に培われ戦後の活動に精彩を放った。


「われらの詩《うた》の会」（以下「会」）に先だつ一九四八年十月には、職場の文学サークルを糾合した広島地方文学サークルが結成される（機関誌『広島文学サークル』。労働運動内の対立を受け四号で終刊）が、その活動は事実上「会」に引き継がれることになる。

『広島文学サークル』終刊号（四号）には、「ポツダム組合と云われている日本の労働運動も、かの二・一スト（一九四七年二月一日に予定されていた全国一斉ストライキ。連合軍の指令により中止された。初期占領政策の転換を意味し、戦後労動運動の方向を左右した）を契機として、漸くその冷静さを取戻し健全なる方向に発展しつつあることは喜ばしい姿である。破壊的極左方式を排除することに成功した労働大衆こそは真の平和愛好者である」という文章が掲載されるなど、尖鋭化する運動に釘をさしている。

前後し一九四九年六月、県下最大の労働争議といわれている日本製鋼広島製作所（日鋼）の大量首切り反対闘争がたたかわれ、峠三吉もこれに参加、集会の中で自作の詩「怒りのうた」が朗読される。

峠はこの時の反応を次のように日記に記している。「余の詩の朗読直後警察旗は降ろされ、泪ぐんできいてくれた労働者もあったとのことで、実際に民衆の心に歓びをもって受け入れられた余の詩は、今日の〈怒りのうた〉

が初めてであり、又余の詩に於ける芸術観を実践に移し脱皮した詩人としての余のよろこびを享受することが出来たのは、正に今日が初めてであった。嬉しい、そして激しい成長を感じる。やれそうだ！　何かやれそうだ！　何かやれそうだ！　生きていてよかったといえそうなことがなにか……」

さらに「日鋼争議は何を教えたか」の鼎談（『広島文学サークル』三号）で峠は「たとえば現実に対して絶望や否定を叩きつけるような観念的なやり方でなく、現実的な方法で生々しい文学的な主体を確立するためには、そうした階級的矛盾が集中化されているこの事件の経験に学ぶことの重要性」を述べ、共同体的な新しい地平へと舵をきった。

事実この「怒りのうた」以降、それまでの内面的叙情から脱却し、社会派詩人へと変貌して、「朝鮮戦争での原爆使用を考慮中」というアメリカ大統領・トルーマン声明に抗し、アンソロジー『反戦詩歌集』『原爆詩集』刊行へと一気に加速（それは、詩人としての自己変革をめざす苦闘の歩みでもあった）、新日本文学会入会（一九四九年二月）、日本共産党入党（同年四月）は必然の流れであった。

朝鮮戦争下一九五〇年八月六日、広島は一切の集会が禁止され、事実上の戒厳令下におかれた。が、反戦平和の旗をかかげ、集会が敢然と決行されたことは、広島の平和運動の輝かしい歴史として記録されるべきだ。彼はその情景を「一九五〇年の八月六日」（『原爆詩集』収録）として作品化した。「一九五〇年八月六日の広島の空を／市民の不安に光を撒き／基地の沈黙に影を映しながら／平和を愛するあなたの方へ／平和をねがうわたしの方へ／警官をかけよらせながら／ビラは降る／ビラはふる」

これは、あえて平明な言葉を使い、躍動的リズムは、演劇的でさえある。『原爆詩集』の方向性を決定づけた作品として特筆される。

『河』の舞台上では、「日鋼争議」が前半の山場として描かれている。峠をとりまく「会」を中心とした青年群像が活写され、セリフの端々から時代背景と熱気がさりげなく浮かびあがってくる。

この緊張した時代の一端を「われらの詩の会会員」でもある詩友・御庄博実の逮捕についての峠三吉のメモとして残され、次のように綴っている（一九五一年）。

三月十五日午前十時半、
国立岩国病院、三十八人位の武装警察官が囲む
患者自治会々報「盟友ニュース」一月七日号掲載の詩が
政令三二五号イハンのうたがいがあるとの理由、
作詩者・御庄博実、編集責任者・杉川信守を逮捕
身柄は四八時間拘留後に検察庁に送られ
保釈（病人のため）となる。

失われた腕に　一傷病兵のメモより

おい、
そこいらを飛び廻っている飛行機虫
レイテの底に沈んだ俺の右腕にもあきたらず
まっかな心臓まで蝕もうというのか

無惨にも爛れた正中神経も今は甦って
ボルトとナットとリングで出来ている
この鉄の腕は強いぞ

平和と真実が近づいたからといって
そんなに青ざめた眼玉をして飛び廻るな
飛行機虫！
今にこの鉄の腕で
叩き落としてくれるぞ！

戦後、詩人がその作品によって捕らえられた最初の出来事であった。御庄博実は、そのことについて次のように述べている（広島文学資料保全の会発行『くずれぬへいわを　峠三吉を語る』での対談から引用）。

「二人とも幌車に積み込まれ岩国署に連行されました。ぼくたちは結核療養中でもあり、あまり手荒な扱いはありませんでしたが、三日目に杉川さんが拘置所内で大量喀血しました。これに警察もびっくりしたのでしょう。すぐ釈放してくれました。国病に帰る時、〈検察庁から呼び出しがあるから、ちゃんとその時は来なさい〉ということでした。週一回だったか、隔週だったかづっと検察庁に呼び出されました。

『飛行機虫は、アメリカの飛行機のことだろう』

『いや、飛行機虫という小さい虫がいるじゃあないか』というやりとりを果てしなくつづけました。アメリカ軍の朝鮮での戦況が悪かったという状況下にあったということもあり、岩国の海兵隊基地も狂乱の中にありました」

共産党の分裂（いわゆる五〇年問題）

峠をはじめとする「会」の活動は内部に困難や矛盾をかかえながらも「美しい詩は美しい人間生活の証言として以外に無く、われわれの抵抗はおのずから人民の魂にその唇に求めねばならなくなった」（『われらの詩《うた》』創刊号「ことば」）とあり、この方向で実践に移されていった。職場や地域において書き手を育て組織化していくなかで「会」を発展させたが、コミンフォルム（国際共産党間の連絡・情報機関）からの日本共産党への批判（一九五〇年一月、占領下の平和革命論批判）に対する対応をめぐる対立・分裂と抗争は労働運動・文化運動を直撃し、「会」にも深刻な亀裂を生んだ。

日本共産党は次のような総括文書を公表している（一九五七年一一月）。

「一九五〇年のわが党の分裂は、わが党の歴史のなかでも非常に不幸なできごとであった。それは全党に深刻な打撃をあたえ党の力を弱めただけでなく、分裂した双方の誠実な同志に大きな犠牲をこうむらせた。また多くの大衆団体に分裂と混乱を波及させた」

「党は、当時戦後日本のおかれていた新しい情勢にたいして明確な認識をもちえず、日本を占領しているアメリカ帝国主義の軍隊を解放軍とみるような誤りを犯した」

「とくに一九五〇年から数年にわたる党の分裂の時期には、党の文化政策の統一的遂行が不可能となり、党の一部の極左冒険主義的、セクト主義的な闘争方針と結びついた誤った文化方針が強行された」

分裂した双方とは、一般的に「所感派＝主流派」と「国際派」に大別され、それぞれ徳田球一と宮本顕治という代表的人物の名前で区分けされている。一九五一年頃になると、コミンフォルムが「所感派＝主流派」批判から支持に転じたことにより混乱は一層複雑化した。

「国際派」主導で分裂の総括がこころみられたが、「所感派＝主流派」についてはは否定的にあつかわれたためか、多くは語られず、共産党中央の公式見解は別にして、個々の問題点は解明されていないのが現実である。

この分裂は思想的対立というよりは、主に人的繋がりでそのように位置づけられているが、特に下部組織においては、主張・活動様式はほとんど差異なく、他からは理解しがたい。

発端はコミンフォルムからの日本共産党批判という形式をとっているが、日本でのアメリカの軍事基地反対闘争に、ソ連・スターリンが直接介入したといっていい。

同時に、北京『人民日報』の「国家権力獲得のための労働者の闘争は、はげしい革命的闘争以外にありえない。議会はたんにこの闘争における補足的手段、つまり敵を暴露する演壇として使うことができるだけである」という見解は、日本共産党内に長く生きつづけ、ソ連寄り、中国寄りと時々に揺れ動いた。こうした負の遺産の影響は、平和運動をはじめ民主運動に及んだ。

とまれ、「会」の主要メンバーの一人増岡敏和は、「所感派＝主流派」の立場から「国際派」を分派として次のように糾弾している。

「会」の運動低下混乱は第一に、サークル運動のあり方、その方針の混乱に起因している。即ち民主的統一文学団体であった新日本文学会は大衆から分離してしまい、人民大衆に服務する文学的な大衆組織としての役目を果たしえなくなったこと、大衆及びサークルを直結して、真に人民的な文学の創出と普及の方向へ進もうとして〈人民文学〉が出発した。不幸にして「会」事務局を支配した考え方が前者の道を歩んでいったことであった。（略）その混乱は遂に〈われらの詩13号〉を中心とする誌面にみられる。全く「会」の発足からの運動の方向を抛げ出すような状況になった。その混乱の支柱となった分派（国際派）は帝国主義打倒の詩を画一的に要求し、文学サークルを直ちに政治闘争に向けようとする愚をおかしたが、これは小ブル的宗派的ひとりよがりの考え方であるし、正にサークル運動をつぶしてゆく思想であった。

峠さんは、サークル運動の指導者として、このときたたかうことに不充分であった。外部からの圧力に抗しては誰にも負けない戦闘性をもっているが、それが同じグループであったりしたとき（この時、峠さんは新日本文学会・広島支部長であった）は、その正しくないことに対してなお温和であった。これは安定を意味しない。

（峠三吉追悼集『風のように炎のように』一九五四年二月）

内容においても文脈においても「会」の混沌をにじませているが、「新日本文学会」を分派と規定しながら、何故かそれに所属した峠への批判を「正しくないことに対してなお、温和であった」「安定を意味しない」にとどめざるをえなかったところに政治的意図が見え隠れする。

当時、峠と共に「国際派」に属した且原純夫は「当時の私が言いたかったことは、峠三吉を平和運動のシンボルのように祭りあげる、政治主義・利用主義に反対したかったことにつきる」「組織の実態が消失しかかっているときに、力量以上の行動を求めるのは個人的ヒロイズムにすぎない」（『にんげんをかえせ』解説）と述べ、以後、増岡はあくまで共産党員詩人としての峠像、且原は組織に引き回された峠像を描き、峠三吉をめぐり反目しあう関係はつづいた。

対立構図の中で、峠が「会」に党内抗争を持ち込ませないことに腐心したことは双方の認めるところではある。が……。

いわゆる「五〇年問題」とよばれる共産党の分裂と民主的諸運動の後退（文学分野での『新日本文学』と『人民文学』の対立）のような不幸な状況の時期、『原爆詩集』の出現は、一つの創造的希望であった。

同時に、丸木位里・俊夫妻の「原爆の図」展覧会・全国巡回が一九五〇年十月五日、広島からスタートした。原爆ドーム近く（南側・元安橋たもと）の「爆心地文化会館・五流荘」での開催を準備したのは、峠三吉・四國五郎を中心とした「われらの詩の会」であった。「会」の内部は共産党の分裂、レッドパージなどで困難な中、「広島の青年たちがまっとうな生き方を求めて議論しあう唯一の場所でした。みんな散り散りにはなったが、われわれに挫折という言葉など通じませんでした」と四國五郎は振り返っているように、参加者に大きな勇気を与えた。記念して行われた座談会で「この絵が絵として観る以外に何ものかを与えることができたという自信を得た。広島に来て、もう何作か描かずには収まらなくなった」と丸木位里は述べ、以後の精力的創作活動に引き継がれた。

「原爆の図」巡回は大きな反響を呼び、『原爆詩集』とともに、封印されてきた原爆の実態を知らせる先がけとなった。

朝鮮戦争

『河』において朝鮮戦争は、骨格をなす大事件であり、峠三吉をはじめ多くの青年たちは「社会主義平和勢力説」に傾き、アメリカ（韓国）がソ連（北朝鮮）に仕掛けた戦争だと思っていた。

ところが、米軍が北朝鮮軍将兵から奪取した膨大な資料・文書を発掘・解析した元『赤旗』記者（平壌特派員）萩原遼『朝鮮戦争――金日成とマッカーサーの陰謀』（文春文庫）によって、北朝鮮による周到な準備のすえの奇襲攻撃であったことが、完膚なきまでに証明された。

朝鮮戦争の推移を簡単に整理してみよう。

①一九四八年八月、大韓民国建国。同年九月、朝鮮民主主義人民共和国建国。
②一九四九年八月、ソ連原爆実験成功。同年十月、中華人民共和国成立。
③一九五〇年三月、ストックホルム・アピール。
④同年六月二十五日、北朝鮮軍三八度線突破。三日後ソウル制圧。同年八月、釜山にせまる。
（＊当時、韓国亡命政府を山口県につくることも検討される。）
⑤同年九月、トルーマン米大統領は危機感を強め、急遽米を中心とした国連軍、仁川（インチョン）に上陸。（さらに中朝国境にせまり、戦局の形勢を一挙に逆転。）
⑥同年十月、中国人民解放軍参戦。
⑦一九五三年三月、スターリン死去。同年七月、朝鮮休戦協定。
（＊朝鮮半島で使用された爆弾は、太平洋戦争で日本に投下された爆弾の四倍といわれている。）

この流れを精査するならば、「今後、原爆を最初に使用する政府は戦争犯罪人」としたストックホルム・アピール署名運動も、ソ連（スターリン）が覇権あらそいを有利にするため、利用された面があったのではないか。さらに、朝鮮戦争休戦も、主導したスターリンの死を待たなければ成立しえなかった。

第二次大戦終了後、東西の冷戦は深刻化し、朝鮮半島において米・中・ソの覇権あらそいに直接巻き込まれたのが朝鮮戦争であった。

核戦争は辛うじて回避されたものの、三年間の戦闘で三百万人を超える多大な犠牲者を数えた。死者の数は概算次の通りであり、その凄まじさがわかる。北朝鮮軍兵士・韓国軍兵士六六万人、民間人二百万人、中国軍兵士一一万六千人、アメリカ軍兵士三万三千人。（ＬＳＴ＝戦車揚陸艦運行など軍事行動に日本人約二千人が徴用され、五七人が犠牲となった。）

現在においても、三八度線で冷戦の対峙がつづき、分断国家と民族解放闘争、社会主義国への懐疑等々、六八年前の戦争は、いまだ終わらぬ戦争として北東アジアの核戦争の脅威はつづいている。

『原爆詩集』を考える

『原爆詩集』は朝鮮戦争に抗し、一九五〇年に発行された、峠三吉が生前編んだ唯一の詩集である。

　髪にそよぐ風のように生き
　燃えつくした炎のように死ぬ

これはフランスの詩人ルイ・アラゴンの詩の一節である。彼は第二次世界大戦中のフランス・レジスタンス運動にあこがれ、この詩句をこよなく愛し、そのように生き、そのように逝った。

同じように原爆作家とよばれている原民喜や大田洋子は、被爆後すぐ作品化しているが、峠三吉は、被爆直後の惨状を日記や覚え書きに詳細に記録しながら五年の歳月を必要とした。それは、それまでの叙情の質では原爆の惨劇をとらえることができなかったからだと考える。

五年の歳月は、自らの象徴的手法からの脱却に苦闘しながらも、広島青年文化連盟委員長就任、新日本文学会入会、共産党入党、「日鋼争議」への参加、「われらの詩の会」の結成など、社会運動への参加が、詩と自己変革の契機となり、『原爆詩集』への原動力となった時期であった。そして、さらに詩華集『原子雲の下より』、「原爆被害者の会」結成につながっていく。

詩人・壺井繁治は『原爆詩集』を次のように評価した。

「あの原爆投下の惨害の細部にわたる描写をたんなる叙述におわらせず、〈歌と調べ〉との結合の形式がとられた。（略）あきらめの情緒をめざめの方向へ引き出す歌として充分に訴える力を感じている」（『風のように炎のように』峠三吉追悼集）

『原爆詩集』の何よりの功績は、詩を狭い書斎から解き放ち、抵抗の武器として大衆的ポジションを確保したことにあると考える。同じように併走した四國五郎（初版本の表紙絵・装丁）との協働で作成した辻詩（辻説法のように街角に貼り出し、絵と詩を組み合せ訴えたポスターのようなもの）は、ストックホルム・アピールの署名運動に貢献し、表現の多様性と可能性を追求した貴重な経験でもあった。

以後、七〇年にわたり版を重ね、現在においてもたくさんの読者を獲得していることは、日本の詩集事情からすれば、稀有なことであり、他に例はない。

『河』において、「八月六日」「一九五〇年の八月六日」など『原爆詩集』のいくつかの作品が効果的に登場している。さらに、被爆直後に書かれた「絵の具」という叙情詩が朗読される。同じ時期同じ少女を主題とした「クリスマスの帰りみちに」と同様『原爆詩集』に至る系譜として重要だ。

絵の具

澄明な空に黒々と雲が漂い
山影に環まれながら
バラックの町は昏れる
少女は街角、街角にたたずんで私を待ち
私は少女の母の
二枚の着物をもって古着屋を廻る

「絵のために売るんだから
母さん怒らないわね」と
少女は風の襟をたてながらくりかえし

千円　千円とつぶやきながら
私は少女の亡き母を
手のなかにたしかめて
灯りともるバラックの町の空に
朱金、たいしゃ　さんご紅と
日本画の彩をみつめる

クリスマスの帰りみちに

焼跡の町に夜の雨は優しく霧をながす
クリスマスの調べは神話のように心にともる
少女とわたしは焼跡の電車道を黙って歩く

戦後最初のクリスマスは焼け焦げた臭いの中にほそやかで
神は戦争の悲しみの奥でお菓子のように美しい
少女とわたしは泥濘の上を軽わざ師のように渡る

渡ってゆく原爆の廃墟は闇の中で無数にささやく
神と戦争について様々な不協和音をささやく
少女とわたしは然し黙って鉄を踏み材木をまたぐ

通過して来たクリスマスの雰囲気は霧雨よりも優しく
生き残った青春は風にゆらぐ樹木のように重い
この重さに耐えて少女とわたしは歩く
神があってもなくっても少女とわたしは歩きつづける

生活上の困窮のなか、喀血をくりかえしながらも人間的尊厳を少女に託し、戦争と原爆の「重さに耐えて」力強く生きていく決意を表明した叙情詩を導入することにより、青春群像劇としての主題をふくらませている。その大事なポジションに「会」のなかで成長する市河睦子が在る。市河が朗読する「ヒロシマの空」(林幸子・作)は実に効果的である。峠の作品に登場する「少女」と重なり、時としていわゆるプロパガンダに流されがちな場面を新しい叙情的リアリズム劇として止揚している。


『原爆詩集』の特徴の一つは、たくさんの「少女や幼い子ども」が題材になっていることである。

「兵器廠の床の糞尿のうえに／のがれ横たわった女学生らの」(「八月六日」)

「ああみんなさきほどまで愛らしい／女学生だったことを」(「仮繃帯所にて」)

「いちばん恥じらいやすい年頃の君の／やわらかい尻が天日にさらされ」（「その日はいつか」）

「君たちはかたまって立っている／だんだん朽ちる木になって」（「墓標」）

などなど、廃墟の無惨な少女たちの屈辱が加害に対して鋭く突き刺さる怒りの歌として結晶している。

本題から逸れるが、一般論とは別に『原爆詩集』の「ちちをかえせ　ははをかえせ」（「序」）についてだけでも、あらぬ解釈で歪曲化する傾向が一部に根強くあった。

たとえば、「父・母・老人・自分・自分につながる人間」を返せというのは儒教的であり個人的エゴイズムであるという誹謗。さらに、近くは、「〈へいわ〉は、原爆が投下されるまで存在していたのか。ノン！だ。なかったものを〈かえせ〉とは理屈に合わない」（寺島洋一『雲雀と少年／峠三吉論』二〇〇一年）、さらに、『河』や峠三吉にしても、ヒロシマというイメージに乗りかかっているに過ぎないという見方が一部にあり、プロパガンダ・アジとして意識的に疎外する傾向があった。これでは、私たちが見定めるべき歴史や文化を捉えることはできない。

三　平和運動の分裂と『河』

一九五四年、アメリカの水爆実験（ビキニ事件）の被災をきっかけとして、原水爆禁止を求める運動が全国で彷彿としてわきおこった。この運動は空前の国民的運動として展開されたが、一九六一年のソ連の核実験再開以降、革新陣営内において、「いかなる国の核も認めない」か、社会主義国の「核」は防衛上やむをえないものであり、アメリカ帝国主義と同列視すべきでないとするかの対立で、主導権争いは顕著となった。

『河』は一九六三（昭和三十八）年（峠三吉没後一〇年）、広島で上演された。この時、日本の原水爆禁止運動は、「いかなる国の核実験も認めない」かどうか、「部分的核実験停止条約」の評価をめぐり、原水協（いわゆる共産党系）と原水禁（いわゆる社会党・総評系）に大規模に分裂した時期でもある。

特に、「部分核停条約」は、先のストックホルム・アピールを推進した世界平和評議会（ソ連が主導）が支持したため、中ソ対立も絡み複雑化に輪をかけた。

作者・土屋清は忸怩たる思いでこの分裂を体験した。直接的には一九五〇年の内部対立を描きながらも、その目は進行している平和運動の分裂に向けられていた。

「……ぼくたち内部の、一番肝心な、大切な部分のことになると、お互いにものがいえなくなるなんて！　恐ろしいことだ。……それでも書きつづけるしかない」

「……わしら長い間、占領軍を解放軍じゃと思いこんでみたり、人民の手で民主的な政府をつくったら、それをちゃんと認めてくれるじゃろうと甘い幻想をもったり、この責任は大きいぞ。こんなときに、肝心の党は、まっぷたつじゃ……」

これはまさに土屋の悲痛な叫びであり、舞台上では青年共産同盟の見田の姿を重ね、土屋をはじめ多くの青年たちに非合法活動を強い「多くの大衆団体に分裂と混乱を波及させた」（『日本共産党五〇年問題資料集』）組織に対する痛烈な批判でもある。

さらに、朝鮮戦争勃発時には、峠の次のようなセリフを借り、広島の責任の重大さ、対立構図を憂いている。

「おくれている。すべて遅れている。ぼくらはやっと原爆の意味を探りはじめたばかりじゃいうのに、もし、朝鮮人の上に原爆が落されるようなことがあったら、そりゃあぼくらの怠慢のせいじゃ、ぼくら広島の人間の責任じゃ、急がんと、なにもかも急がんと……」

原水爆禁止運動の混迷がつづくなか、一九七七年、市民運動や国民的世論の高まりを背景に原水協・原水禁の合意（草野・森瀧合意）により、曲がりなりにも八月の原水爆禁止世界大会は統一して開くことになった。

ところが原水協は、統一に尽力した草野信男代表委員、吉田嘉清代表理事らを、「社会党・総評系の原水禁に無原則に妥協した」と断じ突如解任（一九八六年六月）した。広島県原水協においても、吉田嘉清氏を擁護したとして幾人かの関係者が更迭された。県原水協理事長ですら「政党が大衆団体へ過剰な介入をした結果」と述べるなど、解任・更迭を主な原因として原水禁運動は再分裂した。特に、広島ではこうした分裂がいびつに固定化し、今でもまったく同じ名称の被爆者団体が並存し、統一の糸口さえないといっていい。


核兵器の全廃と根絶を目的とした「核兵器禁止条約」の批准を核大国は拒否し、冷戦を終わらせる契機となったといわれるＩＮＦ（中距離核戦力）全廃条約からの離脱が米・ロから表明され、世界は新たな核軍拡に向かおうとしている。反核・平和のため広範な人々が手を結ばなくてはならない今――

『河』の終盤に画家・大木が峠にかけるこの言葉が響く。

――お、風が舞いとる。春は遠いぞ。

「まだ春は遠い」、非常に暗示的に、平和運動の「形骸化」に警告を告げている。

『河』（四稿台本）は、ロシアの作家オストロフスキーの「鋼鉄はいかに鍛えられたか」の一節で終わっている（二〇一七・一八年の公演では削除）。

これは、社会主義建設に献身する青年を描いた作品で、社会主義リアリズムの典型とされ、当時の左翼青年たちのバイブルでもあった。

「人間にあって一番大切なもの／それは生命だ／それは人間に一度だけ与えられる／そしてそれを生きるのは／あてもなく生きてきた年月だったと／胸をいためることのないように生きねばならぬ／卑しい下らない過去だったという恥に／身を焼くことのないように／生き通さねばならぬ／そして死にのぞんで／全生涯が／また一切の力が／世界で最も美しいこと／つまり／人類解放のための闘争にささげられたと／いい切ることができるように／生きねばならぬ」

この一節は峠の枕元に掲げられ、いわば座右の銘であった。

土屋は、社会主義リアリズムへの懐疑として、あえてこの一節を加えたのかも知れない。

ストックホルム・アピール署名運動、一九五〇年八月六日を頂点とする戦後の反戦・平和運動、社会運動を先導し、朝鮮戦争での原爆使用を阻止するなど、共産党の果たした積極的役割は大きい。同時に「分裂」が引き起こした混乱も深刻であり、混乱を拭うため強引に『河』を我田引水の革命英雄伝に誘導したいのかもしれない。村中好穂氏等の指弾（本稿「はじめに」）は、その延長線上の表れであろう。

峠三吉や土屋清が生きた時代、社会主義社会を実現したソ連邦・中国の存在は、多くの青年たちの憧れでもあり、戦後日本の社会運動（労働運動、学生運動、文化運動など）に多大な影響を与えた。

平和と自由・平等を掲げた社会主義の理念は、何を実現し何が実現されなかったのであろう。目標とした徹底した民主主義を置き去りにし、尊重されるべき自主性と創意を圧殺し、いつの間にか、官僚主義・一党独裁が横行、その弊害は、ソ連の崩壊、東欧民主化にみられるように、依拠すべき民衆から見放され瓦解した。一時代を席捲したユートピアは、『河』を生きた青年たちにどんな教訓を残したのだろうか。残念ながら、まだ決算書は用意されていない。

いずれにしても、冬の時代を果敢に生きたあの群像はまさしく「広島の青春」であった。

今回、広島・京都での『河』を観た観客の皆さんは、今の現実に多少とまどいながらも、『河』が描いた平和運動の創生期の息吹に触れることにより、峠三吉や土屋清の生き方に共感したのではなかろうか。

最後になるが、タイトルがどうして「川」でなく『河』なのかという質問をいくつか受けた。作者の土屋に聞きそびれて実際のことはわからない。土屋清追悼の会で朗読された詩（作・池田正彦）の終節を紹介し、その答えとしたい。

河よ／おびただしい水のかたまりとなって／ひしひしとよびかける息吹が聞こえる／遠くからやってきたのだ／夜明けを待ちきれず／一気に海にそそぎこむ／ひとすじの流れ／あなたの河よ／私たちの国の暗さをつきぬけ／歴史の進路へ凜と響け

〈資料2〉『河』上演記録

時期	西暦（元号）	上演記録	台本
勃興期	一九六三（昭38）	**8月、広島職場演劇サークル協議会・合同公演（広島市）**	初稿
	一九六四（昭39）	**5月、劇団月曜会・第三回公演（広島市）** **8月、劇団月曜会・移動公演（京都市）**	第二稿
	一九六五（昭40）	5月、京浜協同劇団（川崎市） 7月、京浜協同劇団（東京都・九段会館） **8月、八・六前夜祭実行委員会・合同公演（広島市）** 9月、☆関西大学演劇研究会学窓座（大阪市） 12月、☆福島大学演劇研究会劇団〝鬼の会〟（福島市）	第三稿
	一九六九（昭44）	9月、☆大阪府夜学生演劇集団・合同公演（大阪市）	
	一九七〇（昭45）	6月、劇団ぐみ（米子市）	
	一九七一（昭46）	2月、東京芸術座演劇研究所（東京）	
	一九七二（昭47）	4月、東京劇団アンサンブル（東京都・大手町） 4月、☆大阪市立大学Ⅱ部演劇部・月曜座／大阪キリスト教短期大学Ⅱ部演劇部（大阪市）	
伝播期	一九七三（昭48）	**12月、劇団月曜会・第一三回公演（広島市）**	第四稿
	一九七四（昭49）	**4月、劇団月曜会・再演（広島市）** 10月、名古屋劇団協議会合同公演（名古屋市） 11月、劇団さっぽろ（札幌市）	

※太字は広島関連で上演　☆は学生

時期	年	上演
伝播期	一九七五（昭50）	2月、関西芸術座（大阪市） 劇団さっぽろ（札幌市） 6月、劇団民藝（東京） 〃（三良坂町、呉市、広島市、東広島市、尾道市） 〃（岸和田市） 劇団四紀会（神戸市） 8月、劇団民藝（福山市、戸畑市、別府市、大分市） 劇団さっぽろ（札幌市） 9月、劇団やまなみ（甲府市） 関西芸術座（大阪市、神戸市、京都市） 11月、劇団静芸（静岡市） ＊開催月不明　秋田演劇研究会
	一九七八（昭53）	4月、劇団四日市（四日市市）
	一九八三（昭58）	**8月、峠三吉没後三十年記念事業委員会・記念公演（広島市）**
	一九八八（昭63）	**6〜8月、峠三吉没後三五年・土屋清追悼「河」上演委員会（広島市）**
停滞期	一九九五（平7）	2月、劇団きづがわ（大阪市）
	二〇一五（平27）	12月、劇団きづがわ（大阪市）
復活期	二〇一七（平29）	**12月、二〇一七「河」上演委員会・峠三吉生誕百年・土屋清没後三十年記念公演（広島市）**
	二〇一八（平30）	9月、二〇一八「河」京都上演委員会（京都市）

第四稿 ← 潤色

土屋さんの怒鳴り声

作曲家　池辺晋一郎

『ジョー・ヒル』の音楽を書いたのは、もう何年も前なので、もはやぼくは、ぼく自身の書いた歌を、まるで他人の耳で聴いている。

いや、この言い方は正確でない。なぜなら、一九七二年の暮に、東京演劇アンサンブルが、初めて上演したときから、この感覚はつきまとっているからだ。

ジョー・ヒルの書いた遺書のうたを、ジョー・ヒル自身が歌うわけはないのに、ぼくはそれを、永い間、ジョー・ヒル自身が歌っているように、聴き続けてきた。

昨年の、広島・月曜会の『ジョー・ヒル』は、ハナから、あまりにもさりげなく演《や》られたので、あの時、ニューヨークへと客席から上陸したのは、あの客席にいた人全部ではないか、とぼくは錯覚した。そのうえ、移民労働者たちみんなで、「摩天楼の底でうたわれる自由についてのレシタティヴ」を歌ったので、その感じはずっと尾をひいて、芝居のプロットとは関係なく、もはや誰もが、ジョー・ヒルであり得る——というより、皆がジョー・ヒルだ、と思いつつ、ぼくは芝居を観ていた。

つまり、ぼく自身の書いたジョー・ヒル・ソング集が、ぼく自身のなかで作者不明になっていく感覚は、あの日、ますますひどくなった、というわけだ。

そう感じながら、しかし一方でぼくは、その気持ちを確認させてくれる何かを待ち望みつつ、あの日、広島の街を歩いたような記憶がある。作曲家というのは、自分が産みおとした曲は、やっぱりかわいいはずだから、そのかわいさと、前述の作者不明になっていくプロセスと、その狭間でのもやもやではなかったか、と、今考えると理解ができる。

そのもやもやは、全く予想もしなかった形で、いっぺんに吹き飛んだ——そのことを告白しておかなければならない。

その夜、合評会。詳しく書く必要はないと思うが、ほほをふるわせて、土屋さんが、激怒した。あの芝居をミュージカルのように考えたり、誰がうまく、誰が下手だった、などという、うわっつらの批評に、我慢できなくなられたのだったろう。

あの怒鳴り声で、部屋の隅の方にヒザを丸めていたぼくは、たとえようもなくほっとした。急に怒り出した土屋さんに、驚きながら、他方で、本当に、ほっとしていた。

あの声で、ぼくは、ぼく自身の気持ちを確認できたのだった。やっぱり、誰もがジョー・ヒルであって良く、ぼくのうたは、もう作者不明なのだ——そうはっきりと考えることが、できたのだった。

だから今、——月曜会の『ジョー・ヒル』上演から半年以上を経た今——、ぼくは作者不明になって飛んでいったぼくのソングの代わりに、土屋さんのどなり声を——ジョー・ヒルのどなり声を——ぼくのどなり声として聴くことが、できるのである。

（機関紙『劇団月曜会』二九号、一九七八年三月より）

土屋清の頑固なナイーブ

東京演劇アンサンブル　広渡常敏

ある日、土屋清の部屋にワープロが据えてあった。

「こんどからこれで書いてみようかと思う、書きかたが変わるかもしれん」

そんなことを土屋清はいった。ワープロで打ち出される土屋の新しい戯曲にぼくは期待した。だがその前に土屋清は逝ってしまった。ぼくは体の一部分がもぎ取られた思いがしている。肌合いからいっても仕事のやりかたからいっても、だいぶ違うと思われているかもしれないぼくが、なぜ体の一部分をもぎ取られたような気がするのか、そのことを書きたい。

気脈の通い合うところだってないわけじゃないけれど、土屋清とぼくは肌合いの違うところが確かにある。ぼくの仕事のやりかたに土屋は鋭い反応を示してくれたが、反感も鋭いものだった。ぼくは土屋の反応をテコにしてぼくの仕事をすすめようとするところがあった。なにかの仕事にとりかかる時、土屋清がぼくの念頭に現れる。そんなふうな仕事のやりかたをぼくはしてきたと思う。たとえば月曜会のブレヒト研究会でぼくが喋る。その時、リアリズム演劇を自分の生き死にの問題として、生きることと同義語としてリアリズムを追及している土屋清と月曜会にとって切実なブレヒトを喋ることになる。そうでなければぼくは土屋清にハネとばされてしまうだろう。そのようにして語られるブレヒトこそがほんとうのブレヒトの姿なのだとぼくは思う。社会主義リアリズム一辺倒の状況下で苦しい戦いをつづけるブレヒトが浮かびあがる。

この国のリアリズム演劇はリアリズムといってるけれど、その底には根づよくスターリニズムの、社会主義リアリズムが息づいている。第二次世界戦争前のプロレタリア演劇以来、戦後のリアリズム演劇も「社会主義リアリズム」の教条主義演劇から、一歩もぬけ出していないものだと今は断言する必要がある。教条主義はよくないが社会主義リアリズムにもよい面がある、などという人がいると考えられるがそれは違うのであって、社会主義リアリズムが教条主義そのものなのだ。〝リアリズム演劇〟なんていっているこの国の演劇は、スターリニズムの演劇観からぬけ出せないでいるのだ。ぼくらの東京演劇アンサンブルも土屋清の月曜会もその中にとっぷり浸っていたのだ。リアリズム演劇からどのように脱出するか、演劇というものをどのように発見するか――土屋清は土屋清のやりかたで、ぼくはぼくのやりかたでそれを模索しようとした、肌合いの違いを越えて。

実はこの問題は築地小劇場以来の、この国の「新劇」の深い瑕疵ともいえる問題なのかもしれない。築地以来の新劇は社会主義リアリズムに傾斜してゆく幼稚さを、その出発の当初から持っていたのではないか。土屋清とぼくは朝まで熱くなって語りあったことがある。土屋清は数多くの人間たちの間をくぐりぬけてきた感覚を尖がらせて、若い、青年の頃からの、これまでに出会ったさまざまの事件とその経験を内省しながら、芝居ってなんだろうと考えようとした。頑固さとナィーヴな心を戦わせながら。

一九四八年の春――というと、もう四〇年も昔のことになるが、ぼくが別府の市中の、ある道端の野天風呂に入った時、ぼくは大学生だったのだが、土屋清はそのぼくを見たという。足がわるく、ちんばをひく裸の学生が風呂からあがってくるところを。その当時、別府で土屋が何をやっていたか、彼は詳しくは語らなかった。別府だけじゃない、土屋の話は天草の海の渡し船や、海辺の民家や、九州のいろんな場所へとぶ。たぶん、それらの記憶は『河』にまつわるものだろう。

そんな話のなかで、ぼくが学生時代をおくった福岡の街も出てくる。一九五〇年の夏、土屋清は福岡にいた。連絡が切れて資金がなくなった。春吉橋のたもとに石やき芋の屋台があった。二日以上もなにも食っていない土屋は、その石やき芋を盗んで食ったという。彼はジャンパーを脱いでその屋台の椅子の上に置いて、逃げた。「あの頃、博多の街のどこかですれ違っていたかもしれない」

そういってぼくと土屋は笑った。


（『峠三吉没後35年・土屋清追悼公演台本』一九八八・三・一より）

土屋清の闇の深さについて

広渡常敏

二月二〇日の夜、土屋清のいない月曜会の稽古場で『河』の読みげいこにたちあう。去年の十月四日、殆ど終りに近い体力で気力をふりしぼって、土屋清は『河』のキャステングと演出ノートを示したという。岩井里子さんがまとめた土屋の話の記録を読む。土屋清が逝って三ヶ月ちょっとしかたっていないのだが月曜会の稽古場には悲しみをのりこえた、ある気魄のようなものが流れている。若い土屋夫人も健在だ。読みげいことというものはそこに何が書かれてあるかを読みとろうとすることなのだ。しゃべりかたの上手下手なんかどうだっていい、いいまわしの工夫なんかやるもんじゃない、戯曲に何が書かれてあるかを見つけることだ。戯曲の奥にひろがっている作品空間を読みとることなのだ。演出家の解釈にしたがってセリフを組みたてようなどと考えてはいけない。そんなことをやると作品のポリヴァレンツ（多義性）な空間が消されてしまう。月曜会の人々は一九六三年の初演以来これまでに四回五回とこの作品を上演しているのだが、はじめての上演のように作品空間への嗅覚をはたらかせて『河』を読みすすんだ。土屋が言ったという「初演の舞台がいい、初稿の本がいい」という言葉を、探るように嗅ぎわけるように、疑問と模索と共感が入れまじって、まったく新鮮に『河』は読まれていった。そしてぼくもその流れの中でいっしょになって土屋清を読みすすんだ。ぼくの体をじいんとつきぬけていくものがある。今は逝ってしまった土屋清への惜別の感情にちがいない、おそらくそうなのだ。だが惜別だけではない、新しいよろこびにも似た気持もあった。土屋清の作品空間をとり囲んでいる、この深い闇はなんだ。おどろきに近い新鮮な発見がぼくの体を下から上へ、こみあげるようにつきぬけていくのである。

たぶんそれは『河』という作品が持っている深い闇についての共感だ。あるいは土屋清の魂のなかの、無音室のような空洞の闇にぼくが吸いこまれていくといったぐあいのものだ。一九二〇年代ドイツのノイエ・ザッハリッヒカイト（新即物主義）の絵の数々が、そしてやはり一九二〇年代ロシア・アヴァンギャルドのカオスのような渦巻きが、土屋清と峠三吉の精神と重なって動くのを、ぼくは見る思いがした。『河』という作品の奥に潜む闇は、ドイツ・ノイエザッハリッヒカイトやロシア・フォルマリズムの闇の深さに通底するものを持っているのではないかというおどろきが、ぼくの心を鮮烈に染めていく。

読みげいこが終わってなにか感想を言わなければな

らない番になって、月曜会の人々の前でぼくは口走るように言った。――『河』はみんながいいと思っているよりも七倍くらい立派な作品だ。奇跡的にいい作品だ。そしてこれを創りだしたのは土屋清の人間に対する誠実さだ。土屋清はみんなが感じているよりも一〇倍くらい、誠実さをつらぬいた人だと思う。今夜の稽古を聞いてぼくはそう思ったとぼくはしゃべった。

敗戦後に芝居をはじめた土屋にしろぼくにしろ、この国のプロレタリア演劇以来の、つまり一九三〇年代の意識のなかで演劇を考えてきたはずなのだ。ところが土屋の『河』には一九二〇年代の意識とでもいうべきものが流れている。第一次世界大戦後のドイツの焼跡から出て来たブレヒトのノイエ・ザッハリッヒカイトの闇が生きている。そしてまた、一九二〇年代ロシア・フォルマリズムの、あのポリフォニー（多声的）な、ポリヴァレンツなカオスの空間が生きている。土屋清の人間に対する誠実さが、第二次大戦後のこの国のリアリズム演劇のワクをつき破ったのだ。ふりかえって考えてみるがいい、久保栄をはじめとする「リアリズム」演劇がこれまでに一度も創りだしたことのない演劇の空間を、闇を、『河』は内在させている。

ぼくは土屋の追悼文だから土屋に甘い点をつけているのではない、土屋清についてのぼく自身の不明を告白しているのだ。ぼくは土屋の追悼文でぼくの我田引水を展開しているのではない、土屋清を思うことでこれからの芝居するぼくの心を確かめようとしているのだ。生前の土屋清とぼくは三度四度、ぼくらが一九三四年以来の社会主義リアリズムから脱出しなければならないことを話した。夜を徹したこともあった。「リアリズム」をいっているこの国の演劇は骨がらみスターリニズムの理念から抜けることができないでいる。骨身を削る思いをしなければ……そんな夜を重ねたと思う。ぼくらの仕事の出発点に、原点に、ロシア二〇年代のアヴァンギャルドの壮大な運動を据えなければならないのだと、土屋とぼくは話しあったものだ。うん、うん、と土屋はうなづいた。そして土屋はすでに一九六三年に、そして一九五〇年の八・六の戦いの中に峠三吉に、紛れもないその出発点を、原点を見ていたのである。月曜会の人々の読みげいこでぼくはそのことがわかったのだ。

（一九八八年二月二五日）

（全日本リアリズム演劇会議機関誌『演劇会議』六八号、一九八八年四月より）

〝風のように、炎のように〟生きた原爆詩人・峠三吉の姿を通して……

劇団きづがわ演出　**林田時夫**

「芸術は人間のためにある。人間の世界が危機にさらされるとき、人間が心に持つ最も美しいものの結晶である芸術は、直ちに人間の敵に対する最も鋭い武器とならねばならぬ。」

これは劇中にも出てくる峠さんの言葉です。彼は、この言葉通り、戦後民主主義の最初の危機、企業整備・行政整理の首切りの嵐が吹き荒れ、下山・三鷹・松川といった「日本の黒い霧」が列島を覆い、朝鮮戦争へと突き進む反動攻勢のなかで、到底言葉で表すことの出来ない原爆被害の恐るべき実態を初めて詩に書き、『原爆詩集』や『原子雲の下より』の発行へと自らを奮い立たせます。

そして、朝鮮戦争へ突入した直後の一九五〇年八月六日、アメリカ占領下ですべての集会やデモが禁止された戒厳令下の広島で、「ストックホルムアピール」のビラが降るという抵抗を広島の人々は見事に敢行するのです。この『河』は、峠三吉を主人公に「炎の時代」とも呼ばれ、「抵抗の広島」と言われた当時の広島の人々のたたかいを描いた演劇でもあります。

またこの『河』は、作者の故・土屋清さんが何度も改作を試みられ、その都度、彼の主宰する広島の「月曜会」という劇団で上演され、さらに全リ演（全日本リアリズム演劇会議）の仲間劇団が各地で上演もし、「小野宮吉戯曲平和賞」を受賞後、劇団民藝により全国で上演されたことのある作品で、土屋さん自身の半生を賭けた不朽の労作、芸術的結晶でもあります。

私は昭和一九年生まれですが、私たちや戦後の団塊の世代の人たちにとっては、戦後の七〇年というのは、文字通り自らが生きてきた時代でもあります。そういう意味では、、私たちの世代は「戦後民主主義の申し子」なのかも知れません。その昔、「戦争を知らない子供たち」という歌がありました。ベトナム戦争たけなわの頃で、「戦争を知らずに……」と歌いつつ、そこには確かな反戦・平和の響きがありました。

ところが、今日ほど「戦争を知らない政治家たち」の怖さを感じる時はありません。安倍首相や「靖国派」と呼ばれる政治家たちです。その安倍氏が最初に首相になったとき「戦後レジームからの脱却」を叫び、再び返り咲いたこの三年の暴走ぶりは、まさに歴史の歯車を逆回転させる危険極まりないものです。しかし、その「反動ぶり」が、一方で広範な人々、国民を覚醒し、若い人々のなかに立憲主義や民主主義、平和の貴さ・大切さを根づかせ立ち上がらせ、新たな希望と確信を切り開く可能性を生んでいるとしたら、皮肉なことであり、これほど痛快なこともありません。

今、《激動の二〇一五年、戦後七〇年》が暮れようとしています。振り返ればこの七〇年、憲法9条とアメリカの核の傘の下での「日米安保」との《閲ぎ合い》という状況ではありましたが、少なくとも「殺し、殺される」という戦争の惨禍は免れてきました。そして、さらに戦前の七〇年というスパンまで遡れば、それは一八七五年、「殖産興業」「富国強兵」の明治の初期となり、その後一八九四年の日清戦争に始まり、日露戦争、第一次大戦、満洲事変、日中戦争、第二次大戦と、半世紀は戦争に次ぐ戦争の軍国主義の時代でした。そんな時代を、安倍氏が何故「美しい」と讃えるのか？全く理解に苦しみますが、憲法前文で明記された《平和的生存権》は、日本国民のみならず世界中の人々が享受すべき「生きる権利」だと思います。

いずれにしても、老いも若きも「今をどう生きるか？」が問われているこの時、「風のように炎のように」生きた峠三吉と仲間たちの姿を通して、私たちなりの思いを精一杯届けたいと願い取り組んで参りました。

尚、今日では問題のある言葉もございますが、当時の時代状況と原作の意図を損なうことがないようにそのまま上演させていただいていますのでご理解願います。

拙い舞台ですがどうか最後までご鑑賞のほど宜しくお願いいたします。

（劇団きづがわ、二〇一五年十二月『河』公演パンフレットより）

われらの詩の會

III　土屋清の語り部たち――『河』を再生・生成すること

『河』第3幕、「ヒロシマの空」を朗読する市河睦子。
（2017年12月23・24日、広島・横川シネマ）

土屋清の時代と『河』の変遷、そして今

水島裕雅

はじめに

一昨年（二〇一七年）十二月広島で、昨年（二〇一八年）九月京都で『河』の公演が行われた。広島でも京都でも二日間、合せて七回の公演であったが、いずれも補助席の出る満員の盛況であったという。私は十二月二十三日の夜の部を観に行ったが、満員の会場は「静かな熱狂」とでもいう雰囲気に包まれ、観客各自はじっと熱い視線で舞台に観入っていた。

この『河』という演劇は、土屋清（一九三〇―八七）が峠三吉（一九一七―五三）とその周辺にいた青年たちをモデルに戯曲を創作し、峠の没後一〇年に当たる一九六三年に大月洋の演出で広島において初めて公演されたものである。このヒロシマの青春群像劇は以後三回改稿され、日本の各地で一九八八年まで上演されてきたが、その後広島では再演が途絶えていた。しかし一昨年は峠三吉生誕百年、土屋清没後三〇年の節目に当たり、土屋清の

妻時子を中心として再演されることになった。本稿は峠三吉没後六五年余、土屋清没後三〇年余経った現在、この作品が提起する問題とは何か、なぜこの作品が今なお生命力を保っているのかを考察する。そのために土屋清の『河』の初稿と四稿ならびに土屋時子により潤色補稿された今回の『河』の脚本を比較しながら、何が提起され、何が補われ、何がカットされたかについて考察する。そして峠三吉の時代、土屋清の時代そして私たちの現在と比較して『河』の内容と意義の変遷をたどってみたい。

『河』が書かれた時代

土屋清はなぜ峠三吉とその周辺の青年像を描こうとしたのか。今回土屋清の『河』と峠三吉について論じるにあたって参考にした資料は土屋清著「尊大なリアリズムから土深いリアリズムへ」(『演劇会議』五七号、全日本リアリズム演劇会議、一九八四年八月。本書第Ⅰ部所収)、土屋清『河』初稿(『戦争と平和戯曲全集』第一一巻、日本図書センター、一九八八年九月)、土屋清『河』第四稿(峠三吉記念事業委員会・広島県文化団体連絡会議・劇団月曜会、一九八八年六月・八月、峠三吉没後三十五年記念・土屋清追悼公演台本)、土屋時子潤色補稿『河』(「河」上演委員会、二〇一八年四月、『2017〈河〉公演記録集』、峠三吉生誕百年・土屋清没後三十年記念公演台本)、大月洋演劇稿『ロンドの青春(平和と演劇を愛した大月洋の足あと)』(民劇の会、一九九六年三月)などである。

土屋清が『河』を創作した一九六三年ごろの広島の演劇界はどのような状況であったか。『河』初演の演出をした大月洋によれば、終戦後の日本の各地で文化運動や演劇活動が高まったが、「一九五〇年のレッドパージ、ドッジプランによる民主的文化運動への弾圧によって、また暗い谷間のどん底につき落とされ、その後かなり長い間の沈滞期が続いた」とある。また大月は広島の演劇運動について次のように述べている。「この潮流の渦の中で演劇活動の断絶が広島に於いては特に著しいのを抱《ママ》えて、広島は演劇不毛の地であるとの評決を自他共に認めざるを得ないことになった訳であろう」(『ロンドの青春』)。この「演劇不毛の地」と呼ばれた広島で土屋は何を描こうとしたのか。峠三吉は土屋清より十三歳年長であるが、峠が病弱であったことと戦争のため自由に活動ができなかったこともあり、両者の活動が重なる時期もある。

土屋の時代を考察するにあたり、まず土屋自身の書いた「尊大なリアリズムから土深いリアリズムへ」という論考を見てみよう。この論考は土屋自身の青年時代を自己批判的に論じたものであり、また土屋と演劇の世界の関わりについても客観的に考察しようとしたものであるが、同時に戯曲『河』が創作され何度も繰り返し上演された時代をよく表しているからである。土屋は『河』という作品は、こういう愚かな自分の『自己批判書』といった意味も込めて書いたつもりであった」と述べている。ここでいう「愚かな自分」とは「ソヴィエト・中国両共産党と、その現存する社会主義社会への絶対視。イクオール日本共産党指導部への絶対無謬視」であり、それに基づく主体性のない他者批判であろう。土屋は今引用した文章の前の節で、もし当時峠三吉を知っていたら次のように対応していたであろうと述べている。「私は当時峠三吉を直接知らなかったものの、もし身近な所にいれば、やはり、戦前戦後の民主主義文化のすべてを小ブルジョアのためのものとして全面否定するような、通俗的・精算主義的な『階級芸術理論』のような立場で、峠三吉に対していたにちがいないのである。」このように土屋は徹底的な自己批判によって峠三吉に向き合い、峠の生きた時代に向き合い、そして自分の生きている時代に向き合おうとしている。たとえば土屋は『河』が上演された一九六三年について次のように述べている。「初稿・初演が一九六三年。この年、第九回原水爆禁止世界大会を機に、日本の原水禁運動はまっ二つに分裂した。」それは八月の大会の前月に米英ソ三国間で結ばれたいわゆる部分的核実験停止条約に対する評価をめぐってなされたソ連と中国との間の激しい対立が持ち込まれたものであったが、日本国内でも「いかなる国の核実験にも反対」するかどうかをめぐって原水禁運動の中で対立が起こり、結果として「日本原水協」から社会党・総評などが離脱して「原水禁国民会議」を作るに至った。このように土屋が『河』を創作していた時代は峠の時代と同じく東西冷戦（峠の時代は朝鮮戦争によって熱い戦争になったが）が続き、さらに中ソ対立が加わり、より複雑な様相を示していた。

『河』の初稿と第四稿の違い——説明から観客の参加へ

それでは土屋は峠三吉とその周辺の青年たちをモデルにして何を描こうとしたのか。台本の初稿と第四稿ではかなり構成が変わっている。初稿は三幕七場で構成されているのに対して第四稿は四幕構成である。初稿には第一幕の前に「序曲」があり、まず「ちちをかえせ」で始まる「序曲」が朗読された後、再び朗読で一九四八年一二月のマッカーサーから吉田茂首相に宛てられた書簡が読み上げられる。この書簡で示されたのはのちに「ドッジ・ライン」と呼ばれる経済九原則による財政金融引き締め政策であり、それによって日本の悪性インフレは終息に向かうが、多くの会社の倒産や大量解雇が行われる。このマッカーサー書簡の影響は広島にも及び、一九四九年六月の日鋼争議につながる。さらに初稿ではこうしたドラマの時代背景は第一幕の終わりや第二幕の終わりに置かれた「間奏曲」の声として現れ、レッドパージや日本の再武装という状況を解説する。こうした解説は土屋が『河』を書き始めた時代に必要と思われたのであろうが、第四稿ではすべて省略されている。なぜ土屋は初め時代背景の解説を必要としたのか。そしてなぜすべてを省略したのか。

峠三吉は「叙事詩ひろしま」を書くための体力をつけるため手術台に上った。土屋はそのことを強く意識していたので、『河』の初稿と第四稿はともに峠が西条療養所に入院して手術を受けようとしているところで終わる。またいずれもソ連の作家オストロフスキーの小説の言葉で終わるところも共通している。土屋は、第二次世界大戦終了後も日本の公的援助を受けることもできず放って置かれた被爆者たちに代わって立ち上がり、原爆反対と世界平和を主張した峠三吉に強く共感し、峠三吉を中心とした「叙事詩ひろしま」ならぬ「劇詩ひろしま」を書こうとしたのではなかろうか。そのためには朗読による時代背景の解説は散文的過ぎるとして省略したのではなかろうか。

そうした説明や解説を省き、読者あるいは観客が感じ参加する方法は『河』というタイトルにも見られる。この作品は初稿も第四稿も「ある川のほとり」で始まる。その川岸に峠たちの仮住居があり、この戯曲は広島を流れる太田川の支流の川岸にあるこの峠の住居が舞台である。しかしそれならば「川」でもよかったかもしれない。土屋があえて「河」としたのは峠の「河のある風景」と題された詩を意識していたからであろう。土屋はこの詩について「尊大なリアリズムから土深いリアリズムへ」で次のように述べている。峠は「〔一九〕五〇年の冬に『河のある風景』という詩を書いている。『原爆詩集』におさめられた作品の中ではただひとつ、自己の内面生活をみつめた、それも『沈滞した暗い、悲哀に満ちたものにうたった』（当時の詩友・中野光也の表現）、それ故に異質とされた作品である」。土屋はこの「河のある風景」という峠の詩の暗い心象風景を日本共産党の「五〇年問題」と呼ばれる内部分裂の投げかけた暗い影と重ね合わせて考えている。そして、それは土屋自身の問題でもあった。土屋は日本共産党の分裂時代の暗い体験を峠の暗い心象風景と重ね合わせて描いた。しかし、土屋は峠ならびに彼の周辺にいた青年たちが日本や世界の暗黒な状況に対して立ち上がり、挫折を繰り返しながらも未来に灯りをともそうとする姿を描く。その希望の表れは初稿においては市河睦子（林幸子がモデル）が「ひろしまの空」という長詩を完成することであり、第四稿では峠自身が「その日はいつか」という長編の叙事詩を書き上げることであった。

そして今——再び核戦争の危機に直面して

土屋時子の潤色補稿『河』が初演された二〇一七年は世界の時代の流れの大きな変わり目であった。二〇一七年一月にアメリカの大統領としてトランプ氏が選出されると、ヨーロッパ各国でも民族主義が台頭して難民や移民に対する排斥運動が起こった。アジアでは北朝鮮が核開発を続け、水爆実験にまで到達し、アメリカに届くＩＣＢＭを開発したと宣告した。これに対してアメリカのトランプ政権は先制攻撃も辞さないと対抗した。こうした核戦争の危機の高まりに当たって、「終末時計」（アメリカの科学誌『原子力科学者会報』の表紙に描かれた人類や世界の終末を予告する時計）はそれまで三分前であったのを、二〇一八年一月になって二分前にした。これは一九五三年に米ソが水爆実験を成功させた時と同じで、人類の終末に最も近づいたことを意味している。核時代に生きている私たちは、峠三吉が死んだ時代に逆戻りしたことになる。こうした核戦争の危機が再び高まった現代に、土屋時子潤色補稿の『河』は何を提起しているのだろうか。

この台本は土屋清の『河』第四稿に基づいて作られていて、部分的に省略が見られるものの大きな変更は見られないが、一番の改変は第四幕の最後に「その日はいつか」の群読を置いたことである。第四稿では「その日はいつか」の完成を暗示して三吉の妻春子（峠の妻和子がモデル）がこの詩の最後の部分を読むが、この台本の最後は初稿と同じくオストロフスキーの言葉で終わる。この言葉は峠三吉が手術を受けた部屋の壁に貼ってあったというが、病気で両眼を失いながら堅固な意志を持ち続けて小説を書き、わずか三十二歳で亡くなったオストロフスキーの言葉を峠が読むことを頂点としてこの台本が終わるため、第四稿の内容は峠の人生に収斂してしまう。そして、幕が降りた時、その後の峠の手術台での死を知っている私たちは、暗くて重い気持ちのままで残されるのである。

一方、土屋時子潤色補稿の『河』は、最後に登場人物がすべて現れて「その日はいつか」を群読する。「その日」とはこの詩の最後で「野望にみちたみにくい意志の威嚇により／また戦争へ追い込まれようとする民衆の／その母その子その妹のもう耐えきれぬ力が／平和を望む民族の怒りとなって／爆発する日が来る。（中略）ああその日／その日はいつか」とあるので、核兵器の廃絶と戦争の終焉ならびに平和が実現する日かと思われるが、明示されることはない。観客や読者は明るい未来を待望して終わることになる。また群読の効果によって観ている私たちも群読している人々に同化していく。この戯曲は普通の人々が失敗や挫折を繰り返し、時代に抵抗して歴史の一部に参入していく物語である。この「その日はいつか」の群読が最後に置かれることで、タイトルの「河」の意味が変わってくる。「河」という漢字は元来「黄河」の象形文字であるとのことだが、そのため「河」の文字には「大河」とか「銀河」のような大きな川のイメージがある。私たち一人一人を水に例えれば一滴一滴の水滴に過ぎないが、その一粒の水滴が集まるといつかは大きな「河」となる。この「河」というタイトルにはそうした意味が込められているようである。

二〇一八年六月にはアメリカと北朝鮮の首脳会談が初めて行われたが、核廃絶に関しては進展が見られなかった。その一方でアメリカがイランとの核合意を廃止したため世界の緊張が緩和されなかったのである。その結果今年（二〇一九年）一月にも「終末時計」の二分前は変更されなかった。二月になってアメリカは中距離核戦力廃棄条約（ＩＮＦ）からの離脱をロシアに通告し、ロシア側もこれに対抗してＩＮＦ条約の履行義務を停止したので、冷戦崩壊の原動力となったこの条約の失効が確実となった。ロシアのプーチン大統領は極超音速中距離ミサイルの開発着手を承認した。トランプ大統領はすでに小型核爆弾の製造開始を表明しており、核戦争が現実のものと意識される時代に逆戻りしたのである。二月二十八日には二度目の米朝首脳会談が行われたが、北朝鮮の非核化については合意に至らず不調に終わった。

私たちはこうした峠三吉や土屋清と同じ核状況の時代に生きているのである。私たちは今『河』の再演によって、改めて次のような問題提起がなされているのではないだろうか。あなたも今、峠三吉たちのように平和のための一滴になりませんか、と。

今、私の中に甦る『河』
――労働者として生きた時代と重ねて

笹岡敏紀

はじめに

本書の基本的テーマは、書名にもなっている「ヒロシマの『河』――劇作家・土屋清の青春群像劇」である。私がこの書の中の一部分とは言え何ごとかを書く資格があるかとの疑問をもちつつ、あえて執筆の依頼に応えようと思ったのは、『河』という作品が時代や状況こそ異なれ、私の生きてきた道筋の中で少なからぬ意味を持っていたと思えるからである。

遠い日、私が二十四歳の時、今も住み暮している川崎の地で『河』の公演を観た。それから五十年余を経て、京都の地で上演された『河』を再び観ることになった。それは私にとって、時空を超えた大きな意味をもった出会いであった。以下に記すことは、名もない一人の人間の中で『河』という芝居はいかに存在し続けたかの、ささやかな記録の如きものである。

若き日の私と『河』——川崎の地で上演された『河』

一九五九年に川崎の地で生まれたアマチュア劇団「京浜協同劇団」は、一九六五年五月、その第十一回公演において『河』を上演した。私は京浜協同劇団の創立直後くらいからこの劇団の公演を観ていたこともあり、当然のように『河』の公演会場に足を運んだが、舞台を観て大きな衝撃を受けたことを五〇年余も過ぎる今も思い起こす。

もとより、その具体的な思いや感じたことをリアルに思い起こす術はないが、その当時の私の置かれていた状況を考えると、若き日の私がこの舞台に強い衝撃を受けたであろうことに頷くことができる。そして、『河』という作品と土屋清という人の名前が私の記憶の底にしっかりとすわっていることをあらためて思うのである。一九六五年五月と言えば私は二十四歳であり、大学を卒業してある「教育専門出版社」に就職し出版労働者として生きていたが、その日々は経営による労働組合敵視政策との闘いのそれであった。

この会社は、当時の教育界の民間教育団体の活動の隆盛に乗り、いわゆる民主教育の側に立つ雑誌・書籍を刊行していたがその労働条件は劣悪であり、労働者が組合をつくってもすぐ切り崩されてしまうという状況にあった。私はそのような企業に入社したのだが、六〇人の従業員の中でわずかに一八名の労働者が組合の旗を守っている中で、あえて組合員となった。そして、経営からはさまざまな差別や攻撃を受けている状況の中に生きていた。それが一九六五年当時であった。それゆえ、『河』の舞台の上で展開される峠三吉に繋がる若き労働者の闘いの日々に、私なりに自らの状況を重ねたのである。

それは、私だけでなくこの舞台を観た労働者の多くが、舞台で展開されるさまざまな問題や登場人物のそれぞれの状況に対し我が事のように共感したのであろう。

私の書棚に一九八〇年に刊行された一冊の本がある。黒沢参吉著『わが演劇遍路――黒沢参吉自伝』(『演劇会議』発行所)である。著者は京浜協同劇団の代表であり、劇作家であり、演出家である。その『わが演劇遍路』には、『河』の上演のことが書かれている。その一部を引用する。


《河》は成功をおさめた。創造の面でも普及の面でも、劇団のピークをつくった。数回の合評会で多くの観客が、この舞台で『勇気づけられた』と言ってくれたのは、劇団がゆっくりだが、螺旋階段を昇った証としてみてよかろう。

合評会の席で土屋は、京浜の上演に感謝する、しかし負けてはおれぬ、最後の仕上げは広島でやる――と感動的な挨拶を述べた。

(『わが演劇遍路』三七四頁)


私もまた、その「勇気づけられた」観客の一人であった。『河』という作品は、広島の青春群像たちの姿を通して、今を生き・闘う労働者に力強いメッセージを送る舞台となったのである。

時代と格闘した土屋清――そのリアリズム演劇論を読んで

さて、前述の一九六五年当時から五〇年余の時を経て、私は『河』の作者・土屋清の書いた「リアリズム演劇論」ともいうべき長大な論文を読むことになった。それは、「尊大なリアリズムから土深いリアリズムへ——私にとっての西リ演史」と題する論文で、一九八四年八月に刊行された『演劇会議』五七号に掲載された、四七ページに及ぶ論考であった（「広島文学資料保全の会」の池田正彦氏から送っていただいた。本書第Ⅰ部所収）。土屋清は、この論考の「はじめに」の冒頭で次のように書いている。

西リ演史を語るということは、六〇年代〜七〇年代を、演劇的課題としてどうとらえるのかという問題に直結する。それは、ただちに私どもの標榜するリアリズム演劇の思想が、時代にどう突きささってきたか、あるいは突きささってこなかったのかの、自己検証につながってくる。自分の思想史を掘り下げろというに等しい。こわい話である。逃げ出せるものなら逃げ出してしまいたい。逃げ出そうとする自分を、かろうじてくいとめているものは、ほかでもない、自己の〝古典〟である。人間の多くは、自分の〝古典〟をもっている。

それは、必ずしも文学的、歴史的意味合いでの古典ではない。平たくいえば、自己の原点。出発点といってもいい。はじきかえされようとどうしようと、ともかく自分の全人生をかけて歴史に突きささろうとしたもの——それを自己の〝古典〟と呼ぶならば、私の場合それは、戯曲『河』である。（後略）

（『演劇会議』五七号、一頁）

このように述べる土屋は、それに続く以下の本文で「一　戦後史認識について」「二　政治と芸術について」「三　叙事と叙情について」と題する三つの章において、時代状況を語り、土屋自身がその時代にどう向き合ったかを自己検証している。前半の叙述の多くは、日本共産党の「五〇年問題」や原水禁運動の分裂の問題を軸とする一九五〇年代という一つの時代の分析が占めているが、それは土屋の思想的立ち位置の自己検証である。

さらに、中国の「文化大革命」と「はぐるま座」の問題を土屋自身の眼で詳細に書いている。これは、この論考全体が「全リ演（全日本リアリズム演劇会議）」の機関誌に掲載されることから、この時代の「はぐるま座」の問題をきちんと書いておく必要があったからであろう。当時にあって、「はぐるま座」の問題は「西リ演」に加盟する演劇集団のみの問題ではなく、「政治と芸術」という視点に立てば、いかなる演劇集団も避けて通ることはできないことであった。

しかし、私が土屋清のこの論考のことを取り上げたのは、その内容全体を紹介するためではない。じつは、私自身が「文化大革命」の問題をめぐっての渦中に身をおいていたことにより、土屋清が書いている「はぐるま座」の問題は他人ごとではなかったからである。「文化大革命」の問題は、ひとり演劇の世界のそれではなく、私が働いていた出版の世界においてもさまざまな問題が生じていた。

とりわけ、私が闘いの場として身をおいていた労働組合にあって、直接的に「毛沢東主義者」と対峙するという事態があったからである。前述したように、私は少数組合の組合員として経営と対峙する日々を生きていたのであるが、その組合員の中の何人かのメンバーが「文化大革命」を支持する行動をとるということがあり、私（たち）は経営と対峙するだけでなく、彼らとの「闘争」もしなければならないという事態が生まれた。

当時、出版社の労働組合でつくる「出版労協」（現在は「出版労連」）の中のいくつかの単組から、「日中友好青年交流」ということで、中国の文革が始まった時期に中国に行った組合員がいた。そして、参加したメンバーのほとんどが、『毛沢東語録』を手にして帰国してきた。私のいた組合には代表団のメンバーはいなかったが、帰国したメンバーの影響を受け、五人もの「文革」礼賛者が生まれた。

何しろ、昼休みになり職制がいなくなると『毛沢東語録』を掲げて、論争を仕掛けてくるのである。その中には三人の日本共産党の党員がいたことにより、いわば党内闘争となった。その「闘争」の結果三人は党を離れ、他の二人と共に会社も辞めて行った。一八名の少数組合がさらに一三名の組合となってしまったのである。

その後、私たちのさまざまな取り組みにより、少数組合から従業員の過半数を組織する組合へと発展させることができ、労働条件の大幅な改善を図ることができるようになった。しかし、その時の「文革」をめぐる組合内の軋轢は、私の心の中に大きな傷を残した。それ故、土屋清の「はぐるま座」にかかわる論考を読みながら、あの当時の歯噛みするような日々を思い出すのであった。

『河』との再びの出会い――二〇一八年「京都公演」を観る

これまで書いてきたように、私が土屋清の作品である『河』の舞台を観たのは遠い日のことであったが、『河』という作品名と土屋清という作者の名は私の中にしっかりと存在していたのである。そして、二〇一六年に刊行された、永田浩三著『ヒロシマを伝える』(WAVE出版)を読み、『河』という作品のことと、その時代背景が書かれていることにより、『河』は私の中で甦った。もっとも、時代背景については、増岡敏和他編『占領下の広島』(日曜社、一九九五年)を読んでいたこともあって基本のところでは知っていたが、永田浩三の著書によりあらためて『河』という作品の意味を知ることになった。

そして、二〇一七年。『河』を広島で再演するという知らせが池田正彦氏から届いた。私はぜひにも広島に行きたかったが、なんとも日程の調整がつかず残念な思いであった。しかし、翌年、すなわち二〇一八年九月、京都の地で『河』の公演が行われるということになり、私は「何を置いても……」と駆けつけるような思いで京都に足を運んだ。

そして、まさに半世紀五十二年ぶりに『河』の舞台を観た。『河』は土屋清自身や、今回の上演の際の演出・土屋時子によって改稿されているというから、私が川崎の地で観た舞台そのものということではないであろう。しかし、『河』という作品の持つ基本、そのメッセージは五十余年を過ぎた今も、私の心に届いた。すでに、労働者でなく一市民として生きている私だが、舞台の上で展開される文字通り「青春群像」との表現がふさわしい登場人物の一人ひとりに、今の私なりに深い共感を持ったのであった。

優れた作品（芸術）がみなそうであるように、『河』という作品は時空を超えて今を生きる者の心に高く、深く響いたのである。

#『河』京都公演に思う——半世紀の時をこえて

三輪泰史

一九七〇年前後——大阪の夜学生を魅了した舞台

土屋清作『河』(四幕)は、はんぱない硬派の劇である。主人公は『原爆詩集』で著名な峠三吉、舞台は第二次世界大戦後、アメリカ占領下の広島。抒情詩人から革命詩人に脱皮していった峠の半生を軸に、彼とその同志・仲間たちによる文化運動の高揚、朝鮮戦争を機に強まる弾圧と、それに抗しての反米反戦闘争、そしてその苦闘のなかから、原爆の惨禍をうったえる詩が世に出るまでをえがく緊迫のストーリーだ。

およそ半世紀も前のことになるが、この大作を大阪の夜間大学演劇部の学生たちが三度上演し、いずれも観客席の熱い共感をえた。①一九六五年の関西大学演劇部の公演、②一九六九年の大阪府夜学生演劇集団(略称「府夜演」七大学)の合同公演、そして③一九七二年の大阪市大/基督教短大演劇部の合同公演である。このうち②と③の公演に、私は居合わせている。なにゆえ当時の夜学生たちは『河』に魅かれ、その上演に力を注いだのか。

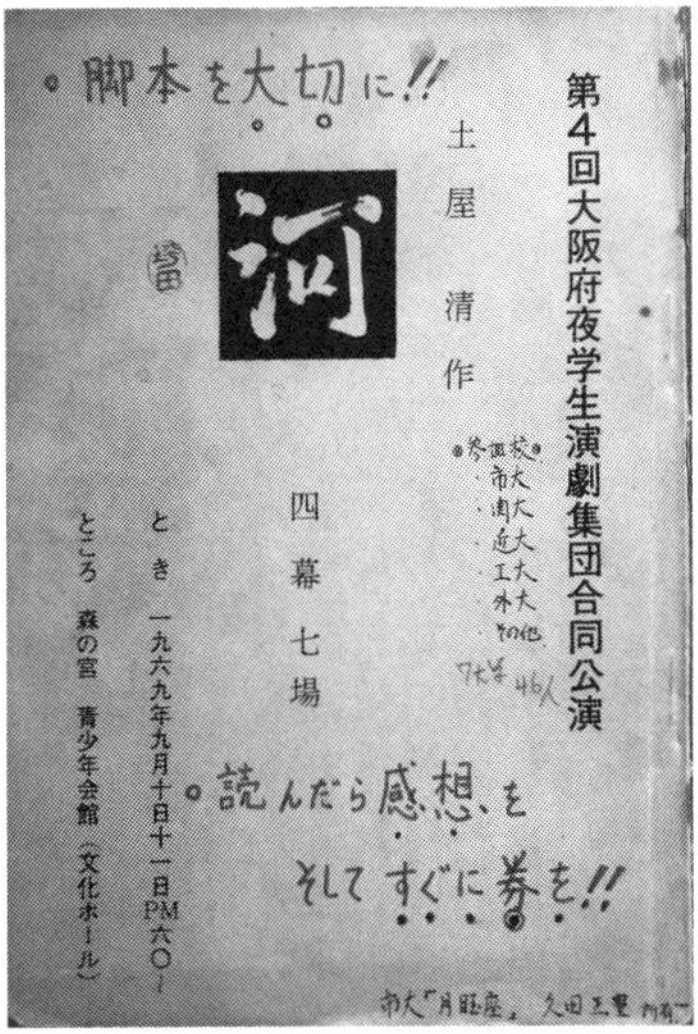

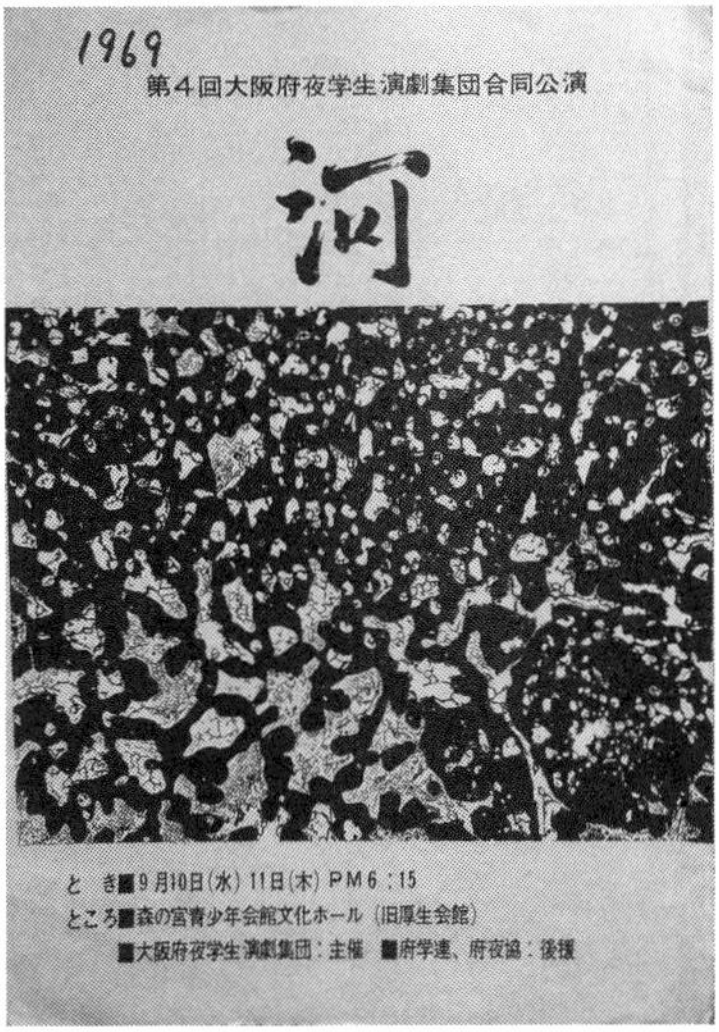

1969年『河』大阪公演のパンフレットと台本

理由の一端は、峠三吉の鮮烈な生きざまにかかわっていよう。柔和な人となりで、喀血を繰り返す病弱の身でありながら、前衛的な文学サークルの運営をにない、殺気だつ労働争議の現場に駆けつけては「怒りのうた」を披露し、軍・警察による厳戒下の平和大会にも出席して、その情景を「一九五〇年の八月六日」という詩にするなど、平和と解放のための闘争にまっしぐらに突き進んでいった。そして妻の献身にもたれかかる暮らしと、そこに足場をおくみずからの詩作に限界を感じ、健康な身体を取り戻すべく、危険を承知で肺葉切除手術にのぞみ、そのまま三十六歳の若さで帰らぬ人となった。

峠はルイ・アラゴンの詩の一節「髪にそよぐ風のように生き／燃えつくした炎のように死ぬ」を好んだという。また峠が病室に掲げていたオストロフスキーの文章、「人間にあって一番大切なもの／それは生命だ」から始まり、その一度きりの人生に悔いを残さないよう、人類解放のたたかいに日々献身することをみずからに誓うくだりの朗読をもって、『河』の第四幕は締めくくられる。このようにみてくると、『河』

という作品は歴史劇ではあるが、過去の出来事を第三者的に観察するような性格の芝居ではないことがわかるだろう。

当時は大都市圏の首長選挙で革新候補が連戦連勝するなど、社会が大きく変わりつつあるように思えた時代である。職場＝仕事に日々拘束され、社会の現実を肌で知る夜学生には、ゲバ棒をかざす学生たちの革命論議から距離をおいて、より現実的な社会変革の活動にかかわる意思をもつ人が少なくなかった。しかも同じことの繰り返しに思える日常に空虚感をおぼえ、生きることの意味を問わずにはいられない年頃である。そんな彼らにとって、峠の鮮烈な人生にオーバーラップするアラゴンやオストロフスキーの言葉は、瞬時に心をゆさぶる魅力をたたえていたのではなかったか。

歴史を題材としながら、大切な今このときを、自分たちは精いっぱい生きているのかどうか、たたかっているのかどうか、それを舞台の創造者・観客の一人一人に問いかける。ここに『河』という劇のインパクトがあったと私は思うのである。人びとが社会変革に前のめりになっていた時代ならではの、熱い共感のありようといえようか。

二〇一八年の京都公演――『河』との再会

それから半世紀の時をへて、峠三吉生誕百年、土屋清没後三〇年にあたる二〇一七年、『河』が広島で再演され、ついで翌二〇一八年の九月八〜九日、京都・紫明会館にて上演された。故土屋清の妻、土屋時子の潤色・演出になる舞台である。紫明会館に近づくにつれ、私たちには特別の劇である『河』と、どんなふうに再会できるのか、期待はおのずとふくらんだ。同時に、今の時代になにゆえ『河』なのか、若い世代になにをうったえたいのかを、いぶかるような気持ちがあったことも否定できない。

まず驚いたのは舞台と客席の規模である。この手狭な空間で、あの大作を展開しうるのか。しかしそれは杞憂だった。演者たちが時に舞台をはみ出て動き回り、その姿や声をまぢかで見聞きできるぶん、舞台上の緊迫感がじかに伝わってくる。限られた空間にみなぎらんばかりの熱気、そんな小規模劇場ならではの迫力の舞台だった。

しかし劇の進行とともに、もっと驚いたことがある。一つは、抒情詩人時代の峠の親友にして画家、大木英作という人物の描き方である。「これからの新しい美の創造は民衆の中からだよ」という峠にたいし、芸術は「孤独の厳しさの中からしか生まれんもんだ」と主張して譲らない大木。結局二人は喧嘩わかれし、別々の道を歩んでゆくことになる。半世紀前の舞台では、二人の関係はそれで終わっていた。劇全体のなかでは、革命詩人に脱皮すべく民衆と共に苦闘する峠、そのひたむきさを浮かびあがらせるのが、大木の役回りのようにもみえた。否定されるべき芸術至上主義者、としての扱いだったといっても過言ではない。

それが今回は最終四幕の冒頭に再登場して、危険な手術を目前に控える峠にいう。「あんたもようやったな」、『原爆詩集』を「わしは評価するよ」と。たがいの芸術観が歩み寄ることはないが、大木なりに峠の仕事を見守っていたのだ。万が一の場合、妻のことを気にかけてほしいと頼む峠にたいし、大木は「思い詰めるなよ。峠君。滅びるのを急いじゃいかんぞ」と声をかけて退場となる。心にのこる旧友との再会シーンだった。

深読みすれば、峠には「思い切り自由にテーマをひろげて」詩を書いてほしい、そのためにも長く生きてほしい、という大木の思いをセリフにすることで、「風のように炎のように」生きいそぐだけが人生ではないことを、示唆しているように私には感じられた。半世紀前にはなかった、峠の生きざまを相対化する視点であり、そう考えると、今回はオストロフスキーの言葉がカットされていることも納得がゆく。

いま一つの驚きは、峠の前で大木とはげしく口論した、一本気なコミュニストの青年、見田要のたどった運命である。共産青年同盟の常任役員にして、峠たちの詩の会のメンバーでもあった見田だが、レッド・パージが吹き荒れた一九五〇年の夏、地下に潜行することを余儀なくされた。半世紀前の舞台の終結部（エピローグ）では、峠が他界したあと、地下活動をくぐりぬけてきた見田が、峠の遺作ともいうべき長編の詩「その日はいつか」を朗読する。原爆投下の世界史的意味を、犠牲になった一人の少女の苦悶に重ねるように記して、その苦悶を心にきざむ人びとが、戦後日本をおおう隷属のくびきと戦火の危険を取り払うべく、敢然と立ちあがる日のくることを展望した壮大な詩だ。

ここでは峠の遺志を受け継ぎ、未来を切りひらく主体を象徴する人物として、見田が立ちあらわれている。ところが今回の公演では、地下活動中に急病におそわれた見田は、病院に駆けこむこともできないまま、ひとり死亡したことが伝えられるにとどまる。ならば誰が峠の遺志を未来につなげるのか、その点は必ずしも明示されない。

以上、大木と見田の例をあげたが、半世紀の時をへて、『河』のつくりが相当変化していることがわかる。峠が大木と絶縁して走りだした一筋の道、その峠の遺志を未来につなげてゆく見田、というような単線的ストーリーだったのが、峠には一筋の道しかなかったわけではなく、その遺志のゆくえも定かでないという、一定の幅や含みのある物語になった。

作品世界の変化の背景に、あるいは変化をうながした事情として、半世紀にわたる日本社会の歩み、近年の日本の核と平和をめぐる現実があることは、容易に推察しうるところであろう。この間に峠が期待した、隷属と戦火から自由になる「その日」があったとはみなしがたい。それどころか現在では、自衛隊がアメリカの戦争に加担し、日本政府が核兵器禁止条約に背を向け、憲法第九条の改変が政治日程にのぼっている。そんな状況で、峠の遺志にそうような未来を舞台で明示するなど、およそありえないことだ。

また「その日」が遠からずくるのなら、峠や見田のように生きいそぐ、あるいは闘争に明け暮れる人生もありかもしれない。しかし今求められているのは、平和と解放をめざす努力が幾度くじかれても、それで諦めてしまうようなことのない、しなやかで強靭な抵抗の姿勢、息の長いたたかいを辞さない、どっしりした構えではないだろうか。そんな今の時代に、かつての単線的なつくりの『河』はそぐわない。幅や含みをもたせるのは当然だ。

京都公演の今日的意義

このように述べると、あるいは半世紀前の『河』にくらべ、今回の京都公演の『河』は、やや焦点のぼやけた、散漫な印象の舞台になったように受けとめる向きがあるかもしれない。しかしそれは違う。終始観客をひきつける力、観客にうったえる力のある舞台だった。物語の中心である峠三吉の生きざまが、必ずしも前面には出ていなかったにもかかわらずである。ならばその強い力の源泉は、いったいどこにあったのだろうか。

一つは、被爆の惨状を描写する詩の力であろう。とくに印象的だったのは、少女が焼け跡から母と弟の骨をひろう情景を書いた、林幸子「ヒロシマの空」である。劇中では見田の恋人・市河睦子の作という設定で、その市河役を、実の作者・林幸子の孫にあたる人が演じて全文を朗読した。これには目頭が熱くなるのを禁じえなかった。

いま一つは、それこそ人生をかけて、反米反戦闘争をたたかった人たちの姿である。広島で反核平和をうったえる、そんな当たり前の行動さえ、職場を追われること、逮捕されることを、覚悟せねばなしがたい軍事占領下だ。それぞれ事情や迷いをかかえながら、勇気をふりしぼって行動する人、あるいは挫折・離脱してゆく人の強さと弱さ、心の高ぶりと苦しみを、『河』は個々の内面にまで分け入って描いている。

原爆の惨禍についての詩と、反米反戦闘争をたたかう人間像、いずれも半世紀前の『河』にもあったものだが、今回は全編を通じて、いっそう強く押し出されていたように思う。言うまでもないことだが、舞台をそのように仕立てたのは、演出者を中心とするスタッフ、キャスト全員である。土屋時子氏は平和が危機に瀕する今こそ、上演の意味は大きい旨を語っている（『毎日新聞』二〇一八年八月十二日付）。これが全員の思いになっていたからこその舞台であろう。観客の側にも「今の世の中の空気に重ねて観劇しました」という人が多かったようだ。京都公演の熱気は、創造者と観客双方の思いが化学反応した結果なのであろう。

現在は峠三吉のいう「その日」の到来を、想定しにくい時代である。それどころか平和国家の内実だけでなく、その建て前さえ無化されようとしている。しかしそんな先ゆき不透明で、迷い戸惑うことの多い時代だからこそ、私たちには忘れてはならない過去、何度でも立ち戻るべき場所がある。たとえば林幸子「ヒロシマの空」の情景であり、被爆者の苦しみを知る者たちが、人生をかけてたたかった草創期の反核平和運動である。それは戦後平和運動の、あるいは戦後日本の、原点といってもよい。

今回の京都公演は、こうして平和が危機に瀕し、人びとが迷い戸惑う時代にあって、私たちの思考や行動の基準となるべき原点を、ドラマ化してみせた。半世紀前の劇を再解釈・潤色することで、今こそ上演されるべき作品として、『河』を現代によみがえらせた。それも小規模劇場を用いてだから、たとえば地方都市での上演も可能ということになる。このあと広島や京都のような大都市だけでなく、全国の様々な場所で『河』が上演されてゆくかもしれない。その可能性をひらいたことに、今回の京都公演の意義があるのだろう。

補論あるいは断り書き

以上の拙文は二〇一八年九月、京都公演観劇のすぐあとに書いたものである。そのとき手許には二〇一八年の上演台本はあったが、一九七〇年前後の台本（第三稿）はなく、したがって半世紀前の舞台についての記述は、私のおぼつかない記憶によるものでしかない。さらに問題なのは、一九七三年末という早い時期に、第三稿を大幅に書きかえた第四稿が作成されていて、二〇一八年公演はその第四稿を前提としていたにもかかわらず、私が第四稿の概要はおろか、その存在さえ知らなかったことである。結果的には第四稿を無視し、第三稿による半世紀前の舞台と、二〇一八年の舞台とを直接対照させる記述になってしまった。

それゆえ本書への拙文掲載にあたっては、本来なら第三稿および第四稿の内容をくわしく吟味し、そのうえで全面的な書きかえを行なうべきところであろう。しかし私としては、観劇直後の思い入れや筆の勢いのようなものを、できればそのまま残したく思い、あえて原文のまま掲載することにした。そうした拙文の欠を補うべく、ここでは『河』上演史上において第四稿がいかなる意味を有するのか、私なりに少しく述べておきたい。

さて前述のように、半世紀前の舞台と今回の京都公演では、大木英作と見田要の描き方が違う。ただこの書きかえは一九七三年の第四稿にもみられ、その点に関するかぎり、京都公演は第四稿を踏襲したにすぎない。大木を芸術至上主義者として否定的に扱うような、芸術と政治の関係性についての教条主義は、早い段階で克服されつつあったとみなせよう。

第四稿について、いま一つ指摘しておきたいのは、反米反戦闘争から「脱落」した市河睦子と岩井美代子の描き方である。第三稿の市河は、最後まで見田のもとに走ろうとしたが、それを実力ではばまれ、他に嫁ぐことを強いられた。それが第四稿および京都公演では、過酷な状況におかれた市河が、みずから他に嫁ぐという苦渋の選択をしたことになっている。また第三稿では脱落の理由を、「あたしじゃって、一人前の幸福（結婚）つかみたいもん」と言った岩井だが、第四稿では被爆した母と幼い妹をかかえる身で、パージにより職を失う訳にはゆかないという事情が語られ、いつか運動に復帰する可能性も示唆されている。

第三稿における脱落の描き方は、他から強制されたものと利己的動機によるものとを、型どおり対照させた感があるのにたいし、第四稿のそれは脱落を余儀なくされた人たち、おのおの固有の事情や心の揺れを具象している。生きた人間が描かれているといってもよい。さきに私は半世紀前の舞台も、運動者を「個々の内面にまで分け入って」描いていると評したが、正しくは第四稿（一九七三年）以降の舞台では、と限定すべきであった。第四稿の成果なしに、二〇一八年の舞台の成功はありえない。

それでは第四稿にはない、二〇一八年京都公演の新しさは何なのか。私が着目したのは『河』の終幕である。第三稿が見田による「その日はいつか」の朗読（エピローグ）をもって終わったのにたいし、第四稿はそのエピローグを削除したため、第四幕の末尾にあった場面、すなわち入院前日の峠三吉が妻にオストロフスキーの文章を読み聞かせるシーンをもって、全編の幕を閉じる格好になっている。第四稿は教条的図式的な固さを克服しつつあったが、峠の生きざまの「美しさ」を印象づけるという点では、むしろ第三稿以上だ。

京都公演はオストロフスキーの言葉を削除することで、峠の生きざまを相対化したようにみえる。演出の土屋時子氏は、削除の可否について相当悩んだようだが、『河』を今の時代によみがえらせるうえで、それは必要かつ適切な措置だった。そして土屋演出はオストロフスキーのかわりに、「その日はいつか」(部分)の群読をもって終幕とした。平和と解放の実現は、峠や見田のような「英雄」的個人ではなく、この舞台の創造者・観客みんなの肩にかかっている、平和が危機に瀕する今こそ戦後史の原点を想起してほしい、とうったえるかのようなラストだ。京都公演は第四稿の達成に多くを負っているが、その成功の決定打となったのは、終幕部の構成の仕方、その新しさ・思いっきりのよさだったのではないだろうか。京都公演の成功にあらためて拍手を送りたい。

『河』、そのこころはどう引き継がれたのか
——占領期のヒロシマを振り返って——

永田浩三

自由な表現の場の登場と新たな弾圧

『河』の登場人物が生きた一九四七年から五三年のヒロシマは、どんな時代でどんな雰囲気だったのか。タイムマシンがあったら、あの平和アパートの窓の外から、ドローンのようにホバリングしながら、峠三吉や四國五郎たちが話しあうようすをこっそり聞いてみたいところだが、残念ながらそれはかなわない。だから、勝手ながらイメージを膨らませるための補助線を引いてみたい。

わたしが長く身を置いていた放送の世界。アジア・太平洋戦争が終わった後、日本のラジオは大きく様変わりした。そんな中で『真相はかうだ（こうだ）』が熱い人気を集めていた。戦争の責任は誰にある？　国民を欺いたのは誰か？　タブーを一切なくしたようなこの番組は敗戦の年の十二月から四八年まで続いた。

新生ＮＨＫの放送委員（現在の経営委員）でもあった作家の宮本百合子は、「（戦中と）同じ口が、よくもまったく

違うことが言えたもんだ」とあきれたそうだ。ちなみに、宮本たちは、荒畑寒村らとともに放送委員として、共和国憲法の立案者でもあった高野岩三郎をＮＨＫ会長に選んでいる。言論弾圧など過去のように見えたものの、後述するように、そこにはからくりがあった。一九四六年一月『素人のど自慢』が、六月には『街頭録音』がスタートした。公共放送が、初めて市民に発言の機会を積極的に提供したのだった。銀座資生堂前の録音「あなたはどうして食べていますか」は、今も伝説となっている。「朕はたらふく食っている　汝臣民飢えて死ね！」といった強烈なジョークもそのまま伝えられた。

　四七年十月、エッジの利いた風刺番組『日曜娯楽版』が誕生する。プロデューサーは、丸山真男の兄、丸山鐵雄が務めた。頑固一徹ゆえに、がん鉄が彼のあだ名となった。「ラジオは二度と国家の道具になってはならない」と、がん鉄は思っていた。固い信念のもとで、吉田茂内閣も昭和電工事件も笑い者にし、批判の手をゆるめなかった。『日曜娯楽版』の台本が残っている。詳細は不明だが、進駐軍のお気に召さないであろう中身を事前にカットした跡だとされる。これはどういうことなのか。そう、戦前とは違う形だが、ＧＨＱの検閲・プレスコードがあったのだ。ＧＨＱにとって都合が悪いことは放送させないという検閲だけでなく、『真相はかうだ』の場合は、占領政策に有利なことを広める指導がなされた。そんな中で何より語ってはならないもの、それは原爆だった。

　だが、『河』の主役である峠三吉や、「われらの詩《うた》の会」のメンバーは、プレスコード下でも、自粛するようなことはなかった。そこがほんとうにすごい。日本国憲法第二一条のもとで、できる限り原爆の実相や戦争反対を訴え、その結果、逮捕・拘束されることもあった。「われらの詩の会」で峠や四國五郎と苦楽を共にしてきた、丸屋博（御庄博実）が、つくった詩が、「政令三二五号」（占領軍行為阻害令）違反の対象となり逮捕された。

　これが問題となった詩である。

「おいそこいらを飛びまわっている飛行機虫　レイテの底に沈んだ俺の右腕にもあきたらず　真赤な心臓まで蝕もうというのか　無惨にも爛れた正中神経も今は甦って　ボルトとナットとリングで出来ている　この鉄の腕は強いぞ　平和と真実が近づいたからといって　そんなに蒼ざめた眼玉をして飛び廻るな　飛行機虫！　今にこの鉄の腕で　叩き落としてくれるぞ！」

丸屋は武装警官に連行され、拘置所の壁の中で検事から厳しい追及をうけた。「飛行機虫とは米軍機のことなのか？」「いえいえ、そういう虫がいるんです……」押し問答が繰り返され、なんとか保釈。悪夢のような体験だった。丸屋を支え励ましたのは、峠三吉と詩の仲間たちだった。言論弾圧は現実のものとして存在し、有罪になれば沖縄に送られるという話が伝わっていた。これより前、大田洋子や栗原貞子といった作家、詩人たちも、原爆をめぐる表現をめぐって占領軍の諜報部や福岡の検閲局からさまざまな圧力を受けてきた。

ＧＨＱの占領政策の二つの柱は、日本の非軍事化と民主化である。獄に繋がれていた共産党員が釈放され、さまざまなかたちで戦争の指導に関わった二一万人が公職から追放された。追われたひとりに、鳩山一郎がいた。極端な反共主義者だったというのが理由だった。マーク・ゲインの『ニッポン日記』には、「アメリカは日本を赤く染めようとしているのかと思った」という鳩山の言葉が紹介されている。

共産党に比較的寛容であった占領政策。それが、一九四九年には一変する。この年、湯川秀樹がノーベル賞を受賞。新聞の夕刊が復活し、日の丸がＯＫとなった。浅草松屋デパートでは千円の自転車と五百円のラジオが飛ぶように売れた。

このころ日本社会は、戦地からの多くの引揚者を抱え、アメリカからの援助や援助物資に支えられ、猛烈なインフレが起きていた。こうした経済に終止符を打とうとしたのが、ドッジ・ラインである。超緊縮財政によって二〇万人を超える公務員の首切りが示された。前年の一九四八年七月のマッカーサー書簡によって、日本の組織労働者の四割を占める公務員はストライキ権や団体交渉権を奪われていた。労働組合や共産党は猛反発した。そんななか、国鉄にからむミステリアスな事件が三つも続いた。七月五日、総裁が轢死体として発見された下山事件、八月、無人の電車が暴走して六人が死亡した三鷹事件、同じ月、福島県松川駅付近で列車が脱線、乗員三人が亡くなった。三つの事件は誰の仕業か、同列に語るのでよいのか、近年は疑う声もあるが、結果をみれば、左派の労組や共産党は、犯行の黒幕だというあらぬレッテルを貼られ、深い傷を負った。

抵抗の中で詩が生まれ、絵が生まれ、声が結集した

こうした状況下で、彗星のごとく登場したのが、峠三吉だった。『河』の第二幕《怒りのうた》は、一九四九年六月初旬から始まった日本製鋼広島工場で起きた空前の労働争議のようすが描写されている。従業員二〇八三人の三分の一にあたる七三〇人の解雇が突然言い渡され、争議の現場には、峠と四國はともに居あわせ、初期の被爆者運動に関わり、『この世界の片隅で』を著した山代巴や、『原爆の図』を描くことになる赤松俊子、中国新聞労組の副委員長だった松江澄、史上初めて被爆者の写真を世に出した『ひろしま民報』の大村英幸、峠とふたりでガリ版の『原爆詩集』を制作することになる四國五郎がいた。

いまわれわれは、赤松や四國が残した日鋼争議の絵を見ることができる。赤松の絵の中心には、争議を支援す

る白いチマチョゴリの女性が描かれている。日鋼の隣には、海田の朝鮮人部落が広がり、警官隊に追われた労働者たちがかくまわれた。

朝鮮出身者は、敗戦によって解放された。これからどう生きていけばよいのか。民族運動と政治運動は、彼らの羅針盤となった。運動の母体は在日本朝鮮人連盟（朝連）であり、日本共産党であった。ふたつの組織は混然一体であり、共産党は朝連なしには存在しなかった。

朝連は、故郷の言葉や文化・歴史を取り戻し、民族の誇りや自覚を促すために、各地に朝鮮人学校をつくる主体となった。だが、マッカーサーは、そうした動きを歓迎せず、一九四七年以降、弾圧を強めていく。日本の教育基本法や学校基本法に従うよう指令を発し、日本政府は朝鮮人学校の閉鎖を命じた。朝鮮人の多くと日本人の一部は抗った。もっとも激しい闘いが、一九四八年四月の阪神教育闘争だ。行動隊は大阪府知事の執務室に突入。米軍はカービン銃を持って駆けつけ、武装警官もやってきた。このとき十六歳の朝鮮人が射殺された。

広島でも朝鮮人による社会運動は活発だった。広島に運動は、市民三〇万人のうちおよそ一割の三万人の朝鮮人が被爆したことを抜きにしては語れない。

一九四九年十月二日、広島女学院講堂で、平和擁護広島大会が開かれた。占領下で市民が開く初めての大規模な集まりだった。下山・三鷹・松川といった謎の事件の直後であり、共産党が事件の背後にいるというデマが飛び交うなか、平和をうたう大会は危険だとみなされ、広島市は直前になって共催者から降りた。議長団は、峠三吉や松江澄らが務めた。

後年、核兵器の廃絶を最初に訴えたのは、一九五五年の「第一回原水爆禁止世界大会広島大会」だとされるが、それは違う。それより五年以上前に市民は原子兵器禁止の決議を行った。広島女学院の講堂に集まったのは三百人近く。客席の半分近くを占めたのは中年の朝鮮人女性だった。八月に朝連は解散させられ、朝鮮半島で戦争が始まるかもしれないという危機感が、大挙して参加した理由だった。占領軍を刺激しないよう、「反戦」「原爆」といった文言は表に出さないはずだったが、「原爆反対の決議をあげよう」という会場からの声を契機に、決議がなされた。それを大村英幸は記事にした。歴史的瞬間だった。

朝鮮戦争に抗い、声をあげる

大会の翌月の十一月、『われらの詩《うた》』は創刊される。峠三吉は四國五郎に協力を求めた。四國は、表紙・題字・カットだけでなく、詩も多く投稿した。「誰も詩を書いたことがないひとや小学生も投稿できる。詩はだれでも書ける！」この編集方針が貫徹された。

『われらの詩』には大きな特徴がある。数は多くないが、朝鮮人問題や破防法反対、松川事件の真相といったテーマをしっかり取り上げた。編集委員の増岡敏和は、朝鮮人学校の閉鎖をテーマにした詩や、指名手配中の朝鮮人の身を案じる詩を投稿した。朝鮮人学校の小学六年生の詩が巻頭を飾ったこともある。

『河』のなかでも、朝鮮人が出てくれば、より一層立体的になったのではないかと想像してみる。作者の土屋清が朝鮮人の役割の大きさを知らなかったはずはない。出す以上はしっかりと描くべきだと考え、どう描くかを書いては消し、書いては消し、悩んだのかもしれない。

一九五〇年春。朝鮮半島での戦争がひたひたと近づいていた。峠や四國らは、反戦を前面に打ち出した「反戦詩歌人集団」を立ち上げる。戦後の日本で初めて「反戦」ということを前面に押し出した集団が生まれた。『河』

のなかの峠は、本人を知るひとのイメージに忠実で、柔らかく優しい。しかし、「反戦詩歌人集団」の宣言の中の峠の言葉は血が噴き出るように激烈だ。

「再び戦いが始められる時、人間の歴史は終そくする。我々はそれを知るゆえに起つ！」

人類が終わってしまうほどの戦争。それはつまり核戦争。峠たちは原爆の恐ろしさを知るがゆえに、なんとしても止めようと必死の抵抗を試みた。

二号には、田中鉄也の名前で峠の詩が載せられた。

詩は、「××のニュースを載せた新聞が発禁になった。東大の平和祭が警官隊に蹴ちらされた。反戦ビラをバスの席においた男が　きょうも逮捕された……」から始まる。

一九五〇年六月二十五日、恐れていた朝鮮戦争が始まった。『河』の第三幕では、八月六日、広島市内に二千人の警察官が取り締まる中、福屋百貨店の屋上から、朝鮮半島での原爆投下反対のビラを撒くという場面が、客席を巻き込み劇的に描かれる。ビラはヒラヒラと舞い落ちる。その興奮を峠は詩にした。当時の様子は、『ヒロシマを伝える』（永田浩三、WAVE出版、二〇一六年）に詳しい。このとき、日本人は逮捕されず、朝鮮人は逮捕された。

『河』では、核兵器をなくそうというストックホルムアピールの署名運動の成果として、朝鮮半島では原爆が使われなかったことが描かれている。近年の調査で、原爆投下目標は、中国やソ連まで広がり、二六地点に及んだことが明らかになっている。ほんとうに間一髪だった。

峠たちのこころは、どう引き継がれたのか

『河』には、初期の被爆者の運動である、「原爆被害者の会」が登場する。リーダーの峠三吉とともに、山代巴や川手健らが、被爆者の家を一軒一軒訪ね、手記を書いてもらったり、詩を集めたりした。声をあげられないひとの声を聞き、それを伝える。文芸の可能性だけでなく、被爆者の救済の面からも、当事者が声を上げることは何より大切だった。

一九五三年三月十日、峠三吉は手術中に息を引き取った。一九六〇年四月、川手健が死んだ。自殺だった。『河』の後半で、市河睦子のかつての恋人、見田要が死んだことが伝えられる。見田の死はわたしには、川手健の死と重なって見える。この劇は、たくさんの死者たちの無念の集積であり、そこからの出発でもあるだろう。

『河』のなかでは、峠と画家の大木英作が、「芸術なのか運動なのか」をめぐって対立する。しかし、作者の土屋清も含めて、実は揺らぐことなどなかったのではないかと思う。論争は、党の中の路線対立などという矮小なレベルの問題ではない。名もなきひとたちの表現がどれほど尊いものであるか、世の中をよくするために貢献しない芸術などあるはずはないと、信じていた。

峠たちの精神が開花したのが、イッちゃん、つまり林幸子の詩「ヒロシマの空」だ。この詩は、今日まで原水禁運動のさまざまな場面で朗読され、語られていく。

名もなきひとたちの表現でいえば、一九七五年以降、四國五郎がＮＨＫ広島放送局とともに行った「市民が描く原爆の絵」のキャンペーンを忘れるわけにはいかない。このうねりは今日、基町高校生が被爆者に話を聞き、

油絵に仕上げる「原爆の絵」の活動に引き継がれている。こうした表現が世界の多くの人々に共有されたことが、核兵器禁止条約につながった。

『河』の最後に全員で語る「その日はいつか」。その日とは、戦争や核兵器をこの地球からなくすために広範なひとびとが立ち上がる日のこと。峠三吉、四國五郎、川手健や土屋清が目にできなかったその日。悔しかっただろう。残されたわれわれは、彼らからの願いのバトンをつないでいかなければならない。

この稿の校正中、わが国の総理大臣は、アメリカの使い走りよろしく、イランを訪問。核兵器の開発をやめるよう交渉したことがメディアで伝えられた。かつて核武装の可能性まで口にしたことのある、底の浅い政治家による説得。どこまでリアリティのある交渉だったのか。土屋清らが生きていたら、どれほど強い懐疑のことばをつむいだことだろう。それを想像する朝だ。

『河』と詩画人・四國五郎

四國　光

『河』の中の四國五郎

『河』の作者である土屋清は、生前の峠三吉には会っていない。

土屋本人の講演録によると、峠が盛んに活動した時期、土屋は「占領目的阻害行為処罰令」（ＧＨＱの目的に反する行為を処罰するための政令）から逃れるため、九州の山中や漁村に潜伏していた。そのため生前の峠と会う機会を逸していた。

よって、土屋がこの芝居を書くにあたっては、峠を知る人間から徹底的に話を聞き込み、資料を調べあげ、峠の人物像を自分の心の中に丹念に練り上げた。峠の思想、峠の表現観を峠のセリフや所作の中に凝縮させた。その上で若き土屋清が人生を賭けて書いた畢生の大作である『河』は創り上げられた。当時土屋は三十二―三十三歳。土屋の言葉を借りれば、「ともかく自分の全人生をかけて歴史に突きささろうとした」。

その際に、一番長く時間をかけ、回数を重ねて取材したのが、「われらの詩《うた》の会」で峠と二人三脚のように濃密な協働を進めた父・四國五郎だったそうだ。土屋が志半ばで亡くなった後、父は土屋に捧げる詩「肖像画（土屋清さんに捧げる）」を作った。

その中で土屋による自分への取材を父はこのように表現している。

峠さんが死んで十年もたったころ
土屋さんが峠さんのことを取材してまわり
私にも根ほり葉ほり聞き
私の頭にはなつかしさと悲しみが
スープをかきまぜたように表面に浮かびあがったが
彼の頭にはドラマの木組みがはじまったのだ……

「ドラマ」とは言うまでもなく『河』だ。「根ほり葉ほり」という言い回しに、土屋のこの作品に賭ける執念と、恐らくは、半ば呆れながらも土屋の情熱に丁寧に答えようとする父の姿勢がうかがわれる。「根ほり葉ほり」とは考えようによっては随分と失礼な言い方で、本来そのような言い方を普段あまりしない父であったから、「根ほり葉ほり」は、相当執拗な取材であったことを示唆している。土屋に執拗に迫られ、父が浮かべたであろう嬉しそうな照れ笑いが目に見えるようだ。父の性格から言って、土屋の「根ほり葉ほり」にとことん付き合って峠のことを語ったのだと思う。

つまり、土屋清が『河』を創るために心の中に描いた峠三吉像は、峠の作品や発言を基盤としながらも、四國五郎の記憶の中に住む峠三吉を、粘土のように掘り出して練り上げられたものだった。だから、土屋が描いた峠三吉像の中には、四國五郎が抱いていた峠の記憶が住んでいる。そして、その峠像を育んだ四國五郎自身も息づいている。

私はこれまで三度『河』の舞台を見たが、少なくとも、私はそういう思いで『河』の舞台を捉えた。だから舞台を見ながら涙が止まらなかった。『河』を見ながら、舞台の上に、私が実際には会ったことのない二十代後半の若き父の幻影をも期せずして見ていた。

『河』の中に四國五郎は全く登場しない。

二〇一七年十二月（広島）と二〇一八年九月（京都）の『河』の公演（演出：土屋時子、制作：池田正彦）では、その代わりに舞台の背景にふんだんに四國五郎の絵が使われた。ある時は背景画として、ある時は映像として舞台に投射された。

この芝居の中では、四國五郎は最初から峠三吉と一体化した存在として描かれている。四國五郎は峠の中に生きている。だから、峠のセリフには時に父が喋っているのではないか、と思わせるようなセリフがしばしば登場する。

そのように設定したうえで、土屋は終生自身の演劇的課題として追求し続けた「政治と芸術」の問題を、より鮮烈に浮き立たせるために、四國五郎ではなく、峠と真反対の「芸術至上主義」思想を持つ画家大木英作を峠と対立的存在として設定する。

結果として、この友情を根底に持つ対立関係が、ドラマに劇的な緊張感とダイナミズムを生むことに繋がっている。観る者にもこの問題について考えることを迫る効果をもたらしている。峠の盟友四國五郎を敢えて登場させず、大木の存在を峠の合せ鏡の役割のようにして設定することにより、峠の生き様をより生き生きと浮かび上がらせることに成功していると思う。この芝居の大きな成功の要素となっている。

ちなみに、大木英作のモデルは「われらの詩の会」の仲間でもあった画家の浜本武一と言われている。土屋にとっても生涯最大のテーマであった、「政治と芸術」および、峠や父そして土屋自身が終生揺らぎ続けることとなった「叙事と叙情」についての課題が、この大木英作の中に土屋自身の迷いや苦悩として色濃く刻印されている。幕が開いた直後、いきなり画家の大木が吐き捨てるようにこう言い放つ。

大木　砂船か?
峠　うん。あの音だけは昔のままじゃね。
大木　何もかもよ。原子爆弾といえども何も変えはせんかった。ピカッと光って焼け野原になって、これで世の中まるっきり変わると思うたが。幻想じゃ。日本人という奴はどこまでいっても日本人。御主人を変えただけのことよ。
峠　そうかな。

この大木のセリフは土屋自身の苛立ちだ。五〇年以上も前に書かれたセリフだが、今の観客にも鋭く問いかけ、政治意識を揺り起こす。

原爆、ＧＨＱによる占領、民主化への道。希望を抱いたのもつかの間、一気に辿った「逆コース」の坂道。再軍備。平和運動組織の分裂……。あらゆる状況を飲み込んだ土屋自身の苛立ち、怒り、苦悩や無力感の全てがこの最初の大木のセリフに凝縮されている。

このセリフはまた、観客にとっては出会いがしらの一撃だ。まず、ガツンとやられる。何だ、日本人は。何をやっているのだ。原爆を落とされた後の二〇年間は一体何だったのか？　しかし、怒り幻滅する大木だが、彼自身はその現実に対して何ら動こうとはしない。不満を秘めながら表立って発言も行動もしない。傍観者に過ぎない。表現者としてそれでいいのか、という問いは彼の中では不問に付される。

すなわち大木の絶望は土屋自身の絶望であり、同時に大木の存在は沈黙する大衆だ。しかし、峠はそれに対して「そうかな」と軽く余裕すら漂わせて打ち返す。現実に幻滅しながらも、芸術の中に社会を変革させる運動の可能性と萌芽を感じる峠。希望を信じる峠と現実に絶望する画家大木。土屋自身の中に混在する希望と絶望がこの冒頭のシーンで見事に交錯し、土屋の課題のみならず社会が抱える根源的な課題を照らし出す。

峠三吉と四國五郎――言論統制下の反戦活動

では峠の死後、四國五郎の記憶の中に住んでいた峠三吉、すなわち四國五郎にとっての峠三吉とはどのような人物だったのだろうか。

父は峠の人物像を話す時、よく「竹久夢二が描く人物のような人」と形容した。我が家の居間には父が描いた、優しそうな面持ちの峠の油絵の肖像画が常に掛かっていた。峠の静かな視線が、我々家族にも常に柔らかく注がれていた。また父の日記の中には峠に関して次のような記述もある。「いろいろなことがあっても、こうして峠さんのどちらかといえばひよわな躰のそばにいれば、なにがなくあたたかい気持ちになる」。

寡黙で人の気持ちの動きにとても敏感な父であったから、峠の穏やかな人となりの中に、同じ方向を向き、共に戦う同志としての信頼と安心感を見ていたのだろう。

もう一つ、父がよく話した逸話は、峠のいわば指導者としての資質だ。「われらの詩の会」の打ち合わせの際などに、議論が紛糾したり停滞したり、行先が見えなくなったりした時など、峠が議論に入ると、滞っていた水がすーっと流れ始めるように、ひとつの方向に皆の意見が穏やかに流れ始め合意に達する、そんなことがよくあったそうだ。

勿論メンバーの中では峠が最も年上であったことにもよるだろうが、峠は今で言う、ファシリテーターのような資質の持ち主だったのだろう。穏やかな包容力とさりげない求心力。様々な困難を乗り越えて、『河』の舞台となった文化サークル運動「われらの詩の会」を維持できたのも、この峠の人間的資質あってのことだろう。だから峠の死後、会が静かに収束を迎えたのは、自然な流れだったのかも知れない。

父が初めて峠に会ったのは、シベリアから復員した翌年、一九四九年の九月のことだ。

四國五郎二十五歳、峠三吉三十二歳。当時、父は恐らく、自分が体験した戦争やシベリア抑留、および弟を奪い故郷を破壊した原爆への怒りをどのような形で絵や詩に昇華させるか、必死で試行錯誤を繰り返していたはずだ。

その模索のど真ん中にいた父の所に、ある日、ふらりと峠がやって来る。運命的な出会い。その瞬間から、一九五三年三月に峠が手術台の上で命を落とすまで、父と峠の濃密な協働作業が続くことになる。父と峠が協働したのはわずか三年余り。しかし、父にとっては実に豊かな、歓びに溢れた、濃密で幸福な時間だったと思う。七歳年上の峠の存在は、詩や絵の表現を模索する父にとって、未知の道先を優しい光で照らし出してくれる一本の松明のような存在だったのではないかと思う。

父は初めて峠に会ったときのことをメモに残している。

「宇品《うじな》東の兄の家に寄寓していた私をたずねて峠三吉さんがやってきた。きけば若いもので新しい詩の運動をおこし、会をつくり雑誌を発行する。ついては、わたしにも会員になってほしい。そしてとりあえずその表紙絵を描いてほしいということだった。私はすぐ入会を希望し、表紙絵もひきうけた。というのは、日鋼争議をテーマにした『たたかいのうた』をはじめ短い詩を拝見し好きな詩だとよく覚えていたからである。そして作品とともにその名前が一度きいたら忘れられない名前だからである。

峠さんも笑いながら日鋼をテーマにしたポスターや短い詩を読んで私を知っていること。それに『四國五郎』の名前は、まことに覚えやすいよい名だと笑った。印刷ははじめていること、表紙と題字がまだなので早くほしいとのことだった。私は、その日のうちに描いて翌日持参した。」

ここに言及されている新しい会が、言うまでもなく「われらの詩の会」だ。四國五郎と峠三吉。どちらかと言うと寡黙なこの二人が、初対面にも拘わらず、お互いに名前の珍しさで話が盛り上がった、というのがなんとも微笑ましい。

またサークル誌『われらの詩』の表紙と題字を「その日のうちに描いて翌日持参した」という文章に、当時の父の歓びと高揚した心が見て取れる。

父はその時、シベリア抑留から復員してわずか一〇か月。周囲はほとんど全滅したという満州でのソ連との過酷な戦争、マイナス五〇度の厳寒の中の強制労働と栄養失調により吐血して死の淵をさ迷ったシベリア抑留、原爆による最愛の弟の死。それらの辛苦を舐め続けた父にとって、GHQの言論統制下とはいえ、峠との邂逅によってやっと、思う存分、仲間と共に絵と詩が描ける春が訪れた瞬間だった。

それから後の父は頻繁に峠のアパートを訪ね、峠も父の元を訪れた。「ちちをかえせ　ははをかえせ」で知られる『原爆詩集』（一九五一年九月）の表紙と挿絵や、手作り反戦反核ポスターである「辻詩《つじし》」など、多くの作品を、峠のアパートで膝突き合わせながら、協働作業のようにして作り上げた。

長々と父と峠との協同作業を記したが、大事なのは次の一点だ。

四國五郎はそれだけの情熱と、あらん限りのエネルギーを「われらの詩の会」の活動に投じていた。その熱量が全て凝縮された一点の場所。それが『河』の舞台となる峠のあの「平和アパート」の一室であった。

そして、その場を表現物として再現した作品は、私が知る限り『河』しか存在しない。戦前、そして戦争とシベリア抑留の二十代前半までの体験を千ページの画文集にまとめ、その本を父は『わが青春の記録』と名づけた。『河』という作品は父にとっては、シベリアから帰国した後の二十代後半の、もうひとつの『わが青春の記録』だった。

青春そのものだった。

四國五郎にとっての『河』

では、四國五郎は『河』の公演をどのように受け止めていたのか。一九六三年八月三日の『河』の初演の日の父の日記を見ると公演の評価として「なかなかよい」と評している。

同時に「しかしシナリオ構成が一寸まく切れに物足りない」とも書いている。

父は正面だって声高に人を批判したり、反論したりするタイプではなかったが、強く心を込めたものに関しては、決して妥協をしない筋金入りの頑固者だった。

初演の終了後、あれだけ「根ほり葉ほり」取材した父に対して、当然土屋は感想を聞いたことだろう。父は日記に書いた感想を率直に土屋に告げたはずだ。とにかく土屋に、よりいい『河』を創ってもらうために。十年前に逝った峠三吉を改めて鮮明に浮かび上がらせ、あの時代の広島の若者達の懸命な生き様を再現してもらうために。

それはまさに、広島の若者達の青春群像であると同時に、二十代半ばの四國五郎自身の人生に奇跡のように成立した、三年半に渡る父と峠の宝物のような青春を、土屋の手によって舞台の上に再現してもらうことに他ならなかった。何としても見事に描いてもらわねば困るのだ。熱く演じてもらわねば困るのだ。父としても力が入らないはずがない。

また、『河』の公演を観た初演から十年後の一九七三年十二月七日の日記には、「夕方月曜会の河を観にゆく。

第一回公演よりたしかによくなっていて、舞台装置が実によい」と書いている。

「第一回公演」とさりげなく書いているがそれは一〇年前の話。一〇年前に一度観たきりの芝居の記憶と、その日観た芝居を比較しているのだから驚きだ。一〇年前の芝居をそれだけ鮮明に記憶している、ということは、逆に言えば、一〇年前にどれだけ拘りを持って観たのか、ということだろう。父がこの芝居にかける期待が改めて見て取れる。

しかし、ここでもまた「三時間を一応観せる。終わりの山が一寸ものたりない」と批判めいたことを書いている。「一応」という何か突き放した言い方も「もの足りない」という言い方も、かなり手厳しい。残念ながら、父の持っていた、『河』に対する恐らくはとても高い期待に、土屋の執念を持ってしてもまだ届いていなかった、ということだろう。その感想も、間違いなく土屋に伝えられ、土屋は再度台本を書き直したことだろう。

実際土屋は再演の度に何度も繰り返し台本を書き直したという。二〇一七年十二月の広島公演、二〇一八年九月の京都公演においても、演出を担当し自らも演じた土屋の妻、土屋時子も、亡き夫土屋清の台本にかなり手を入れたという。

『河』とはそういう芝居なのだろう。作品として完成したものではなく、時代や状況に応じて、その時に必要なメッセージを発するために『河』も変わっていく。そういう意味で、真に平和な世の中がこの世に訪れるまで、『河』とは永遠に完結せずに、時代の必要に合せて変革していく「上演運動」なのだろう。

すなわち『河』はバトンだ。次世代に引き継ぐべき平和のメッセージの記念碑だ。

土屋自身が『河』について、重厚な論考「尊大なリアリズムから土深いリアリズムへ」(本書第Ⅰ部所収)の中で、自身の演劇思想を測る「物差し」であり、だからこそ自分にとっての「古典」である、と言ったが、バトンとしての『河』は世代を超えて受け継がれ、繰り返し繰り返し、世代が変わっても演じられることで、『河』はいつか土屋にとっての「古典」ではなく、社会にとっての「古典」となる。

丸木位里・丸木俊夫妻の『原爆の図』が多くの市民達の手で全国巡回されることで、そのこと自体が、戦争や原爆を告発する「市民運動」になったように、土屋自身が『河』を自己完結した作品としてではなく、『河』を準備し、市民がそれを演じ、そして多くの観客が観て気づきを得ることで、一作品が演劇を通じた「市民運動」として発展していく。市民と共に芝居を創ることで河が大河になる。土屋が『河』のパンフレットに書いた次の言葉が社会の中で『河』の持つ機能を要約している。『河』の流れは止めてはならない。

……さぁ、いっしょに、一九四五年の八月六日を、原爆を、もう一度体験しようじゃありませんか。原爆を落とされたのち、米軍に単独占領されて、もの言わぬ『広島』を強いられた屈辱の期間を、勇気をふるい起こして初めて口を開いた一九五〇年八月六日を、その後もなおもつづく日本の厳しい冬の谷間で、人々の青春がどう燃えたのかを、追体験してみようじゃありませんか。……

さあ、いっしょに舞台への旅立ちの用意をはじめましょう。間もなく幕があがるのです。

いっしょにこの芝居を創りましょう。

（劇団月曜会一三回公演パンフレット）

市民運動としての『河』——今、何を『河』から学ぶべきか

戦争。原爆。大量虐殺。狂った歴史の体験者は残念ながらあと少しで不在となる。生きた証言者がゼロとなる。そうなると、残された砦は、それらの狂気について描かれた「表現物」だ。「表現物」こそが、時代の生き証人となり、世代を超えて記憶を継承するための大事な教科書となる。「表現物」とは、小説、ノンフィクション、映画、写真、漫画、など、後世に正確に残すことが目的の「記録」と異なり、作者が、「このことだけは何としてでも伝えたい」という強烈な意志のもとに、伝えるための工夫を凝らして作り上げたものだ。

その中でも「芝居」という「表現物」は、目の前で生身の人間が歴史を演じるという、他の表現物が持ちえない強烈な伝達力を備えた表現手段だ。あの時代の熱量を今、絵画や文章表現から推し量ることは難しい。しかし、直接肌で感じることができる貴重な学習機会が舞台だろう。恐らく舞台のみが、当時のピリピリするような時代の空気を目の前に可視化し、我々観客はその空気に触れて時代を追体験する。歴史を体で学ぶ。息吹を吸い込む。演じる者も見る者も、舞台に接して「感動」すれば、それは何かが確実に自分の中に「継承」された、ということだ。

生身の人間が目の前で演じる息遣いに触れて、観客である我々も傍観者であることを離れて当事者意識を自分の中に醸成する。平和への行動が「自分事」になる。それこそが、まさに土屋清がこの芝居を公演することに求めた「運動」なのだと思う。『河』とは覚醒と変革の物語だ。峠三吉自身と「われらの詩の会」の若者達が、あの時代に抵抗の詩と言葉を通じて変革し成長したように、この芝居を観る観客自身もその様を目撃することで、

自分の在り様を見つめ直すことを要求される。

原水禁運動分裂の危機にあった一九六三年に、時代が『河』を必要としたように、今、我々自身が『河』を必要としている。『河』とは、時代がきな臭くなるごとに、「市民が何をすべきか」、その原点を見つめるために必要とされる「問いかけ」なのだ。

残念ながら、現代という時代は、舞台のあの時と変わらない。それどころか、国民の「怒り」の総量が減少している分だけ、状況は更に悪化していないだろうか。戦争への道筋、共謀罪、集団的自衛権の行使、歴史の改竄、差別、欺瞞に満ちた原発政策、沖縄への暴力、教育勅語の復活、政治の私物化、息を吐くように嘘をつく政治家たち、なりふり構わぬ憲法改悪。そして、余りにも無批判で無関心な多くの人々……。

まだまだ、『河』は演じられる必要がありそうだ。

『河』、もうひとつの流れ――峠三吉とともに歩んだ人びと

大牟田　聡

『この世界の片隅で』

一九六五年に出版され、二〇一七年にアンコール復刊された岩波新書『この世界の片隅で』（山代巴編）は、中国放送記者だった秋信利彦による原爆小頭症の取材報告や作家文沢隆一が〝原爆スラム〟に住み込んで書いた「相生通り」、中国新聞東京支社の記者だった大牟田稔による占領下の沖縄の被爆者の現状報告など八編のルポルタージュが収められ、被爆二〇年を迎えようとしていた被爆者の知られざる状況を伝えるものとして今も存在感を放っている。

編者の山代巴は「まえがき」で、この本が生まれるまでの背景について触れているが、それぞれのルポには徹底して「被爆者の声を聞く」姿勢が貫かれていた。その原点にいたのが、舞台『河』の主人公である峠三吉と活動をともにし、大きな影響を受けた若者たちだ。そうした若者たちの軌跡を追うと、そこにはあたかももうひと

つの『河』が浮かび上がってくるようである。

『河』で描かれた時代

土屋清による『河』は、一九四八年から五三年の広島が舞台だ。占領政策で厳しい言論統制が敷かれるなか、時代の潮流に抗おうともがく若者たちの葛藤の日々が描かれている。

『河』には登場しないが、『この世界の片隅で』の編者山代巴《やましろともえ》（一九一二―二〇〇四）は戦前から労働運動に携わっていた。彼女は一九四〇年に治安維持法違反で検挙された後、和歌山刑務所を病気で仮出所し、原爆投下時は現在の広島県府中市の実家で療養していた。山代は四六年二月、広島市内の小学校で講演するが、その際に出会ったのが「痩せて青白い顔の、華奢な体に借り物のような大きな黒いマントを着た、おっさんふう」（山代巴『原爆に生きて』）の峠三吉だった。

四八年から四九年は占領政策が「民主化」から「防共」へと大きく転換していった時期でもある。峠三吉は、相変わらず精力的に活動していたが、四九年春に大きな喀血が続き、一時は危篤状態に陥るほどだった。彼はこの時に意を決し共産党に入党している。そしてこの年の六月に起きたのが、日本製鋼所広島工場での争議だった。労働者や支援者の熱気に押され、生まれたのが峠の詩「怒りのうた」だ。峠を代表とする「われらの詩《うた》の会」が結成され、同年十一月『われらの詩《うた》』が創刊される。

一九四九年は、国鉄の大量人員整理や下山事件、松川事件、三鷹事件と社会を揺るがす事件が相次ぎ、それらに呼応するように共産党員が相次いで検挙された年でもある。

翌五〇年も混乱は続いた。レッドパージの嵐のなか日本共産党は国際派と主流派に分裂。そして六月には朝鮮戦争が勃発する。

一方、前年ソ連による核保有宣言をきっかけに、五〇年三月、ストックホルムで開かれた平和擁護世界大会で「人類に対する威嚇と大量殺戮の兵器である原子兵器の絶対禁止」「最初に原子兵器を使用する政府は人類にたいして犯罪行為を犯すものであり、戦争犯罪人としてとりあつかわれるべき」などと謳った「ストックホルム・アピール」が採択され、全世界で署名運動が広がった。

そうした潮流に危機感を持ったGHQの指示で、この年の八月六日の広島では一切の集会やデモが禁止される。だが警察の取締りの隙を縫って市街では大量の反戦ビラがまかれ、峠三吉はその様子を「一九五〇年の八月六日」という詩に書き上げた。

『河』では、この五〇年八月六日の夕方、「市河睦子」が「ヒロシマの空」を朗読し、舞台は暗転して第三幕を終える。いまも朗読されることの多い「ヒロシマの空」は、林幸子が五〇年十二月に刊行された『われらの詩』一〇号に発表したものだった。

第四幕で舞台は三年後に移る。峠三吉とともに歩んでいた若者や労働者たちの境遇は大きく変わったが、それでも健康を取り戻して広島の叙事詩に挑みたいという峠の悲壮な決意が語られる。観客は、彼がこの直後に受けた肺葉切除手術に耐えられず亡くなったことを知っている——。

もうひとつの『河』

『河』の登場人物は峠三吉を除いて、みなモデルはいるものの特定の人物ではない。舞台は、峠を取りまく群像を通して熱気に満ちた時代とその挫折を描こうとしているので、彼の取り組みを網羅することが目的でないのは自明だ。だが峠の活動は、『河』のなかで語られた部分にとどまらない。詩人としてはもちろん、被爆者としての峠はさらに活動の幅を広げつつあった。

舞台の第三幕と第四幕の間にあたる一九五一年、五二年はとりわけ重要な年だ。

五一年六月、峠は念願のガリ版刷りの『原爆詩集』を発刊。この年は九月にサンフランシスコ講和条約が締結され、翌十月には初めて子どもたちの被爆体験をまとめた『原爆の子』（長田新編）が出版されている。

同じ頃、新日本文学会広島支部では、朝鮮半島で高まる原爆使用の危機を受け、もっと「一般生活者」が声を上げなくては、そのためには広島に拠点を置いて被爆者を訪ね、手記をまとめる必要があるといったことが論議された。そして山代巴がその役割を担うことになった。

しかし彼女が広島に赴いた五二年二月、峠三吉は喀血を繰り返し、静岡で入院を余儀なくされていた。代わりに活動したのが当時広島大学生だった川手健《たけし》（一九三二―六〇）をはじめとする若者たちだ。

川手は、峠の入院費のカンパ集めだけでなく、青木書店から峠に「子どもの詩集を出したい」という要望があることを知ると、市内の小学校をまわり、教師の協力を得て児童に詩を書いてもらったという。

五月に退院した峠は早速「原爆の詩編纂委員会」を結成した。山代は広大教授の佐久間澄らとともに顧問に就き、編纂委員は峠のほか川手、野村英二（われらの詩の会）、栗原貞子（詩人）、深川宗俊（歌人）ら錚々たるメンバーが名を連ねた。彼らは連日学校や労組、文化団体などをまわって詩を書いてもらうよう協力を求め、それ以前からの働きかけも奏功して、わずかひと月あまりで千四百篇近い詩や作文が集まった。そのうちの二百七十九篇を選んでまとめられたのが、五二年夏に出版されたアンソロジー『原子雲の下より』である。

そしてこの詩集の出版準備中、「原爆一号」と呼ばれた被爆者、吉川清の訪問を受けたのがきっかけで、「編纂委員会」とは別に、「原爆被害者の会」が新たに結成されることになった。峠や山代、川手、野村は当時注目されていた〝原爆乙女〟や〝原爆孤児〟だけではなく、声を上げるすべを知らない一般の被爆者の組織化の必要性を痛感していた。

代表は吉川清で、幹事に峠三吉も名を連ねた。事務局長は川手健だ。峠がこうした新たな運動と、構想していた広島をめぐる叙事詩を重ねていたのは間違いない。だが、彼の生命はその後の展開を見ることなく燃え尽きてしまった。

原爆被害者の会が五三年六月に刊行した『原爆に生きて――原爆被害者の手記』の「序」で、山代は、「新聞やラジオによる募集には、あまり頼らず、われわれが被害者の家を直接訪問してお願いし、書けない人々のは代筆してもいい、発表の機会に恵まれない人々の、手記を書かれることに重点をおこうということになったことは、この仕事を進める一つの鍵となった」と書いている。「被害者を直接訪問して、そこにある苦しみを見、共に語ったせいからか、この仕事は最初から最後まで、未知の世界に驚異の目をひらいたときの、感激というか、興奮というか、あのういういしいものによって推進」されたという。この手法こそが峠や山代、そして川手らが目指したものだった。

そこには反戦や平和といったキャッチフレーズが、政治の位相だけで語られることへの違和感がある。当事者である被爆者が困窮している一方で、それとは無関係に高らかに叫ばれる「原爆反対」。自らの足で被爆者の声をひとつひとつ掘り起こしていくことは、そうした運動へのアンチテーゼでもあった。

原爆被害者の会の会則には、目的として「会は被害者が団結して多くの人々との協力のもとに、治療生活その他の問題を解決し、あわせて再びこの様な惨事のくりかえされないよう平和のために努力すること」を掲げている。不十分な内容ながら、被爆者の医療費などを国が負担する「原子爆弾被爆者の医療等に関する法律」（原爆医療法）が施行されたのは、原爆投下から一二年、一九五七年まで待たねばならなかった。

再び『この世界の片隅で』

峠三吉らと活動をともにした川手健は、筆者の父である大牟田稔と広島大学仏文科で共に学び、一時は起居をともにした仲である。いち早く被爆者援護の必要性を訴えた川手だったが、その活動の意義は評価も理解もされず、個人的な挫折もあって、一九六〇年四月に自死した。

衝撃的な川手の死から五年、一九六四年に山代や大牟田らが、川手の精神を受け継ごうと「広島研究の会」を立ち上げた。その前年、原水禁運動は分裂し混迷を深めていたが、だからこそ川手の手法を用いて原点である被爆者の「いま」を見つめなおそうという趣旨だった。広島と東京にそれぞれ拠点を設け、広島からは小久保均、文沢隆一、山口勇子といった作家、秋信利彦や平岡敬といったジャーナリスト、東京からは大牟田のほか、山代巴、多地映一といった作家や写真家、編集者が参加した。

「広島研究の会」の規約には、敢えて「この会は研究体であって運動体ではない」と記されている。それは組織に依拠しない地道な取材で、真正面から被爆者と向き合おうという宣言にほかならなかった。

『河』で描かれた峠三吉と若者たちの日々は、もうひとつの縦糸として山代巴、川手健に引き継がれ、さらにそれは「広島研究の会」へ、そして『この世界の片隅で』へと結実した。このなかで明らかになった原爆小頭症の実態を踏まえ、その後家族と当事者による「きのこ会」が結成される。現在は当事者の親たちに代わり、兄妹や支援者たちがメンバーとなって、「きのこ会」はその活動を続けている。

遡ればその活動もまた、峠三吉らの精神を引き継いだものだった。

ところで二〇〇一年に七十一歳でこの世を去った大牟田の口癖について、小久保均はこんな一文を書いている。

――「これまでで一番よかったのは昭和二十年代だったな」と言うのである。(中略)戦争には敗れた。しかし、なんという明るい、虚しいまでに明るい、そして来る日も来る日も一日残らず、頭の上には蒼天が広がっていた。

(小久保均「空ゆかば」)

恐らくその青い空は、広島の戦後を切り拓こうともがいていた若者たちが共通して見上げたものだった。峠三吉が、山代巴が、川手健が、同じように青空に、新たな時代を重ね合わせていたに違いない。

『河』は「支流」を生む。舞台の幕が下りた後も、その支流は、どこまでも澄み切った広島の空の青を水面に映しながら、確実に流れ続けていた。

今日も流れる「川」と『河』――被爆のサブカル化に抗して

趙 博

「広島の川」と『河』

広島の街ゃぁね　川だらけじゃけんねェ
ちょっと歩いたら　川があるんじゃァ
一番目の川は　太田川
太い川じゃけん　庚午橋ゃァ長いんじゃァ
二番目の川は　天満川
古い川じゃけん　溺れた子も　多いんじゃァ

三番目の川は　本川じゃァ　ふたまたじゃけん
相生橋ァ　思案橋

四番目の川は　元安川
ピカドン川じゃけん　盆にゃ涙川

五番目の川は　京橋川
長い川じゃけん　橋の数は11本

六番目の川は　猿猴川　ケツぺた抜かれるけん
子供は泳がんのじゃァ

朝の満潮にゃねェ　昼の引潮にゃねェ
ピカドンの恨みが　流れとるんじゃ

この歌は作詞・山下勇三、作曲・佐藤允彦、歌唱・中山千夏で、一九七五年に日本コロムビアからシングル盤で発売された。その後二〇〇八年に山下勇三が逝去したのを切っ掛けに、新たな録音でＣＤが発売された。

山下勇三は一九三六年広島生まれ。作詞家ではなく「キユーピー」や「無印良品」などで優れた業績を残したイラストレーター&デザイナーだった。故郷を愛し、広島訛りを生涯貫いた熱烈なカープ・ファンで、反核への思いを終生忘れなかった熱血漢だったという。「広島の川」が生まれた切っ掛けは、一九七〇年代初頭にあったTBSラジオの番組『あなたまかせ』で、佐藤允彦さん作曲のオリジナル曲（詩は殆どが中山千夏さん）を毎月発表していた際に「方言の歌を作ろう」と千夏さんが発案したことだった。

二〇一一年十二月に、私と土屋時子さんが演じた『ばらっく』では、この曲を挿入歌として使わせていただいた。『ばらっく』は、戦後の広島をたくましく生きたチンドン屋の親子を描いた創作劇で、手前味噌だが大衆芝居仕立ての異色さが大いに際立った二人芝居だ。上演後に出版した記念誌にはサウンドトラックCDが附録されているのだが、私が歌った「広島の川」を中山千夏さんが聴いて「歌詞の内容が浮かび出るような、イイ歌い方をしてくれて有難う。勇三さんもあの世で喜んでるよ」と言ってくださったのが、とても嬉しかった次第である。

土屋清『河』の公演を京都で見ながら、私は「広島の川」を心の中で歌っていた。単に連想した、ということではない。山下勇三の「川」と土屋清の『河』が余りにも対極にあるように感じて、後者が私を含む観客に鋭く突きつけてくる矛を、前者の醸し出す緩い盾で自分なりに躱そうとしていたのだと、今になって思う。

土屋清は『河』をこう位置づける。「うわべの平和ムード、観光ムードの高まりとあいまって、平和公園を聖域化し、被爆者を博物館に入れてさらしものにしかねない行政の動き。そして、祈りと、あきらめと、原爆エレジー、原爆ノイローゼの側面だけを誇張する画像や文芸作品……。これらに接するたびに、こんなことでいいものか、こんなものが原点であっていいはずがない。それこそ〈風のように炎のように〉生きた峠さんの時代、あの平和運動の原点こそが、私たちのたちかえる原点であるはずだ[1]」と。つまり『河』は闘争宣言であり、思想闘争の軌跡であり、変革と表現の一つの頂点であると、土屋清は宣言しているのだ。

さて、一つ気付いたことがある。それは『河』に登場する「川の風景」の変遷だ。第一幕は「ある川のほとり。崩れかけた煉瓦塀のかげに峠三吉の仮住居」から始まる。そして第二幕は「川沿いの道は見違えるほど綺麗になり、煉瓦塀もとりのぞかれている」、この間の時の流れは六ヶ月間。第三幕では「……川の風景も一変……川土堤の一角に〈平和都市記念建設法による緑地指定地域。立ち入り禁止。広島市〉の立て札が見える」。そして一九五〇年の八月六日、「ビラは降る」の闘いの後、川縁に行って灯籠の火を見つめながら睦子が自作の長編詩「ヒロシマの空」を読み上げる。「……八月の太陽は／前を流れる八幡河に反射して／父とわたしの泣く声をさえぎった／……うごかなくなった／ひと月も　たたぬまに／わたしは／ひとりぼっちになってしまった／なみだをながしきった　あとの／焦点のない　わたしの　からだ／前を流れる河を／みつめる／うつくしく　晴れわたった／ヒロシマの／あおい空」。これが一つのクライマックスとなって第四幕に入り、芝居は「その日はいつか」の群読で終わる。『河』には常に「川の遠景」がある。それは、広島にとって当然の事実、言わずもがなの前提かも知れない。が故に、例えば峠三吉が「川」を見つめて感慨を開陳するような科白が一切無いのが、私には残念だった。

山下勇三「広島の川」は、土屋清『河』からすると叙情に過ぎるのかもしれない。故に私は、両者のコントラストに悩むのである。そして、「川」の包容力と『河』の破壊力、双方がヒロシマの滔々として止まない葛藤の発現なのだと信じたい。

脱色される「葛藤」と『河』

こうの史代『この世界の片隅に』は、コミック・映画ともに大ヒットを遂げた。しかし、そこで描かれ強調されるのは、悲しみの醸成と不条理の受諾であると私は看取した。つまり「わしゃ、ぼーっとしとるけぇ」が口癖の主人公は無垢で健気で、少しおっちょこちょい（要するに可愛い「女」）だ。その彼女が「戦争という天災」に遭遇する。それでも希望を捨てずに飄々と淡々と生きていく――この作者は、原爆投下の事実をあえて遠景におくことで「既存の被爆者像」の解体にみごと成功した。だからこそ、漫画本は一三〇万部の売り上げを、映画には二百万人の観客動員を達成できたのである。一言でいうなら「被爆体験のサブカルチャー化」だ。

サブカルチャー（subculture）は、もともと主流文化（main culture/main stream）に対抗する被差別少数者（minority）の異議申し立ての一形態であり、いきおい民族や階級・階層に関連した政治的色彩を帯びることは当然だった。つまり、対抗文化（counter culture）として、発達した資本主義国や第三世界に登場したのだ。ところが、一九八〇年代に一世を風靡した日本のサブカルチャーは、政治性や党派性を無視して「趣味」の領域へと大衆を誘導し、「おたく文化＝サブカルチャー」という了解にまで広めてしまったのである。おまけに、日本語お得意の略語化も伴って、いまや「サブカル」と称されている。従って、「被爆体験のサブカルチャー化（＝サブカル化）」とは、「暗く・重く・辛く・醜い」被爆および被爆者のイメージを、誰でもがアクセスしやすいように、「明るく・軽く・楽しく・美しく」意図的に改造する、という意味である。『この世界の片隅に』は、実に明るく、軽く、楽しく、美しい作品なのだ。

同様のことが、二〇一七年オバマ米大統領（当時）の広島訪問で起きている。被爆者の代表がオバマと抱擁してそれが全世界に報道された瞬間、私は「ヒロシマは死んだ」と思わざるを得なかった。原爆を落とした責任を総身に引き継ぐべき政治家と被爆者が、抱き合って「和解」を内外に強調したのである。一切の苦しみ・悲しみ・悩み・不条理が、そう言って良ければ「解毒」され、被爆者の葛藤は「脱色」された。その演出が「抱擁」である。以降、「被爆体験が単なるサブカルと化す」契機は無数に存在するようになった、と言っても過言ではないだろう。先日逝去した加納実紀代[2]は「一九五〇年代、原爆表象は〈原爆一号〉から〈原爆乙女〉へ、さらに〈サダコ〉へと女性性をつよめることで、無垢なる被害者を構築してきたといえるだろう。そのことはかつての戦争における日本の侵略性・加害性への無自覚さ、忘却・隠蔽と無関係ではあるまい[3]」と分析した。即ち、「無垢なる被害者」は、戦争災害を天災として運命的に納得し、我と我が身を抹殺した相手とも「和解」し、抱擁を交わすに至るのである。

『河』がミリオンセラーを遂げることは、おそらく無いだろう。なぜならば、『河』は被爆者の葛藤のみならず、政治と芸術、組織と個人、思想と生活、戦争と平和……といった、根源的な葛藤を内包しつつ成長する演劇だからだ。その葛藤は上演のたびごとにより色濃くなり、悩みを一層深くさせる作品だからだ。そういう意味で、今後、大胆な演出が加えられ、再演を重ねて、この混迷する「史上最悪の時代」に光を投げかけて欲しいと願う。

「……ああその日／その日はいつか。」

そうだ！　今日も、川（河）の流れが止むことは無いのだ。

註

（1）土屋清『『河』と私』、東京演劇アンサンブル・パンフレット（一九七二年）より。本書第I部所収。

（2）一九四〇年、日本植民地下の京城府（現ソウル特別市）生まれ。陸軍軍人であった父の転勤で一九四四年に広島市に移住、一九四五年八月六日五歳で被爆。父亡き後、母の実家近くの香川県善通寺市で育つ。一九六三年京都大学文学部史学科卒。女性史研究のパイオニアの一人として一九八五年度「山川菊栄賞」受賞、敬和学園大学特任教授を長く務めた。『女たちの〈銃後〉』（筑摩書房、一九八七年／増補新版、インパクト出版会、一九九五年）は日本のフェミニズムと女性史研究の古典であり、『天皇制とジェンダー』『ひろしま女性平和学試論——核とフェミニズム』『ヒロシマとフクシマのあいだ——ジェンダーの視点から』『「銃後史」をあるく』などの著作を通じて、緻密な学問的精査に基づく論争的なテーマとシェーマを大胆に問い続けた。二〇一九年二月、長い闘病の末に膵臓癌で逝去。

（3）加納実紀代『ヒロシマとフクシマのあいだ——ジェンダーの視点から』（インパクト出版会、二〇一三年）、一〇四頁。

林幸子の詩「ヒロシマの空」にこめられたもの

中山涼子

一九五〇（昭和二十五）年六月、夕刻から夜にかけて。川べりの峠三吉宅で、「われらの詩《うた》の会」の若者たちが会誌発送の区分け作業にいそしんでいる。会員の一人、十九歳の原爆孤児・市河睦子は、包みかけた反戦詩歌集の表紙をおもむろに開いた。市河は自身に噛んで含めるように、その宣言文を読み上げる。「芸術は人間のためにある。人間の世界が危機にさらされるとき、人間がこころにもつ最も美しいものの結晶である芸術は、ただちに人間の敵に対する最も鋭い武器とならねばならぬ」。不思議と看過できない言葉。「でも、」市河は自問する。「人間の敵とか、武器になる詩とか、そういうことを意識しとかんと、ほんとにいい詩は書けんもんじゃろか」……。これは、『河』第四稿、三幕の一場面である。この後市河は、峠からの呼び掛けや朝鮮戦争の勃発を契機に、自身の被爆体験を基にした詩「ヒロシマの空」を作り上げる。

この詩は「われらの詩の会」に参加していた林幸子（一九二九―二〇一二）が会誌『われらの詩』に投稿した実際の作品である。なぜ土屋は、峠三吉の半生を描いた『河』で、峠の詩ではなく「ヒロシマの空」に具体的な被爆体験を語らせたのか。「武器になる詩」とは何か。投げ掛けられたこれらの問いは、二〇一七、一八（平成二十九、三十）年の広島・京都両公演で市河を演じた私の疑問にもなった。

武器になる詩を探して――峠と市河

一九七四（昭和四十九）年十月の『河』名古屋劇団協議会合同公演を前に書かれた講演原稿で土屋は、『河』で描いた一九四八～五三（昭和二十三～二十八）年を「炎の時代」と位置付け、峠が詩で「叙事と叙情の新しい統一」を進めようとした時期と重なると語る。

自分がみがいてきたつもりの感性や、叙情の質は（中略）いつの場合も、人間の正しい涙、正しい怒り、理性をよびさますようなものであったかどうか――自分の詩について、峠三吉という人は終生こういうことを考えつづけていった人ではなかろうかと私は想像するのです。(1)

『河』一幕、峠は市河の詩を「とっても新鮮な感動を受けました。あなたの感じたものがそのまま詩になっている。真実感があふれているんです」と評価。一方、率直な実感に相対する「技巧」は「必要なもん」だが「くせもん」だと指摘している。「うまくなろうと努力して、自分で磨きもし、貯めてきたつもりの言葉が、こんどは逆に邪魔になってきて」という峠の言葉は、情感が染み付く自己への批判でもあった。詩人としては後輩だが、子どものような瑞々しい感性を持つ市河の存在が、（フィクションの『河』世界において）峠の作品に新しい風を吹き込んでいくことが示唆されている。

物語が進むに連れ、峠と市河の切磋琢磨する関係も展開する。劇中朗読され、原爆について直接言及する峠の詩は順に「八月六日」「一九五〇年の八月六日」「その日はいつか」。「われらの詩の会」の若者らの前で峠が発表する「八月六日」の、「夕空をつく火光の中に／下敷きのまま生きていた母や弟の町のあたりも／焼けうつり」のくだりは、原爆投下の衝撃で家屋の下敷きになった市河／林の母と弟が、その後の熱線による火災で生きながら焼死した話と重なる。

また、「八月六日」と「一九五〇年の八月六日」が見たままの描写が中心の詩であるのに対し、「その日はいつか」が、原爆を落とした側と落とされた側両方を描いた、叙事と叙情が混じり合った作品であることにも注目したい。この詩は、原爆を投下した側の背景や歴史という「必然」と、戦中を健気に生きてきた少女が紙屋町（現在の広島市中区）の交差点で被爆死する「偶然」が交互に登場。「必然」と「偶然」の交わり、「叙事と叙情の新しい統一」は、読む者の理性と感情を同時に高め、生み出された感動は「歴史を変えようとする意志を呼び起こす」[1]と土屋は解説する。この詩の力が「人間の敵に対する最も鋭い武器になる」。

「ヒロシマの空」は、「一九五〇年の八月六日」と「その日はいつか」の間で朗読される。

　お母ちゃんの骨は　口に入れると／さみしい味がする／たえがたいかなしみが／のこされた父とわたしにおそいかかって／大きな声をあげながら／ふたりは骨をひらう

峠が評価した、愚直なまでに率直な実感。技巧と対極の平易な言葉遣い。林が体験を後世に残そうと執筆していた手記の余白に走り書いた、「小学生でも読めるありふれた言葉で深いものを現したい」という目標にも共通する。

「ヒロシマの空」の朗読で観客の眼前に現れる、悲痛な運命に翻弄される市河の姿が、「その日はいつか」の紙屋町交差点で死んだ少女とオーバーラップするのを、偶然と思えない。「イッちゃん（市河）のような子が、残酷な姿で死に、打ち捨てられたと想像してほしい。怒りが込み上げてきませんか」。「その日はいつか」朗読稽古で、二〇一七、一八年公演の演出を担当した広島文学資料保全の会代表の土屋時子さんは役者に呼び掛けた。土屋は「感じたままの叙情」と被爆した少女を「ヒロシマの空」ではっきり提示しておくことで、「その日はいつか」の「叙事と叙情の新しい統一」を際立たせたかったのではないだろうか。

『河』のラスト、妻の春子に「その日はいつか」を読ませた峠は、ポツンと「この詩、イッちゃんにも読んでみてもらいたかったな」とつぶやく。市河の存在を通じ、「われらの詩の会」の若い感性が峠を刺激したことが見て取れるのである。

本当のこと

上演のたびに改稿され、力点が移り変わってきた『河』[2]。一九六三（昭和三十八）年の第一稿から、土屋の絶筆となった一九七三（昭和四十八）年の第四稿まで読み比べると、話の展開や結末に大きな違いがあることに気付く。

市河が峠を初めて訪ねる場面。同行した恋人で青年共産同盟の若き活動家・見田は、考えの違いに憤り、峠宅を飛び出してしまう。恋人の非礼をわびる市河。峠は微笑んで許し、第一稿でこのように市河に尋ねる。

峠　家の人は？
市河　（首をふる）
峠　原爆で？
市河　はい
峠　そう…………
市河　あたし、平気です。こんどはね、もっといゝ詩をつくります。あたしの本当のことを書きます。

最新の四稿では同じ場面の最後の市河のセリフが「峠さん、あたし……こんどは、もっといい詩をつくります。」に変わり、第一〜三までは存在していた「本当のこと」が削られる。

本当のこととは何か？　一稿では峠が市河に「君、自分の本当のこと書くって云ったね、君にとって原爆は一番大切な本当のことじゃないのかな、何故書かないの？　それを」と詰め寄るシーンがある。加えて、一稿の「ヒロシマの空」朗読の導入シーン、病床の峠に、京都へ嫁ぐことと別れを告げる場面。

市河　あたし、本当はそのまま誰にも会わずに行っちゃおうかと思ったけど、峠さんとの約束まだ果たしていないから、それだけはと思って。
峠　約束だって？
市河　あたしの本当のこと書くって約束したでしょ、そしたら峠さん、原爆を書けって。
峠　ああ！

市河　書いてもってきたの、（峠にさしだして）でもこんなこともこれで最後になるわね。

つまり、「本当のこと」は原爆のことで、市河は峠に出会ったときの「自分自身の被爆体験を書く」という約束を果たすために「ヒロシマの空」を書き上げ、別れ際に見せるという展開なのだ。一九六四（昭和三十九）年の二稿でも同じセリフがある。

「ヒロシマの空」を読み終えた一稿の峠は、市河の「こんなこともこれで最後」との言葉に対してこう言う。


峠　この詩が最後になるだって？

いい思い出になるんだって？　そんな馬鹿な！

そんなのはエゴだよ、甘えだよ、そんな考えじゃ君の結婚は無意味になるよ
（中略）

市河君、ぼくたちの頭の上にだけ、日本の頭の上にだけ原爆が落っこちなけりゃ、その国の民衆はどうなったっていいというのかい。あのうたでおしまいだってことはそれでいいということなんだよ。

何故見ないいんだ！

原爆を落としたものが誰かを。

何故落としたのかを

あの温厚な峠が、厳しい言葉で市河を責めるのである。原爆を問い続けることをやめてはいけない、被害者に

留まるのは負けの姿勢だと……。正論なのかもしれないが、言われた方としてはかなりつらい。

さて、一九六五（昭和四十）年の三稿では、冒頭の宣言「あたしの本当のことを書きます」は残っているものの、呼応する「約束を果たす」シーンはない。代わりに、

市河　うち、夕方峠さんに云われたこと、考えてみた。書いてみる、うちも。
見田　え？　ほんとか？
市河　うち、ほんとは、原爆やなんか、もう一ぺん落ちてみりゃええのにと思いよった。そしたら、うちだけじゃない、孤児がいっぱいできて、みんな貧乏になって………そんなこと考えた自分がこわい。

と見田に詩を書く決意と、周囲を呪うほどの恨みや悲しみを伝えるシーンが追加される。

冒頭の「本当のこと」が削除されている四稿ではどうか。逮捕状が出た見田。警察から逃走する直前、別れを告げに来た恋人に、市河は打ち明ける。

市河　あの晩、話したでしょ。うちは原爆の詩はとても書けん、うち、ほんとは、原爆やなんかもう一ぺん落ちてみりゃええのにとずっと思うとった、そしたら、うちみたいな孤児が、またいっぱいふえて、みんな貧乏になってと、そんなふうにばっかり考えてきた。――うちがこう言うたら、見田さん、いうてくれたよね。それをそのまま書いてみたらどうか、峠さんもいっつも言うとってのように、まず自分の思うたとおりを書いてみい。そしたら、書いとるうちに、きっと自分の考えが変わっていく

筈じゃ、いうて。見田さん、うち、書いてみたんよ。あの日のことを、はじめて詩に。

自暴自棄に陥った点は同じだが、つらい胸の内を吐露した後は、見田の存在が背中を押してくれたことや、「感じたことをそのまま書く」という峠の言葉を受け入れたことを報告している。演者とすればセリフが追加されたことで、書くこと自体が心の傷を癒やし、救いと希望になっていくような予感がした。

一稿のラストは、原爆と戦うことを諦め「本当のこと」をもう書けない市河は敗者として去るという構図にも見えた。第一〜三稿の市河が明らかに不幸な結末を迎えるのに対し、四稿の市河の行く末は明示されない。意味深で幅を持たせた四稿の結末は、さまざまな想像の余地がある。

だが、四稿の峠と決別する市河には、今までにない凛とした覚悟としたたかさがあった（少なくとも、四稿を大事にしながら時子さんが手を加えた二〇一七年の台本ではそう演じた）。それは市河のモデルになった林、つまり私の祖母が、膨大な量の被爆体験手記を残したことを知ったからかもしれない。祖母が四十〜七十代の一九七〇〜二〇〇〇年ごろ書かれた、手書きの原稿用紙約二百枚とノート約計五四〇ページ、大小百枚以上のメモ。それらをワープロで清書したらしいA４判用紙約一三六〇枚。悲惨な体験について、感じたことをそのまま書く一方、自分の歩いた場所や親族の死因、年齢などを事細かに記述していた。一度は広島を離れた祖母の、静かで長い戦いの記録。

四稿にしかない、希望を感じさせる場面がある。新聞で朝鮮戦争の停戦交渉が始まったとを知る峠と春子、われらの詩の会メンバーの増田ら。自分たちが参加した原爆反対署名運動に効果があったと喜ぶ増田が、励ますように言う。

「粘りあいだよ。粘って粘って粘りぬく。それしかない」

平成最後の『河』は、生涯を懸けて「武器」を研いだ祖母への肯定で、何が「人類の敵」かも分からない混沌とした現代を生きる私たちへ、次代に向けて「粘って粘って粘りぬ」け、というエールなのかもしれない。

参考文献

（1）土屋清「峠三吉のこと、『河』への思い——講演原稿メモから」、一九七四年十月、名古屋劇団協議会・合同公演を前にした講演原稿。本書第Ⅰ部所収。

（2）『河』が生まれて今日まで」（『峠三吉没後35年・土屋清追悼公演台本　河を理解するための資料』、一九八八年）。

土屋清『河　第一（初）稿』、一九六三年。

同　『河　第二稿』、一九六四年。

同　『河　第三稿』、一九六五年。

同　『河　第四稿』、一九七三年。

峠三吉「八月六日」「一九五〇年の八月六日」「ちいさい子」「その日はいつか」（『原爆詩集』岩波文庫、二〇一六年）。

『われらの詩』10号、『反戦詩歌集　第2集』（『われらの詩〈復刻版〉』三人社、二〇一三年）。

「河」上演委員会『２０１７〈河〉公演記録集』二〇一八年。

林幸子手記。

Ⅳ 『河』上演台本（二〇一七年）

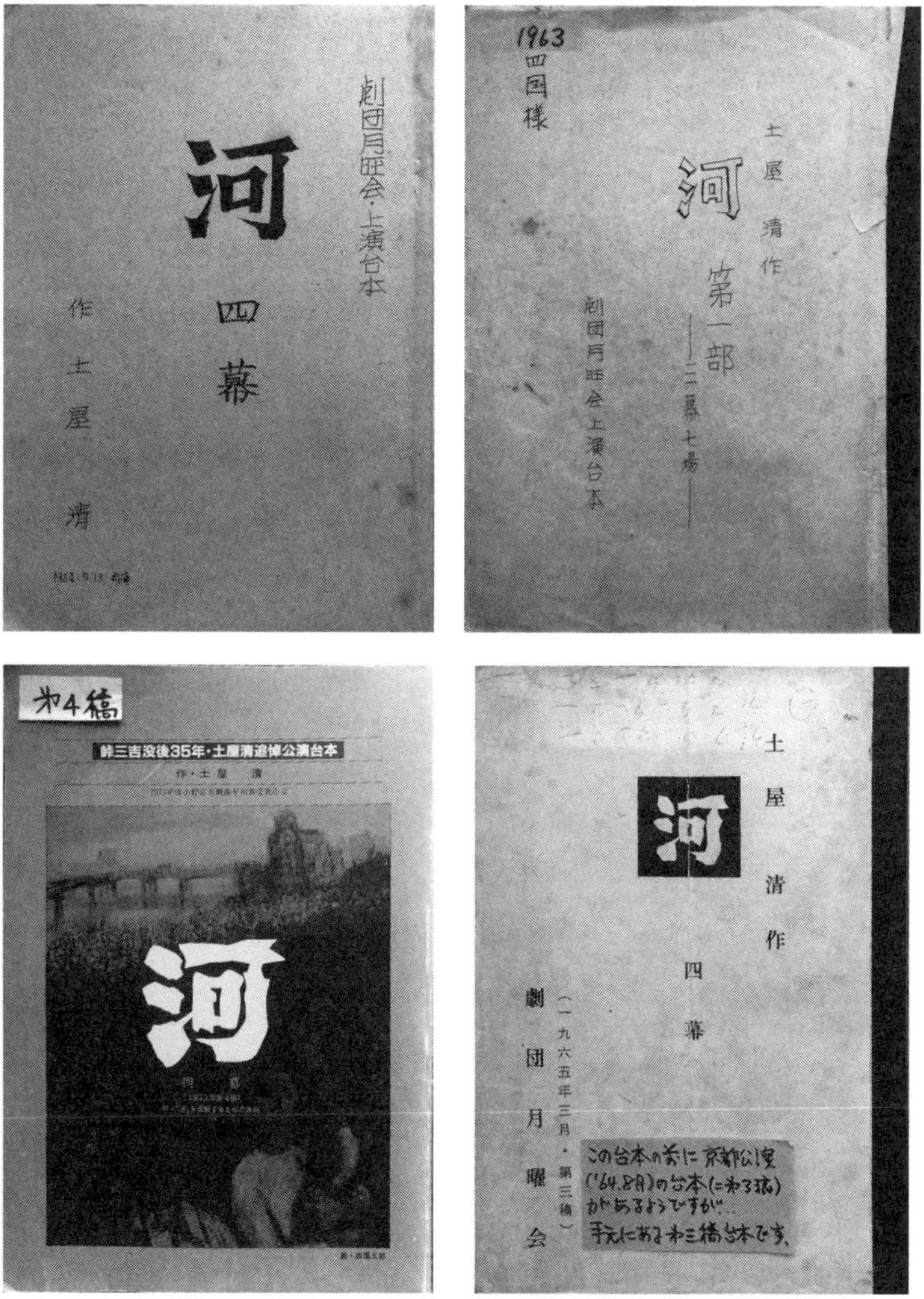

『河』台本の改訂稿

（上右・第一稿、上左・第二稿、下右・第三稿、下左・第四稿）

登場人物（年齢は開幕時）

峠《とうげ》 三吉《さんきち》　31歳
その妻・春子《はるこ》　32〃
市河《いちかわ》睦子《むつこ》　19〃　見田の恋人・原爆孤児
見田《みた》 要《かなめ》　20〃　青年共産同盟の若い常任活動家
大木《おおき》英作《えいさく》　30〃　画家・峠の親友
鈴木《すずき》凱太《がいた》　51〃　日本製鋼広島工場の労働者
その妻・せき　46〃
増田《ますだ》正一《しょういち》　29〃　広船の労働者「われらの詩の会」会員
吉本《よしもと》久子《ひさこ》　21〃　看護婦「われらの詩の会」会員
岩井《いわい》美代子《みよこ》　19〃　中電の事務員「われらの詩の会」会員
（峠をとりまく青年たち）
オルグ
青年 1
青年 2
その他

構　成

第一幕　絵の具
第二幕　怒りのうた
第三幕　1　八月六日
　　　　2　一九五〇年の八月六日
　　　　3　ひろしまの空
第四幕　その日はいつか

第一幕

《絵の具》

一九四八年十二月はじめの夜。まだビルの残骸が残る広島市。ある川のほとり。崩れかけた煉瓦塀のかげに峠三吉の仮住居がある。
春子をモデルにして画家の大木がキャンバスに向かっているところ。峠が一升瓶と湯呑みを大木のそばにそっとおく。川船ののぼってくる音。

大木　砂舟か?
峠　うん。あの音だけは昔のままじゃね。
大木　何もかもよ。原子爆弾といえども何も変えはせんかった。ピカッと光って焼野原になって、これで世の中まるきり変わるかと思うたが。幻想じゃ。日本人という奴はどこまでいっても日本人。御主人を変えただけのことよ。
峠　そうかな。
大木　しかし、美しい。いい着物だ。
春子　まあ。(笑う)
大木　なにがおかしい?
春子　あたしがほめられたんか思うたら着物が美しいじゃと。まあ!
大木　着物が美しいということは、同時にそれを着とる人間も美しいということ。わかっちゃおらんな。
春子　でもよかった。着物だけでもほめていただいて。なんどお米と取りかえてしまおうと思ったことやら。その度《たんび》にこの人にとめられて。それだけは絶対手離すないうて。
大木　どういう時代になろうと美の追求を忘れん心。それがこの家にはある。
春子　もうしゃべってもいいの?
大木　ん? あ、そうか。まあええ。休憩じゃ。奥さんも疲れたでしょ。
春子　(急いでキャンバスの絵をのぞきこむ)まあ!これがあたし? (峠を手招きして)あまり似とらんようね。

大木　おいおい、大道の似顔絵かきじゃないぞ。わしは奥さんの内面を――。わかっちゃおらん。
春子　はいはい。どうせなにもわかっちゃおらん女です。
　春子、台所へ。
峠　（絵をみつめていたが）似ているねえ。やっぱりおふくろに似てる。
大木　ほう。おふくろさんに？
峠　着物姿の美しい人じゃった。古風、というより、古典的な感じいうんかね。それでいてけっこう平塚雷鳥なんかを尊敬する新しさをもっていた人でね。
大木　なるほど。ははあ！　春子さんにほれた理由もひとつはそこか。（春子がふかし芋や漬物をのせた盆を運んでくる）お！　こりゃ御馳走。
峠　春子によくいわれるんだよ。あんたはええとこのお坊ちゃん育ちだから駄目だ。見栄坊だ。お体裁屋だ。甘えん坊だ。そんなふうに見えるかい？
大木　そりゃまあな。
　かたわらの焼酎びんをとりあげてコップにつぐ。
峠　ぼくが小学校に入る頃は、おやじの経営していた工場ももう左前でね。貧乏暮しの連続だったんだよ。自分が生まれ育ってきた環境というやつはそれほどついてまわるもんかねえ。
大木　つまらんこと気にするな。峠一家の文学的土壌と、長い間の孤独な闘病生活が生みだしてきた繊細な情緒、それが今のあんたの叙情詩を形づくっとる。春子さんだって、そこを一番認めとるんじゃ。なあ、奥さん。ありゃ終戦の年の冬じゃったか。三次の穴ぐらからようようはいだして、広島ぐらいは文化のかけらでも残っちゃおるまいかと思うて、流川通りをウロウロしよったら、偶然あの詩画展の看板にぶつかった。
峠　あ、アムールの二階でやっていたね。あのときのあんた、リュックかついで、わらじはいて。
大木　そうよ。一週間分の芋と、たったひとつ焼けだされずに残ったロートレックの画集を大事もっこにかついでな。二階にあがると、気味のわるいどろーんとした眼をした男が受付に坐っとる。それがあんたじゃった。それから大盛うどんをおごってもろうて。

春子　よう小さなこと覚えて。

大木　わしと峠三吉との運命的な出会いの場面じゃ。あのどろんとした目つきの奥にゃ、なんども死線をこえてきた者にしかもっとらん光があった。わしはひと眼でそこに共鳴したんじゃ。あの地獄のような焼野原の中で、いち早く、破壊されつくした心の栄養をまずとり戻そうとした、どん欲なまでの情熱になあ。

峠　飢えていたんだねえ。文化というものにほんとに飢えていた。手当たり次第にいろんなことやったね。

大木　うん。詩画展、人形劇、ピアノとヴァイオリンをバックにした朗読詩の発表会。宗教研究会、レコードコンサート、文芸誌の発行。

峠　世の中がすうっと広うなったというか。急に肩の重みがとれた、そんな感じだったよね、あの頃は。

大木　新鮮じゃった。水々しかった。どういう新時代が到来するか、胸がわくわくする思いじゃった。それがどうじゃ。この三年間、新文化のうわっ面だけはひろがったが、中身の方はあいかわらず空っぽじゃ。結局なんにも変っちゃおらん。口先だけで労働者文化とか、職場芸術とか、革命的創造とか、自分でわかってもおらんへ理屈をふりまわす奴の数がふえただけよ。

峠　ゆきづまりは感じてるんだ。ぼくも。文化連盟も一人へり二人へりしてバラバラになっていくし。今日は詩の座談会、あさっては、「地熱」の編集委員会、その次は朗読研究会と、毎日毎日、追いたてられるような生活を繰返して疲れてきた。せまい町中で、あれこれいじりまわしていて、それがどんな文化運動になるんだろうか

大木　それそれ。その文化運動という奴よ。近頃の奴らはなんでも頭数を集めにゃ始まらんと思うてやがる。弱い犬ほど群れたがるとはよう言うたもんじゃ。やせ犬どもが寄り集まって、やれ賃上げだ、やれ吉田内閣打倒だ、やれストライキだとほえたてる。それはええとしても、そのついでに職場の芸術ときた。芸術は労働組合の進軍ラッパじゃないぞ。ベレーかぶってロシア民謡うとうて、ダンス踊って、「春子！」「三吉！」馬鹿馬鹿しい。（焼

峠　酎をあおり）おい、ないぞ。買うてくるか。酒屋はまだあいとるじゃろ春子さん。

春子　あら。春子、と呼んだっていいのに。ねえ、大木さん。

大木　やめとこう。ここらでメートルあげてもしょうがない。それより仕事だ。

風呂敷を首につり、両腕をまくりあげてキャンバスに向かう仕度。それをみて峠、素早く春子に目くばせし、キャンバスの前に座らせる。

大木　なあ峠。もう一度あの水々しさをとり戻そうや。お互いあの焼野原のなかの天涯孤独に立ち戻るんだ。芸術というものは、もともと孤独の厳しさの中からしか生まれんもんだ。（絵筆をもつ）ああいう連中にはな、こうしてキャンバスに向っておのれの心と対峙する大木栄作も、緊張と不安のなかで自らの詩を探ろうとする峠三吉も理解はできはせん。ましてや食堂の水にジャブジャブひたりながら峠の詩を支え、キャンバスの前に座るときは目のさめるような美女となってあらわれる、そういう奥さんの美しさなんぞてんでわかりやせん。

外の方で「今晩は、今晩は」という声。

峠　はーい。いいよ。ぼくが出る。

峠、戸外へ。市河と見田が立っている。

市河　あ！　あの、峠さん。ですか？

峠　ええ、峠ですが。

市河　よかった！　やっぱりここじゃった。あのあたし、市河と。こないだ手紙を。

峠　あ、市河さん。「生活の詩」の？　うん、知ってる、知ってる。よくここがわかりましたね。

市河　ずいぶん探しました。

峠　そりゃ寒かったでしょう。さ、こっちへ入って。

市河をいざない入れる。市河まだうろうろしている見田を呼ぶ。

市河　見田さん。

峠　あ､お連れですか。ごめんなさい､気がつかずに。さ、どうぞ。

春子　いらっしゃい。ちょっとこのまま失礼ね。今動くと、この絵かきさんに叱られるから。

峠　（春子に）市河さんて、ほら、二、三日前に手紙をもらった、「生活の詩」に投稿している人だよ。うたはいつも拝見していますがね。どんな人だろうと想像してました。こんなにきれいなお嬢さんとは知らなかった。（見田をみて）お友達ですか？

市河 はい。

見田 今晩は。僕、青共の見田です。

峠 は？　セーキョー。

見田 ええ、日本青年共産同盟。全青年の革命的組織です。

峠 はあはあ。

大木 （じろりと見田を一瞥して）なるほど。七つ釦にベレーときたか。

見田 は？

大木 なんでもない。こっちの話だ（峠にウィンクしてみせる）市河さんて、「秋」をかいた市河陸子さんですか？

市河 はい。

大木 あれはいい。ぼくは好きだね、ああいう詩。

峠 そうだね。だけど僕はその前の詩も。（机の上のスクラップをとり、めくって）うん、この「らっきょう」。この方がもっと好きですね。とっても新鮮な感動をうけました。あなたの感じたものがそのまま詩になっている。真実感があふれているんです。それに比べると「秋」のほうは、少しきれいにつくりあげすぎている、うまくなりすぎている。わかりますか？

市河 （首をかしげる）

峠 あ、わからんじゃろうね、こういう言い方じゃ。勿論実感だけじゃ弱いし、技巧は必要なもんです。ところが、この技巧という奴がくせもんで。こりゃ自分の詩で感じることなんですがね。うまくなろうと努力して、自分で磨きもし、貯めてもきたつもりの言葉が、こんどは逆に邪魔になってきて。一体、上手になるいうことはどういうことなんじゃろうねえ？　こういう僕が、新聞の投稿詩を選んだり、批評するいうのも、妙な話じゃね。（笑う）

市河 （つりこまれて笑う）

見田 （さっきから、イライラと書類をだしたりひっこめたり、ひろげたり、たたんだりしていたが、緊張しきった面持ちで）あのう、実はですねえ。

峠　はあ？

見田　僕、青共の地区委員会として、その、青年文化連盟の委員長としての、峠さんにですね、正式に申し入れたいことがあってきたんですが。

峠　はあ。

見田　これなんですが。（書類を押しやり、一気に）申し入れ書です。実はですねえ、現在広島にはいくつかの青年組織があるんですが、それが横の連絡もなしにみんなバラバラに動いとるんです。ところが情勢はですねえ、東宝争議の弾圧以来ですねえ、国鉄や全逓の青年行動隊の職場放棄が、全国の労働者を決起させたようにですねえ、行動力のある青年の全国的な戦線統一が急務になってきとるんです。そこでですねえ、広島でもですね、民主主義青年連盟広島準備会いうものをつくって、全青年組織へ参加を呼びかけることになったんです。中心スローガンはですね、「平和・民主・独立。全青年は二度と銃をとらない」です。

峠　なるほど。

見田　それでですねえ、ひとつその、峠さんにですね、結成準備会の発起人グループに入ってもらいたいんです。

峠　僕にですか。

見田　青年文化連盟は広島でも最大の青年組織ですからね。是非お願いしようということになったんです。（別の書類を押しやって）これが承諾書です。ここへ署名していただけますか？　どうでしょう。

峠　はあ。ぼくでよろしかったら。

見田　あ！　いいですか。そりゃ！（大喜び）それからですねえ、もうひとつお願いがあるんですが。（一枚のポスターの原画をとりだして）これ、参加を呼びかけるポスターなんですが、勤労者美育協会の石田さんにかいてもろうたんです。ほいで、これに、簡単な詩を峠さんに入れてもろたらどうじゃろうと、いわれてきたんですが。

峠、ポスターをひろげてみる。累々と横たわる戦死者の様が、極めて克明に描かれている。峠は壁にはりつけてみつめている。

見田　どうでしょう？

峠　これにねえ。うーん。大体どんな言葉を考えているんですか？　あなたとしては。

見田　は。それは。ぼくとしては、そりゃ、やっぱり「死んだ人びとは還ってこない以上、生き残った人はなにをすればいい」という、ああいう言葉を、もうちょっと、この。

峠　なるほどねえ。わたしにできるかどうか。考えてみます。

大木　（横あいからポスターをにらんで）おい峠、あんた、この絵をどう見る。

峠　うん、これはちょっとねえ。死体をこう克明に描くことが戦争否定になるとはねえ。

大木　戦争画だよ、こりゃまるで。それ以外のなにものでもない。

見田　この絵、そんとにようないですか。

大木　よくない、というより、僕はこういうものは絵として認めない。

春子立ち台所へ。

見田　そうですかね。石田さんは、たくさんの仲間たちを、こういう悲惨なめにあわせた軍国主義に対して、憎しみを燃えたぎらせて書いてくださったにちがいないんです。

大木　芸術家というものはね、そういう憎しみやら、叫びやらにわれを忘れたところから物事をみることはしない。幾百万の兵士が倒れていった。その情況を描くことじゃない。たったひとりの兵士の胸のなかにポッカリあいた心の空洞をね、拡大して描くことなんだ。

見田　ようわからんですねえ、ぼくにゃ。

峠　ねえ。見田君、これをかいてくださった人には悪いけど、どうだろう。この人にも、もう一枚かいてみてもらったら。大木君の絵なら、ぼくも十分はなしあって、ちゃんとマッチした詩をきざめるかもしれんし。かいてくれんか、君。

大木　おい！　あんた本気でいいよるんかね、そういうこと。

峠　たしかにこのポスターでは、ほんとうに平和の呼びかけの力になるかどうか疑問だ。かといってね、近頃じゃ原子爆弾を花にたとえてみたり、被爆者が倒れていくさまを、人影の乱舞で美しく象徴してみたりね、ああいうのがしきりともちあげられるだろ。あれじゃたまらんよ。もっといかんよ。

大木　お断りだね。わしは、そういう政治的アピールに安直に結びつくような絵はかかん！　と言いよるんじゃ。

見田　安直に？　どうしてですか。平和、民主、独立というスローガンは全青年の要求ですよ。

大木　安直でいかんなら、自分の心の中に、こんこんとわきあがってくるもの以外はかきたくない、という意味ですよ。己れの自由な意志でしか、かきません、僕は。

見田　ごまかすんじゃないですよ。そういう言いかたは、いかにも中立的にみえても結果的には反動を助けとるんじゃ。

大木　すぐそうきめつける。それが君たち共産党青年部の。

見田　共産党の青年部じゃない。青年共産同盟です。

大木　同じことじゃない。どっちでも。要するに、あなたのように世界観も思想も確立した、完成された人間じゃないのよ、僕たちは。愚かな大衆をこれ以上相手にしなさんな。奥さん、奥さん！　どこへ行ってしもうたんじゃ、実際！

いつのまにか姿を消していた春子、大木の大声にびっくりして仕事をはじめる。

見田　わかりました。ここへお願いにくるべきじゃなかったんです。（壁にはってあるポスターを外してくるくるまきはじめる）僕たちのためにはかいてくれんでも、反動のためなら喜んでかくんでしょう、あんたがたは。

大木　（憤然として）君！　あんたいくつかね。

見田　はたちです。どうかしましたか。

大木　戦争中、三次で代用教員をしている頃ね、木銃ひとつようにぎらんでフニャフニャ絵かきだと、散々馬鹿にされたもんだ。軍人勅諭も読めん先生じゃいうんでな、配属将校がわしを張り倒した。すると、それを見とった、ちょうど君と同じ年恰好の生徒たちがな、てんでにわしに石を投げよった。豚！　非国民！　ちゅうてな。その連中がどうじゃ、戦争が終わってみるといっせいに左旋回で、こんどはわしを反動扱いじゃ。わしゃそういう、右に左にウロウロする奴は絶対信用せんことにしとるんじゃ。自由な立場でものをかく、それを貫き通すいうことが、どれだけ苦しみを伴うもんか、君たちにゃとても理解できまい。

見田　わからんですね。心のうちからこみあげてくるのを待っとるあいだに、日本はどうなったんですか？　なんで戦争中から、戦争反対の絵や詩をかかんかったんです。（とりだした申入書や承諾書をバタバタしまいはじめる）あんたがたインテリはいつだってこうなんじゃ。行動にうつすことは忘れて、手をこまねいて評論ばっかりしとる。おかげで僕たちまで戦争にかりだされたじゃないですか。

峠　君、僕は何も発起人になることに反対している訳じゃ。

見田　いいんです、もう。

春子　（峠と大木に）仕様のない人たちね、あなたたちも。なにもこの人のおっての前でポスターの批評なんかはじめんでも。あたしだってわかりませんよ、何故あれじゃいけないのか！

　キャンバスをにらみつけていた大木、突然、完成間際の絵を切りさいてしまう。

春子　大木さん。なにするんね！

峠　大木君！

見田　とにかくね。僕らが特攻隊にいっとるあいだも、あんたがたはルーズベルトも話せばわかるとかなんとかゆうて、自由主義面しとったんでしょ。天皇陛下万歳いうて、訳もわからずに死んでいった一兵卒の方が、あんたがたより、よっぽどましだ。僕はね、いつだって一兵卒でいいんだ。お邪魔しました。

市河　見田さん。

峠　君、待ちたまえ。

見田　（市河に）あんた、なんぼでも詩の講釈聞いてかえれや、プチブルが！　（とびだす）

市河　待ってえ。（あわてて後を追う）

峠　大木君。困るじゃないか。

大木　なにいうとる。あんたが断わらずにおるから助け舟だしてやったんじゃないか。それをなんじゃい、俺にポスターかけなんぞと、尻こっちにもってきて。

峠　だからといって折角できかかっていた絵を。

大木　それとこれとどういう関係がある。ああいう若僧のいうことをいちいちまにうけて。

峠　彼だって、いうことは直線的すぎるかもしれんが、今の社会をまじめに考えようとしているひたむきな青年じゃないか。

大木　おまえのカトリック的人道主義も相手を選ばんと、自分を見失ってしまうぞ。現にそうじゃないか。あっちにもこっちにも首をつっこんで雑誌くばったり辻詩はって歩いたり、一晩に二つも三つも会合開いてみたり。そういうことをやっとるあいだに、自分の身体も感覚もすりへらしてしまいよるじゃないか。

峠　君は何故もっと民衆を信頼せんのじゃ。これからの新しい美の創造は民衆の中からだよ。それが分らんのか。

大木　民衆を信頼するだと？　そいじゃ聞くが、ヘドをはきちらして、くさい息を吹きかけてくる土方とあんた雑魚寝ができるか？　できやすまい。腹ん中じゃ顔そむけとるくせに、口じゃ信頼するという。偽善者だよ、おまえは。

峠　偽善者だと？　あんたこそ孤高の中にとじこもったようなポーズして、独善者だよ。

大木　独善者けっこう。俺は孤独を恐れんよ。おまえは孤独から逃げたんだ。戦争中は神、こんどは民衆ときた。いつも何かを信じとらんと生きていけん人間じゃ。

峠　なんと理屈をつけようと、この絵をこんなにすることはないじゃないか。春子はそりゃ楽しみにして、昨日から二日も休暇をとって君の前に坐っていたんだぞ。

大木　あんたも芸術家のはしくれならわかるだろう。誰がこの絵をぶちこわしたんじゃ。一体！

峠　そんなことというとったら、絵をかく場所など、どこにもないよ。ぼくたちのまわりは、いつも生活でいっぱいじゃないか。生活ぬきに芸術もないじゃないか。

大木　生活生活いうて、じゃ俺が自分の絵と向いあうことは生活じゃないとでもいうんか。

峠　そんなことじゃないよ。この絵の具だってね、今月の最後の四百円を、タンスの底からひっぱりだして買ってきたものなんだぞ。

春子　あなた、なにもそんなことまで。

峠　それも君にとっちゃ何でもないことなんじゃろ。

大木　自分の作品以外のことは、生活も社会も、戦争も平和もなんの関係もないといいたいんじゃろ。思いあがるのもええかげんにせえや！

大木　そんなセンチメンタリズムが仕事に通用するかい！

二人、しばらくにらみあったまま。

峠　（からのコップに手をだしかけて）みい。焼酎もないじゃないか。

大木　だから、さっき買うてくるいうたじゃろ。

隣の家のせきが顔をのぞかせる。

せき　奥さん、奥さん。ありゃ、お客さんでしたかいな。奥さん、毎度すみませんが、これに醤油二合ほどかしてもらえませんか。

春子　はいはい。いいですよ。（ビンに醤油をつぎながら）おばさん、寒いから中へ入ってらっしゃいよ。

せき　ええんですよ、あたしゃここで。

春子　じゃ、これ。

せき　すみませんのう、いっつも。

春子　おたがいさまよ。前はうちこそあんなにお米融通してもらって。今月は、お米の配給、十五日分になるんじゃそうですね。

せき　そうじゃげなですの。ほいじゃが、なんぼ二合五勺増配になったいうても、五一円にもなったんじゃねえ。ほんまに、通帳満配、腹欠配ですわい。

春子　ほんとね。うちでさえ四苦八苦だから、おたくのような大世帯《おおじょたい》はねえ。でも、おじさんがちゃんと大きなとこに勤めとってじゃから、ええじゃないですか。

せき　なんのなんの。それがあんた、製鋼所も来年あたり人員整理があるらしいいうんで大騒ぎしよりますんじゃ。

春子　そうですか。日本製鋼のようなとこでもねえ。

せき　ほんまにこの先どうなることですかいのう。ピカは落ちるし食糧攻めにゃあうし、こんだぁ首切りじゃと。日本もばちがあたったんですのう。（小声で）だんなさんはこの頃はもうええんですか。

春子　ええ。やはり入院せんと駄目らしいんよ。

せき　奥さんもおおごとですのう。やれ、お邪魔して。ほいじゃ二、三日中に。ありがとがんした。

春子　いいんですよ、いつでも。

せき、消える。大木はリュックに身のまわりの品をつめこみ帰り仕度をしている。

峠、急にうつむき、ハンケチに痰をそっと吐く。

峠　春子、塩水。

春子　あなた。また血痰が？

春子、塩水を汲んでくる。峠うがいをし、壁にもたれて眼をつぶる。

春子　あまり興奮するから。

大木　大丈夫か？

峠　大丈夫。こういうことはしょっちゅうだから、心配ないよ。

大木　奥さん、悪いことしました。

春子　あなたのせいじゃないですよ。あなたがた、やりあいはじめたら、どうせとめても無駄なんですから。

大木　検査の結果はどうだったんです？

春子　肺だけじゃないらしいの。空洞は、どうもえそでできたものらしいって、先生はいうてんじゃけどね。はっきりしたことは、入院して検査せんとわからないらしいの。

峠　（そろりそろりと二人の傍へよってくる）こう慣れっこになるとね。傍目でみるほどじゃないもんよ、本人は。僕は死ぬときだって、横目でどんな死に具合か自分をみてるだろうよ。（笑ってみせる）

大木　馬鹿なこというんじゃないよ。だけどね、奥さん。ほんまに心配なんじゃ。このままじゃ峠の才能は、有象無象にふみつぶされてしまう。おまけにこんな身体で……。やめとこう。こいつほどおとなしそうな顔しとって、その実強情な男は知らんからな。（荷物をもって立ちあがる）

峠　帰るんか？

大木　うん。もうこれ以上おってもな。それに、いっときも早う東京へでる準備せんと。狭い広島にゃ住みあきた。

峠　帰る金、あるんか？

大木　（だまって笑う）しかし、わしらの考え方、えらいくいちごうてしもうたもんじゃのう。
峠　ほんまのう。
大木　一週間居候して、それだけがわかったとは情けないが、ま、しかたない。峠、こんど東京へでたらな、自分の力で個展を開く。絶対に。大家づらをした既成画壇になぐりこみじゃ。
峠　うらやましいね。
大木、外へ。峠と春子送ってでる。
大木　奥さんの絵は東京でかき直して送りますよ。奥さんの美しさは、ちゃんと、ここにしまいこんである。
春子　待ってますよ。
大木　東京で安心して療養しながらのびのびと詩が書ける場所みつけたらすぐに呼ぶからな。じゃ。
大木去る。遠くで市電の音。
峠　いってしもうた。
春子　あなたのいいところも悪いところもみんな知っとっての人じゃったのにねえ。
峠　うん。別々の道を歩きだしてしもうたんじゃねえ。
春子　さ、早う入らんと、風邪ひきますよ。
峠　ちょっと外の空気が吸いたいんだ。春子、夕方文房具屋で電話してみたよ。実のとこに。
春子　実に？
峠　うまい具合にねえやさんが出てね、また寝こんでるらしいんだ。
春子　どうしたんじゃろねえ、あの子。昨日、会うたときはとても元気じゃったのに。
峠　明日にでもそっと見にいっておやりよ。
春子　ええ。
春子、もう涙ぐみながら家の中へ。峠、川岸へよって大きく深呼吸。霧笛の音。市河があらわれる。
市河　峠さん。
峠　あ、君。
市河　さっきはすみません。
峠　僕の方こそ。見田さん、どうしました？
市河　先に帰りました。ひとりで。
峠　悪かったなあ。さっきのことでけんかになったんでしょ。
市河　……なんでも、かんでも、プチブルじゃいうて。
峠　煮えきらない僕がいけなかったんです。はっとささ

市河　せられましたよ、一兵卒でいいんだといった彼の言葉。いい青年だね。
峠　……。
市河　君、家はどこ？
峠　細工町のおじさんのとこにいます。
市河　家の人は？
峠　（首をふる）
市河　原爆で？
峠　はい。
市河　みんな？
峠　母と、弟と。ひと月ほどしてお父さんが。
市河　そう。
峠　市河さん、あたし……こんどは、もっといい詩をつくります。
市河　うん。そうだね、僕もつくるよ。いっしょにやろう。
峠　あたし、峠さんの詩、好きです。「絵の具」、あれがいちばん好きなんです。あれ読むと、とっても元気がでます。
市河　絵の具、ね。絵の具……。
峠　澄明な空に黒々と雲が漂い

山影に環まれながら
バラックの町は昏れる

少女は町角、町角にたたずんで私を待ち
私は少女の母の
二枚の着物をもって古着屋を廻る

「絵のために売るんだから
母さん怒らないわね」と
少女は風の襟をたてながらくりかえし

千円　千円とつぶやきながら
私は少女の亡き母を
手のなかにたしかめて

灯ともるバラックの町の空に
朱金、たいしゃ、さんご紅と
日本画の絵の具の
彩《いろ》をみつめる

《幕》

第二幕

《怒りのうた》

一九四九年六月。ひるまえ。川沿いの道は見違えるほど綺麗になり、煉瓦塀もとりのぞかれている。峠の家では、午後から開かれる日鋼事件暴圧反対人民大会への声明書を起草する増田。《怒りのうた》《共斗の誓い》などの〈辻詩〉をつくっている峠と吉本。

川べりでは、幾人かの若者たちが歌の稽古をしている。

見田が青共のオルグを伴ってかけこんでくる。

見田　おうやりよる、やりよる。ご苦労さん。ちょっとこれからの行動説明してもらうけえの。静かにしてくれえや。

オルグ　ごくろうさんです。今日は、午後一時から、平和広場で、弾圧反対人民大会が開かれます。これには、産業防衛会議加盟の各支部の組合から、約五千人が動員される。一般市民を入れると、七千人規模の大集会になるでしょう。

青年1　すごいの！

青年2　メーデー以上じゃ！

オルグ　それから、市役所までデモ行進して、市長、公安委員長、警察局長に面会し、弾圧の責任を徹底的に追及する。とにかく、船越の方じゃ、ポリ公みたら子どもまでが石をぶっつけるいう情勢じゃ。大衆の憤激は今や頂点に達しとる。みんなも、ひとつその先頭にたって闘ってください。

岩井　ひゃあー、面白い！

見田　おい、修学旅行じゃないぞ。

オルグ　警官隊は、おそらくこの前よりも、もっと動員してくるでしょう。東京の、公安条例反対闘争で、橋本金二が虐殺されたように、敵は、どのような挑発をかけてくるかわからん。文化サークルのグループは見田君に掌握してもらう。絶対に勝手な行動はとらんように。ええの、見田。

見田　おう。ほいじゃ、ここはこれで解散じゃ。十二時半、万代橋《よろずよばし》のたもとで会おう。

一同、興奮を包みきれない様子で、峠や増田に声をかけながら退場。見田はちょっとためらいながら、峠の家の方へ行こうとする。

オルグ　見田。早うこんか。次のオルグじゃ。

見田　うん。わし、こっちへ、ちょっと重大な任務が残っとるんじゃ。

オルグ　早うこいよ。先へ行っとくけ。（去る）

吉本　イッちゃん、ちょっとこれ手伝ってよ。

市河　はーい。

岩井　見田さん、なんね、なんね？　重大な任務いうて。

見田　なんでもよかろうが。

岩井　！　（肩をすくめる）

家の中で、市河が、峠の書き上げた「怒りのうた」を壁に貼り付けている。

吉本　あんたたち。できたよ、峠さんの辻詩が。

見田と岩井、入る。みんな辻詩を眺め入る。

増田　おう、できたの。「怒りのうた」か。（読む）

きのうまで
ミシンや車輌を生んでいた機械はとまり
労働者らは追われ

きょう　閉ざされた工場の屋上に
にくむべき警察のはたはひるがえる
折られた旗ざおはつなげ、おお！
縛られたりょう腕はふりほどけよ！

たといわれらの血は埃に吸われるとも
われらの息は　けい棒の先に断えるとも——

擬されたピストルを　とつとつと老し労働者は
訴え
くびおりて背の児はねむれど女房らは去りもやらず、
刻々と数を増して工場をかこむ　組合旗のゆらぎのなかに
うたとなるわれらの怒り。
唄となるわれらのなみだ。

かなた夕ぐれる木陰の土に、日鋼の労働者
　らたおれて睡り
そのあたり、しずかに剛し
——。

自転車で帰ってきた鈴木凱太が峠の家の前で止まり、いつの間にかみんなと一緒に増田の朗読に聞き入って拍手しながら。

凱太　ふーん。これじゃのう。ゆんべ峠さんが読んでくれちゃったなあ。ええ、何回聞いてもええ。こりゃ。

増田　おじさん。来とったんですか。

凱太　ゆんべはありがとがんした。あんたんとこはまた豪勢にトラック横づけで米俵のカンパじゃけんの。

増田　なあに。広船いうとこは世帯が大きいんですけ。

凱太　ありゃ？　あんたは……付属病院の看護婦さんじゃなかったかいの。

吉本　ええ。毎日ご苦労さんです。

凱太　やっぱりほうじゃ。峠さん、あんた、こん人たちゃのう、あの弾圧のあった日にゃ非番の人まで駆けつけてきてくれてのう。徹夜でからに病院に詰めとってくれんさったんじゃ。

増田　ほう。そりゃ知らんかった。ようやってくれたのう、そこまで。あ、おじさん、ゆうべのことがでていますよ。（新聞を渡す）

凱太　なんじゃと？　（読む）カストリに吹く秋の風、売れよ飲めよと自由酒でまわる。……なーにいうとるんじゃい。こっちはカストリも飲めんちゅうのに。

岩井　おじさん、どこ見よるんね。裏よね、裏。そこそこ。

凱太　ほうほう、ほんまじゃ。出とる出とる。

増田　しかし峠さん。よかったですね。

峠　うん。

増田　鈴木のおじさんがいうてのように、日鋼の労働者がみんなええいうてくれる。こりゃ、「怒りのうた」に対する、なによりの評価じゃないですか。

峠　うん。ほんとに、喜んでいいんじゃろうねえ。なにしろ、大急ぎでつくったもんじゃし。

増田　（笑って）なに言うとるんですか。この詩は、峠さんの新しい誕生を意味するもんじゃとぼくは思いますね。

凱太　（声に出して読みはじめる）十七日午後七時頃から、人民大会席上で催された青年共産同盟文化工作隊の労働歌合唱、日鋼紛争を主題とした詩の朗読があり、時あたかも警官隊の撤退が始まり、屋上の警察旗がするすると下ろされたときでもあり、つめかけた組合員はどっとどよめいた――。ふーん。ほんまじゃ。わしの、峠さん。一番後ろの方で見よったんじゃが、なんやら面白うない歌うたいやがるんで寝よったんじゃ。

岩井　まあ、ありゃ、うちらがうとうたんじゃに。（笑い）

凱太　はあ、ほうかいの。ほいでの、ひょっと見たら、あんた、やせこけた峠さんが、ひょろひょろ演壇に上がってくるじゃなあかい。たまげたのう、あれにゃ。わしゃ今まで、詩じゃことのいうもんは、蝶じゃ花じゃいうとりさえすりゃええもんか思うとったが、あがいなもんとは知らなんだのう。わしにすりゃ、ええこと言おうが。

吉本　ほんと！　うちのサークルの人も、あれ聞いてとっても感動して、詩いうて、こういうもんか、言うてね。今まではね、新しくサークルに入ってきた人たちに、こんどの闘争で、じかに感じたことをそのまま書いてみて、言うてもなかなか書こうとせんの。こんどは違う思うよ。

岩井　ほいでも、うちのサークルじゃ、こうなんよ。ぼくもサークルに入りたいけ、読んでみてくれ、言うてね、同じ課の男の子が詩を持ってきたんよ。どういうて書いてあった思う？　（手紙をとりだし、広げて読む）

　ぼくはそっと読んだ
すすきの林のそのかげで
あなたの美しいお便りを
誰もみてない　すすきの波のその中で
ぼくはそっと呼んだ
なつかしいあなたの名前を――

ほいでね。うちの顔をじーっとみるんよ。きゃーっ！　気持ちわる。（笑い）

増田　確かにのう。詩、いうたら、星やら、夢やら、恋やらをうたうものとだけ思いこんどる人は多いからのう。しかし、そこも包みこんで、なお生活から湧きあがってくるような詩を職場からつくるいうことは、こりゃ、まだまだこれからじゃ。

市河　そうよね。うちも、初めはやっぱり甘い甘い詩が好きじゃった。「怒りのうた」みて、初めて、なんかちょっとわかったような気がしたもん。

見田　あんた、遅れとるぞ、だいぶん。

市河　知らん。見田さん、うちの詩、一回も読んでくれたことないくせに。

見田　よお、横断幕まだじゃろ。時間がないぞ。

　見田、市河、岩井、吉本、布や墨汁をもって外へ出る。

見田　おじさん、十四日の晩はね。俺たち青年共産同盟も、みんな座り込みにいったんですよ。

凱太　ほうかいの。有難いこっちゃ。ほいじゃが、おっとろしかったろうがい、え？　武装警官がやってきたときにゃ。

見田　怖いことないですよ。みんな張りきっとったけ。

凱太　ほうかいの。頼むで。まだまだこれから長うなるじゃろうけえの。なーに。わしがついとりゃ、なんぼ奴らがきても、あんたらに指一本さわらすじゃないけえの。わしゃ、東口を守っとったがの。突っ込め！　いうたか思うたら、来たわいの、大けなポリが、わしにつかみかかってきての。わしゃ旗竿持っての（身振りよろしく）こうじゃろがいの。こうきたよの。ほいで、わしゃ旗竿相手の首にこうあてごうての、ウーいうたところを、金玉、ぽーんと足でけあげて。

せき　あんたがポリに、そうやられたんでしょうが。

凱太　……。（振りむくと、せきが立っている）

せき　なにいうとるんね。この人は。大ぼらばっかりふいて。あんた、後ろの方で足がガタガタふるえて、なにがなんやらわきゃわからんかったいうて、言うたじゃないね。わたしに。

凱太　いつの間に来とったんじゃい、おまえ。

せき　いつの間じゃありゃすま。なんしに帰ったん、あんた。この真っ昼間に。またデモを抜け出してきたんでしょうが。飲んどるね？　あんた！

凱太　なに言うとるんじゃい。こっちは朝からワッショイ、ワッショイ、言うて。え？　おまえら、腹すかしとるじゃろう思うて。給料いらんのかい、給料！

せき　え？　出たんかい？　給料。

凱太　馬鹿いえ。今から出るんじゃい。松石寮から西正門までデモ行進して、給与課長引っ張り出して、かけおうて、昼から出るようになったんじゃい。ほいでハンコ取りに帰ったんじゃろうがい。

せき　そうかい。出たんかい、あんた。やっとねえ。皆さんのおかげじゃ。みんなで応援してくださったおかげじゃ。

峠　よかったですね、おばさん。

凱太　なにをめそめそしよるんじゃい。馬鹿が。

せき　そいでもあんた、四十日ぶりの給料じゃ。その間、あんた、応援カンパのお米で、やっと一家七人が……。

凱太　もうええ、もうええ。早うハンコ取ってこんかい。早う行かにゃ支払いが始まるが。

せき　やれやれ、これで鰯の一匹でも買うてやれる。有難いこっちゃ。（泣き笑いしながら帰っていく）

凱太　へへ。すぐあれじゃけんの、オナゴは。

岩井　あれ。イッちゃん、泣いて。（自分も顔をふいている）

増田　こんどの日鋼家族会の頑張りぶりは凄かったけんのう。警察に、弾圧反対の陳情に入ったり、板垣所長代理のとこへ押しかけていったり、たいしたもんで、あんたがたのおばさんも。

凱太　ほうかいのう。峠さん。奥さん、今日も勤めですかい？　日曜日じゃいうのに。

峠　買い出しですよ、草津の方に。

凱太　ようやってじゃの、峠さんの奥さんは。

　せきがあらわれる。

せき　ほんまに、赤ん坊背負うたもんにまでこん棒ふるうての、憎たらしいいうたらありゃせん。なんでもかんでもアメリカの命令じゃいやええか思うて。ほいじゃが、こりゃ、どうでもアメリカさんと、会社と警察はグルになっとるんで？　ほうでしょうがい、峠さん。

見田　おばさん。いちばんいけんのはね。吉田内閣の、産業破壊政策なんですよ。ポツダム宣言は、日本の財閥と天皇制をないようにして、軍国主義の息の根をとめることを要求したんですからね。それを、今の政府は反対のことばっかりやりよる。大金持の都合のええように、意識的に産業を破壊しようとしとるんですよ。

せき　ほいじゃがあんた、アメリカのラガーとかヘガーとかいう大尉が命令を下したけん、県知事は退去命令を出したんじゃいうとる。アメリカが命令せにゃ警察も出しゃせんかったいうて、はっきり言うとるじゃないね。

凱太　なにを、ペチャクチャいつまでしゃべくっとるんじゃい。はよハンコ出せ。

せき　あ、わしもいまから日鋼へいくけ。

凱太　なにしに？

せき　家族会と婦人部の懇談会よ。あんた終わるまで待っとりゃええ。

凱太　ええ？

せき　帰りにまた飲もう思うてもそうはいきゃせんよ。はよ自転車に乗せていきんさい。

凱太　馬鹿いえ。おまえ乗せたらパンクしてしまうわい。

岩井　照れくさいんでしょ、おじさん。

凱太　なにを言いよる。……はよ、来い！（ブッブッ言いながら後ろに乗せてやる）ほいじゃ。

凱太とせき、出かける。峠も増田も、みんな見送っている。「ええぞ！」「頑張って！」等の声。

旅行カバンを持った大木があらわれてそれを見ている。

峠　あれ？　大木君、大木君じゃないか。

大木　あれ、とは御挨拶じゃな。

峠　半年ぶりじゃねえ。あれから手紙もくれんから、もう絶交されたんかと思うとったよ。

大木　そりゃこっちのセリフよ。もう大木英作なんぞ見捨てられて、挨拶もしてもらえんのじゃないかと心配してましたね。あんた、元気そうじゃない。

峠　覚えとるかい？　見田君と市河君。

大木　お！　あのときの。これはこれは。

峠　紹介しよう。大木さんいうてね、青年文化連盟の時代からの親友なんだ。東京で絵を描いている。（大木に）増田さんだ。広島造船の人。それから、中国電力の、岩井さん。吉本さん……ぼくが療養所時代にお世話になった看護婦さんだよ。今は日本製鋼の付属病院。みんな、職場の文学サークルの人たちでね。ま、とにかく上がれよ。疲れたろ。
増田　春子も、もうじき帰ってくる。喜ぶよ、きっと。
あとでまた。ちょっとやりかけた仕事がありますから。
大木　ええ、どうぞどうぞ。
　峠と大木、家の中へ。あとの者は横断幕をつくっている。
大木　(壁に貼ってある「怒りのうた」などを眺めながら)いやにものものしい雰囲気じゃねえ。一体なんの騒ぎだい。
峠　え？　君、まだ知らんのか。ここに来る途中もたくさん貼ってあったろ、日鋼弾圧反対のポスターが。
大木　そうじゃったかの。
峠　無頓着だねえ、相変わらず。ほら船越に日本製鋼広島製作所というのがあるだろ。あそこで六百六十人の首切りが出てね。組合員はみんな工場の中に立てこもって毎日首切り撤回の交渉を続けていたんだ。それがね、十五日の朝になって、いきなり二千人の武装警官が突っ込んできたんだ。組合員を外にたたきだすためにね。おまけにそのやり方ときたら、無抵抗の人たちを無茶苦茶になぐりつける、まるで治安維持法の時代に逆もどりだよ。
大木　ふーん。そりゃ確かにひどい話だねえ。(タバコをとりだして)おい、マッチないかい。
峠　ぼくが駆けつけていったときは、みんな門の外へ押しだされてしまったあとだったけどね。担架で負傷者が運ばれてくる、樹陰では頭を割られた労働者を看護婦さんが手当している。正門前では四千人近い群衆がごったがえして、構内を占拠した警官隊と殺気だったにらみ合いを続けとるしね。日が暮れていくにつれて、急を聞いてかけつけてくる労働組合の人たちが続々と増えてくる。そして夕闇の中で数千人の人々のインターナショナルの大合唱がはじまった。あれは君、「うた」というようなもんじゃないよ。ほんとうに、人間の肺腑をえぐるような、怒り、と、どよめき。それがひとつの大きなうねりになってねえ。地底《じぞこ》から湧きあがってくるような感じなんだ。
大木　(マッチを探しあて)あ、ごめん。マッチ、あっ

峠　たよ。
峠　ぼくはその晩、家に帰ってから頭のクラクラするような強烈なその場の印象をすぐ詩に書いてみた。これだよ、この「怒りのうた」。
大木　（ふりかえって壁に貼られた詩をみる）
峠　ゆうべね。これを正門前広場をぎっしり埋めた労働者の前で朗読した。そしたら凄い反響でね。すすり泣きして聞いている人もいる。僕は思わず泣けたね。生まれて初めてじゃからね。ぼくの詩が民衆の心の中に喜んで受け入れられたのは。
大木　うむ。
峠　ぼくが、十年以上詩をつくってきたいうても、そもそもの動機いうたら、まあ療養生活の手慰みみたいなもんじゃったからねえ。ほら、君にもいわれたじゃないか。偽善者だ。民衆、民衆いうが、腹ん中じゃ民衆から顔をそむけとる。あれはこたえたね。この半年、そればっかり考えた。やれそうだ。こんどこそ、何かやれそうだよ。
大木　あんた、ほんとうにそう思いこんどるんか？
峠　思いこむ？
大木　それこそ、腹ん中じゃどう思うとる、この詩を。
峠　いや、だから、この詩で、こんどこそ僕もはっきり変わったと。
大木　ふむ。変わったとは言えるかもしれん。しかし、変わるいうことは、良くも悪くも変わるいうことじゃ。
峠　……。つまり、これでは、駄目ということか？
大木　駄目じゃな！　これまでの仕事のなかでも、こういううつろな響きを持った詩はみたことがないよ。こりゃ詩じゃない、運動会の応援歌じゃ。
峠　日鋼事件を、運動会といっしょにするんか。
大木　わかっとる、わかっとる。日鋼事件じゃない。あんたの詩が、運動会の応援歌ふうなんじゃ。なんでこうりきみかえった言葉ばかり並べんといかんのじゃ。あんた、誰に頼まれて、これをつくった。
峠　頼まれた、いうて、君。
大木　（仕事をしている四人の方に目をやって）言ってもらわんでも大体わかるが。
峠　なにが言いたいんじゃ、君は。だからさっきも言うたろ。僕は、あの夕闇の中で湧き上がってくる歌声に。実際に、その場に居あわせて。

大木　ほんとにお人好しじゃの、あんたは。これくらいのことがわからんのか。この詩が喜ばれたいうのは、ひとつの政治的なできごとにすぎんのじゃ。はっきり言うとくがこの詩自体の、芸術的な評価とは無関係なんじゃ。そこがわかっとらんと、ほんまに、自分をつぶされてしまうぞ。

峠　（まじまじと大木をみつめる）

「ちょっと誰か手伝ってえ」峠の家の裏手から春子の声。

四人、かけよっていく。峠も迎えにでる。春子、野菜や米などの入った大きなリュック、風呂敷包みをかかえてあらわれる。

峠　お帰り、大変だったろう。

春子　鈴木のおばさんにもわけてあげようと思って欲張ったもんだから。ああ、腕が抜けそう。

峠　それ、貸しなさい。

春子　無理ですよ。あなたには。

峠　馬鹿にすなや。これくらい。よっこらしょっと。

峠、むきになって一番大きな米袋をかつぎ、ふらつきながら運びこむ。（笑い）

春子　まあ、大木さん。いつきちゃったん。連絡くらい、しといてくれてならええのに。

大木　お久しぶり。いや、今ついたばかりですよ。

春子　くたびれちゃったでしょ。まあゆっくりして。

大木　ええ。ちょっと身体ふかせてもらおうか。広島はやっぱし東京より暑い。

春子　どうですか？　東京の方は。個展、開きました。

大木　まあね。いろいろとね。生活、生活。峠の言う生活の洪水じゃ。食うために、いろいろやってますよ。

春子　（考えこんでいる峠に）どうなさったの。無理するから。

峠　いや、そうじゃないんだ。

仕事をしている一同のところへ、いつのまにか姿を消していた見田が、また大急ぎでかけもどってくる。

見田　ああ、腹減った。

市河　（峠の家の中へかけこむ）

吉本　見田さん。あんた、まだ朝ご飯、食べてないんでしょ。
見田　うん。
吉本　あんた、無理よ、そんなことしちゃ長続きしないよ。青共の常任いうても給料出るわけじゃないんでしょ。
見田　そりゃそうよ。
市河　（帰ってきてパンをだす）これ。
岩井　お！　気がきく。
　見田、ガツガツと食っている。
岩井　見田さん。いつかイッちゃん言いよったよ。見田さんお母さんとこへ、どうして帰らんのじゃろうか、いうて。
見田　イッちゃん、そんなこと言うたんか。
市河　ほいでも……。うち、不思議でしょうがないん。折角お母さんがおってじゃのに。
見田　わからんもんじゃの、実際。うちへ帰っても甘やかされて活動がにぶるだけじゃ言うたろうが。
吉本　だってお母さん心配しとるでしょ。文無しでどうやって暮らしていけるの。ねえ、イッちゃん。
見田　うるさいねえ、あんたは。献身的に活動しておればねえ、黙っとっても、大衆が支えてくれる。
岩井　へえ！
増田　おい見田君よ！　その大衆というのは、案外イッちゃん一人のことなんじゃないんかい。
見田　違いますよ。それにねえ。地区の同志にゃ内緒じゃけど、ときどきこっそりアルバイトにいって活動費稼ぐんじゃ。
岩井　へえ、どこへね？
見田　米軍キャンプのな、雑役よ。ウォールロッカー直したり、プレスマンやったり。
市河　プレスマン？
見田　うん。アイロンかけよ。
岩井　見田さんが、アイロンかけするん？
見田　おう、アメちゃんのアイロンは大きいけんの、持っただけで重たい。しかし胸くそ悪いとこで、あそこは、飯どきになったら、ヘイ、パプさん、チャプチャプＯＫ、こうじゃからの。（食べ終わる）うまかったぁ。イッちゃん、水。
市河　（また峠の家へ水をとりにいく）
岩井　お、いばっとる。

吉本　だけど、どうしてアルバイトするのに、内緒でないといけんの？

見田　そりゃ、常任、みんな食うや食わずで頑張っとるのに、俺だけアルバイトにいってきますいうて、大きな声でいえるかい。……わしゃ、やっぱり弱いんじゃのう。他の同志みたいに、活動だけで資金をつくることができん。

吉本　わからんねえ。どうして。

見田　（プラカードに字を入れながら）美しい社会をつくるために、そのために闘っておればこそ、男は女を愛し、女は男を愛することができる。

吉本　（吹き出して）見田さんのひとつ覚えじゃ。

見田　（市河のもってきたコップをうけとり）お！　サンキュー。

増田　見田君よ、男は女を愛し、いうとこばっかり言うとらんと、早う実際行動に移せや。ぼやぼやしよったら、イッちゃんどっかへいってしまうぞ。なあ、イッちゃん。

市河　知らん。

見田　増田さん！　これは、革命的精神の問題ですよッ！　（笑い）

大木が手拭いで首を拭き拭きあらわれる。

大木　（上手をのぞいて）奥さん。いつもああなんですか。

春子　ええ、以前もそうじゃったけど、ここんとこすっかり若い人たちの集会所になってしもうて。

大木　（笑って）こりゃたまったもんじゃないな。それでね、峠君、これからが肝心の話なんじゃが、東京でね、君も知っとる、ほら中央芸論の坂巻さんね。

峠　ああ。

横断幕やプラカードを仕上げた見田たちが家の方に引き上げてくる。

見田　峠さん、できましたよ。

峠　（腰を浮かし）うん、どれどれ。

春子　落ち着いて聞きなさい、あなた。しょうのない人ねえ。

大木　その、坂巻さんの企画でね、新しく詩の評論雑誌ができるんだそうだ。その編集担当者として、峠君、あんたの名前が浮かびあがったんだよ。思いきって任せるから、どしどし独自のプランでやってもらいたいというんでな。頼まれてきたんだよ。

春子　あなた。

峠　うん。

大木　今、どっかに勤めよるんかい。

春子　それがねえ、大木さん。この三月から、県庁で、農村巡回映画の仕事をしていたんですけどね。トラックに揺られどおしで、やっぱり無理じゃったんよねえ。また喀血して、こんどばかりは危篤状態じゃったんよ。ひと月ほど前に起き上がったばかり。

大木　無茶だよ。峠の身体でそんな仕事できる筈がない。しかし、東京へ出てくれれば身体のことは坂巻さんにもよく話してあるし、設備の整った病院で診てもらえるし。

春子　夢のようなお話ですわ、ねえあなた。

峠　そうだね。じゃが、みんなとも相談してみんと。

春子　みなさんだって喜んでくれてですよ。ほんとに大木さん、喀血のときやなんか、並大抵のお世話じゃなかったんですよ。毎晩看病に来てくださるし、輸血の血を出してくださるやら。

大木　そうですか。まあ奥さんも苦しいことだらけじゃったろうけど、峠三吉の存在も、この頃じゃ全国的なものになってきていますからね。

春子　また大木さん大げさな。

大木　なんにしてもだ。チャンスはチャンスよ。このチャンスを逃すいう法はないと思うがな。

峠　うむ。（考え込む）

見田　峠さん。東京へ行くんですか？　困るよ、そりゃ。今峠さんにでていかれたらわしらどうなるんです？

大木　いや、あんた方も、峠のことをほんとに考えてくれるんなら、これが一番ええ。

見田　そりゃ、峠さん個人の幸福のためにですか。

大木　むろんそれもあるさ。

見田　しかし、僕たちの社会を一日も早う実現させにゃ。峠さんの本当の幸せもこんのじゃないですか。

大木　そんな、観念的な。

見田　いや、事実をみてください。革命はそう遠いことないですよ。共産党の国会議員が三十五人も出るいうようなことが一年前に考えられましたか。一度広島を歩いて、日鋼の弾圧に対する市民の反響をみてみりゃええんです。

市河　そよなことというても。峠さん早う身体治さんといけんし、治療しようと思えばお金もかかるし。

見田　もうちょっとの辛抱なんじゃ。今は、ひとりの活動家も失わずに、力を集中する必要があるんじゃ。この夏がおそらく吉田内閣の最大の危機になるじゃろうと言われとるし、国際情勢も大きう変ってきとる。中国で革命政府が樹立されるのももうすぐじゃ。

増田　見田君。

見田　そうでしょうが、ポツダム宣言じゃ平和的で民主的な政府ができりゃ占領軍は撤退するいうことをはっきり書いてあるんじゃから、俺たちの政府をつくって連合軍にもそれを認めさすことができるんじゃ。それも、この秋には可能性が。

春子　見田さんの話を聞いとったら、明日にでも革命がきそうだけど、なかなかそんな風にはねえ。

大木　あほらしい。あんた革命までカスミを食うて待っとれ言うんか。それまでビラはりやら集会やら演説やらで、峠を引きずり回そうというんじゃろ。その間に峠の身体はばらばらになってもかまわんと言うのか。第一峠三吉の流麗な詩情をぶち壊して（壁の詩をみて）こういう乾からびた詩をつくらせたのは一体誰なんじゃ。

増田　大木さん。そりゃ違いますよ。「怒りのうた」は立派な詩じゃと、ぼくらは思ってますよ。

大木　ぼくら、とは誰のことじゃ？　どこかの指令部か？

増田　ぼく自身。それからここにおる者、今度の日鋼事件の闘争に参加したものみんなですよ。

大木　そりゃ、これだけ旗ふってもろたら、誰じゃて喜ぶわい。

見田　峠さん。この人といっしょに有名になりたいんじゃったら、東京へないとどこへないと行きゃええでしょ。

大木　またそういう極端な。誰が有名になるためだけに東京へ出ろと言いよるか。自分の才能を試す機会がきたら、臆せずにそれに飛び込むのがなにが悪い。いつまでもここで、お山の大将でおっても峠

峠　三吉のためにならん。大木君。あんた、ぼくの流麗な詩情をぶち壊したのは誰じゃと言うとったがそりゃ他でもない、ぼく自身だ。（壁の詩をみて）うつろな響きか。そうかもしれないね。さっきぼくは、今度こそはっきり変わったと言うたけど、考えは変わったつもりでも、身体にしみついた情感というか、情緒というんか、そいつは古いままなんじゃ。ぼくがあのときに見たのも、ほんとはこんなもんじゃなかった筈だ。そうだろ、増田君。鈴木のおじさんみたって、せきさんみたって、あの弾圧と憤りをくぐりぬけたあくる日に、どうしてああ明るいんだろう。ぼくの眼じゃ、どうしても、そこがとらえきれない。こりゃ、やっぱり峠三吉流の泣き節じゃ。（立上がり、辻詩をくるくるまるめていく）たしかに、ぼくはお調子のりじゃねえ。だけどね、大木君。君はお山の大将じゃ駄目じゃというたけど、ここじゃそうはいかんのだよ。みんな相当手厳しうてね。僕の詩なんか、古くさい言われ通しで。一番痛いところをびしびしついてくるんじゃ。

増田　（笑いながら）相当に脱線して、混乱ばっかりさせてね。

岩井　そうよ。見田さんの国際国内情勢も、ときと場所によりけりよ。（笑い）

春子　それで、あなたどうなさるの、大木さんのお話。

増田　大木さん。僕は、峠さんが、いろんな困難にぶっつかりながら「怒りのうた」までたどりついてこられた道は、お互いの問題として、もっと細かくふり返ってみる必要があると思うんです。大木さんが、峠さんの仕事と身体のこと心配なさって、いろいろと奔走してくださっていることは、勿論ぼくらも感謝します。わしらは、どうも、ものをつくる人の、細かい内部の問題までようわからんことがありますから、ひとつ、ゆっくり相談にのってください。お願いします。

さあ、みんないこうか。

風にのって遠く近く歌声が聞こえている。

五人は横断幕やプラカードをもって外にでる。

岩井、川土堤へかけていく。

岩井　お！　行きよる、行きよる。向う岸！

峠　あ、待ってくれ。僕も一緒に行くよ。

増田　ええんですか、峠さん。

峠　大木君、この増田君とも相談してね、もうすぐ僕たちの間で「われらの詩《うた》」という、新しい詩のグループが生まれるんだ。雑誌の第一号も、もう準備にとりかかっとるんじゃ。こんな僕でも、広島での仕事が次つぎと……。そうにらむなや。どうせ今日は泊まっていくじゃろ？　今夜また、な。

峠と、五人、上手へ。

見田　峠さん、その詩のグループ、わしも入れてもらえるんでしょうか？

岩井　え？　本気？　見田さん。

見田　おかしいかの。

峠　そんなことないよ。やろうよ、楽しうなるよ、そりゃ。（市河をふりかえる）

歌声が騒然と入り交じる中で。

《幕》

第三幕

《1　八月六日》

一九五〇年六月。夕刻から夜にかけて。急ピッチの都市復興は川岸の風景も一変させている。川土堤の一角に「平和記念都市建設法による緑地帯指定区域。立入禁止。広島市」の立て札がみえる。

峠の家の表には「われらの詩の会事務局」の看板。部屋の壁には「火を吐く歌を！」という絵入りのスローガンがひときわ大きく、その他「八・六反戦デーに結集しよう！」のポスター。ストックホルムアピールなどが所狭しと貼られてあり、生活の場は片隅におしやられている感じ。

峠、増田、市河、吉本、岩井の五人が製本されてきた『われらの詩《うた》』発送の区分け作業。

市河　「芸術は人間のためにある。人間の世界が危機にさらされるとき、人間がこころにもつ最も美しいものの結晶である芸術は、ただちに人間の敵に対する最も鋭い武器とならねばならぬ」

増田　むつかしい。実にむつかしい。なんと俺たちの詩の、なかなか火を吐かんことか。

峠　（笑って）気になるとみえるねあの批評。（市河たちに）いやね、このまえ出した反戦詩歌集。その宣言文もあれから転載したもんじゃけど、宣言文自体はなかなか立派じゃが、詩の方はさっぱりじゃという批評をよこした人がいるんだよ。

吉本　そうかしら。あたし峠さんの書いた「よびかけ」。あれ読んで思わずどきんとしたわよ。「いまでもおそくはない／あなたのほんとうの力をふるい起こすのはおそくはない」

増田　うむ。で、俺の詩はどうじゃった？

吉本　え？　増田さんのものっとったかね。

増田　絶望じゃ。やっぱり絶望じゃ。

吉本　（笑いながら）ごめん。まだ全部読んどるわけじゃ。

増田　ええんじゃよ。芸術は人間のために、か。これくらい、いまのわしらの気持ちを言いあてた言葉はないんじゃがの。「今や歌がと絶えざるためには人民の魂が鳴り出でねばならぬ時がきた」、『われらの詩』第一号の、峠さんのあの扉のことば。あれから号を重ねてこの宣言文へきた。部数もこれだけ増えたし、支部もあちこちにできた。こんどは反戦詩歌人集団も出発して、原爆の街から全国に先がけて反戦ののろしをあげた。こういう性格の会で、これくらい活発に動きよるところは広島しかないそうなけん、ほんまに誇りに思うてええんじゃろうが……。

吉本　絶望したり、誇りに思うたり、でも確かにそうね。

岩井　「西日」、岩井美代子か。

吉本　あんた、さっきからなんべん自分のとこ見よるん。

増田　誰しも自分の詩は一番気になるわい。ところがおのれときたら、いつまでたってもほんとに武器になれるような詩はよう書かんときとる。情けのうもなるわい。イッちゃんらどうや？

市河　でも、人間の敵とか、武器になる詩とか、そういうことを意識しとかんと、ほんとにいい詩は書けんもんじゃろか。

増田　うむ。むつかしい問題じゃ。

人夫のかけ声や建物の倒れる音がする。峠の家のすぐ脇まで区画整理がやられているのである。

岩井　あ！　なに、あれ。

峠　立退きなんじゃ。あそこに立札が立っとったじゃろ。平和都市の建設だそうだ。

岩井　いやじゃのう。戦時中の建物疎開思いだす。

吉本　どんどん焼跡整理して、はよピカのことは忘れてしまえ言うとるみたいじゃね。

増田　(立ちあがって工事の方へ目をやりながら)峠さん、ここは大丈夫なん？

峠　当分はね。鈴木さんとこも大変じゃ。立ち退きにはあう。日本製鋼は追いだされる。辛いだろうな。

増田　はようわかっとりゃ、立退反対同盟でもつくって。

峠　それがねえ、鈴木のおじさん、おばさんも知らん間に市役所から補償金受け取ってしもうて、競輪にみなつぎこんでしもうたんじゃそうな。日鋼を首になってから勤めだした大洲の工場もつぶれてしまうし、やけになっとってんじゃろうが……

見田がのっそり入ってくる。

増田　そうか。(立ち戻って)あ、ストックホルムアピールの署名用紙入れるのを忘れんように。どう、あんたの方は。平和署名、進んどる？

吉本　ええ。だけど。この頃みんな怖がりだしてね。「われらの詩《うた》の会」いうだけで、警戒する人がおるん。

岩井　そうなんよ。うちのとこやなんかね、組合が反共のゴリゴリでしょ。組合員を再登録して、共産党系は全部組合から追い出してしまういう話よ。組合から追い出されたものはみんな人員整理の対象になるんじゃいうて。

吉本　まあ、それじゃ労働組合が首切りのリストつくるようなもんじゃない。

岩井　そうなんよ。前は会社の労務がこわかったのが、この頃は組合役員に目をつけられるのが恐ろしいいうてみんなビクビクなんよ。こないだもね、ストックホルムアピールの署名頼んだら、その人、カンパなら出すが署名は名前が知れるからのう、偽名じゃいけんか、いうて。

増田　それで、あんた、どうした？

岩井　どうしたいうて、まさか偽名の署名もらうわけにもいかんでしょ。そんならええいうて断ったん。

峠　どこも同じなんじゃねえ。増田君、昨日八・六平和大会の実行委員会があったんじゃが、県連の役員は全員実行委員会から降りてしもうたよ。

増田　そうか、やっぱり。

峠　大会スローガンに、ストックホルムアピールが入っとるのがいけんいうんじゃ。原子兵器禁止だけにしぼらんと、運動が広がらんという。最初に原子兵器を使用する国を戦争犯罪人とみなすいう条項は露骨にアメリカを指すもんで、ストックホルムアピールなんて明らかな反米活動だいうてね。

岩井　うちもね、ときどき思うんよ。こんとな小さい紙きれに、うちらの名前書きこんで、それでほんとになんかの力になるんじゃろうかと。

見田　そりゃ違うぞ、あんた。

峠　あのね。ほら、このまえフランスのレジスタンス詩集を廻し読みして話しおうたことがあったじゃろ。ファシストの戦争をくいとめていった一番大きな力は、やっぱり一人ひとりの人間じゃった、「この小さな人間の威厳にみちたはてしない力よ」……。あそこのところにとても感動したよねえ。ストックホルムアピールいうのは、ああいう第二次大戦下の抵抗運動で人類が初めて学びとった教訓から引きだされた、とっても大衆的な運動なんじゃないかねえ。

見田　とにかく、広島で原爆におうた人間が、平和署名に疑問を持つなんちうて、わしゃ想像もできんぞ。岩井さん。

岩井　ほいでも、見田さんの言うようにはいかんよ。見田さんは、すぐ、サークルがもっと職場の前衛にならにゃいけん、「われらの詩」も、もっと反帝闘争に眼を向けた活動をすべきじゃ言うけど。

見田　そりゃ、これだけ弾圧が厳しい情勢じゃけえ、困難じゃいうことはわかるよ。ほいじゃが、今みたいに労働組合がどんどん右寄りになってしもうて、平和の問題や、全面講和の問題をいっこうに取り上げようとせん状態じゃ、やっぱり、「われらの詩」のようなサークルが……。

岩井　ほいでも、「われらの詩」は、詩のサークルでしょ？

見田　見田さんも、自分が言うような詩をいっぺんぐらい書いてみりゃええんよ。
市河　それを言われると弱いが。（頭をかく）
吉本　（さっきから、区分けの手を休めずにいたが）峠さん、これ送ってきます。
岩井　あ、うちらもいこ。
うん。
市河、吉本、岩井、本をかかえて外へ。
吉本　ねえ、あんたたち、ミス広島みた？
岩井　みたみた。きれいね、やっぱり。
市河　原さんいうんでしょ。あの人、市女で一級下じゃった。
吉本　今日来たよ、うちの病院へ。
岩井　へえ、なにしに？
吉本　原爆患者の見舞。花束もって進駐軍の将校といっしょに、ケロイドでノイローゼになってる人のとこへミス広島なんか連れてきて。見せ物じゃありませんって言ってやりたかったよ。
市河　うち、嫌いよ、あの人。気どって。あーっ、いやじゃいやじゃなにもかも。踊る宗教にでも入ろうか。
岩井　踊る宗教？
市河　こうやるんよ。
さあさあ天女の舞じゃ天女の舞じゃ
ナーミョーホーレンナーミョーホーレン
みんなおめめを覚ましゃんせ
おめめが覚めたら神の国
税金税金なんでもとりあげ丸裸
自我自我自我で我の天下
神のみくにの神の子が
ウジの世界に総進軍
お布施お初とりあげて
生クソ坊主のクソ野郎
見田　イッちゃん！　やめろや、もう。
市河　さ、いこ！
市河走り去る。吉本と岩井もあわてて追う。
見田　峠さん。わしゃ、わからんようになってしもうた。
峠　イッちゃんのことかい？

見田　……。峠さん、峠さんらは、自分で詩を書きよって、こういうことしとってええんじゃろうかと、思うようなことはないでしょうね。

峠　こういうこと……。

見田　わし、いっぺん聞いてみたかったんです。わし、詩とか芸術とかは、まるで自分の性に合わんと思うてきたけど、近頃になって、そういう自分がほんまもんなんかどうか……。やっぱりやめとこう、こがいな話。

峠　見田君、続けてくれたまえ。

見田　いや、自分でもよう整理がつかんのです。書きたいいう気持ちは、これでも持っとるつもりなんです。いままでも、何回か書きかけたことはあるんじゃが、そのたんびに、こういうことしとってええんか、いまこういうのんきなことしとれる場合かと。

峠　そういう気持ちになることはね、君だけじゃないよ、見田君。僕だってある。おそらく増田君だって、誰だって。

増田　そうよ。さっきも話しよったとこなんじゃ。わしらは、情勢に見合うだけの詩を、はたして書きよるんかいうことをの。同志たちは次々と逮捕されていくし、あんたらの生活見よっても、夜もズボンはいたまんまのゴロ寝生活を続けとる。そういうことを見聞きするたびに、これでええんか、こういうことをしとってええんか、いう気にもなるよ。しかしやっぱりあせっちゃ負けじゃよ。あせって詩が書けるもんじゃない。

見田　ほいじゃが、峠さんらと、わしとは、やっぱり違う思うんです。峠さんにしても増田さんにしてもちゃんと詩という分野で自分の部署を果たしとってじゃ。わしは中途半端なんです。いっつもどっかで自分を押さえつけて、無理しとかんと、しゃんとできんところがある。じゃから。

峠　見田君。そんなふうに自分を決めこんでしまうのはよくないよ。

増田　あんたの気分は分かるが、詩や芸術がのんきな問題かの？　わしゃそこがひっかかるぞ。あんた、ほんまは、詩や芸術いうもんを、どっかで見下して考えとるんじゃないんか？

見田　わし、悪いけど、今日もあんまり時間がないんです。

増田　あ。そうか！……。

見田　峠さん。実は、今日はちょっと他の頼みがあって来たんですが。

峠　早う言うたらよかったのに。なんだい、頼みいうて。

見田　峠さんとこに、鞄があったら、貸してもらえんでしょうか。

峠　鞄？　そりゃ探してみたら、あるかもしれんけど、どうして？

見田　ちょっと……。峠さん。増田さん。（二人寄ってくる）実は、わし、近いうち、もぐることになるかもしれんのです。

峠　もぐる？

見田　中央委員の追放以来、矢つぎ早の弾圧でしょう。いつでも全面的な非公然活動に入れるように、準備をせにゃいけんことになったんです。

増田　……。

峠　もぐるいうて君……。君、イッちゃんのことは？

見田　わしのこと、結局理解できんのじゃ思うんです。無理もないんです。かりに、イッちゃんが、どう思うてくれたにせよ、今から先、どういう生活が待ちうけとるんか、自分でも想像もつかんような男のとこに、イッちゃん、ひっぱりこむ気にはとてもなれんし、やっぱりあきらめるよりしょうがない。

峠　見田君、イッちゃん、原爆で一人っきりになってからというもの、君だけが心を開いて話し合える相手じゃないか。そして、君とつき合う中で、あんなに成長したんだ。こんどの号のイッちゃんの詩、読んだろ。あのメーデーの詩。一年間で、よくもあそこまでと、ぼくはびっくりしているんだよ。それも君と一緒に腕組んで、生まれて初めてメーデーに参加した中から生まれた詩じゃないか。イッちゃんの内部には、いまきっと激しいものが動いているんだ。一人の人間の愛情をどう受けとめるのか。どういう解決の態度をとるのかということが、革命という問題と無関係じゃあり得ないだろ！

増田　そうよ。なんでそう、こっからこっちは革命、こっちは違うことと、分けてしまわにゃならんのじゃ。もぐるいうたって、党はまだ完全に非合法化されたわけじゃなかろうが。わからん。わからんぞ、わしは。なんでそういう方針が出てくるんか。なんで、自分の身のまわりの一番肝心なことには目をつぶってもぐってしまおうとするんか。

見田　増田さん！　いろいろあっても、決定にはやはり従うべきでしょう。組織とは、そういうもんじゃないですか！

春子が帰ってくる。

春子　ただいま。あなたちょっと。（峠と家の外へ）今日も会議？　ねえ、あなた、一度日赤の先生に診てもらえるように頼んでくださいよ。

峠　どうしたんだい。

春子　実のことですよ。

峠　寄ったんかい。

春子　なにを食べさせてもすぐ吐き出してしまうんですって。かかりつけの先生は、ただの胃腸障害じゃ言うてんじゃけど、あんまりしょっちゅうでしょう。どうもそれだけとは思えなくて。

峠　そりゃ、すぐ頼んでみてもええが、また面倒なことになるんじゃないか。あのおばあさんがカンカンになって。

春子　……どうせあなたの子じゃないものね。

峠　またそういうことを。

市河たち三人帰ってくる。春子をさけるように家の中へ。

春子　あらあら、またこういうものに。あなた灰皿ぐらいちゃんと出したげなさいよ。

増田　すみません、どうも。

岩井　はい、これ、おみやげ。（あげパンやするめの袋をひろげて）奥さんもどうぞ。

春子　いえ、私は晩御飯の仕度がありますから。お茶はそこの戸棚のなか。自分たちで入れて。（台所の仕事をはじめる）

増田　大丈夫ですか。今日はもうお開きにしましょうか。

峠　かまわんよ。まだ肝心なことはなんにも話し合ってないじゃないか。見田君。鞄のことはわかったよ。もうしばらくいてくれたまえ。

見田　はい。

峠　次の号のことなんじゃがね。……なにから話したらええか。僕の頭、ちょっと混乱しとるようじゃ。

増田　峠さんの考えはね、こんどの号を、八・六の前いうこともあるし、平和特集号にして、みんなで原爆の詩を書いてみたらどうかということなんじゃ。これまでの『われらの詩』をくってみても、原爆をまともにみすえた詩いうのはほとんどない。反戦詩歌集の、峠さんの「よびかけ」が、おそらくはじめてぐらいじゃないか?

吉本　そうね。

増田　何故そうなんか。そこをよう考えてみる必要があると、峠さんはいうんじゃ。被爆者はなんで原爆のことになると黙り込んでしまうんか。原爆のことを表沙汰にしただけで占領政策違反に問われるいう状態じゃ、誰だっておいそれと口には出せんよ。しかし、それだけじゃないね。わしらの方にも、ピカのことになると自分の口を閉ざしてしまいたいいう気持ちは確かに働いとる。ああいう地獄を人に話してみたところでわかる道理はないとみんな思うとる。忘れられるもんなら一日でも早う忘れてしまいたい。

岩井　そうよ!

増田　ところが忘れえいうてもこれは忘れられるもんじゃあない。

岩井　当然よ。絶対忘れられるもんですか!

増田　なんと矛盾しきっとるよの、この気持ち。しかし、これだけははっきりしとる。わしらが黙りこくっとる限り、あの日広島でなにが起ったか、他のもんには全然わからん。トルーマンは、広島、長崎に投下した爆弾は、本土上陸で失われたであろう二十万の米軍兵士とそれ以上の日本人の生命を救うためじゃったと、つまり平和のために落としたと、原爆投下の正当性を世界に向かってしゃあしゃあと公表しとる。おまけに必要なときにはまた使うこともあるとさえ。被爆者が沈黙しとるいうことは、その人殺しの論理を認めるちうことになってしまう。

峠　そうだよ。まったくその通りだ。この五年間、広島の人間の胸の中で、ブスブスと燃え続けてきたものを、ぼくたちの詩で問い直してみようじゃないか。もちろん、書きかたはうんと自由でいいと思うんじゃが。

増田　『われらの詩』を、原爆の詩で埋めつくして、八・六反戦デーにはそれを持って参加しようという企画なんじゃ。やねこうても、こりゃどうでも書かにゃなるまい。

吉本　そうじゃね。やらにゃいけんね。

岩井　うちも、書かにゃいけんいう気がしてきた。

吉本　なにか、大事なこと忘れかけとったんじゃね、うちら。ね、イッちゃん。

市河　……うん。

見田　あのな、イッちゃん、俺。

市河　あ、鈴木のおじさん帰ってきた。

　市河、平和署名の用紙をもって外へ。下手からぐでんぐでんに酔った凱太。

市河　おじさん、これ、平和署名なんです。原爆を二度と使わせないための。署名してください。

　凱太、それに応えず、立入禁止の立て札に見入っている。

凱太　平和都市建設……立入禁止？　畜生！

　立て札を引き抜いて放りだす。そのまま入る。

　裏から、せきと凱太の怒鳴り声

せきの声　また競輪でしょうが、あんたどうするつもりね、こどもになにくわせるんね。

凱太の声　なに――？　大けな顔すな、婆あ。どこへいこうが勝手じゃい。

　子ども火のつくような泣き声。

せきの声　あんた、そりゃいけん。そりゃ今峠さんに借りたばっかり、お父ちゃん！

凱太の声　峠さん？　峠じゃと？　こん畜生！

　身体ごと転がりこんでくる凱太。

凱太　おい、わしらあ、乞食じゃないんじゃけえの。あんまりなめたまねすな。返すわい、こげなゼニ！

せき　なにをするんね、あんたは。せっかくの奥さんの親切を。峠さんとこも楽じゃないものを、あんたがそよなけん、みるにみかねて黙って貸してくださるんじゃないか。うちが日雇に出て、なんぼになる思うとるんね。お父ちゃんいうたら！

凱太　なにが親切じゃ。大けな顔するな。おまえらの、人の闘争タネに勝手なこと書いとりゃ、名が売れてええかしらんが、こっちは首はひとつしかないんじゃ！　みんなが手を結びゃ勝つじゃのと、ええかげん人をおだてやがって。どこへ勝った？　え？　結局はなーんもせんこうに、おとなしうしとったもんだけが残って、ええことしただけじゃろうが。大うそつきが！

凱太、叫びつづけながら消える。せきも顔をおおって逃げるように。

間。

増田　鈴木さんが、だまされたんじゃ思うのも無理はない。日本製鋼じゃ今はまた工員の大募集じゃ。じゃったら、あのときは一体なんのためにあれだけの首を切った？　わしらはそれを、吉田内閣の産業破壊政策ととらえとった。なにが産業の破壊じゃ。百万の首切りが見事に完了されたあげくに始められたのは、日本の再軍備と軍需工場の復活だ。奴らは原爆投下のその日から、こうなるように周到な計画で日本をつくり変えていったんだ。それを、わしら、長い間占領軍を解放軍じゃと思い込んでみたり、民主的な政府をつくったら、認めてくれるじゃろうと甘い幻想もったり。この責任は大きいぞ。こんなときに、肝心の党は、まっぷたつじゃ！

見田　わしのしてきたことは。一体わしの言うてきたことは……。

峠　見田君。それは君の、君だけの問題じゃないよ。もっと、この。はぐいいねえ！　ぼくたちの内輪の、一番肝心な、大切な部分のことになると、お互いにものが言えなくなるところがあるなんて！　鈍なんだねえ、僕らは。子どもだって痛い目にあえば、何故かと考えるだろうに。ぼくらときたら、原爆まで落とされていながら。（黙りこくったみんなを見まわして）それでも、それでも書きつづけるしかない。少なくとも僕にとってはそうだ。実はね、僕も、あの日のことを詩にかいてみた。読んでみていいかい？

峠、机の引きだしからノートを取りだす。みんなそのまわりにあつまる。

峠

《八月六日》

あの閃光が忘れえようか
瞬時に街頭の三万は消え
圧しつぶされた暗闇の底で
五万の悲鳴は絶え

渦巻くきいろい煙がうすれると
ビルディングは裂け　橋は崩れ
満員電車はそのまま焦げ
涯しない瓦礫と燃えさしの堆積であった広島
やがてボロ切れのような皮膚を垂れた
両手を胸に
くずれた脳漿を踏み
焼け焦げた布を腰にまとって
泣きながら群れ歩いた裸体の行列

石地蔵のように散乱した練兵場の屍体
つながれた筏へ這いより折り重なった河岸の群
も
灼けつく日ざしの下でしだいに屍体とかわり
夕空をつく火光の中に
下敷きのまま生きていた母や弟の町のあたりも
焼けうつり

兵器廠の床の糞尿のうえに
のがれ横たわった女学生らの
太鼓腹の、片眼つぶれの、半身あかむけの、丸
　坊主の
誰がたれとも分からぬ一群の上に朝日がさせば
すでに動くものもなく
異臭のよどんだなかで
金ダライにとぶ蠅の羽音だけ

三十万の全市をしめた
あの静寂が忘れえようか
そのしずけさの中で
帰らなかった妻や子のしろい眼窩が
俺たちの心魂をたち割って
込めたねがいを

忘れえようか！

一人の青年が駆け込んでくる。

青年1 見田さん、やっぱりここじゃった！　聞きましたか。朝鮮で戦争が始まったのを。

見田 え？　ほんまか？

青年1 さっき号外がでて、ラジオの臨時ニュースでも。

峠がラジオのスイッチをひねる。みんなそれにかじりつく。

ラジオのアナウンス 二五日午前十一時、北朝鮮は韓国に対し宣戦布告を発しました。宣戦布告に先立ち、六万の北朝鮮軍は国境沿い約二百マイルにわたって攻撃をしかけ、既に双方で四千名に近い死者が出ており韓国側の幾つかの都市が北朝鮮軍によって占領されました。また韓国政府のスポークスマンの発表によれば、李承晩大統領は直接マッカーサー元帥に対して弾薬と飛行機の援助を要請し、韓国政府は二五日午後二時北朝鮮に対し公式に宣戦布告を発すると発表しました。繰り返し臨時ニュースをお伝えします……。

増田 おい。こりゃほんまに大変なことになったぞ。こうなりゃ韓国軍の方にアメリカが乗り出すに決まっとる。さっき話したばっかりじゃないか。トルーマンの声明のことを。必要とあれば、再び原爆を使用するだろうという。

峠 遅れている。すべてが遅れとる。ぼくらはやっと原爆の意味を探りはじめたばかりじゃいうのに。もし朝鮮人の上に原爆が落とされるようなことがあったら、ぼくら広島の人間の責任じゃ。急がんと、なにもかも急がんと……。

峠、急に口のあたりを押さえてうつぶせに突っ伏す。

吉本 あっ、喀血です。洗面器。

春子 あなた。あなた！

増田 峠さん！

見田 峠さん、しっかりして！

吉本 みんな、落ち着いて。

轟々たる編隊機の爆音。

《2　一九五〇年の八月六日》

一九五〇年八月六日。八時十五分を告げるサイレン。平和の鐘。それを断ち切るかのようなラウドスピーカーの声。

峠

スピーカーの声　市民の皆さん、こちらは広島市警察本部です。広島市警察では、みなさまご存じのような時局の情勢を考えまして、反占領軍的、あるいは反日本的なものと思われる集会、集団行進等の行為は禁止されております。しかるに、広島市平和擁護委員会、あるいは青年祖国戦線等の団体においては、本日広島市でこれを無視して、集会・集団行進または集団示威運動等を行おうとしている事実が認められます。よって広島市警察は、公共の秩序とその福祉のために、断固実力を行使する方針であります。これらに参加する行為は、政令三一一号、または公安条例の違反となるものであります。市民の皆さんは、違反行為となることのないよう十分ご注意ください。市民の皆さん、こちらは……

スピーカーの声の中で、いく人かの若者たちと共に峠があらわれる。（峠と若者たちで群読）

走りよってくる
走りよってくる
あちらからも　こちらからも
腰の拳銃を押さえた
警官が　馳けよってくる

一九五〇年の八月六日
平和式典が禁止され
夜の町角　暁の橋畔に
立哨の警官がうごめいて
今日を迎えた広島の
街の真中　八丁堀交差点
Ｆデパートのそのかげ

供養塔に焼跡に
花を供えて来た市民たちの流れが

忽ち渦巻き
汗にひきつった顎紐が
群衆の中になだれこむ、
黒い陣列に割られながら
よろめいて
一斉に見上げるデパートの
五階の窓　六階の窓から
ひらひら
ひらひら
夏雲をバックに
蔭になり　陽に光り
無数のビラが舞い
あお向けた顔の上
のばして手の中
飢えた心の底に
ゆっくりと散りこむ

誰かがひろった、
腕が叩き落とした、
手が空中でつかんだ、
眼が読んだ、
労働者、商人、学生、娘
近郷近在の老人、子供
八月六日を命日にもつ全ヒロシマの
市民群衆そして警官、
押しあい　怒号
とろうとする平和のビラ
奪われまいとする反戦ビラ
鋭いアピール！

電車が止まる
ゴーストップが崩れる
ジープがころがりこむ
消防自動車のサイレンがはためき
二台　三台　武装警官隊のトラックがのりつけ
る
私服警官の堵列するなかを
外国の高級車が侵入し
デパートの出入口はけわしい検問所とかわる

だがやっぱりビラがおちる
ゆっくりと　ゆっくりと
庇にかかったビラは箒をもった手が現れて
丁寧にはき落とし
一枚一枚　生きもののように
声のない叫びのように
ひらり　ひらりと
まいおちる

鳩を放ち鐘を鳴らして
市長が平和メッセージを風に流した平和祭は
線香花火のように踏み消され
講演会、
音楽会、
ユネスコ集会、
すべての集りが禁止され
武装と私服の警官に占領されたヒロシマ、

ロケット砲の爆煙が
映画館のスクリーンから立ちのぼり

裏町から　子供もまじえた原爆反対署名の
呼び声が反射する
一九五〇年八月六日の広島の空を
市民の不安に光を撒き
墓地の沈黙に影を映しながら、
平和を愛するあなたの方へ
平和をねがうわたしの方へ
警官をかけよらせながら、
ビラは降る
ビラはふる

《3　ひろしまの空》

その日の陽暮れどきから夜。川岸。

灯篭流しがはじまっている。

かすかなざわめき。ときどき風にのって読経の声が流れてくる。

峠、春子、吉本、岩井が、部屋の中で、今しがた弾圧にそなえての書類整理を終わったところ。

春子　さ、これでひと安心ね。ご苦労さまでした。あ、あなた。お薬の時間ですよ。

峠　（火鉢でメモの残りなど焼き捨てながら）うん。（吉本と岩井に）じゃ、それ頼んだよ。

吉本　（岩井と、書類を風呂敷に分けながら）はい。峠さん、薬だけはちゃんと飲んだほうがいいですよ。熱は？

峠　大丈夫。なかった。

春子　（薬と水を運んできて）ほんとにちゃんと測ったんですか？　さ、お薬。

峠　うん。

春子　駄目ですよ。今飲まなきゃ。はい。（峠に薬を飲ませてやる）ほんとにしょうのない。子どもより始末が悪いんですからねえ。今日だって暑いひなかを外出したらいけんいうてあれだけ先生にきつう言われとったのに。もっともそれに負けてしまう私が一番いけんのかも。（吉本や岩井に）この人いうたら、朝から泣きそうな顔で私をにらみっぱなしじゃったんよ。つい甘い顔したのが大間違い。表へ出たらもう大威張りでね。おい、急げ急げいうてトコトコ走りだすんだから。

峠　おい、そりゃちがうぞ。この人はね、福屋前に近づいたら、早う早ういうてわしの手をひっぱるんじゃ。わしゃもうフウフウ言うてしもうて。

岩井　まあ、どっちがほんまかしらん。（笑う）

春子　でも、ほんとによかったわね。あれだけのことをやりながら、一人の犠牲者もださずにすんだなんて。

吉本　（岩井とうなづきながら）ほんと。胸がスーッとした。

峠　あれがほんとの広島の姿だよね。だけど油断は禁物じゃ。明日の朝くらいが一番危ないと増田君も言うとったじゃろ。

吉本と岩井、うなづいて立ち上がろうとする。春子、薬盆を片付けにいく。市河がやってくる。

市河　こんばんは。あら、あんたたちずっとここじゃったん？

岩井　うん。八・六大会にひっかけて、ここにも弾圧がくるかもしれんいうんでね。書類焼いたり、大切なものは、ほら（風呂敷包みを示して）疎開、疎開よ。
市河　ごめんね。うち、手伝えんで。
吉本　イッちゃんはいいのよ。お店があったんじゃもの。凄かったよ、今日の大会。
岩井　何回思い出しても、胸がドキドキするようね。うちは平和公園じゃばっかり思うとったん。そしたら、公園のまわりはずらーっとポリさんが囲んどるでしょ。どうしたらええんか思いよったら、誰かが耳元で福屋、福屋いうてささやくじゃない。あ、そうか、思うて。
吉本　あたしは金座街を歩きよったんよ。急に福屋！福屋！　って声が伝わってきて、それまで買い物客みたいな顔をしてブラブラ歩きよった人たちがいきなり走りだしたの。あたしも夢中でついていったんよ。
岩井　福屋の前はもう人がいっぱいよね。そしたら、ビラが空からサァーッと降ってきて、警官隊がドタドターッと屋上へ駆けのぼっていったん。ほしたら下では集会よ。戦争反対！　原子兵器禁止！外国帝国主義は、朝鮮から手を引け！　警官隊があわてて降りてきたときは、もうさっと解散。ゲリラ作戦よ。大成功じゃった。
吉本　あのビラがひらひら舞い降りてきたときは、なんともいえん気持ちじゃったね。
市河　ほんとね。うちの隣におったお婆さんなんか、道におちとったビラをそっとひろうて、一生懸命汚れをふいとってん。うち、それみたら胸が熱うなって。
岩井　まあ！　あんたも福屋へ行っとったん？
市河　うん。
岩井　意地悪！　散々人にしゃべらせといて。
吉本　そうじゃったん。でもよくお店抜け出せたね。
岩井　オッス。イッちゃん！　握手！　握手！（大騒ぎ）
峠　おいおい。君たち、あんまり派手にやるなよ。
岩井　そうじゃ。これ早う疎開しとかにゃ。（吉本と戸口へ）峠さん、今夜はね、ゆかたきて、家の人と灯篭流しするんよ。
春子　まあ、いいわね。そうよね。今夜くらいゆっくりしなきゃ。うちも、おそうめんでもつくりましょうか。

峠　うん。それから西瓜もね。
春子　見田さんもみえることだし、うんとご馳走しましょうね、イッちゃん。
岩井　ギョッ！　見田さんが？　ご馳走さま。行こう、吉本さん。
吉本　うん。じゃ、ご苦労さま。

「ご苦労様」「ご苦労さん」言い合って、岩井と吉本戸外へ。

峠　気をつけてね。街中はまだ検問をはってるだろうから。
岩井　まかしといて！　あ、もう始まっとるよ、灯篭流し。急ごう。

二人去る。春子、峠のゆかたを出してくる。

峠　ああ、賑やかじゃった。だけどあの興奮は当分おさまるもんじゃない。なにしろ、五年前に原子爆弾が落とされた広島の空に今日は原子兵器の禁止を訴えるストックホルムアピールが降ったんだもんね。
市河　ええ。
春子　あなた、もう着替えて、少しお休みになったら？
峠　うん、そうするか。
春子　イッちゃん、ちょっといらっしゃい。
市河　はい。

春子と市河、台所から奥へ。（読経の音。川土手を、浴衣がけの男女や、灯篭を抱えた人たちが通り過ぎる）

峠、いったん着物に手をかけるが。

峠　そうだ。灯篭つくるんじゃった。色紙と、糊と。板ぎれがどっかにあったが。（独り言を言いながら台所の方をゴソゴソしている）あった、あった。これこれ。

板ぎれ、道具などを持ち出し、鼻うたまじりに器用に灯篭をつくりはじめる。

増田がやってくる。

増田　峠さん。
峠　お。
増田　見田君、ここへ来んかったでしょうね。
峠　まだじゃけど。イッちゃんも来て待っとるんじゃ。
（顔をあげて）どうかしたの？
増田　ちょっと。

増田、峠を外へ誘い出し、なにごとか話している。
春子と市河が出てくる。市河はゆかたに着替えている。

春子　あなた。あら、どこへ行ったのかしら。休んでいるとばかり思っていたら、もうこれなんですからね。イッちゃん、よく似合うわよ。

市河　（黙ってはにかむ）初めてここへお邪魔した晩、奥さん着物着てらしたでしょう、きれいじゃった。

春子　ああ、見田さんと大木さんがやりあった晩ね。あたしが大木さんのモデルになって。（笑って）近頃じゃ、もうあんな気分になることもないわ。

市河　でも、奥さんはいいですね。峠さんのような人が旦那さんで。

春子　あの人はね、外面がいいのよ。中味は案外古くさくてね。いろいろうるさいのよ、二人だけになると。

峠、増田と別れて戻ってくる。増田「じゃ、頼みますよ」と言い置いて急いで去る。

春子　増田さん？

峠　ああ。後でまた来るそうだ。あれ？　イッちゃん。あでやかじゃねえ。ほれぼれするぞ。

市河　いやじゃ、峠さん。

春子　それ、よかったら持ってっていいのよ。

市河　でも。

峠　もろうとけ、もろうとけ。この人はね、なんだかだといっては、自分の身のまわりのものを人に押しつけては喜んどるのが趣味なんじゃから。

春子　ま、趣味だなんて。ねえ。

峠　春子、見田君の、例のもの、そろえてあるだろうね。

春子　ええ。ちゃんとしてありますよ。どうして？

峠　いや。（灯篭づくりにまたかかりながら）見田君ねえ。もう、ここへ来るのは無理だろう。逮捕状が出たそうだ。

春子　見田さんに。

峠　見田君だけじゃない。二十名の同志に。増田君、それを知らせに来てくれたんだ。

（短い間）

イッちゃん。弾圧が激しくなり、凶暴化するにつれて、敵の正体がはっきりしてくる。でもね、そ

市河　の分、こちら側の闘い方も進んでいくんだね。平和という名のつく集会がみんな禁止され、広島市の周囲が三千三百人の警官でかためられたとき、鐘を打ち鳴らしたり、鳩を空に放したりするだけの、お祈りと記念の行事だけじゃ、ほんものの平和は勝ち取れないということが、広島の人間にはようやくわかってきたんだ。
峠さん。あたし、大丈夫です。ほんとに大丈夫なんです。こんなふうになるんじゃないかという気はしとったんです。
峠　そうかい。
市河　あたし、峠さんに、隠していることがあるんです。
峠　隠して？
市河　あたしね。……あれ、峠さんが喀血で倒れた六月の晩じゃった。見田さんの家に泊まったんです。峠さんの看病じゃいうて、おじさんに電話して。
峠　ほう。悪いやつじゃ。死ぬ思いしとったわしをだしにして。
市河　すみません。あの晩、見田さんいうたら、急にこわい顔をして、おい、今日は家に泊まれ、おふくろにも紹介する、言い出して。
春子　それで、見田さん、イッちゃんのこと、お母さんになんといって紹介したの？
市河　そうか。そうじゃったんか。なんじゃ、もうそんなとこまでいっとったんか。そんならなにもこっちがやきもきすることなかったんじゃ。ああ、馬鹿らしい。損したぞ。散々気をもんで。
峠　(はじめて笑顔をみせて) 俺の、彼女じゃ、いうて。
市河　ほんとにすみません。ほいじゃから、心配ないんです。うちら。
峠　よし、よし。それなら安心じゃ。あんたらちいと涼んでこいや。折角ゆかた着たんじゃ。そのうち増田君がまた様子知らせにきてくれる。
春子　そうしましょうか。
市河　ええ。
峠　待っとれや。これももうすぐ完成じゃ。
春子と市河、川べりの方へ。峠、灯篭を作り続ける。
春子　イッちゃん、見田さんのお母さんて、どんな人じゃった？
市河　とっても優しそうな、いい人。もっとも優しさいうたら、峠さんも同じですよね。うち、サークルに入った頃、よう思いよったんです。こんとに優しげな顔した人らが、なんであんなこわいことするんじゃろうかと。

春子　まあ。（笑う）なんだか、凶悪犯の集まりみたいだわ。

市河　（笑って）ほいでも、はじめのうちは、うち、ほんとにそう思いよったんじゃもん。（頬をおさえて）変じゃね、今日のうち、こんとにペラペラしゃべって。はじめてよ。

春子　いいじゃないの。今夜はうんとおしゃべりしましょうよ。おじさんとこには、峠に電話してもらって、泊まっていったらいいわ。

市河　ええ。

峠、出来上がった灯篭をかかえて川べりにやってくる。

峠　さあ、できたぞ。イッちゃんの灯篭が。

市河　峠さん。……（不意に涙ぐんで春子の胸に顔を埋める）

峠　どうした？（市河をのぞきこんで）なんじゃ、変な顔して。流そうじゃないか。わしらのは湿っぽい精霊流しなんかじゃない。海を渡って世界中にひろしまの灯を運ぶ平和の灯篭じゃ。（川べりに立つ）おー、きれいじゃねえ。上流の方からずっと灯が続いてきよる。

灯篭を流す。峠の家の裏口から見田が現れる。鞄を持っている。増田がやってくる。

増田　あ、灯篭流しですか。

峠　（小声で）どうじゃった？

増田　まだ、どこにも連絡がないんです。

峠　とにかく、中に入ろう。ここじゃなんだから。

峠、増田、部屋の方へ。春子と市河もつづく

増田　見田！　こんなとこに来ちゃいかん。おまえ、逮捕状が。

見田　知ってます。イッちゃん！

峠　君たち、ここで話したまえ。ぼくたち外を見張っとく。奴さんたちきたらすぐ知らせるから。春子。（目くばせ）

春子　はい。

峠と増田、外へ。春子、鞄や背広など出してくる。

春子　この背広、少し古いけど、身体には合うと思うから、ここに少しばかりだけど、お金も入ってますからね。

見田　何から何まで、すみません。

春子　イッちゃん、着せてあげてね。鞄はここに出しときますよ。

春子台所の方へ消える。

見田　きれいじゃ、今夜のイッちゃん。……イッちゃん、俺な、こうならんでも、どっちみちもぐることになっとったんじゃ。今晩で、当分お別れじゃ思うとったんじゃ。ほいじゃから同じことなんじゃ、同じことなんじゃ。

市河　わかっとる。

見田　俺な、今までのおれ、いけんかったと思う。ひとの言うことひとつも聞かんで。原爆でイッちゃんどれだけ苦しめられたかも考えずに、自分の思うたことばっかり押しつけて。ほいじゃが、こないだの晩のこと、本気なんじゃ。ほんとは、ずっと前から、イッちゃんとのこと、決めてしまいたかったんじゃ。

市河　待つ。きっと待つ。

見田　ありがとう。勇気が出るよ。（抱き寄せる）

市河　あの晩、話したでしょ。うちは原爆の詩はとても書けん。うち、ほんとは、原爆やなんかもう一ぺん落ちてみりゃええのにとずっと思うとった、そしたら、うちみたいな孤児が、またいっぱい増えて、みんな貧乏になってと。うちがこう言うたら、見田さん、いうてくれたよね。それをそのまま書いてみたらどうか、そしたら、書いとるうちに、きっと自分の考えが変わっていく筈じゃ、いうて。見田さん、うち、書いてみたんよ。あの日のことを、初めて詩に。

見田　そうか。（読もうとする）

峠が戻ってくる。

峠　君、変なのがウロウロしとる。春子、春子！

また出ていく。見田、市河に手伝ってもらって大急ぎで着替える。市河がネクタイをしめてやろうとするがうまくいかない。春子が出てきて、てきぱきと着せてやる。峠がまた戻ってくる。増田も戻ってくる。

増田　急いで、やっぱり張り込まれとる。わしが案内するから、ついてくるんだ。いいな。

見田　はい。（峠へ）あとのこと、頼みます。

増田に導かれて、見田飛び出していく。

市河　見田さん！……

ノートを持ったまま、立ちつくす市河。

間。

春子　こんなことって、こんなことって、残酷だわ。（涙ぐむ）

峠　春子！　駄目じゃないか、あんたがそういうことじゃ。

春子　ごめんなさい。

峠　（部屋の中をぐるぐると歩きまわりながら）なに、増田君が、きっとうまくやってくれる。つかまるもんか。つかまるもんかい。くそっ。くそっ。

市河　峠さん。（ノートを差し出す）これ、読んでみてください。書いてみたんです。

峠　（手にしたノートを開いて）「ヒロシマの空」。

春子、読む。市河は再び川べりへいって、灯篭の灯を見つめている。

春子　夜　野宿して
やっと避難さきにたどりついたら
お父ちゃんだけしか　いなかった
――お母ちゃんと　ユウちゃんが
死んだよお……

八月の太陽は
前を流れる八幡河に反射して
父とわたしの泣く声をさえぎった
その　あくる日
父は　からの菓子箱をさげ
わたしは　鍬をかついで
ヒロシマの焼け跡へ
とぼとぼと　あるいていった

市河　やっとたどりついたヒロシマは
死人を焼く匂いにみちていた
それはサンマを焼くにおい

燃えさしの鉄橋を

よたよた渡るお父ちゃんとわたし
昨日よりもたくさんの死骸
真夏の熱気にさらされ
体が　ぼうちょうして
はみだす　内臓
渦巻く腸
かすかな音をたてながら
どすぐろい　きいろい汁が
鼻から　口から　耳から
目から　とけて流れる
ああ　あそこに土蔵の石垣がみえる
なつかしい　わたしの家の跡
井戸の中に　燃えかけの木片が
浮いていた

台所のあとに
お釜がころがり
六日の朝たべた
カボチャの代用食がこげついていた
茶碗のかけらがちらばっている

瓦の中へ　鍬をうちこむと
はねかえる
お父ちゃんは瓦のうえにしゃがむと
手でそれを　のけはじめた
ぐったりとした　お父ちゃんは
かぼそい声で指さした
わたしは鍬をなげすてて
そこを掘る
陽にさらされて　熱くなった瓦
だまって
一心に掘りかえす父とわたし

ああ
お母ちゃんの骨だ
ああ　ぎゅっとにぎりしめると
白い粉が　風に舞う
お母ちゃんの骨は　口に入れると
さみしい味がする
たえがたいかなしみが
のこされた父とわたしに襲いかかって

大きな声をあげながら
ふたりは骨をひらう
菓子箱に入れた骨は
かさかさと　音をたてる

弟は　お母ちゃんのすぐそばで
半分　骨になり
内臓が燃えきらないで
ころり　と　ころがっていた
その内臓に
フトンの綿がこびりついていた

――死んでしまいたい！
お父ちゃんは叫びながら
弟の内臓をだいて泣く
焼跡には鉄管がつきあげ
噴水のようにふきあげる水が
あの時のこされた唯一の生命のように
太陽のひかりを浴びる

わたしは
ひびの入った湯呑み茶碗に水をくむと
弟の内臓の前においた
父は
配給のパンをだした

わたしは
じっと　目をつむる
お父ちゃんは
生き埋めにされた
ふたりの声をききながら
どうしようもなかったのだ

それからしばらくして
無傷だったお父ちゃんの体に
斑点がひろがってきた

生きる希望もないお父ちゃん
それでも
のこされる　わたしがかあいそうだと

ほしくもないたべ物を　喉におとす
――ブドウがたべたいなあ
――キュウリでがまんしてね

それは九月一日の朝
わたしはキュウリをしぼり
お砂糖を入れて
ジュウスをつくった
お父ちゃんは
生きかえったようだとわたしを見て
わらったけれど
泣いているような
よわよわしい声

ふと　お父ちゃんは
虚空をみつめ
――風がひどい
　　嵐がくる……嵐が
といった

ふーっと大きく息をついた
そのまま
がっくりとくずれて
うごかなくなった
ひと月も　たたぬまに
わたしは
ひとりぼっちになってしまった
涙をながしきった　あとの
焦点のない　わたしの　からだ

前を流れる河を
みつめる

うつくしく　晴れわたった
ヒロシマの
あおい空

《幕》

第四幕

《その日はいつか》

一九五三年二月。日暮れどき。
粉雪が舞い、時折激しい風が吹きつける。
病床の峠を大木が訪れている。

大木 (時計をみる)
峠 もう時間か?
大木 うん。まあ、またすぐ会える。
峠 そうか。君も広島に帰ってくるんか。
大木 わしも昔と違うてな。女房と二人の子どもがこの腕にぶら下がっとる。なんぼ貧乏絵描きでもわしは絵でもって食うていくしかない。絵の塾でも開いてじっくりと広島に根を据えるよ。
峠 子どもさん、いくつになるんだ?
大木 上の娘が四つよ。下が坊主で年子じゃ。可愛いぞ。
峠 うらやましいね。
大木 ん? あ、そうか。しかし、あんたにしても春子さんにしても、まだ諦める歳じゃないぞ。
峠 駄目なんじゃ、それが。どれだけ子どもはほしかったかしれん。だけど春子はね、もう二度と子供は産めない身体なんだよ。
大木 ……。
峠 春子にはね、前の主人との間に、実という子がいるんだよ。もう小学校に上がる年頃だ。春子は今でもときどきこっそりと実に会いに行ってるんだ。僕も何回か一緒に遊んだよ。いっそ僕たちで引き取ろうと言ってかけあったんだが、結局向こうさんはそれも許してくれなかった。僕の生活力を見透かしたような口ぶりじゃったよ。
大木 うむ。しかし、ええじゃないか。あんたには「われらの詩《うた》の会」という子どもがいっぱい取り囲んでくれとる。わしなんぞ孤立無援じゃ。ま、それも昔から唯我独尊がわしの主義じゃから、当然といえば当然じゃ。(笑う。が、すぐに峠をじっと見て) しかし、あんたもようやったな。

峠　何を言う。大木君らしうもない。

大木　いや、わしはあんたの仕事を評価するよ。『原爆詩集』『原子雲の下より』の編集の仕事、みんなあんたでないとできん仕事じゃったよ。

峠　ありゃぼく一人の仕事じゃない。広島の人間の、被爆者全体の仕事だ。

大木　そういう言い方、わしはあんまり好きじゃないな。ま、よかろう。ただな、あんたはもう広島への義理は十分に果たしたと思う。

峠　義理？

大木　ふむ。あんた流にいえば、責任、ということになるか。いやな言葉じゃ。ともかくあんたはええ。もう十分じゃ。あんたは、ここらでもう一度思い切り自由にテーマをひろげてみたらどうなんじゃ。いつまでも原爆の幽霊にとりつかれとるのは、身体のためにも心のためにもようない。

峠　原爆の幽霊にか……。確かに、それだけじゃ駄目なんだ。八月六日の、あの瞬間を受け身にとらえているだけじゃ、原爆をうたったことにはならん。このまえも東京の『原爆詩集』の合評会でね、いろんな批判が出されたよ。原爆は広島に落とされたんじゃない。日本人全体に、人類に向かって投下されたんだ。――その視点が抜けている。あの時何故原爆が広島、長崎に投下されたのか。――その世界的な政治状況が把握されていない。……いちいち腑に落ちる意見なんだ。甘いんだ。僕の作品は。

大木　わかったよ。それを言いよるとまた議論になる。ま、春までにはわしも帰ってこれるじゃろう。その頃はあんたも退院しとるじゃろ、問題はそれからじゃ。それにしても、春子夫人に今度会えんかったのは残念じゃが。

峠　大木君。

大木　うん？

峠　その春子のことだけどね。よろしく頼むよ。僕にもしものことがあったらね。

大木　あんた……そんな気で手術を受けるつもりか。いかん、そりゃいかん。死に急いじゃ。（自分でハッとして口をつぐむ）

峠　そうじゃない。そうじゃないからこそ手術を受けるんじゃないか。ただね、春子は僕がいなくなったら、ガラガラと崩れてしまいそうな気がするんだよ。だから気になるんだよ。

大木　わかった。幸せな奴じゃ、あんたは。じゃ行くぞ。

　峠、起き上がって戸口まで出る。

峠　大木君、君は何のために絵を描いとるんじゃ。

大木　なんじゃい、やぶから棒に。

峠　いやね、正直言うて、絵は天職だと信じ込んでいる君がうらやましくなる。僕は近頃、詩はいつでも捨てられる。そんな気持ちになってきとるんじゃ。僕の詩など、しょせん取るに足りない。そういう僕の詩でもみんなが必要とするなら、その時だけはペンをとる。だけど、その前に健康を取り戻して、人並みに労働できる身体になりたいよ。そのために手術を決心したんだよ。

大木　気持ちは分からんでもないが、詩人としては一歩後退じゃな。思い詰めるなよ。峠君。滅びるのを急いじゃいかんぞ。

峠　あんた、わしのことを誤解しとるようじゃ。ぼくはそんなロマンチストじゃないよ。

大木　（笑って）なかなか理解しあえんな、わしらは。

　大木、外に出る。

大木　お、風が巻いとる。春は遠いぞ。

　大木去る。峠、机に向かう。戸口から市河が顔をのぞかせる。

市河　峠さん。

峠　（顔を上げて）……市河君。

市河　市河君だなんて、おかしいわ。奥さんは？

峠　出かけとる。じき戻るよ。

市河　いいかしら、上がっても。

峠　どうぞ。

　市河、部屋に入る。

市河　ナイフ、借りるわね。

峠　うん、そこの。

市河　わかります。この部屋、ちっとも変わってないもの。

　持ってきたリンゴをむき始める。

市河　峠さん、また具合が悪いんですってね。帰ってきて聞いたわ。

峠　帰ってきて？

市河　京都へ行ってたの、一年ばかり。またすぐ帰らにゃいけんけど。

峠　京都で、なにをしとるの？

市河　あたしだって生活があるでしょ。

峠　あれから、何度も叔父さんとこに訪ねていったけど、会わせてもらえんかったよ。あの子をひきずりこんだのはあんたじゃろういうて。君も、警察に呼び出されたんじゃそうなね？

市河　はい、どうぞ。（リンゴを出す）峠さんも、早く身体直して、いい詩をどんどん書いて、奥さんに楽させてあげなきゃ。ほんとは、もっともっと有名になれるのに、無理しすぎるのよ。どうしたの？リンゴ、赤くなってしまうわ。（峠の額に手を当てて）熱はないわねえ。あたし、米軍にも呼び出されたのよ。ＣＩＣいうところ。

峠　そうか。

市河　アメリカ人って、人を馬鹿にしてるのね。何も連絡ありませんかって聞くから、はいと答えると、ではは結構ですってすぐ帰してくれるの。そしてすぐまた呼び出しがくるのよ。何度も何度も同じことの繰り返し。そしてね、あんたのようなきれいな人が、どうしてあんなアカい男を好きになったんかいうて、ニヤニヤ笑うとるの。

峠　……。

市河　リンゴ、食べてもらえんの？（フォークにさして峠に手渡す）峠さん、あたし、結婚することになったの。一緒に働いている人なの、向こうで。ちょっと歳はいってる人だけど。あたしが、親もいないし被爆者だってことも知った上で、是非といってくださるの。広島じゃそんなことあまり問題にならないけど、うるさいのよ、よそへ出ると。そんな人、やっぱりめったにいないと思うの。そうでしょ、峠さん。

峠　うむ。

市河　あれから、一年ぐらいは辛抱したのよ、あたし。でも家の中に閉じ込められっぱなしでしょ。自分から働きに出たいいうて言いだしたんよ。広島じゃいけんいうことになって、京都の呉服問屋さん見つけてもろうて。うちも広島離れてしまいたかったし。で、その人と知り合って。……聞きたくないのね、峠さん。

峠 ……。

市河 ほんとは、あたしのこと、軽蔑してるくせに。昔からそうじゃった。峠さん、あたしの方からなに言い出しても黙って聞いてるだけで、なんにも言ってくださらなくて。あたし、そんな峠さん、嫌いです。

峠 見田君のこと、言えばいいのかい。

市河 ……。

峠 ぼくに何か言えいうても、君にはこの三年間が長すぎた。君がそう思うとるかぎりは、

市河 (泣き伏す)

春子が帰ってくる。

春子 ただいま。(上がってきて)イッちゃん!

市河 おじゃまして。あたし、失礼します。

春子 いいじゃありませんか。久しぶりなのに。

市河 峠さんのこと大変でしょうけど……。奥さんだけが峠さんの支えなんですから。お邪魔しました。

市河帰っていく。

春子 あなた、起きてらしていいんですか。

峠 ああ。

春子 (火鉢をのぞき)火がなくなりかけてるじゃありませんか。(炭を取りに行きながら)イッちゃん、なんだかずいぶん変わったみたい。どんなご用事だったんですか。泣いてたみたいだけど。

峠 うん、いろいろとね。

春子 そう。

春子、火を起こす。

春子 実がね、入院したの。

峠 実が?

春子 精密検査受けたらね、原爆症の疑いがあるからすぐ入院しろって。

峠 だって、実は、原爆に会うちゃおらんじゃないか。

春子 あたしのお乳は、飲んでるじゃありませんか。

峠 乳を? だからというんか。そんな馬鹿な!

春子 あたしだって信じられない。そんなことがと思いたいわ。でも、こないだも、広大の文学サークルの、あの学生さん。原爆に遭うたいうてもかすり傷ひとつ負うじゃなし、高校じゃ野球の選手しとったいう人が……原子爆弾は悪魔よ。見えない

ところから人の身体に入りこんできて、忘れかけた頃に爪を立てる。あたしの身体も、もしかしたらあなたの身体も。ねえあなた、手術はやめてください。

峠 それは大丈夫だよ。ちゃんと専門のお医者さんがついていてやってくれるんじゃから。

春子 だって、肺葉摘出の手術いうて、危険率が高いと聞いたわ。それでなくてもあなたの身体は散々痛めつけられている。無理です、どう考えても、そんな何時間もの大手術にあなたが。

峠 春子、落ち着いてくれよ。

春子 お願い。今までどおり、あたしの傍で療養しながらたくさん詩を書いて。あなたが静かにここにいてくださるだけであたしはいいの。どんなことしてでも働いて、あなたのことはあたしが守るから。

峠 僕はね、春子、その生活から抜け出したいんだよ。口じゃ革命とか変革とか言いながら、実際には君に持たれっぱなしの生活だからね。手術に成功すればもう喀血の心配はなくなるんだ。自分の食い扶持ぐらいはなんとかできる身体になれるんだよ。そうせんと、もう僕の詩も変わらないところにきとるんだよ。それにこう倒れてばかりいたんじゃ仲間のみんなにも迷惑のかけ通しだ。カンパだ、輸血隊だいうて。

春子 それがいやなの。あたしは。たまらないんです。そりゃみなさんようしてくれてじゃけど、カンパが集まるたびに、輸血隊の血があなたの身体に入っていくたびに、あなたは、僕の身体はもう自分一人のものじゃなくなったとおっしゃるじゃありませんか。そのたびにあなたはあたしから遠ざかっていく。あなたはその重荷を背負い込んで、無理な活動重ねて、自分の身体を切り刻んで。こんどの手術だってもともとそれが……。あたしもういやです。輸血隊やカンパも、みんないやです！

峠 春子。

増田と吉本、岩井がくる。

増田 峠さん、遅うなってしもうて。

峠 おお、待っとった。

増田 入院許可、おりたそうじゃね。

峠 うん、明日の朝じゃ。

増田　あとのことは心配せずにな。「われらの詩」もなんとかやっていくから。それに、今度のあんたの手術は全国の人が見守っとる。みてみんさい、このカンパ帳。北海道からも九州からも。

カンパ帳とカンパ袋を取り出す。春子部屋を立つ。

峠　じゃ、引き継ぎをやっとこうか。岩井君、そこの、うん、それとってくれないか。

ノート、帳簿、原稿などを増田に渡す。

峠　借金はね、印刷屋に五千五百円、紙代が四千円。個人的な借り入れが八千円。内訳はここにある。これが集まっとる原稿。僕のは、ちょっと待ってくれよ。

増田　ええ。そいじゃ帳簿の方は、岩井君、あんたが適任じゃの。当分やってくれえや。

岩井　あの、増田さん、あたし。

増田　うん？

岩井　峠さん、これを。（毛糸のマフラーを取り出す）もっとましなものをと思うたんじゃけど、今のうちにはこれぐらいのことしかできんもんじゃけ。

峠　ありがとう。ほいじゃが何やら気味が悪いの、あんたにそうあらたまれると。

岩井　それから……、これ。（封筒を差し出す）

峠　（開いて）脱会届。「われらの詩」をやめるいうの？

岩井　（うなずく）

吉本　岩井さん、あんたどうして急にそよなこと、どうしたの。なんかあったんでしょう。

岩井　退職勧告されたん、会社で。

吉本　いつ？

岩井　二週間くらい前。

吉本　どうして今まで黙っとったん。

岩井　言うても仕方のないことじゃもん。みんなに心配かけるだけで。

吉本　ほいでも、こんなことで負けちゃ駄目じゃないね。

岩井　ほんとはもうとうにレッドパージの名簿に載っとったらしいん。課長が親戚なもんじゃけ、押さえてくれてたんじゃそうなけど、今のような活動と縁を切らんかぎりもう押さえようがないけ、今のうちに退職するか、どっちかにせえ言われて。

増田　それで、「われらの詩」やめたら、パージにならんいう保証でもあるんかい。

岩井　うち、どうしても家にお金入れんといけんでしょ。母ちゃん、原爆でよう動けんし、妹らまだ学校じゃし、兄ちゃんが戦死せんかったら……吉本さんみたいな仕事なら、まだ何とかなるじゃろうけど、うちらみたいなもん、いっぺんパージいうことになったら、なかなか、どこにも。何も言わんと、お願いします！

岩井逃げるように去ってしまう。

峠　また一人、仲間を失うてしもうた。

吉本　また？

峠　さっき、イッちゃんが来てね。

吉本　イッちゃんが？

峠　結婚するそうじゃ、京都の人と。彼女、今京都で働いとるそうだが、そこのお店の人と。

増田　イッちゃんがそういうことになったんなら……。

見田君がねえ。

峠　捕まったんか？

増田　死んだんです。福岡のアジトで。警察からお母さんの所へ連絡があって、こっちにも初めてわかった。病気で動けんようになったまま、党へも連絡とれずに、そのまま。

峠　……。

吉本　（嗚咽をおさえて）見田さん、一本気すぎたんよ。

増田　あいつ、非合法面のレポーターを務めとったらしい。しかしのう、なんぼ非合法の組織におったいうても、もうちいとわしらの力がどうにかなっとったら。それにねえ、ともかく単独講和が成立したことで、占領関係の法令は近いうちに効力がなくなるらしいんだよ。

峠　じゃ、もう間もなく見田君も大手を振って歩けるようになってたかも……。

戸口に鈴木凱太が立っている。

春子　鈴木さんじゃないですか。まあ、すっかり濡れて。

タオルを持っていく。凱太濡れた首筋や頭をぬぐう。ひとまわり小さく老い込んでいる。

春子　冷たかったでしょう。さ、早くこっちへ来てあたって。

凱太　皆さん、おまめで。

春子　おばさん、どうしとってです？

凱太　家内は死にやんした。

春子　え？
凱太　去年の暮れに、ぽっくり逝きやんしてのう。
春子　あの元気なおばさんが。
凱太　わしが業《ごう》いらせたですけんの。日雇いにでも出るようになったちうて安心しとりやしたが。
増田　おじさん、失対に？　そうですか。僕も今、失対に出とるんですよ。
凱太　ほう、あんたが日雇いに？　あなたァ確か広船じゃなかったですかいの。
増田　くびになったんですよ。
凱太　ほうでしたか。
増田　それで、現場はどこですか。
凱太　今、打越の班での。三篠《みささ》小学校の横でドブさらえですわい。わしらは、はあ、なーんも使い道はありゃしまへん。ほいで……これ。（腹巻きから紙袋とカンパ帳を取り出す）峠さん、あなたが入院されるちうこた、ひとつも知らなんで。今日組合からカンパ帳がわしらの班にもまわってきての、初めて知ったようなこつで。こがいな銭はなんもならんかもしれんが。
峠　おじさん。
凱太　わしも前みたいにまめならの、まだまだ集めてくるんじゃが。こがいな身体じゃ毎日ドブん中はいつくばるんがやっとこせで。
増田　おじさん、どっか悪いんじゃないですか？
凱太　いや、悪いいうても目が舞うくらいで。歳ひろやあ、みな弱りますけんの。
峠　目が舞う。そりゃもしかしたら。診てもろうたことあるんですか？
凱太　こないだジープが来てＡＢＣＣに連れていかれたが、あがいなとこにゃもう行かん。よけえ血とられて目の前真っ暗うなるだけじゃ。ピカのガス吸うたくらいで病人扱いされちゃかないまへんわい。焼酎飲んで消毒しとりゃ世話あない。
増田　そりゃしかし。
凱太　ほいじゃおじゃましました。峠さん、こりゃまちいと集めますけ、また持って来ます。（カンパ帳を腹巻きにしまう）
春子　あ、おじさん、ちょっと待って。
酒びんを取り出しコップにつぐ。

春子　お茶がわりに。
凱太　ありゃ、こりゃ思わんご馳走さんで。（一息に飲む）
春子　もう一杯。
凱太　いやもう……（嬉しそうに）そうですかい。（飲んでため息をつく）奥さん、家内が死ぬおりにの、もういっぺんこの川岸に戻りたいちうて。
春子　せきさんが。（凱太が立ち上がりかけてよろめく）あ、危ない。
凱太　いや、世話あないです。あん頃はみんな貧乏で、みんなボロたらしとったが、この頃は立派な家がどんどん建ってのう。ピカに遭うたもんは隅の方へ押し込まれるばっかりじゃ。（またためまいがしてよろめく）
春子　大丈夫ですか。
凱太　（突然手をついて）峠さん、いつぞやは悪態をついてすまんことしました。この通り、勘弁してやってつかあさい。
春子　鈴木さん、もうそんなこと。
凱太　わしゃつまらん人間での。いっぱい飲まにゃ、なあんもよう言わんけ。去年の夏もの、わしゃ平和公園で、峠さんを見かけたことがあるんじゃ。あんとき峠さんは、汗びっしゃんこかいて、原爆被害者の会受付ちう貼り紙の前で、声からして呼びかけよりんさった。わしゃあれ見て、道のほとりで手を合わせましたぞい。じゃが、なあんもええ言わなんだ。峠さん。わしらあ、峠さんたちが何をしよりんさるか、ようわかっとりますぞ。みんなようわかっとる。峠さんらは、ピカの体験談も集めて歩きよってじゃそうなが、早うようなってのいっぺんわしらの現場にも来てやってつかあさいや。ほいで、わしらの話しも聞いてつかあさい。腹ん中にたまっとるものはの、みんななんぼでもある。なんぼでもある。
峠　きっとね、退院したらきっと行きますよ。ありがとう、おじさん。おかげで僕も元気がでますよ。本当にありがとう。
春子　おじさん、気をつけて。せきさんのお墓どこですか。一度お参りを。
凱太　三滝の先覚寺いうお寺さんで。そりゃせきも喜びます。奥さんにゃあれだけ親しうしてもろうて。

吉本　ほいじゃ。
　あたし、そこまで送っていきます。
　吉本、凱太を支えるようにして送っていく。
増田　峠さん。
峠　うん。
増田　わしら、長生きせにゃいけんですね。まだやらにゃいけんことがいっぱいある。
峠　そうだね。僕も今朝からいろいろとあってね。気が沈みがちだった。でも、もう大丈夫だ。勇気を持って手術台にのぼれそうだよ。さっき、僕の原稿、少し待ってくれと言ったろ。あれ、春子にことづけるから。今度のは少し長いもんでね。最後の一節がもう少し固まらないと。
増田　ほう。題名はなんですか。
峠　「その日はいつか」いうんじゃ。『原爆詩集』への批判にもなんとか応えようと思ってね。原爆投下の世界史的な意味も織り込んでいったつもりなんだ。
増田　そりゃ楽しみじゃ。久しぶりに峠さんの力作が読めそうですね。
峠　僕は、本当はね、いつか、広島についての壮大な叙事詩を書いてみたいんだよ。ヒットラーの第三帝国の暗闇の中で、ドイツの科学者たちがどんなふうに原子力の研究をすすめていったか、第二次大戦の終結へ向けてアメリカの原爆戦略がドイツから日本に対してふりかえられていったときなにが始まったのか。オッペンハイマー事件と原爆工場の資本の形態は？　……とにかく、原爆の歴史的・政治的背景をきちんと押さえた上でね、原子爆弾というものが、人類が初めてつくりだした皆殺しの武器であるということを、なんとかはっきりさせたいんだよ。
増田　峠さん。燃えてますね。
峠　「その日はいつか」は、その構想の下敷きというか、飛躍台にするつもりで書いてみたものなんだ。だけどね、これは考えれば考えるほど、勉強と同時に足で書く必要を感じるよ。鈴木さんたちの失対の現場にも行きたいし、国鉄の機関区にも、造船の現場にも、どんどん入っていきたいよ。こうなると体力だねえ。ほんとに長生きしなきゃ駄目だ。

死ぬわけにはいかんよ。

増田　いや、それを聞いて安心しましたよ。

吉本　（帰ってきて）夕刊買ってきたわ。明るいニュースよ。朝鮮での停戦交渉がいよいよ本格的に動き出したって。

増田　ほう。（峠と見入りながら）世界の世論がとうとうアメリカを動かしはじめたな。原子兵器も遂によう使わんかったし。しかし、こうなってみると、あのストックホルムアピールの運動いうのはやっぱり大きな力じゃったんじゃなあ。

吉本　ほんとね。あたしね、明日また岩井さんに会うて話しあってみるよ。あんなことでくじけてしまう岩井さんじゃない筈だもん。一人で考え込みすぎとるんよ、きっと。

峠　うん、頼むよ。僕も病院から手紙を出してみるから。

増田　粘りあいだよ。粘って粘って粘りぬく。それしかない。

吉本　ほんと。（笑う）

増田　奥さん、明日の朝は何時ですか？

春子　九時の汽車で。

増田　じゃ、そのときまた見送りに。

春子　いいんですよ。仕事があってじゃのに。

増田　なに、大丈夫ですから。じゃ。

吉本　また明日ね。

二人、帰っていく。峠、机に向かう。

春子　あなた、お茶が入りましたよ。

峠　（すすって）おいしい。

峠は書きものを続けている。そのかたわらで、春子はだまって入院の荷物を整え始める。

春子　あなた、この『原爆詩集』も入れておきますね。

峠　ありがとう。

峠　（ペンをおいて）うん。まだ十分じゃないがね。春子、最後の一節だ。（ノートを渡す）

春子　（読む）

「その日はいつか」

……

ああそれは偶然ではない、天災ではない

人類最初の原爆は

緻密な計画とあくない野望の意志によって

東洋の列島、日本民族の上に
閃光一閃投下され
のたうち消えた四十万の犠牲者の一人として
君は殺された、

殺された君のからだを
抱き起こそうとするものはない
焼けぬけたもんぺの羞恥を蔽ってやるものもな
い
そこについた苦悶のしるしを拭ってやるものは
　勿論ない
つつましい生活の中の闘いに
せい一杯に努めながら
つねに気弱な微笑ばかりに生きてきて
次第にふくれる優しい思いを胸におさえた
いちばん恥じらいやすい年頃の君の
やわらかい尻が天日《てんぴ》にさらされ
ひからびた便のよごれを
ときおり通る屍体さがしの人影が
呆けた表情で見てゆくだけ、

（群読）

それは惨酷
それは苦悩
それは悲痛
いいえそれより
この屈辱をどうしよう！
すでに君は羞恥を感ずることもないが
見たものの眼に焼きついて時と共に鮮やかに
心にしみる屈辱、
それはもう君をはなれて
日本人ぜんたいに刻み込まれた屈辱だ！

われわれはこの屈辱に耐えねばならぬ、
いついつまでも耐えねばならぬ、
ジープに轢かれた子供の上に吹雪がかかる夕べ
　も耐え
外国製の鉄甲とピストルに
日本の青春の血潮が噴きあがる五月にも耐え
自由が鎖につながれ
この国が無期限にれい属の縄目をうける日にも

はじめてうすれてゆくだろうに
ああその日
その日はいつか。

《幕》

耐え

しかし君よ、耐えきれなくなる日が来たらどうしよう
たとえ君が小鳥のようにひろげた手で
死のかなたからなだめようとしても
恥じらいやすいその胸でいかに優しくおさえようとしても
われわれの心に灼きついた君の屍体の屈辱が
地熱のように積み重なり
野望にみちたみにくい意志の威嚇により
また戦争へ追いこまれようとする民衆の
その母その子その妹のもう耐えきれぬ力が
平和をのぞむ民族の怒りとなって
爆発する日が来る。

その日こそ
君の体は恥なく蔽われ
この屈辱は国民の涙で洗われ
地上に溜まった原爆の呪いは

改稿の過程

第一稿――初稿のテキスト・レジを経て、一九六三年八月、大月洋演出・広島演劇サークル協議会合同公演上演台本として発表。『テアトロ』一九六三年九月号所載。

第二稿――一九六四年五月、劇団月曜会上演のために改稿（土屋清演出）。

第三稿――一九六五年五月、郡山勝利演出・京浜協同劇団上演のために改稿後、同年八月、同稿にて再び広島演劇サークル協議会合同公演（土屋清演出）。

第四稿――一九七二年四月に上演された、熊井宏之潤色・演出・東京演劇アンサンブル『炎のように風のように』の仕事を経て、一九七三年十二月、劇団月曜会上演のために改稿（土屋清演出）。
一九七三年度「小野宮吉戯曲平和賞」を受賞。
一九七四年に再演後、名古屋演劇協議会、劇団さっぽろ、関西芸術座、民藝、四紀会、静芸他全国各地で『河』が上演される。

一九八三年八月、峠三吉没後三〇年記念公演。
一九八八年六月、八月、峠三吉没後三五年・土屋清追悼公演（広渡常敏・補演出）。
二〇一七年十二月　峠三吉生誕百年・土屋清没後三〇年記念公演（土屋時子潤色・演出）。

※この台本は二〇一七年十二月の公演のために潤色した上演台本である。

あとがき

改めて年月の流れを感じざるをえない。私たちの周囲には『河』の時代を共有する人はほんのわずかである。残された資料も少ない。と、なれば、今回の作業は相当難航することが予測された。

少しでも、あの時代を体感する以外ない。久し振りに、峠三吉追悼集『風のように炎のように』（一九五四年二月刊）を開いた。

この追悼集は、峠が主宰した「われらの詩《うた》の会」を中心に編纂されたもので、交流のあった多彩な方々の追悼文が並ぶ。たとえば、なかの・しげはる、中野鈴子、金達寿、大田洋子、若杉慧、山代巴、野間宏、土居貞子（栗原貞子）、深川宗俊、丸木位里・俊（表紙絵）など、今振り返ってみても錚々たるメンバーである。が、〈新日本文学会〉〈人民文学〉と、さりげなく峻別されており、複雑な背景を良い意味でも悪い意味でも彷彿させている。

ここで、共に活動した詩人・栗原貞子は「アジア連邦会議のころ」（昭和二十七年、広島で開催された世界連邦アジア会議のこと）と題して、「原子兵器禁止・軍備の全廃」を盛り込んだ「広島宣言」採択するための奮戦を描いている。「その頃はヒロシマの青春の始まりだった」と偲び、「ひろしまを生命の限りうたった峠さんは今もはやない、峠さんの死とともに私たちの協同は終わり、私は私の円周を歩くことを決めた」と、無政府主義者として生きた栗原らしい辛辣な文面で結んでいる。おそらく栗原は、『河』についても、「組織と個」の間で苦悩した峠の実像を重ね、厳しい意見を述べるであろう。

＊　＊　＊

今回『河』の公演をきっかけとして、『河』および土屋清再評価の気運が生まれたことは、大変喜ばしいことである。

これはとりもなおさず、広島戦後平和運動史の再検討でもある。そんな気負いから出発したが、思いのほか多くの人たちから、広島の今日的意味を問う仕事として激励を受けた。ご期待に添うことができたか、はなはだ心もとない。

いずれにしても、ご多忙の中、心よく出版を引き受けていただいた藤原書店には大変お世話になりました。同様、この本が出来あがるまでには、多くの方々から熱い息吹が届けられました。各執筆者、校閲、アドバイス、資料提供などなど、この場をお借りして皆さまに心から感謝申しあげます。

二〇一九年五月

池田正彦

執筆者紹介（五十音順、編者除く）

池田正彦（いけだ・まさひこ）

1946年生。広島文学資料保全の会事務局長。

池辺晋一郎（いけべ・しんいちろう）

1943年生。作曲家。横浜みなとみらいホール館長、東京音楽大学名誉教授、文化功労者。主な作品に、「交響曲」1～10、オペラ「高野聖」、エッセイ集に『空を見てますか…』1～10（新日本出版社）など。

大牟田 聡（おおむた・さとる）

1963年生。毎日放送プロデューサー（現・業務監査室長）。主な作品に、ドキュメンタリー『映像'14 被爆を語るということ』（坂田記念ジャーナリズム賞受賞）、著作に、「夢のように美しいが現実のようにたしかな〈原民喜〉」（季刊誌『千里眼』143～145号）など。

笹岡敏紀（ささおか・としき）

1940年生。元書籍・雑誌編集者。

四國 光（しこく・ひかる）

1956年生。四國五郎長男。早稲田大学卒業後、（株）電通入社。マーケティング局長、（株）電通コンサルティング取締役等を兼任し2016年定年退職。現在、四國五郎の展覧会管理、出版、執筆等を通じて継承活動に努めながら、地域活動に従事。NPO法人吹田フットボールネットワーク設立代表。職業潜水士。

趙 博（ちょう・ばく）

1956年生。芸人。主な著作に、『僕は在日関西人』（解放出版社）『パギやんの大阪案内』（高文研）『「在日」無頼控』（七ツ森書館）など。

土屋 清 ⇒次頁参照

永田浩三（ながた・こうぞう）

1954年生。武蔵大学社会学部メディア社会学科教授。ドキュメンタリー研究。主な著作に、『ヒロシマを伝える』『奄美の奇跡』（共にWAVE出版）、『ベン・シャーンを追いかけて』（大月書店）、『NHKと政治権力』（岩波現代文庫）など。

中山涼子（なかやま・りょうこ）

1992年生。時事通信社広島支社編集部記者。

林田時夫（はやしだ・ときお）

1944年生。劇団きづがわ代表。労働争議を描いた『立ちんぼうの詩』、ミュージカル『船と仲間とど根性』などの劇作。演出は30作品以上。最新作は反戦川柳作家・鶴彬を描いた『鶴彬――暁を抱いて』。

広渡常敏（ひろわたり・つねとし）

1926-2006。東京演劇アンサンブル結成に参加。前代表。著書に『稽古場の手帖』『夜の空を翔ける』（共に三一書房）、『（戯曲）銀河鉄道の夜』（新水社）、『広渡常敏戯曲集　ヒロシマの夜打つ太鼓』（影書房）など。

水島裕雅（みずしま・ひろまさ）

1942年生。広島大学名誉教授。比較文学。主な著作に、『詩のこだま――フランス象徴詩と日本の詩人たち』『青空――フランス象徴詩と日本の詩人たち』（共に木魂社）、J・W・トリート著『グラウンド・ゼロを書く――日本文学と原爆』（共監訳、法政大学出版局）

三輪泰史（みわ・やすし）

1950年生。大阪教育大学名誉教授。日本近現代史・社会運動史。主な著作に、『日本ファシズムと労働運動』『日本労働運動史序説――紡績労働者の人間関係と社会意識』（共に校倉書房）、「大阪府夜学生演劇集団（府夜演）小史――高度成長期学生文化運動の一断面」（広川禎秀・山田敬男編『戦後社会運動史論②』大月書店）など。

土屋 清（つちや・きよし）

1930～87。劇作家・演出家。1930年10月1日広島生まれ。10歳で九州に転居し、14歳、中学3年生で海軍予科練習生になる。戦後、新制の大分県立別府第一高校を卒業後、共産党に入党、労組活動に従事。朝鮮戦争のころには反戦運動に関わり、逮捕状が出され、炭坑夫、豆腐屋、漁師などを転々としながら、約3年間の地下活動に入る。1954年広島に戻り、演劇熱が活発ななか、1955年、地域劇団「広島民衆劇場」の研究生となる。1959年「劇団月曜会」を結成、代表となる。詩人の峠三吉を敬愛し、没10年の1963年、第9回原水爆禁止世界大会を機に、峠三吉をモデルに広島の平和運動の闘いと苦悩を描く創作劇『河』を上演する。代表作となった『河』は改稿を重ね、東京演劇アンサンブル、劇団民藝が上演した他、全国23都市で20劇団が上演し、1973年には、小野宮吉戯曲平和賞を受賞した。他に、『星をみつめて』『万灯のうた』『拳よ火を噴け』など。創作のかたわら、地域の文化運動、演劇運動に情熱を燃やした。1987年11月8日、がんのため死去。没後の1988年、三滝寺（広島市西区三滝山）境内に詩碑が建立された。

編者紹介

土屋時子（つちや・ときこ）

1948年生。1971年4月～2009年3月、広島女学院大学図書館司書として勤務しながら、劇団活動。『河』(1983、88年)、中国残留孤児のひとり芝居『花いちもんめ』(1996～2009年)、創作劇『ばらっく』(2000、2011年) など多数の舞台に出演。2008年、同館に「栗原貞子記念平和文庫」を開設。2013年より広島文学資料保全の会・代表として、現在に至る。

八木良広（やぎ・よしひろ）

1979年生。愛媛大学教育学部助教。社会学・オーラルヒストリー研究。主な著作に、「原爆問題について自由に思考をめぐらすことの困難」(『排除と差別の社会学（新版）』有斐閣、2016年)、「ライフストーリー研究としての語り継ぐこと――「被爆体験の継承」をめぐって」(『ライフストーリー研究に何ができるか――対話的構築主義の批判的継承』新曜社、2015年) など。

ヒロシマの『河《かわ》』――劇作家《げきさっか》・土屋《つちや》清《きよし》の青春群像劇《せいしゅんぐんぞうげき》

2019年8月6日　初版第1刷発行 ©

編　者　土屋時子
　　　　八木良広

発行者　藤原良雄

発行所　株式会社 藤原書店

〒162-0041　東京都新宿区早稲田鶴巻町523
電　話　03 (5272) 0301
FAX　03 (5272) 0450
振　替　00160 - 4 - 17013
info@fujiwara-shoten.co.jp

印刷・製本　中央精版印刷

ISBN978-4-86578-231-8

"越境する演劇人"の全貌

佐野碩――人と仕事 1905-1966

菅孝行編

「メキシコ演劇の父」と称される"越境する演劇人"、佐野碩。日本／ソ連・ロシア／ドイツ／メキシコ、および演劇／映画／社会運動など、国境・専門領域を超えた執筆陣による学際的論集と、佐野が各国で残した論考を初集成した、貴重な"佐野碩著作選"の二部構成。

口絵八頁
A5上製　八〇〇頁　九五〇〇円
（二〇一五年一二月刊）
◇978-4-86578-055-0

ベケットが更新し続けた『ゴドー』の神髄

改訂を重ねる『ゴドーを待ちながら』
（演出家としてのベケット）

堀　真理子

一九五三年に初演され、現代演劇に決定的な影響を与えた戯曲『ゴドーを待ちながら』。ベケット自身が最晩年まで取り組んだ数百か所の台本改訂と詳細な「演出ノート」によって、ベケットが作品に託した意図を詳細に読み解き、常にアップデートされながら、生き続ける作品『ゴドー』の真価を問う。

第28回吉田秀和賞
四六上製　二八八頁　三八〇〇円
（二〇一七年九月刊）
◇978-4-86578-138-0

能狂言最高峰の二人の対話

芸の心
（能狂言　終わりなき道）

野村四郎（観世流シテ方）
山本東次郎（大蔵流狂言方）
笠井賢一編

同時代を生きてきた現代最高峰の二人の役者が、傘寿を迎えた今、偉大な先達の教え、果てなき芸の探究、そして次世代に受け継ぐべきものを縦横に語り合う。伝統の高度な継承と、新作へのたゆまぬ挑戦を併せ持つ二人の、稀有な対話の記録。

カラー口絵八頁
四六上製　二四〇頁　二八〇〇円
（二〇一八年一一月刊）
◇978-4-86578-198-4

元『太陽』編集長が綴る、美術、音楽、まち、人

戦争と政治の時代を耐えた人びと
（美術と音楽の戦後断想）

田辺　徹

岡鹿之助、瀧口修造らとの敗戦後間もない頃からの交流、そして冷戦崩壊を挟む激動の欧州で、美術を介して接した人々とまちの姿。廃刊寸前だった『太陽』を復活させた編集長として、また、父の衣鉢をつぐ美術史家として、美術出版に貢献してきた著者が、折に触れて書き留めた、珠玉の戦後私史。

四六上製　二二四頁　二八〇〇円
（二〇一六年八月刊）
◇978-4-86578-084-0

大石芳野写真集
戦争は終わっても
終わらない
“日本の戦争”の
傷痕を超えて

長崎の痕
大石芳野写真集
Nagasaki
それでも、ほほえみを湛えて、生きる。

大石芳野　永六輔
レンズとマイク
ぼくは写真嫌い。
…なのに大石さんの写真にはよく入ってる。

福島 FUKUSHIMA
土と生きる
大石芳野 写真集
土といのちを奪われた人びとの
怒り、苦悩、そして
未来へのまなざし。